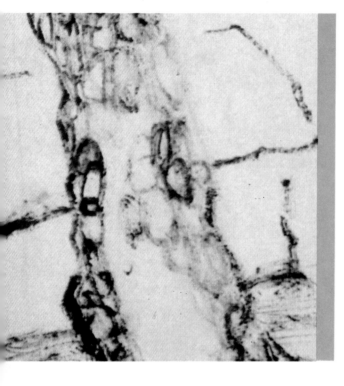

소설

추사

김정희

영웅대망편

權五奭 著

1

명문당

歲寒以前一松柏也歲寒以後一松柏

也聖人特稱之於歲寒之後令君之於

我由前而無加焉由後而無損焉然由

前之君無可稱由後之君亦可見稱於

聖人也耶聖人之特稱非徒爲後凋之

眞操勁節而已亦有所感發於歲寒之

時者也烏乎西京淳厚之世以汲鄭之

賢賓客與之盛衰如下邳榜門迫切之

極矣悲夫阮堂老人書

去年以晚學大雲二書寄來今年又以

蕅畔支編寄來此皆非世之常有贐之

千万里之遠積有年而得之非一時之

事也且世之滔滔惟權利之是趨為之

費心費力如此而不以歸之權利乃歸

之海外蕉萃枯槁之人如世之趨權利

者太史公云以權利合者權利盡而交

跡君点世之滔滔中一人其有超然自

拔於滔滔權利之外不以權利視我耶

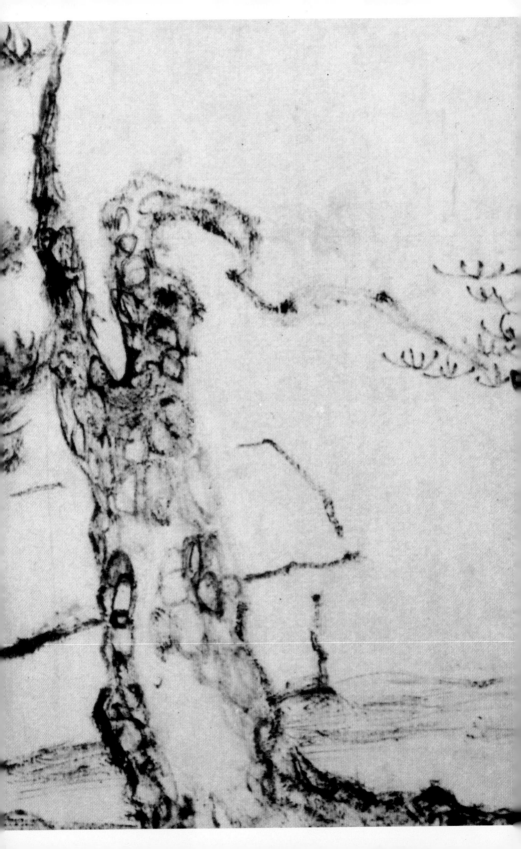

歲寒圖

蒲船是賣

세한도(歲寒圖) 추사 김정희의 대표적인 문인화(文人畫). 종이 바탕에 수묵으로 그렸다. 국보 제180호. 23cm×61.2cm. 개인 소장. 1844년(헌종 10) 제주도 유배지에서 권력과 지위를 박탈당하고 유배생활을 하고 있는 자신에게, 사제간의 의리를 잊지 아니하고, 두 번씩이나 북경(北京)으로부터 귀한 책들을 구해다 준 제자 이상적(李尙迪)의 인품을, 날씨가 추워진 후에 제일 늦게 낙엽지는 소나무와 잣나무의 지조에 비유하면서 그에게 답례로 그려준 그림이다. 이런 내용을 담은 발문(拔文)이 작가 자신의 글씨로 그림 끝에 적혀 있고, 그 뒤를 이어 그 이듬해에 이 그림을 가지고 북경에 가서 장악진(張岳鎭)·조진조(趙振祚) 등, 그곳의 명사 16명에게 보이고 받은 찬사들이 길게 곁들여져 있다. 또 후일 이 그림을 본 김정희의 문하생 김석준(金奭準)의 찬(贊) 및 오세창(吳世昌)·이시영(李始榮)의 배관기 등이 함께 붙어 있어

서 긴 두루마리를 이루고 있다.

그 소서(小序)의 내용을 간추리면 대략 다음과 같다.

일반 세상 사람들은 권력이 있을 때에는 가까이 하다가, 권세의 자리에서
물러나면 모르는 척 하는 것이 보통인데, 내가 지금 절해고도(絶海孤島)에
서 귀양살이를 하는 처량한 신세인데도 우선(藕船 : 李尚迪의 호)은 예나
지금이나 조금도 다름없이 생각하며, 이런 귀중한 것을 만리타국에서 사
서 부치는 그 마음을 무어라고 표현해야 할 것인가? 공자(孔子)는 '추운
철이 된 후에야 송백(松栢)이 푸르게 남아있는 것을 볼 수 있다'고 하였으
니, 잘 살 때에나 궁할 때에나 변함없는 그대의 정의야말로 바로 '세한송
백(歲寒松栢)'의 절조 그대로가 아니고 무엇이겠는가?

추사 고택(故宅)　충청남도 지방문화재 제43호. 추사의 증조부인 월성위(月城尉) 김한신(金漢藎) 대에 지은 별장으로 충청남도 예산군 신암면(新岩面) 용궁리(龍宮里) 소재. ㄱ자형의 사랑채와 ㅁ자형의 안채, 그리고 문간채, 사당 등으로 되어 있다. 위는 고택 전경이고 아래는 사랑채 일부(우측)와 안채인데 안채는 6칸 대청과 2칸통의 안방, 건넌방이 있고 안방 및 건넌방의 부엌과 안대문, 협문, 광 등이 있다.

추사 김정희(1786~1856)의 영정 보물 제547호.

추사 고택(故宅) 위는 사랑채 댓돌 앞에 있는 석주(石柱). 석년(石年)이란 글자가 새겨져 있는데 이 석주는 그림자를 이용하여 시각을 측정하는 '해시계'로 추사가 제작한 것이다. 아래는 사랑채. 이 사랑채는 남쪽에 1칸, 동쪽에 2칸의 온돌방이 있고 나머지는 모두 대청과 마루로 되어 있다. 이러한 넓은 공간은 이 집에 살던 주인이 사회적 또는 예술적 활동을 하는 데 요긴하게 쓰였을 것이다.

〔上左〕 왕희지상(王羲之像) 4세기 초 동진(東晉)에서 태어난 왕희지(307~365)는 귀족 출신으로 우군장군(右軍將軍)에까지 벼슬이 올랐는데 서예에도 뛰어나 서성(書聖)으로 추앙받았다.

〔上右〕 난정서(蘭亭序 : 부분) 소흥(紹興)에 있는 난정(蘭亭)에서 당시 남조(南朝) 일류의 문인 41명이 모여 주변의 아름다운 산수를 감상하며 곡수류상(曲水流觴)의 잔치를 베풀고 각각 시를 지었는데 그 시집(詩集)의 서문을 왕희지가 썼다. 총 325자에 이르는 왕희지의 역작이었다.

〔下〕 난정(蘭亭) 소흥시 서교(西郊)에 있는 오늘날의 이 난정은 청나라 때 이축(移築)한 것이며 근년에 전면적인 개축을 하였다. 산기슭을 흐르는 강이 곡수(曲水)이다.

〔上〕 청리래금(靑李來禽 : 扇面) 행서(行書). 지본묵서(紙本墨書). 16.5cm×
48.5cm. 호암미술관(湖巖美術館) 소장. 내용은 추사가 즐겨 쓰던 시구인데
'청리래금'은 왕희지(王羲之) 글씨의 법첩(法帖) 이름이다.

〔下〕 영영백운(英英白雲 : 繪畵) 지본수묵(紙本水墨). 23.5cm×38cm. 개인
소장. 추사가 제주도 유배시에 그린 것으로 추정된다. 화제(畵題)는 사언고
시(四言古詩)로 山川悠邈 이하를 번역하면 '산천이 멀어서 옛적에는 나를 찾
아주지 않더니 이제는 어떤가? 아침 저녁으로 서로 대하기를 바란다'이다.

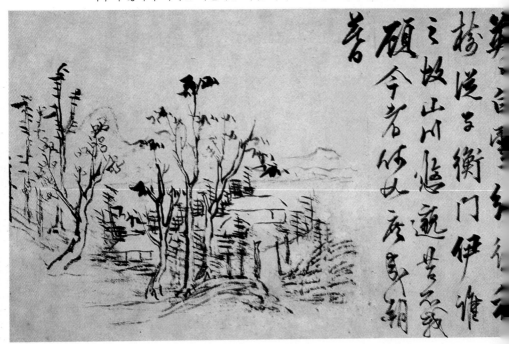

〔左〕 문학 금석(文學金石 : 對聯) 행서(行書). 지본묵서. 130.8cm×30.8cm.
부산 시립박물관 소장. 동산(桐山)에게 써준 것인데 동산이 누군지는 알 수
없다. 30년 전, 중국에 갔을 때 옹방강(翁方綱)과 유용(劉墉)이 쓴 이 연구
(聯句)가 인상깊어서 시험삼아 써본 것이라고 하였다.

〔右〕 오악육경(五岳六經 : 對聯) 행서. 지본묵서. 126.5cm×29.8cm. 호암미
술관 소장. 문하생이자 생질서인 조면호(趙冕鎬)에게 써준 것이다. 후련(後
聯)에 조면호의 추기(追記)가 2개 항 있다. 앞의 항은 추사의 서법을 논평한
것이고, 뒤의 항은 이 대련을 그의 종손 조윤문(趙允文)에게 주어 문지와 인
연을 맺게 한다는 내용이다.

〔上〕박제가(朴齊家)의 그림 어락(魚樂)　초정(楚亭) 박제가는 추사 김정희의 스승으로 연암(燕岩) 박지원에게 사사했으며 실학파 북학(北學)에 속했던 사람으로, 추사의 학문 연구를 도와주는 등 큰 영향을 끼쳤다.

〔下〕김노경(金魯敬)의 글씨　서간. 지본묵서. 24.5cm×46.5cm. 성균관대학교 박물관 소장. 추사 김정희의 생부(生父)인 김노경은 벼슬이 판서(判書)에까지 이르렀으나 안동 김씨의 모함을 받고 유배당하는 수모도 겪어야 했다.

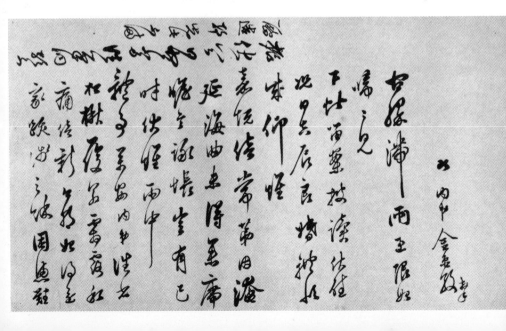

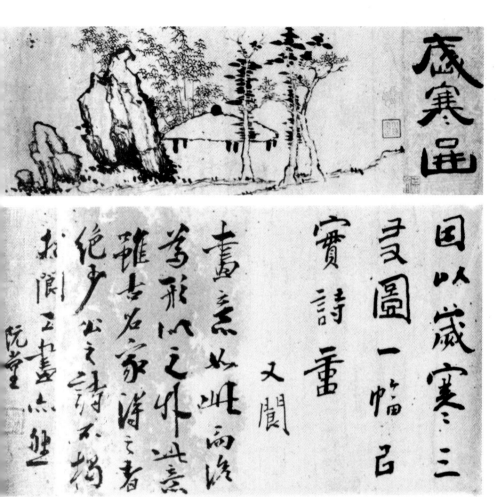

권돈인(權敦仁)의 세한도(歲寒圖) 추사 김정희의 지우(知友)이자 헌종조(憲宗朝)에 영의정을 지낸 이재(彝齋) 권돈인이 그린 세한도. 권돈인은 서화(書畵)도 잘했다. 22.1cm×101cm. 국립중앙박물관 소장. 아래는 권돈인의 세한도에 붙인 추사 김정희의 제발(題拔)인데 그 내용을 간추리면 다음과 같다.

그림의 의상(意想)이 이러해야 형사(形似)의 길을 벗어난 것이 되도다. 이러한 의상(意想)은 옛날의 명화가(名畵家)로서도 오득(悟得)한 자가 극히 적었었다. 공(公)의 시(詩)가 공(工)할 뿐 아니라 그림도 그러하다.

〔上〕 채제공(蔡濟恭)의 글씨 서간(書簡). 초서. 1764년. 지본묵서. 29cm×41.5cm. 서울대학교 박물관 소장. 채제공은 추사의 증조부인 월성위 김한신과 동갑의 지우(知友)로서 추사의 집안과는 각별한 사이였다.

〔下〕 박지원(朴趾源)의 글씨 서간. 행서(行書). 18세기. 지본묵서. 24cm×33.5cm. 서울대학교 박물관 소장. 북학파(北學派)의 한 사람인 박지원은 추사의 학문에도 지대한 영향을 끼쳤다.

제 1 권

영웅대망(英雄待望)편

◎著者의 말

추사 김정희하면, 누구나 글씨로서 떠올린다. 저자도 고백하지만 그렇게 생각했었다. 그러나 쓰기 시작하면서, 《완당집》을 읽게 되자 그것이 아님을 알았다.

참으로 놀랍게도 추사는 유학은 물론이고 불교, 그리고 금석학·시인으로서도 탁월한 선각자임을 알게 되었다.

여기서 예를 금석 하나만을 들어 생각해 보았더니 거기엔 역사가 있었다. 추사의 사상 바탕이 유학이었다면, 당연히 불교도 관련되고 금석은 필연적으로 서화와도 연관이 있다. 시인으로서의 추사를 생각하려면 언어·문자·음악도 알아야만 했다.

도대체 역사란 무엇인가?

역사는 한 나라·한 민족· 한 시대의 기록만이 아니다. 그 시대에 살았던 많은 사람들의 진실된 모습이 아니겠는가 그렇게 이해된다.

전혀 관계가 없어 보여도 모두 시대 정신의 담당자였다. 저 헤겔도 그의 철학 바탕을 역사에서 찾았다.

추사의 경우 그것은 마음에 있었다. 주자학에서 말하는 성리(性理)도 천성(마음)과 천리(도리)로 집약되고 있었다.

사람은 누구나 하늘에서 뚝 떨어진 것은 아니다. 특히 서화는 전통에서 비롯되는 것이고, 그 바탕에서 발전되며 전승되게 마련이었다.

나 개인이 있고, 확고한 정신(철학)을 가지며 주어진 인생을 살아간다. 거듭 말해서 사람은 누구나 부모가 있고 조상이 있으며 역사가 있었다. 이것을 부정하면 하늘에 침뱉는 것이다.

아울러 추사처럼 그 일생이 불우했고 불운했던 사람은 없었다. 그럼에도 불구하고 그런 불운·가난에도 지지 않고 있다. 이 점이 바로 추사의 매력이기도 하지만.

그런데 이 이야기는 소설로서 출발했다. 소설엔 최소한도의 픽션이 있고 재미도 있어야 한다. 아니, 무엇보다도 독자가 이해할 수 있는 수준이어야 한다.

그런데 '추사학'은 이미 말했다시피 고증이 생명이었다. 진실된 것만을 찾아야 한다. 그러자면 불가불 다람쥐 쳇바퀴처럼 되지만, 역사를 알고 동북아 5천 년의 자취를 훑을 필요가 있었다. 물론 대담하게 생략하고 넘어가는 방법도 있다. 하지만 그러면 수박 겉핥기식이 되고, 무엇보다도 추사의 진수(眞髓)라고 할 치열한 학문 정신의 참뜻이 실종된다.

아니, 내용을 이해할 수 없을 터이다. 《완당집》을 보면 과문(寡聞)한 탓인지는 모르지만 생전 보도 듣도 못했던 사람들의 이름이 아호나 자(字)로 표기되어 나타나고 있다. 적어도 그 배경이나 윤곽을 알아야 할텐데 그럴 수 없는 경우도 있었다.

이것이 곧 추사의 광범위한 교양과 지식, 깊은 역사관을 반증한다. 특히 추사는 왜국에 대한 지식도 깊고 넓었다. 후생으로서 그 때보다 훨씬 많은 자료를 가졌으면서도 그것을 옳게 파악하고 옳게 젊은이한테 전달하지 못한다면 부끄러운 일이다.

추사의 학문이라는 것이 겉핥기 식의 얕은 것이 아니었음은, 불과 25세의 백면 서생으로 연경에 갔을 때, 당시의 쟁쟁한 청유(淸儒)들이 고작 두 달 남짓한 교유(交遊)를 통해 그토록 감탄하고 종생 불변의 우정을 가질 수 있었던 데서 찾을 수 있겠다. 옹방강(담계)·완원(운대) 같은 스승을 얻을 수 있었던 것은 그들의 큼을 받아들이는 그릇이 준비되어 있었기 때문에 가능하지 않았을까? 그렇지 않고선 해답을 찾을 수가 없다.

끝으로 이 이야기는 전 10권, 원고지로 1만 5천 매가 소요되었는데 좀더 자세한 것은 후기에 쓰기로 하고, 자료의 아쉬움만은 말씀드리고 싶다. 그러나 자료는 부족하더라도 20세기의 오늘을 사는 우리라도 매일처럼 홍수와 같이 쏟아지는 정보가 있건만 진실을 찾기가 어렵다는 것을 감안할 때, 비록 2백 년 전의 그것이라도 보다 객관적이고 신빙성이 있어 오히려 마음은 홀가분했다.

이 책이 햇빛을 보게 된 것은 명문당 김동구(金東求) 사장의 넓은 이해와 격려 덕분이며 기타 편집 일체와 아낌없는 질정(叱正)을 해주신 안길환(安吉煥)씨, 그리고 알게 모르게 힘써주신 분들께 감사하고 싶다.

물론 독자 제현의 눈이 더 무서운 것이겠지만, 저자로선 배운다는 입장으로 이 글을 썼다는 것만을 아뢰이고 각필하겠다.

丙子 仲夏
凱風 五奭 記

제1권 **영웅대망(英雄待望)편** / 차 례

예산(禮山)에서

바람이 아직도 차가운 정월.

군데군데 갯벌의 흔적을 남긴, 스산한 겨울 풍경이 펼쳐진다.

"대체, 어디로 가는 거여? 엉뚱한 데로 가고 있지 않나!"

범강 장달이 같은 하인 두 녀석이 '사인교'의 뒤를 따르면서, 씩둑거렸다.

"야 덕보, 목소리가 높다. 우린 대감마님을 따라가기만 하면 되는 거야."

둘 다 스물 안팎의 억세게 보이는 젊은이였다. 흰 무명의 겹으로 된 바지와 저고리를 입고는 있지만 솜을 두지 않아 추워 보인다. 머리엔 '패랭이'를 썼고 등에는 상자처럼 생긴 별로 무거워 보이지도 않는 봇짐을 엉덩뼈 위에 걸치듯 짊어졌다. 무슨 까닭인지 바짓가랑이는 무릎 밑까지 걷어올려져 털북숭이 정강이가 드러나 있었다.

"그런데 배도 고프다니까."

하고 덕보는 중천에 떠있는 엷은 햇살의 해를 올려다본다.

"덕산(德山)에선 뭘 했길래……."

억만이는 덕보를 놀리듯이 히죽 웃으며 말한다.

"흥, 남이야."

덕보는 마른 입술을 혓바닥으로 핥았다. 아침 일찍 떠나는 상전 때문에 그는 허겁지겁 막걸리 한 사발을 들이키고 덕산에서 이곳 예산까지 40리 남짓이나 내내 걸어왔다. 배도 고플 만하다.

"배가 고파도 싸지, 넌 바보니까."

억만이는 여전히 이기죽거린다.

"내가 왜?"

"어제 저녁, 대감마님께선 분명히 우리한테 술밥을 사 먹으라고 돈을 주셨잖은가."

"그야 그렇지만……."

"그런데 넌 그 돈을 몽땅 '갈보'한테 쑤셔 넣었어. 그리고서 아 침엔 밥 사먹을 돈도 없어 주모(酒母)한테 통사정을 하며 성엣장 이 둥둥 뜬 막걸리를 한 사발 빈 속에 들이켰을 테지."

"아니, 그걸 네가 어떻게 알지?"

"아침에 네 입에서 술내가 푹푹 나더라. 게다가 푸석푸석한 얼 굴이며 움푹 기어들어간 눈을 보면 알쪼일세."

"흥!"

덕보는 코방귀를 꿰었지만 대꾸할 말은 없었다. 그러니 더욱 화 가 난다.

'개자식! 남의 속을 족집게로 집어내듯 알고 있잖아?'

사인교는 어느덧 논두렁 길로 접어들고 있었다.

사인교란 문자 그대로 네 사람이 메는 가마이다. 가마꾼 넷이 지 나기에는 너무도 좁은 길. 그럼에도 그런 길을 용케 지나려 한다.

"저놈들 꼴 좀 보라구!"

머쓱해졌던 덕보가 가마꾼을 가리키며 키득키득 웃었다.

"마치 게처럼 걷고 있어."

가마꾼이 옆으로 한 발짝씩 번갈아 한 발을 들어 옮기고 있다. 하지만 게걸음이라는 표현은 정확하지가 않다.

가마꾼은 언뜻 보기에도 하체가 발달되어 있었다. 그런 하체로 앞에서 두 명, 뒤에서 두 명이 각각 단단히 땅을 밟고서 상체는 논 쪽으로 젖히고 있는 것이다. 조금만 균형을 잃는다면, 아니 가마 꾼끼리의 호흡이 맞지 않는다면 그들은 가마째 검푸른 감탕인 논 바닥에 나가떨어지고 말리라.

"너, 떨고 있잖아. 입술이 새파란 것이 추워 보인다."

억만이는 또 놀렸다.

"내가 왜 떨어?"

"추우면 가마 뒤에 가서 흔들리지 않도록 가마 횟대나 잡아 주지 그래."

"싫다. 그러다가 나까지 논바닥에 뒹굴 거 아냐……."

덕보는 그렇게 말하다가 자기 말이 지나쳤다 싶었는지, 얼른 둘 러댔다.

"난 대감마님이 걱정되어서야. 그런데 대감마님은 까딱도 하지 않으시네. 혹시 여느 때처럼 졸고 계신 게 아닐까?"

아닌게 아니라 가마에는 학처럼 몸이 여윈 '노재상'이 올라타고 있었다. 그는 바로 강원도 평강(平康) 사람 채제공(蔡濟恭 : 1720~ 1799)으로, 호를 번암(樊巖)이라고 한다.

번암은 이때 나이 73세. 좌의정이라는 현직 고관이었다.

그런 번암이 어째서 노령임에도 불구하고 예산 고을에서부터 서 북 쪽 외진 곳인 오족산(烏足山)을 바라고 공로(公路)도 아닌 논두 렁길을 가는 걸까?

본디 예산의 진산(鎭山)은 금오산(金烏山)이며, 고을 동북에 도고산(道高山)이 솟았고 오족산은 그 지맥인 셈이다. 그리하여 예산의 옛이름은 오산(烏山) 또는 고산(孤山)이라고 불렸다. 고려 태조 이후 지금의 이름이 되고, 조선조에선 천안부(天安府)에 딸린 예산현(縣)이었다.

지명은 대체로 이두(吏讀)와 관계가 있으므로 금오산이 곧 '오산'이고 도고산이 '고산'이었다고도 추정된다. 또 도고산의 지맥 오족산은 우리말로 '까마귀 발'인데 원래는 '검메' 아니면 '검돌'이었을지도 모른다.

성종 때(1481) 노사신(盧思愼) 등에 의해 편찬된 《동국여지승람》을 보면 범근내포(犯斤乃浦)라는 갯벌이 예산·대흥(大興)은 물론이고 청양(靑陽)까지 들어와 있었다. 여기서 말하는 범근내포는 분명한 이두 표기이고, 그것이 내포(內浦)로 바뀌는 것이다.

지금, 번암은 흔들리는 높은 '좌대'에 앉아 눈을 감고 있다. 아직도 기력이 정정한 그의 귀에 멋대로 지껄이는 하인들의 말이 들렸다.

"역시 가마꾼은 다르다구. 용케도 논두렁을 다 건넜어."

덕보는 감탄했지만, 억만이는 여전히 핀잔을 준다.

"그러니까 넌 형편없는 멍텅구리야."

덕보도 이 말엔 약이 올랐다.

"듣자 듣자 하니까, 이 자식! 사람을 병신으로 만들고 있잖아? 바보는 뭐고 멍텅구리는 뭐지!"

"멍텅구리가 바보보다 더한 거지."

"힝!"

"머리를 써 보라구. 내가 가마꾼이고 애당초 건널 수 없는 논두렁이라면 건너가지 않는다. 다른 길을 찾아 돌아가든가 대감마님께 죄송하지만 잠깐 내려 주십시오, '쇤네'들이 업어 모시겠습니다. 그리고 사인교는 접어서 가지고 건넜을 게 아니겠어."

덕보는 얼굴이 빨개졌다. 분하지만 듣고 보니 억만이의 말이 맞는다.

"그리고 가마꾼이 논두렁 길을 건넜다고 해서 뭐가 대단하지? 그들은 그들로서 할 일을 다했을 뿐이야. 너만 빼놓고서 그들이라도 우리만 못한 점도 있지."

"뭔데?"

억만이는 대답을 늦추며 히죽거렸다.

"말하자면…… 넌 덕산 고을에서 동전 한 푼 남기지 않고 다 까먹었지만, 나는 술밥에 고기까지 공짜로 실컷 얻어먹었단 말이야."

"그게 정말이야?"

하고 덕보는 눈이 둥그레졌다.

"어떻게?"

"우리가 누굴 모시고 있지? 영의정을 지내시고 지금은 '판중추부사(判中樞府事)'로 계신 대감마님을 모시고 있잖아?"

"음."

덕보는 아직도 영문을 몰랐으나, 억만이의 목소리는 번암에게 들으란 듯이 높아진다.

"그러니까 넌 바보 멍텅구리, 아니 그보다 더한 멍충이라고 할까…… 히히."

덕보는 그제야 알았다는 듯이 다그쳐 물었다.

"옳거니, 대감마님의 이름을 팔아 손을 벌렸다는 거로구나."

"무슨 뚱딴지 같은 소리야! 내가 시골 녀석들에게 손을 벌린다고 생각돼?"

하고 억만이는 펄쩍 뛰는 시늉을 했다. 그리고 다시 말을 잇는다.

"귓구멍이나 후벼내고 똑똑히 들으라구. 주막에서 보니까 이방인지 호방인지 아니면 형방인지 그런 몇 녀석들이 계집을 하나씩 끼고 앉아 흥청거리고 있잖아."

"그래서?"

덕보는 입 안이 바작바작 타는 것만 같은 느낌이다.

"덮어놓고 들어갔지."

"그랬더니?"

"놈들은 놀란 듯, 아니 흥이 깨졌다는 듯이 도끼눈을 뜨면서 내 아래위를 훑어보더군. 그까짓 촌놈들이 아무리 눈을 부릅떠도 나는 무서운 게 없어. 하지만…… 이 점이 중요해."

덕보는 아주 넋을 잃고 있다. 억만이의 말에 넘어가고 있었다.

"상대편이 세게 나오면, 이쪽은 한 발 물러선다. 그리고 한 방 꽝하며 먹여 주는 걸세."

"대체 무슨 말을 하고 있어?"

하고 덕보는 화제가 바뀌자 어리둥절하여 물었다.

"싸우는 요령이야. 아니면 우리 같은 종들이 쉽게 살아가는 방법이랄까……."

그래도 덕보는 억만이의 말뜻을 잘 모르고 있다.

번암은 가마 속에서 귀를 기울이며 혼자 미소지었다.

두 하인의 말이 그로선 많은 참고가 되는 것이다. 사람은 저마다 어떤 방식을 좇아 살고 있다. 신념이라고 해도 좋다.

번암 채제공은 당시의 인물로는 속이 트인 분이었다. 집에서 부리는 하인이라도 무조건 무시하거나 위엄을 내세우지 않았다.

이런 점에서도 그는 당대의 명신이었다. 시대를 좀 앞선 인물이었다.

"그래서……."

억만이는 조금 사이를 두었다가 앞서의 말을 계속했다.

"그때 나는 허허 웃고, 사실인즉 헤헤거리며 굽실거렸지만, 이것 어르신네들 자리인 줄 모르고 불쑥 들어와서 미안하외다. 참, 인사올리겠습죠. 쇤네로 말하면 홍주목(洪州牧 : 홍성)까지 채대감 나리를 모시고 갔다 오는 길입지요 했지."

"그랬더니?"

"그러자 그 말 한마디에 녀석들의 설설 기는 꼴이란……."

하고 배를 잡아가며 웃는다.

아전은 지방의 '구실아치'인데 그 횡포란 정말 눈 뜨고 볼 수 없을 정도였다. 아마 백 명이면 아흔아홉까지 그런 부류(部類)들이 많았으리라.

또 그런 인간일수록 권력에 약하다. 상대편이 서울 대감 집의 하인일망정 단번에 주눅이 들고 만다. 아마도 주모의 젖가슴을 떡 주무르듯 하든가 치마 아래로 손을 집어넣고 있던 녀석들이 허겁지겁 당황하며 억만이를 술상머리에 앉도록 했으리라.

덕보는 초점을 잃은 눈으로 중얼거렸다.

"그래서 자네는 술밥을 공짜로 얻어먹었다는 건가?"

"두말하면 잔소리지. 싫다 하여도 저쪽에서 입에 퍼 넣어 줄 정도였네."

그러자 덕보의 눈은 번쩍인다. 그리고 다시 물고 늘어진다.

"그리고 노자라는 명목으로……?"

번암은 이 대목에서 귀를 기울였다. 물론 참견할 생각은 없다.
하지만 억만이 무슨 대답을 하는가 궁금했다.

그런데 억만이는 히히 웃을 뿐 그런 물음에는 대답하지 않았다.
역시 상전의 귀를 의식하고 있는 것이다.

"받았나?"

덕보는 다그친다.

"야, 까마귀가 날고 있다. 동네가 가까운 모양이다."

가마는 아까와 다르게 흔들린다.

노인이라 남바위(방한용 두건)를 쓰고 있지만 귓가를 스치는 바
람소리가 왱왱거렸다.

'생각하면 긴 일생이었어.'

그 바람소리에 수많은 사람들의 외침이 섞여 있는 것만 같다.

'그러나 후회는 없다. 공명정대하게 살아왔다.'

번암은 감았던 눈을 뜨고 전방을 응시한다. 제법 넓고 쭉 뻗은
'방죽'의 둑길을 사인교가 나는 듯이 가고 있다.

"길, 사람이 다니는 길!"

소리내어 중얼거렸다.

눈에 광채가 났다. 지나간 세월이 떠올랐다가는 바람처럼 스쳐
지나갔다.

노인은 과거를 돌이켜보기를 좋아한다지만,

'도대체 조선에 길이란 게 있었던가.'

하며 젊었을 때엔 과격한 생각을 가졌었다고 생각하니 쓴웃음이

입가에 새겨졌다.

그러나 그 생각은 지금도 같았다.

번암은 영조(英祖) 19년(1743), 24세로 임금이 직접 시험관이 되는 정시(庭試) 문과에 급제하여 승문원(承文院) 부정자(副正字)라는 최말단 벼슬아치로 첫발을 내딛었다.

그것도 남인이던 번암으로선 이례적 발탁이었다. 당시로선 문벌이나 당파만이 아니라 학통(學統) 역시 중요했다.

번암은 성호(星湖) 이익(李瀷 : 1682~1763)의 문하이다. 동문으로 순암(順菴) 안정복(安鼎福 : 1712~1791), 동호(東湖) 윤동규(尹東奎 : 1695~1773), 소호(少湖) 윤동식(尹東式), 운암(雲岩) 이한영(李漢英)이 있지만 문과 급제하여 벼슬길에 나간 것은 그뿐이었다.

'그것도 50년을 험악한 관계에서 보냈었다. 앞으로 몇년을 더 살지, 험한 꼴을 너무도 많이 보았어.'

남인, 정식 명칭은 오인(午人)이다. 오(午)는 12지로서 남쪽을 나타낸다.

번암이 소년(젊은이를 말함) 시절, 오인은 완전히 몰락하고 있었다. 번암은 '탕평책(蕩平策)' 덕분으로 등용되었는데, 영조는 깊은 고뇌라기보다 한이 있었다. 탕평이란 왕이 가진 한의 간접 표현이라 하여도 지나친 말은 아니다.

영조대왕은 임술년(1742) 3월 반수교(泮水橋) 모퉁이에 탕평비를 세웠다. 반수교는 대궐이던 창경궁의 반궁(泮宮), 곧 세자의 거처 옆을 흐르는 개천에 걸렸었다. 그러고 보면 탕평비는,

'세자, 너는 아침저녁으로 이를 보고 명심하고서 절대로 당파라는 것이 조정에 발붙이지 못하도록 하렸다.'

는 뜻이 들어 있음을 알게 된다.

개천이라 하면 더러운 오물이 흐르는 하수도를 연상하기 쉽지만, 이성계가 한양에 도읍을 정하면서 도시 계획으로 도랑을 만들어 깨끗한 물이 늘 흐르는 내였다. 이곳은 현재의 명륜동 성균관과도 이웃한 곳으로, 산 좋고 물 맑기로는 다른 나라에서 그 예를 찾아볼 수가 없다.

장헌세자(莊獻世子)는 이때 아홉 살. 영빈(暎嬪) 이씨 소생이다. 영조에겐 장헌세자에 앞서 경의군(敬義君)이 있었다. 정빈(靖嬪) 이씨 소생으로 숙종 45년(1719)에 탄생했고, 영조의 즉위와 함께 세자로 책봉되었으나 무신년(1728)에 열 살로 승하했다. 이 왕자는 나중에 진종(眞宗)으로 추존되고 정조 대왕은 이분께 출계(양자로 나감)했다는 형식으로 왕위에 오른다.

젊은 번암으로선 당시 임금의 한이 무엇인지 알 까닭이 없었다. 그러나 기본적으로 가문과 조상에 대해선 알고 있었다. 오인에 대해 여기서 아직은 설명할 필요는 없지만, 그 결정적 몰락은 역시 숙종의 계비 장희빈 사건과 관련이 있다.

'평강 채씨'의 족보를 보면 번암의 고조로 호주(湖州) 진후(振後 : 1595~1660. 일부 기록에 진후의 형님 유후(裕後)라고 나오는데 이분은 호가 형주(衡州)로 형조판서를 지냈다)가 있는데 효종 때의 문장가로서 대제학·이조판서를 역임했다. 택당(澤堂) 이식(李植 : 1584~1647)과 친교가 있었으며 우계와 율곡을 논하는 상소문을 올린 일도 있었다. 당시에 거의 신성시되었던 두 분을 비판한 것이므로 그 내용(전하지 않아 불명)을 떠나 뼈있는 문인이라 하겠다.

그리고 형주 유후의 아드님으로서 시귀(時龜)가 곧 출계하여 호주의 후사가 되었던 것이다.

시귀는 부사까지 지냈는데, 호주의 아드님으로 시상(時祥)이란
분이 또 있다. 뒤늦게 태어났던 모양으로, 이 시상공이 바로 번암
의 증조부였다.

시귀공의 사촌 또는 재종간으로 시흠(時欽), 명귀(明龜)의 이름
이 보인다. 명귀의 양자인 겸길(謙吉)은 문과에 급제하여 교리(校
理 : 홍문관 정5품)였는데 숙종 9년(1683)에 형사(刑死)한다. 그 상세
한 내용은 불명이지만 허적(許積)·윤전(尹鐫)의 사사(賜死)에 뒤
이은 여러 옥사(정치적 사건)와, 또한 서인이 노소론(老少論)으로
분당되는 때이므로 정치적으로 극도의 혼란을 가져온 때이다.

또한 시흠의 아드님으로 이장(以章 : 현길, 마찬가지로 자를 피한
이름)은 무인으로 어영(御營)의 초관(哨官 : 봉화 관계)이었지만, 기
사년(1689)에 숙종에게 상소문을 올려 폐비(여기서의 왕비는 인현왕
후 민씨)가 옳지 않음을 주장하고 있다. 채이장은 당연히 철퇴를
맞고 유배되었지만, 용기 있는 행동임에는 틀림없다.

번암의 증조부 시상공은 명윤(明胤)·성윤(成胤)·정윤(禎胤)·
팽윤(彭胤) 4형제를 두었다. 그 차남이던 구봉(九峯) 성윤은 문장
이 뛰어났고 참판을 지냈으며 번암의 조부였다.

성윤공은 다시 응겸(膺謙)·응만(膺萬)·응일(膺一) 3형제를 두
었는데, 막내인 응일공이 번암의 아버지로 현감을 지냈다. 어머니
는 이씨로 이만성(李萬成)의 따님이었다.

번암이 배치된 승문원은 외교 문서, 주로 청나라와의 교린(交隣)
문서를 관장하는 곳이다. 이른바 대국을 상대하는 국서를 취급하
므로 글자 하나라도 잘못 쓰면 목이 달아나는 막중한 직책이다. 그
러나 선비라면 누구라도 부러워하는 엘리트 코스였다.

번암은 열심히 일했고 보람도 있었다. 이 해 3월, 세자의 관례

(冠禮 : 성인식)가 올려진다. 그리하여 다음해 정월, 풍산(豊山) 홍 씨 홍봉한(洪鳳漢 : 1713~1778)의 따님이 세자빈으로 책봉된다.

이런 경사들은 청나라에 보내는 교린 문서에 올라가는 사항이 므로 번암은 눈코 뜰 새 없이 바빴었다.

'그때는 좋았어. 아직 젊었고, 세상에 무서운 것이 하나 없었 으니까.'

사인교는 어느덧 방죽을 지나 산길로 들어섰고 고갯길을 오르 기 시작한다. 억만이와 덕보의 실없는 수작이 또 번암의 귀에 들린다.

"배가 고파 죽을 지경이야. 대감마님께선 이대로 온양(溫陽) 까지 가실 작정일까?"

"그러니까 내가 뭐라고 했나? 나는 한양 '본가(本家)'를 떠나고 서 오늘까지 한 끼니는커녕 하루 이틀 굶더라도 배가 부를 만큼 든든하다네."

"뭐라고? 하루 이틀 굶어도 배가 절로 불러!"

덕보는 억만이의 조롱에 또 걸려들었다.

"정말?"

"난 거짓말하지 않아."

"거짓말이면 가만두지 않겠다. 죽여 버릴 테다."

"정말일세. 사람이란 돈이 있다 보면 배가 고파도 배도 고프지 않는 법일세."

덕보는 억만이의 말에 입을 딱 벌렸다. 그의 말을 믿어야 할지 어떨지 당혹하는 눈빛이었다…… 그러다 눈빛이 달라지며 목소리 를 낮추었다.

"역시, 넌 이르는 곳마다 손을 벌렸구나. 대체 얼마나 벌었지?"
억만이는 싱글벙글했다.

"그러니까 넌 바보 녀석이야."

"홍, 얼버무리지 마라. 그러지 않고서는 어떻게 배도 고프지 않
을 만큼 돈을 가졌겠어? 실토해!"

"덕보, 넌 대감마님이 한양을 떠날 때 우리한테 엄격히 타이르
신 말씀을 잊지는 않았을 테지?"

"엉?"

덕보는 억만이의 말이 또 비약했기 때문에 어리둥절했다. 그러
나 경계하듯 대꾸한다.

"음, 작게 말하게. 대감마님이 들으셔."

억만이는 거침없다.

"대감마님은 귀를 잡수셨어. 또 들으신다 하여도 상관없지. 난
조금도 그른 말을 하는 게 아니니까."

"그래도 작게 말하라구."

"아무튼 대감마님은 엄하게 말씀하셨네. 이번에 시골로 내려가
는 것은 사사로운 일이니까 절대로 관이고 민이고 폐를 끼치지
말라. 그러니 너희들의 밥값은 매일 저녁에 열 푼씩 주겠다……
알겠니, 이 돌대가리야! 나는 그런 돈을 꼬박꼬박, 고스란히
모았네."

덕보는 억만이의 말에 다시금 입을 벌렸다. 그리고 처음의 충격
이 사라지자 필사적으로 억만이에게 반격할 구실을 찾았다.

"홍, 대단하구나…… 하지만 그게 그것 아냐?"

"뭐가?"

"넌 대감마님의 이름을 팔아 손을 벌리지는 않았다고 했잖아?

그러면서 공짜로 술밥을 얻어먹었다면…… 그게 그거잖아?"

"어째서 같아? 달라고 하지 않았는데 그쪽에서 주었다. 주는
것도 받아먹지 않는 바보가 있겠어?"

"?"

덕보는 또 말문이 막혔다.

억만이의 말을 듣고 보니 그도 그럴 듯싶었다. 그러나 그대로 굴
복하기에는 너무도 약이 올랐다. 어딘지 납득이 되지 않는 것 같았
으나 그것이 무엇인지는 알 수가 없었다. 또 덮어놓고 승복하고 싶
지는 않았다.

"그랬었구나. 돈을 많이 모았을 테지. 얼마나 되니?"

"글쎄. 말하면 뭐 달라고 하겠지?"

하고 억만이는 싱글싱글 웃었다.

덕보는 입술을 깨물었다. 아무래도 억만이는 자기보다 한 수 높
은 것 같았다. 그러나 덕보는 끝까지 지고 싶지는 않았다. 꾀를 내
어 화제를 바꾸었다.

"그래, 돈을 악착같이 벌어 무엇을 할 작정이니? 뛰어 보았자
개구리라고. 너나 나나 기껏해야 종놈인데."

억만이는 진지한 얼굴빛이 되었다.

"돈이 모이면 장가를 들겠어."

"장가?"

하고 덕보는 되물었다.

"장가는 때가 되면, 대감마님이든 안방마님이든 알아서 집에 있
는 여종을 하나 짝지어 줄 게 아냐?"

"그렇지만 돈이 있는 것과 없는 것하고는 입장이 다르다."

"어떻게?"

억만이는 잠시 생각하고서 대답했다.

"첫째, 내 돈이 있다면 언제라도 대감마님께 말씀드릴 수 있네. 그것도 마음에 드는 것을 골라잡을 수 있을 게 아니겠어?"

덕보는 진정 놀랄 판이다. 억만이는 생각이 연상 떠오르는 모양으로 또 말했다.

"그뿐인가. 또 있네."

"또 있다구? 그게 뭐지?"

"사람은 자기 하기에 달린 거야."

"글쎄, 그게 뭐지?"

"그것은 비밀이다."

억만이는 덕보가 아무리 졸라도 그 이상은 말하지 않는다.

사인교는 마침내 고갯마루에 올라섰다. 마루터기에 올라서자 바람이 갑자기 불어와 두 하인의 목소리를 뒤로 날려 버렸다.

가마의 앞채를 멘 가마꾼 하나가 그제야 산 아래를 가리키며 처음으로 입을 열었다.

"저기 저곳이 용궁리(龍宮里)입니다. 저 삼태기 안처럼 아늑하고 양지바른 곳에 옹기종기 집들이 모여 있고, 그 가운데 우뚝한 것이 월성위(月城尉)의 고택(옛집)이옵지요."

"으음."

번암은 처음인 곳이지만 감개가 무량한 듯이 눈길을 보냈다. 멀리서 보아도 영조대왕이 그 사랑하신 맏사위에게 이곳의 땅을 내려 준 뜻을 알 만했다.

"용궁 마을이라고 했나?"

그 이름처럼 나뭇가지 사이로 흰 뱀과도 같은 등을 보이면서 냇물이 굽이돌고 있었다. 무한천(無限川)이 분명했다. 무한천은 홍주에서 흘러나오는 여양천(驪陽川)의 하류로, 옛날엔 거대한 뱀처럼 자주 홍수를 일으켜 사람과 가축을 해쳤다는 기록을 《여지승람》에서 읽은 적이 있다.

그러나 이곳도 용궁리의 이름처럼 바다와 관계가 있고, 처음엔 갯벌이라 척박한 땅이었을 게 틀림없었다. 그런데 언제부터인지 사람들이 갯벌을 막아 방죽을 쌓고 그 안에 논을 만들었다.

번암은 조금 전 방죽의 넓은 길을 가마로 지나면서, 길! 도대체 조선에 길이란 게 있었던가? 하며 생각한 젊었을 적의 반발이 생각났었다.

"그런데 지금은……."

하고 번암은 뇌까렸다.

"방죽 길이 넓고 논두렁길도 가마를 내내 타고 지났으니 이곳의 인심이 후한 것을 알겠구나."

"예, 뭐라고 말씀하셨습니까?"

아까의 가마꾼이 의아한 듯이 물었다.

"아니다, 아무것도 아니다. 나 혼자 한 소리다."

번암은 가마에서 용궁리를 굽어보고 또 하늘을 우러른다.

때는 해거름이었다. 마을의 집들에선 쇠죽을 쑤는지 굴뚝에서 흰 연기가 오르고 있다.

"나도 담배 한 대 피고 싶구나. 여기서 좀 쉬었다 가도록 하자."

번암은 그렇게 말했지만, 모처럼의 기회를 틈타 옛날의 회상을 하고 싶었던 것이다.

번암의 아버지는 원래 무인으로 오랜 근무를 하고서야 현감을 지냈던 탓인지 아들에게는 늘 입버릇처럼 말했다. 조선에서는 말이 양반이지 무관에 대한 멸시가 심했었다.

"글을 열심히 읽어라. 그리고 선비가 되는 거다. 호주공도 구봉 할아버지도 모두 글로써 가문을 빛내셨다."

그러자 번암의 당숙이 이런 말을 듣고 비아냥거렸다.

"형님댁은 그래도 좋겠수. 하지만 조카님을 너무 들볶지는 마시 오. 글이란 알맞게 알면 되지, 열심히 읽어 뭣 합니까?"

이때는 물론 탕평책이 발표되기 이전이다. 그런 말이 몇번 들리 기도 했지만 흐지부지된 일도 있었다.

"허허, 이 사람 정신 나간 소리 하네. 선비의 자식이 글을 않고 서 뭘 하겠는가?"

"그야 형님 말씀이 백 번 지당하지요. 하지만 요즘에는 선비가 차라리 중인(中人)만도 못하다는 소리가 나올 정도이죠."

"이 사람 듣기 싫네."

응일은 혀를 찼지만, 자못 못마땅하다는 생각은 같았다.

중인은 영조 이후에 두드러지기 시작한·새로운 계층이다.

당시엔 아마도 그런 개념은 없었으리라. 없었지만, 점차로 실체 로서 느껴졌을 터이다. 물론 그것이 무엇인지는 파악되고 있지는 않다는 점에서 같았지만.

중인은 주로 청나라를 드나드는 통사(통역)로부터 비롯되었다고 여겨진다.

우리는 지금, 이것을 시대의 흐름이라고 말할 수 있다. 하지만 시대의 흐름이란 소수의 선각자만이 알 수 있는 것이었다.

당숙의 말엔 가시가 돋혀 있었다.

"벼슬을 못하는 양반이라면 무슨 소용이 있겠습니까? 한낱 토 반(土班)이지요. 상놈이 따로 있다고 생각하십니까? 양반으로 서 벼슬을 3대 못하면 땅이나 파먹는 농군이 되고, 그래서 토반

이라 하지요. 벼슬도 못하니까 자식들의 공부도 제대로 못시켜
무식쟁이가 되어 버리고 상인이 되기 십상이지요⋯⋯."
"자네는 쓸데없는 자격지심으로 말하겠지만, 아무튼 사람으로
태어난 이상 최선을 다해야 하네."
번암은 그때 아버지의 말이 옳다고 여겨졌지만, 지금 생각해 보
니 당숙의 말도 일리(一理)가 있었다고 여겨졌다.

사인교는 고갯길을 천천히 내려간다. 번암은 계속해서 생각에
잠겼다.
'그런데 나는 사물의 이치로서의 도(道)와 인간이 마땅히 걸어
야 할 길로서의 그것을 참으로 알았다고 자신하는가? 성현들의
말씀인 도나 인간이 발명한 길은 같은 것이지만, 그 길을 그저
똑바로 걸었다는 데 그친 것은 아닐까?'
노재상의 깊은 주름살엔 그런 고뇌가 새겨져 있었다.
우리나라의 길이 좁고 꼬불꼬불한 것은 오랜 옛날부터의 것이라
고 한다. 우리 민족은 역사 이래 숱한 외침을 당했다. 그래서 길을
좁게 만들었다. 성문의 길도 말을 타고 그대로 지나갈 수가 없었
다. 비상시에는 성문의 흙을 파내고 말 타고 지날 수가 있었지만,
곧 다시 메워 버렸다. 그리하여 수레가 발달되지 못했다.
그런데 논틀길마저 좁다는 것은 무슨 까닭인가? 인간의 욕심
탓이다.
서로 자기의 논두렁을 깎아먹어 길은 뾰족한 칼날처럼 되어 버
렸고, 가마는커녕 지게를 지고 지날 수도 없게 만든다.
"좁은 길은 사람의 마음에도 있었어. 젊었을 적의 내가 그랬으
니까."

젊어서의 채제공은 스스로 아무런 배경도 없고 믿는 것이란 오로지 자기의 재능뿐이라고 자부했다.

벼슬을 하고 몇년 지나고 보니, 번암은 승문원 정자(正字)를 거쳐 예문관(藝文館) 시교(侍敎 : 종 8 품)로 올라 있었다. 이것도 엘리트 코스이다.

본디 예문관은 중국의 한림원(翰林院)을 본딴 것이며, 요즘의 말로선 아카데미였다. 하는 일은 매우 단조롭지만 본인의 능력을 키워 주는 데는 다시 없는 기회가 된다.

늘 고문서에 파묻혀 있고 어쩌다가 옛 문헌의 조회를 받아, 그것을 찾아주는 소임이었지만 젊은 벼슬아치는 이 기회에 공부를 할 수가 있었다. 공부는 주자의 말이지만, 학문에 정진하여 인격을 도야하는 것이라고 해석된다.

번암이 예문관의 응교가 되었을 때 아직 살아 있던 아버지는 기뻐 어쩔 줄을 몰라했다.

"이것으로 우리 가문도 빛나게 되었다. 구봉 할아버지도 천하(泉下 : 저승)에서 기뻐하실 거다."

부모 형제의 기쁨은 당연했지만, 본인도 우쭐해졌던 것은 사실이었다.

이런 번암이 월성위 김한신(金漢藎 : 1720~1750)을 처음으로 만난 것은 정묘년(영조 20 : 1747) 정월이었다. 번암과는 동갑이었으나 예문관 제학(提學 : 종 2 품)으로 왔던 것이다.

제학은 당상관(堂上官)이며, 그 아래로 직제학(直提學)·응교(應敎)·봉교(奉敎)와 같은 단계가 있고 요즘 말로선 차관급이다.

그러나 제학에는 특별한 의미가 있다. 제학 위로는 대제학이고, 대제학이라는 것은 홍문관과 예문관에만 있는 직제이다.

대제학을 일명 문형(文衡)이라 하는데, 아무나 하는 자리가 아니다. 문자 그대로 당대의 최고 석학(碩學)이 임명되며 누구라도 수긍할 수 있는 학문과 덕망을 가지고 있어야 한다.

조선조에 있어 정승을 지낸 인물은 수백 명이나 되지만, 대제학은 고작 80명에 이르렀을 뿐이고 초기엔 겸직도 많았다.

이를테면 태조 때의 양촌(陽村) 권근(權近 : 1350~1430), 태종 때의 춘정(春亭) 변계량(卞季良 : 1369~1430), 세종 때의 지재(止齋) 권제(權踶 : 양촌의 아들)와 학이재(學易齋) 정인지(鄭麟趾 : 1396~1478) 등이 있었다. 지재는 《용비어천가》를 찬했다.

이 중에서 춘정이 주목된다. 그는 포은(圃隱) 정몽주(鄭夢周 : 1337~1392)의 제자로 전 왕조의 충신으로 기피했던 포은을 유교의 정신적 지도자로서 인정하지 않을 수 없게 만들었다.

세조 때는 보한재(保閒齋) 신숙주(申叔舟 : 1417~1475)와 태허정(太虛亭) 최항(崔恒 : 1409~1474) 등의 이름이 보이고, 예종 때는 사가정(四佳亭) 서거정(徐居正 : 1420~1480), 그리고 유교가 바야흐로 '우리의 것'으로 탈바꿈되기 시작한 성종 때는 서천(西川) 어세겸(魚世謙)이었고 연산군 때는 용재(慵齋) 성현(成俔 : 1439~1504)이었다.

그리고 중종 때는 양곡(陽谷) 소세양(蘇世讓 : 1486~1562)과 모재(慕齋) 김안국(金安國 : 1478~1548)을 들 수 있다.

중종은 비록 반정(反正)이라는 방법을 썼으나 명분(名分)은 있었다. 그리하여 모재는 한훤당(寒暄堂) 김굉필(金宏弼 : 1454~1504)의 제자로 사림파(士林派)를 대변했다. 모재는 소시적에 이웃집 처녀가 담을 넘어와서 통정(通情)을 강요하자 채찍으로 종아리를 때려 쫓아 버렸다는 일화가 전한다. 사실 여부는 둘째로 시사되는 바가 있는 이야기다.

다시 명종 때는 호음(湖陰) 정사룡(鄭士龍 : 1494~1573)이, 그리고 선조 때 퇴계와 율곡이 대제학을 지냈다. 유교의 열매가 결실되고 수확기에 접어들었던 것이며 사실 선조 때는 기라성 같은 인물이 우리의 눈길을 끈다.

서애(西厓) 류성룡(柳成龍 : 1542~1607), 월정(月汀) 윤근수(尹根壽 : 1537~1616), 소재(蘇齋) 노수신(盧守愼 : 1515~1590) 등이 그런 인물이다. 이때 '사색 당파'가 시작되었다 하지만, 이는 자연스런 현상이고 어쩌면 학문·사상의 다양한 길로 나아갈 수 있는 기회였을지도 모른다.

그러나 역사는 냉엄하여 왜란이 일어나고 우리 민족에게 찬물을 끼얹었다.

번암은 지금 생각한다.

'그러나 그때는 아직도 희망이 있었다. 시련이 크면 클수록 일어날 수 있는 저력이 우리 조상들에겐 있었다.'

'아니, 그렇게 생각하는 것은 길에 어긋나는 일이다. 그리고 선묘(선조) 이전은 너무나 옛날의 일들이다. 지금 돌이켜본들 무엇하겠는가.'

인조반정은 중종의 그것과는 구별된다. 구별되어 마땅하다. 명분이란 약했고 다분히 사감(私感)이 얽힌 것이었다.

한 번 있었던 일은 두 번 있기가 쉽다. 그렇지만 다시 반복해선 안될 일이었다.

임진왜란, 병자호란의 두 호된 서리를 맞고서도 정신을 못차렸다면 누구의 책임인가?

대제학으로서만 말한다면 계곡(谿谷) 장유(張維 : 1587~1638),

택당(澤堂) 이식(李植 : 1584~1647)과 같은 분을 들 수 있겠지만, 이들은 전에 없었던 천주(薦主 : 추천자)라는 꼬리표가 붙어 있다. 즉 반정의 주체였던 김유나 서인의 영수 김상헌이 추천자로 되어 있는 것이다. 번암의 고조부 채진후도 효종 때의 대제학으로 당시의 권신 이경석(李景奭)이 천주로 되어 있다.

이것은 물론 추천받은 인사의 덕망이나 학식과는 관계없는 일이지만, 당파의 색채가 그만큼 강했다는 증좌였다.

월성위 김한신은 아마도 자기가 예문관의 신임 제학이라는데, 동료들의 시선을 강하게 의식하고 있었으리라.

"아무것도 모르는 젊은 내가, 그것도 느닷없이 제학이라니 여러분도 의아하게 여기실 것입니다. 그러나 잠시 할 일이 있어 여러분과 함께 일하게 된 겁니다."

번암은 그가 임금의 '부마'라는 점에서 다소의 반발심이 있었다. 그러나 그 목소리가 참으로 부드럽다는 데 놀란다.

왕자나 부마는 별세계의 사람처럼 느껴졌으나 오히려 오만하지 않고 지나치게 겸손할 정도이다.

"일이래야 특별한 것은 아닙니다. 오는 봄에 '사육신'의 묘비를 노들에 세울까 해서지요."

사람은 첫인상이 중요한데, 월성위는 키가 크고 썩 잘생긴 얼굴이었다.

'역시 훌륭해.'

번암의 엷은 반발은 눈 녹듯이 사라졌다. 다른 사람들의 인상도 같은 모양이다. 월성위는 그런 사람들의 표정을 읽은 듯 환하게 웃었다.

"그래서 말입니다만, 오늘 여러분을 저희 집에 청할까 합니다. 마침 정월이고 음식도 있을 것이니 흉금을 털어놓자는 생각이지요. 회식에 대해선 대제학님의 승낙도 받았습니다."

이 말로 좌중에 웃음소리도 들렸다. 당시의 관아란 식구가 그리 많은 것도 아니다.

그날 저녁 번암은 동료들과 함께 적선방(積善坊)에 있는 월성위궁을 찾았다.

이때 한양은 '문안'이라고 하여 성 안은 5부로 나눠져 있었다. 중부(中部)는 왜란으로 불타 없어진 '경복궁'의 전면 청계전 건너편까지인데 서린(瑞麟)·수진(壽進) 등 8방(동네)이었다. 동부(東部)는 창경궁 이동(以東) 낙산 아래까지로 숭인(崇仁)·연화(蓮花)·덕성(德成) 등 12방이나 되었다.

그리고 남부는 대체로 목멱산(남산) 자락으로 남대문 일대도 포함된다. 광통(廣通)·태평(太平)·성명(誠明) 등 11방이며, 서부(西部)는 경복궁 이서(以西)로 적선·인달(仁達)·양생(養生) 등 8방, 북부(북촌)는 경복궁과 창덕궁 사이 및 서북부의 북악 자락 일대로 가회(嘉會)·안국(安國)·순화(順化) 등 10방이었다.

모두 41방으로서, 현재 이름이 남겨진 것은 몇개에 지나지 않지만, 유교적 덕목을 따서 동네 이름을 정했다는 데 특징이 있었다.

그리고 특수 계층의 사람들이 모여 사는 동네가 성 밖에 따로 있었다. 예컨대 남대문 밖에 호수가 있었는데[서울역 부근] 그곳은 무수리(대궐의 하녀)가 살았고, 북문 밖 수유리 일대엔 내시촌이 있었다.

월성위는 혁혁한 가문인 경주 김씨(경김)였고 그의 아버지 급류정(急流亭) 김흥경(金興慶 : 1677~1750)은 자를 숙기(叔起)라 했는데 성격이 원만했던 것 같다. 숙종 때 기묘년(1699)에 문과 급제하고, 숙종이 그 말년에 자주 병석에 눕자 양심(養心 : 마음의 수양)을 진언한다. 그는 당파로선 노론이고 소론의 영수 최석정(崔錫鼎)이 예기유편(禮記類篇)을 경연에서 강의하지 못하도록 막았다. 그러나 특별히 모나는 성격은 아닌 듯 임자년(영조 8 : 1732)에 우의정이 되고 이어 영상에 오른다.

숙종의 승하와 그에 뒤이은 장희빈 소생의 경종(景宗) 즉위에는 애매 모호한 점이 많다. 우선은 공식적인 기록으로 정리한다면 대강 이런 줄거리이다.

옥사를 일으켜 장희빈을 죽게 만든 노론파는 정권 연장을 꾀하고자 연잉군(영조)을 왕세제(王世弟)로 봉했다.

그러자 소론파인 조태구(趙泰耉) 등의 부추김을 받은 도승지 김일경(金一鏡) 등은 왕세제를 무고했을 뿐 아니라 자객까지 보내어 암살을 시도했고 노론의 네 대신을 죄 주는 데 성공한다.

여기서 확실한 것은 선비의 타락이다. 이것은 당쟁이 아닌 전쟁이고 파렴치한 행위가 아닐 수 없다는 데 문제가 있다. 더욱이 김일경을 편드는 소론파의 선비들이 조정의 곳곳에 있었다고 하니 통탄할 노릇이다.

심지어,

"나라가 망했어. 망국 일보 전일세."

하며 임진왜란이나 병자호란 때에도 들을 수 없던 한탄이 뜻있는 사람들의 입에서 나왔던 것이다.

영조의 한이란 바로 이것이었다.

유감스럽게도 현재 일방적으로 노론파의 주장만이 전하고 있다. 가장 책임 있는 세력이 노론파인데 그뒤에도 깨뜨려지지 않고 마침내 일제에 의한 망국까지 이어진다. 영조·정조는 물론이고 저 대원군도 그것을 깨뜨리지 못했다. 집권 세력은 더러 달라지긴 했지만, 그 벽은 너무나 두껍고 뿌리가 깊은 것이었다.

이긍익(李肯翊 : 1736~1806)의 《연려실기술》을 생각나는 대로 들추어 보니 이런 대목이 눈에 띈다.

'신유년(1681 : 이른바 남인의 몰락을 가져온 경신년 대출척의 다음 해) 감시(향시) 때에 빈 겉봉(서명이 없는 것)에 올린 답안지를 시험관이 펴 보았더니 고변서(역적 모의를 고발한 것)였다. 고발된 사람은 오인(午人)의 이름있는 열세 가문이 망라되어 있었다.

"이것은 익명으로 고발한 것이니 불태워 버리세."

"아닐세. 예사롭지 않은 일이니 상부에 보고해야 하네."

이래서 다시 엄중히 밀봉되고 왕에게까지 올라갔다.

숙종은 이를 읽어 보고 김석주(金錫冑 : 1634~1684)에게 조사를 명했다. 김석주는 바로 경신 대출척을 연출한 공신 제 1 호였다.

김석주는 왕명을 받자 궁리한다. 무조건 때려잡을 수는 없으니 머리를 쥐어짠 셈이다.

한 사나이의 얼굴이 머리에 떠올랐다. 김환(金煥)이란 자로 남인의 도움으로 벼슬을 한 자리 얻은 무변(무인)이었다. 석주는 김환을 비밀히 집에 불러 꾀었다.

"아직도 반역을 꾸미는 자가 있는데 증거가 없단 말일세. 자네는 허새(許璽)·허영(許瑛) 형제와 친하니 그들에게 접근하여 정탐하게."

"대감, 저는 그렇게 할 수가 없습니다."

"시키는 대로 하지 않으면 당장 너를 죽일 테다. 만일 성공만

한다면 부귀영화는 따놓은 당상이지.”

김환은 위협에 못이겨 승낙한다.

“그런데 대감, 어떻게 하면 될까요?”

“너는 피첩(돌림병이나 꺼리는 일이 있을 때 잠시 거처를 옮기는 일)을 왔다면서 허새의 집 근처에 방을 얻고 접근하는 거다. 그리고 장기를 두어라. 장기에서 장을 불러가며 적의 장기 쪽을 모조리 먹어치우면서 슬쩍 한마디 하는 걸세. ‘네가 남의 나라를 뺏는 것도 마땅히 이럴 테지?’ 만일 그가 이상한 낌새를 보였다면 밖에서 함께 자면서 역모를 하자고 꼬이는 것이다.”

“하지만 대감, 그가 만일 나를 역적질하는 놈이라고 고발하면 어떻게 합니까?”

“그런 걱정은 말아라. 모두 너에게 달렸으니 시키는 대로만 해.’”

이것을 읽어 보면 유치하기 짝이 없다. 당시 아무리 순박한 백성이라도 이런 증거라면 완전한 우격다짐이다.

그러나 역적 모의라는 것이 실제로 이와 같이 조작되고 국문 (고문)으로써 자백을 얻는 것이었다.’

같은 《연려실기술》을 보면 이런 기사도 많이 발견된다.

‘허새는 네 번 형문(刑問 : 곤장, 단근질 등)과 한 번 압슬(壓膝 : 무릎뼈를 부숴뜨림)로 자백했다. 허영은 세 번 형문에 자백했다.’

그래서 영조는 즉위하자 바로 이 압슬법부터 폐지한다. 이것 역시 매우 암시적이다.

어쨌든 영조는 그 즉위 초에는 왕위마저 몹시 불안했다. 그리하여 노론 네 대신의 명예를 회복시켜 주었을 뿐 아니라 ‘서원 봉사

(奉祀)'를 하게 하고 '사충서원(四忠書院)'이라는 현판까지 내렸다. 그러나 무신년(영조 4 : 1728), 김일경(소론파) 일파인 이인좌(李麟佐) 등이 청주에서 난을 일으켜 위기를 맞는다.

급류정 김홍경은 한정(漢禎)·한좌(漢佐)·한우(漢佑), 그리고 한신(漢藎) 4형제를 두었다. 막내인 한신은 열두 살 때인 임자년(영조 8 : 1732), 정빈 이씨 소생의 화순옹주의 부마가 되어 월성위라는 궁호(宮號)가 내려졌다. 옹주와는 동갑이었다.

영조의 월성위에 대한 사랑은 각별한 것이었다. 김홍경이 우의정에 발탁된 것도 한신이 부마가 된 다음해의 일이었다.

영조는 이름이 금(昑)이고 자는 광숙으로, 양성헌(養性軒)이라는 호를 썼다. 그가 호학(好學)의 군주였던 것만은 틀림없다.

그 사람의 인격은 유소년 시절에 형성된다. 여러 가지로 보아 소년 시절은 불우했고 다감했던 성격인 듯싶다.

그는 즉위하던 해 압슬법을 폐지했지만, 갖가지의 선정을 베풀었다.

지방 수령으로 세금(주로 곡물)을 유용한 자의 금고법을 제정하는가 하면 정규의 옥이 아니면 수용하지 못하는 규정을 만들었다.

당시의 뇌옥(감옥)이란 일단 갇히게 되면 살아 나오기가 어려웠다. 토굴과도 같은 어둠이 낮에도 계속되고, 첫째로 위생 시설이 미비하여 옥사하는 사람이 더 많았다.

인권이란 말은 물론 없었고 고문은 일반적이었다. 일반 사대부 집에서도 노비 학대나 사형(私刑)이 공인되던 시대이므로 왕명이 얼마나 실천되었는지는 의문이다.

예를 들어 말물림이라는 것이 있었다. 곡식을 계량하는 네모진

나무틀 상자에 무릎을 꿇게 하여 억지로 앉히는 사형(私刑)이다. 이것은 주로 성질이 고약한 마나님이 여자종에게 가하는 벌인데, 이런 벌로 불구자가 되는 예도 있었다.

임금은 다음해(즉위 2년)에도 신임(辛壬), 곧 경종의 즉위 초인 신축년과 임인년에 억울하게 죽은 죄인의 가족을 등용하라는 비망록(왕명)을 형조에 지시하고 있다. 또 관절(關節), 팔이나 무릎 관절을 상하게 하는 고문을 엄금시킨다.

그리고 당쟁의 폐단을 한탄하고서 붕당·사치·숭음(崇飮 : 술마시기를 좋아하는 것) 세 가지를 타이르는 교서를 팔도에 내린다.

정미년(영조 3 : 1737)에도 장법(장물죄)과 세미화수(稅米和水 : 벼를 적셔 무게를 늘림)를 엄금했고, 갑변(곱으로 이자를 받음)을 금하는 법을 정한다.

대체 이런 성격은 어디서 비롯된 것일까?

영조는 숙종 20년(1694) 9월 13일 창덕궁 보경당(寶慶堂)에서 태어났고, 재위 52년에 춘추 83세로 병신년(1776) 3월 5일 경희궁 집경당(集慶堂)에서 승하한다. 어머니는 숙빈 최씨이다.

야사로 전하는 이야기에 의하면 숙종이 어느 날 밤 후원을 거닐고 있는데 나무 사이로 불빛이 보였다.

왕은 이상히 여기고 다가가서 보았더니 한 소녀가 바위 아래 촛불을 켜놓고 간단한 음식을 차려 놓고서 열심히 빌고 있었다.

"무엇을 하고 있느냐?"

왕의 물음에 소스라치게 놀란 그 소녀는 궁중에서 가장 신분이 천한 무수리였다.

"두려워할 것은 없다. 무슨 짓을 하고 있었는지 사실대로 아뢰렷다."

그러자 무수리는 떠듬거리며 말했다.

"저는 폐비가 된 중전마마의 밑에서 잔심부름을 하던 종이옵니다. 오늘이 마침 중전마마의 생신날이라 이렇듯 변변찮은 음식을 차리고 만수 무강을 빌고 있었습니다. 부디 한번만 용서해 주십시오."

여기서 폐비란 인현왕후(仁顯王后) 민씨를 말한다. 숙종에게는 원래 광성부원군(光城府院君) 김만기(金萬基 : 1633~1687)의 따님 인경왕후(仁敬王后)가 있었지만, 숙종 6년(1680) 춘추 20세로 승하한다.

그래서 계비로 맞은 분이 민유중(閔維重 : 1630~1687)의 따님인 인현왕후인데, 장희빈이 원자(경종)를 낳자 숙종 15년(1689) 22세의 나이로 폐비가 된다. 그 몸에 자녀가 없었기 때문이다.

숙빈 최씨는 이리하여 숙종의 총애를 받았는데, 연잉군보다 앞선 첫애가 있었고 일찍 죽었다. 따라서 영조가 태어난 숙종 20년에 인현왕후를 복위(27세)토록 하고 있어, 이것은 노론파의 사람들이 지어냈다고 여겨지며 신빙성이 없다. 장희빈은 이때 폐위되어 유폐되어 있었는데 그로부터 7년 뒤인 숙종 27년(1701) 중전이 35세로 승하하자 그녀도 교살된다. 이를 보면 숙종은 매우 냉혹하거나 우유부단한 성격의 소유자였던 것 같다.

한편 숙빈 최씨는 연잉군 후에도 아들을 한 명 더 낳았으며 언제 죽었는지 기록이 발견되지 않는다.

숙종은 이른바 호색 군주로서 숙빈 최씨를 몇년 총애했는지 몰라도 연잉군에 대해선 애정이 없었다고 추측된다. 더욱이 숙빈 최씨가 일찍 죽었다고 가정하면, 영조는 어려서 개밥의 도토리처럼 천대를 받았던 게 아닐까?

이것은 결코 상상만도 아니다.

당쟁이 심해지면서 얼마나 많은 왕자들이 비명으로 죽고 원혼이 되었는지 모를 정도이다.

역모 때는 추대자가 필요하므로 선조의 왕자들 이후로는 그렇게 희생된 사람이 많았다. 더욱이 영조는 그 생모가 무수리였으니 사람들의 보이지 않는 멸시와 차별의 편견을 받았으리라.

불쌍하게 자란 것은 경종도 마찬가지였으나 이들은 당시의 궁중 제도로 보아 격리되어 있었으리라. 형제라 해도 적자(嫡子)와 서자의 구별은 대궐이나 민가나 마찬가지로서 1년에 한두 번 명절 때 서로 만나는 정도였을 것이다.

아무런 희망도 없는 왕자, 다만 현재의 왕을 아버지로 가진 왕자는 궁 밖에 내보내지 않는 게 원칙이므로 연잉군은 글을 배우는 기회가 있었으리라.

그리고 저녁이면 그래도 숙빈 최씨와 친했던 늙은 상궁이 그에게 세상 이야기도 들려주는 일도 있었을 터이다.

어쨌든 영조는 즉위하자마자 맨 먼저 육상궁을 짓고 어머니의 제사를 올리며 그 넋을 달래게 하는 효심을 가졌다. 육상궁은 현재 헐렸지만, 바로 박정희(朴正熙) 대통령이 시해된 궁정동(宮井洞)의 그 집터라는 것을 아는 사람은 적으리라.

월성위 집에서 처음으로 만났던 김한신의 모습을, 바로 어제의 일처럼 번암은 떠올렸다. 그러기에 홍주까지 내려온 김에 번암은 그의 산소가 있는 이곳 용궁리를 찾아온 것이었다.

첫인사로 성명·본관·학통 등을 일일이 말했을 때 월성위는 말했다.

"아, 당신이 번암이시구려. 수재라는 소문은 내 일찍부터 들었지요."

"과분하신 말씀을……."

지금도 서로 미지(未知)의 사람이 처음 만나면 이름과 고향을 묻는 게 보통이다. 옛날엔 그것에 조상의 이름난 분까지 묻는 게 예의였다.

당시는 지금처럼 정보를 지나치게 많이 알아 둘 필요도 없었지만, 이름의 돌림자만 확인하고도 상대편의 10대 조까지 거슬러올라갈 수 있었다.

각 가문마다 정해진 항렬이란 게 있고, 그것을 알면 조상에 대해 환히 알 수 있는 것이다.

《화영편(畵永編)》이라는 책이 있다. 선각적 언어학자이고 문명비평가였던 정동유(鄭東愈) 선생의 저술이다. 교관(敎官 : 나라에서 지정한 선생)이었다는 것뿐 자세한 경력은 불명이나 대체적으로 볼 때 영조 때 사람이다.

그 글제목으로 〈지극히 졸렬한 것 세 가지, 지극히 어려운 것 두 가지〉가 있다.

졸렬한 것은 조선에만 있고 다른 나라에는 없는 결점이고 어려운 것도 유별나고 희귀한 것이라는 뜻이다.

첫째는 바늘이 없다──그러므로 장에서 바늘을 구하지 못하면 의복도 지어 입지 못한다.

둘째는 가축 중에서 소와 양이 중요한데 우리나라에선 소를 기를 줄 모른다고 잘라 말했다. 소가 그만큼 귀했다는 반증이다.

셋째는 수레가 없다는 지적이다. 이것은 다른 선각자도 지적한 일이지만, 수레가 없음을 한탄하고 있다.

다음은 지난(至難)한 것 두 가지.

첫째는 우리나라에선 4백 년 이래로 사대부의 부녀자로서 재혼이 허용되지 않는다. 둘째는 족벌을 말할 때 안팎(친가와 외가) 10대의 조상까지 따진다는 지적이었다.

1대를 30년으로 계산한다 하여도 3백 년 전까지 거슬러올라간다는 의미이다. 대체 이런 관습이 언제부터 생겼는지, 사견(私見)이지만 역시 인조 이후 우암 송시열(宋時烈 : 1607~1689)부터라고 추정된다.

그것보다 번암은 조금 전부터 감탄하고 있었다. 회식은 사랑방에서 열렸는데, 많은 서적이 눈에 띄었기 때문이다.

예의상 그것을 하나하나 살펴보지는 않았으나, 다만 장식용으로 가지고 있는 게 아님은 알 수 있었다. 어떤 책은 수십 번을 읽었는지 겉장을 다시 장정한 것도 있다.

술이 한 잔씩 돌고 나자 월성위는 말했다.

"조정에서도 나를 월성위라 부르지 말고 자(字)로 불러 주시오. 내 자는 유보(幼輔)입니다."

선비들 사이에선 이름을 부르지 않고 자를 부르는 게 예의였다. 그러나 상대편이 정승이나 부마라면 역시 그럴 수는 없는 것이다. 그런데 월성위는 자청해서 그렇게 불러 달라고 한다.

역시 교양, 그것으로 닦인 인품을 엿보게 만들었다.

화순옹주의 생모 정빈 이씨는 연잉군 시절부터 총애를 받았다. 그리하여 연잉군과는 일찍부터 그 고난의 세월을 함께 했던 셈이다. 정빈은 경의군(진종)을 낳았고 이어 딸을 낳았는데 일찍 죽었으며 차녀로 화순옹주를 낳았다. 그러므로 화순은 영조의 맏딸이었다. 영조가 왕위에 오르자 정빈에게 연고궁(延祜宮)이라는 궁호가 내려졌다. 그리고 왕세자이던 경의군은 영조 4년(1728) 동짓달, 이인좌의 난이 평정되어 한숨을 돌렸을 때 10세라는 나이로 죽었던 것이다.

이때 화순은 아홉 살이었다. 화순은 동생으로 몇살 아래인 화평(和平)옹주가 또 있었다. 화평옹주는 뒷날 금성위(錦城尉) 박명원(朴明源 : 1725~1790)과 혼인한다.

아홉 살이라면 이미 부마감을 고를 나이였다.

"옹주야, 네 신랑감으로 어떤 도령이 좋겠니?"

"첫째로 부모님의 마음에 드실 분이면 좋아요."

"첫째라는 것을 보니 또 소원이 있는 모양이로구나."

"네에. 둘째로는 썩 잘생긴 도련님이어야 해요."

이 말에는 임금도 연고궁도 크게 웃었다. 영조는 어려서 부정(父情)이라는 것을 몰랐기 때문에 따님에게 쏟는 애정은 각별했으리라.

그런 임금의 눈에 든 것이 월성위 김한신이다.

영조는 호학 군주로서 서적도 많이 간행한다. 실록을 보면 기유년(영조 5 : 1729)에 《감란록(勘亂錄)》을 출판하여 신하들에게 나눠주고 있다. 책의 이름으로 보아 이인좌와 박필몽(朴弼夢) 등이 청주와 거창(居昌)에서 각각 거병하고 또한 당시의 평안 병사 이사성(李思晟)도 공모하여 남북에서 한양을 공격하려던 일대 음모 전말을 상세히 기록한 것이리라. 그러나 애당초 김일경의 추종 세력과 여기에 몰락한 오인(午人)들이 가담한 반란이므로, 경종 때의 노소론 양파의 음모 전말도 기록되었다고 여겨진다.

'나라가 망했다'는 통탄의 소리가 나온 이 사건은 영조 임금 일대를 두고서 잊을 수 없는 한이었다.

그리하여 그는 앞서 노론파와 타협하여 '사충서원'의 현판까지 내렸으나, 그런 서원을 중심으로 다시 붕당의 움직임이 보이자 김창집(金昌集)의 관직을 재차 추탈하고 그 서원을 때려부수게 한다. 그러나 영조는 숙종처럼 옥사를 일으키지는 않았다. 역시 명군(名君)이라 불리는 이유다.

영조의 기본 자세는 그런 옥사──붕당의 생겨남──당파 싸움의 고리를 끊겠다는 것으로 이해된다.

김창집(1648~1722)은 안동 김씨로, 청음 김상헌(金尙憲)의 손자이며 영상을 지낸 김수항(金壽恒)의 아드님인데 명문 거족이었다. 이인좌 역시 영의정 이준경(李浚慶 : 광주 이씨로 호는 동고, 1499~1572)의 후손이며 어찌하여 그런 명신들의 후예가 그와 같았는지 고개가 갸우뚱해진다.

'명문 거족이라 하여 조금도 믿을 게 없잖은가.'

영조는 서민, 특히 노비 문제에 관심이 있었다. 노비 대책은 시대적 요청이었고 숙종도 관심을 보였던 일이다.

한마디로 노비 문제라고 하지만, 실제로 그 문제를 들여다보면 난마처럼 얽혀 있고 간단치가 않았다.

그리고 참으로 명군 소리를 들으려면 이 문제를 해결하는 데 있었으리라. 또 사대부의 이익과 관련되어 그 해결의 실마리를 찾기란 매우 어려웠다.

경술년(영조 6 : 1730) 섣달, 오랜 심의 끝에 공사천(公私賤)의 양처(처녀로서 사대부의 본처가 된 신분) 소생은 모계(母系)를 따른다는 결정을 내린다. 비록 양처일망정 그 신분은 노비와 같다는 결정이다.

한편 사윗감을 신중히 고르다 보니 가례는 임자년에 가서야 이루어졌다. 경술년 6월에 왕대비 어씨(魚氏)가 춘추 26세로 승하한 것도 혼사가 늦어진 이유였다.

어대비는 경종의 계비로 어유귀(魚有龜)의 따님이었다. 이 왕대비 역시 불행한 일생을 마친 여인이었다.

그러나 그 기년(期年)은 1년이기 때문에 옹주의 혼인에 큰 영향은 주지 않았다. 다만 12세의 동갑내기 신랑 신부는 지금으로선 조혼(早婚)이었으나 당시로선 신부가 늦은 편이었다. 특히 왕실로서는 말이다.

또 이 무렵 영조는 영빈 이씨를 총애했다고 추정된다. 연고당은 이미 서른이 가까운 나이였다고 짐작된다. 세자가 살았다면 임자년에 14세였다. 그런만큼 용색(容色)도 쇠퇴했고 무엇보다도 왕은 후사가 급했다.

계축년(영조 9 : 1733)에는 《오례의》가 간행된다. 이는 특히 혼인법에 대한 규정이 강조되고 있었다. 원래 우리나라의 혼인은 통일 신라 이전은 차치하고 고려 왕실은 혈족 결혼이었다.

태조 왕건이 중국에서 왔다는 전설이 있지만, 김종서(金宗瑞)의 《고려사》를 보면 송악(松嶽) 사람으로 금성 태수였던 왕륭(王隆)의 장자로서 병술생(丙戌生)이며 어머니는 한씨(韓氏)였다.

왕건은 17세 때 도선(道詵)을 만났고, 고려 초기엔 도선이 국사(國師)로서 건국의 기틀을 닦는다.

태조 왕건(877~943)은 재위 26년으로, 혜종(惠宗 : 911~945)이 그 뒤를 이었는데, 어머니는 오씨(吳氏)였다. 처음에 왕건 태조는 대광(大匡)인 왕규(王規)의 딸로 제16왕비를 삼아 아들을 낳았고 이를 광주부군(廣州府君)에 봉했었다.

왕건 태조는 그 뒤에 또 왕규의 딸을 후비로 삼아, 왕규의 세력은 자못 강성했던 것이다. 그리하여 왕규는 왕과 그 동생 요(堯), 소(昭) 등을 죽이고 광주부군을 추대하려는 음모를 꾸몄다.

혜종은 왕규와 대항하기 위해 자기의 장공주를 동생 왕소(王昭 : 이복동생)에게 출가시키고 이에 맞선다.

이것이 고려 왕실의 혈족 결혼의 시작이었다. 그러나 고려는 신라를 계승했던만큼, 이런 혈족 결혼은 신라 때부터의 풍속이라고 보아야 한다.

그런데 실제는 왕씨였지만, 장공주는 출가시 외가의 성을 따라 황보씨(皇甫氏)라고 했다. 이때부터 이것이 관례가 되어 동성 혼인일 경우에 외가의 성을 따르게 되었다고 한다(안정복의 《동사강목》 참조).

고려의 제 4 대 광종(925~975)은 중국에서 귀화한 쌍기(雙冀)의 건의로 우리나라에서 처음으로 과거 제도를 시작했는데, 그는 자기의 친누이를 왕후로 책봉했었다.

이밖에도 그런 예는 많았었다.

그러나 고려의 이런 동족 결혼에 대해 조선의 학자 의견은 다르게 나타나고 있다. 이익은 그의 《성호사설(星湖僿說)》에서 말했다. "고려의 동족간 혼인은 혜종이 장공주를 동생 소(昭)의 처로 삼게 함으로써 시작된 것인데, 사신(史臣)은 말한다. '남녀가 같은 성씨이면 그 자녀는 번성하지 않는 법인데 하물며 육친에 있어서이랴! 5백 년을 전해오면서 그 가지가 불과 수십 명에 지나지 않으니, 이로써 선왕(성인)이 예를 정한 깊은 뜻을 알 수 있도다'라고. 그 무질서한 혼인은 추악하고 도가 아님은 물론이다. 그러나 그 번성에 이르지 못한 것은 모두 까닭이 있어서이다. 나라의 제도로써 궁인(희빈)이 다행히도 자식을 얻게 되면 곧 삭발케 하여 승려를 만들고 적출 왕자라 할지라도 또한 다수가 출가하여 그와 같이 된 것이다. 사서를 보지 않고 헐뜯는다는 것은 잘못이다. 그리고 이 말대로라면 그것이 끊기거나 하지 않았으니 또한 다행스런 일이 아니겠는가."

성호의 이 말에 굳이 설명은 필요 없지만, 자손이 많아 오히려 적서(嫡庶)를 차별한 조선조보다 나았다는 뜻도 있어 보인다. 사실 성호는 〈모족위혼(母族爲婚 : 외가 쪽과는 혼인한다는 것)〉이란 항목에서,

"모족위혼은 우리 동국의 풍속이다. 모족과 대대로 화목을 꾀하기 위해서였다. 다만 동종(同宗 : 한 할아버지 자손)으로서 형제 숙질간이라면 혼인하지 않았다."

고 고증했다.

이런 성호의 설에 대해 이종휘(李鐘徽)란 유학자는 《수산집(修山集)》에서 동성 결혼은 무조건 안된다는 식으로 논했다.

"신라·고려 2대의 혼인으로 동성을 피하지 않고 이로써 기공(朞功 : 기년복과 대공복을 입는 친척)의 친(親)마저 범했으며, 윗사람이 이를 실행하자 아랫사람이 그것을 본받았고 백성에 이르러선 더 말할 필요도 없다. 고려 덕종(德宗 : 재위 1032~1034)은 하루 사이에 그 두 누이를 비로 삼았고, 광종과 문종(文宗 : 재위 1046~1085)은 모두 그 누이로 비를 삼았으니 천하에 어찌 이런 일이 있을 수 있겠는가. 세상에서 전하기를 왕씨는 용종(龍種)이고 그 겨드랑이 아래 비늘이 하나씩 있다고 하지만, 왕건 태조는 나쁜 것을 밖으로 후손에게 전하여 마침내는 자손이 서로 혼인케 만들었다……."

성호의 견해와는 크게 다르다. 성호는 실학자이지만 성리학에도 깊은 조예가 있다. 같은 유학을 배워도 그 편견이 심하면 이런 말도 하게 되는가 싶다.

그러나 고려도 충선왕(忠宣王 : 재위 1309~1313) 즉위 초에 이런 조서를 내리고 있다.

'동성으로서 혼인하지 않음은 천하의 통리(通理)요, 하물며 우리나라는 문자를 알고 부자지도(夫子之道 : 유교)를 행하고 있으니 동성으로서 가취(嫁娶)하지 말아야 할 것이다. 그러므로 종친(宗親 : 왕의 일족)으로서 동성자를 취하고 있다면 마땅히 누대의 재상가 딸로서 아내를 삼으며, 재상가의 남자라면 종친의 딸로서 혼인하되 만일에 가계(家系)가 비미(卑微)하다면 이를 따르지 않아도 된다. 신라 왕손 김혼(金琿)의 집은 순경태후(順敬太后 : 원종비)가 된지라 숙백지종(叔伯之宗 : 백·숙부의 종가임)이오, 언양(彦陽) 김씨 일종·정안(定安) 임(任)태후도 일종·경원(慶源) 이태후·안산(安山) 김태후·철원 최씨·해주 최씨·공암(孔巖) 허씨·평강 채씨·청주 이씨·당성(唐城) 홍씨·황려(黃驪) 민씨·횡천(橫川) 조씨(趙氏)·파평 윤씨·평양 조씨(趙氏)는 모두가 누대에 걸친 공신 재상의 종가이니 대대로 혼인을 할 수 있으리라. 남상종녀(男尙宗女 : 왕족의 사위가 됨)로서 하고 문무 양반 가문도 같은 성씨로서 혼인하지 말 것이며, 외가의 사촌간이라도 반드시 조정에 묻고 나서 구혼하라…….'
이것이 곧 동성으로 금혼(禁婚)케 한 제도의 시작이었다.

조선조에 들어오자 남자는 15세, 여자는 14세로 허혼(許婚)하고 혼인할 수 있게 했는데 종실의 여자와 혼인하려면 그 가장의 관직과 성명을 종부시(宗簿寺)에 신고토록 했었다. 이는 국성(國姓)을

보호하기 위한 것으로 이씨라면 신고하지 않아도 되었다. 또 초기
엔 명나라의 법률인 대명률(大明律)을 그대로 준용했고 백성으로
서 동성 혼인자는 곤장 각 60대에 이혼토록 하였다.

세종 9년(1427), 예조에서 색다른 문의가 있었다.

"회회인과의 혼례는 어떻게 하오리까?"

회회인(回回人)이란 아라비아인으로 중국에는 소주(蘇州)나 복
건성에 당나라 때부터 수천 명이 살고 있었으며, 고려와의 무역에
도 이들이 활약했음은 알려진 일이었다. 그런데 세종 때만 하더라
도 그들이 종종 들어왔고 조선 여자와의 혼인 문제가 제기된 셈이
었다.

이때 누구의 발상인지는 모르나 회회인이라도 우리의 의상을 입
고 우리 식대로 대례를 올리면 혼인을 인정하라는 지시가 있었다.

양성지(梁誠之 : 1415~1482)는 호가 눌재(訥齋)로 세조 때의 학
자인데, 저서로 《해동성씨록(海東姓氏錄)》《팔도지리지》가 있다.
그는 여진인과의 혼인 문제를 제기했다.

"야인(野人 : 여진족)은 나라가 평안·무사하다 싶으면 변경을 침
입하여 우리 백성과 가축을 끌고 가며, 군을 일으켜 토벌하려면
멀리 산 속으로 도망쳐 이를 막고 평정하기가 매우 어렵습니다.
중국에서 이들의 대책으로 다수의 자들과 혼인을 하게 하고, 이
런 야인으로서 투항자는 예컨대 천민의 여자로 출가케 하여 좋
은 장부(건강한 장정)를 낳게 하고 있습니다. 이는 나라의 원대
(遠大)한 시책으로서 타산지석이 될 것입니다.

우리나라는 비록 예악문물(禮樂文物)이 중국과 더불어 비슷하
다고는 하나 역시 동해의 바깥에 위치하니(여기서의 동해는 곧 서
해이다) 어찌 이런 북인을 천대만 할 수 있겠습니까?

앞으로 야인의 투항자는 그 족속과 강약(强弱)으로 삼등분하여 일등자는 무문(無門 : 무명 가문)·음사(蔭士 : 조상으로 공있는 자손이나 등용되지 못한 자)·대부집에, 이등자는 잡직(雜職)·사대부집에, 삼등자는 평민집에 통혼케 하고 기행성저(其行城底) 및 삼거량(三車良 : 모두가 이두문자로 지명임) 등지의 야인은 부근의 토호나 군호(軍戶 : 둔전병)에 위와 같이 등급을 나누어 통혼케 하십시오."

조선은 '사대주의'로 명나라에 굴종했을 뿐 아니라 야인(뒷날의 만주족)을 '오랑캐'라고 하여 멸시했다. 그런데 한족(漢族)은 우리를 동이(東夷)라고 불렀다. 그런 우리가 실력도 없으면서 여진족을 오랑캐라고 불렀다는 것은 자가당착도 이만저만이 아니었다.

아득한 옛날, 삼국 시대 이전에 우리는 물론이고 선비(鮮卑)도 말갈(靺鞨)도 이른바 구이(九夷)의 하나로서 뿌리는 같았던 것이다. 동이의 이(夷)는 대십궁(大十弓)의 회의문자로, 큰 활을 쏘는 민족이란 의미이고, 중국에 활을 전해 준 것이 우리였던 것이다.

그런 것을 떠나서 눌재는 참으로 대담한 제의를 했다고 하겠다.

여진족은 그 이전에 금(金)이라는 나라를 대륙에 가졌었고, 또 눌재 이후 곧 나타날 청나라를 건설하는 것이다.

그러나 눌재의 제의는 무시되었다.

우리 민족은 몽골, 그보다 앞서는 거란[契丹 : 글안]이, 혹은 왜적이 쳐들어와 수십 만 또는 수백 만의 생령(生靈)이 죽었음을 잊지 않고 있다.

물론 이들은 철천지의 원수이고 백 대를 두고도 잊을 수가 없을지 모른다.

그러나 역사를 자세히 읽어 보면 영원한 적도 원수도 없다는 것을 알게 된다. 조선조의 사대주의자들이 종주국처럼 생각한 명나라의 주원장(朱元璋) 역시 그야말로 고려를 쑥밭으로 만든 홍건적(紅巾賊) 출신이고, 주원장이 얼마나 우리를 괴롭혔는지는 말할 수 없을 정도이다. 그들은 몽골 이상으로 여자와 말과 금을 탐냈으며 빼앗아 갔다. 그것을 분하게 여기고 이기자면 실력밖에 없는 것인데, 우리는 겨우 여진을 오랑캐라고 부르며 만족했던 것 같아 씁쓰름할 뿐이다.

회식이 끝나고 헤어질 때 월성위는 대문 밖까지 배웅을 나왔었다. 그리고 그는 진정으로 말했다.

"앞으로 사양하실 필요 없습니다. 틈이 나거든 언제라도 놀러 오시구려."

그러면서 월성위는 크게 웃었다.

"왜냐하면 나는 여러분과는 달리 몹시 외롭기 때문이오. 핫핫하."

동료들은 각자 자기집 방향에 따라 몇몇 패로 갈라졌다.

"알고 보니 부마도 우리와 똑같아. 그러나 사람은 매우 훌륭하고 겸손했네."

번암은 그 말에 끼어들지는 않았었다. 월성위가 무심코 한 말, 외롭다는 말이 진심인 것처럼 들렸다.

바쁜 나날이 지났었다. 예문관의 일로선 선현(先賢)들의 사당 수축이며, 과거에 억울한 죽음을 당한 명신들의 신원(伸寃) 같은 것도 있었다.

이리하여 정묘년(영조 23 : 1747) 3월, 사육신의 묘비가 노들 나루를 굽어보는 언덕 위에 세워졌다. 제사를 지냈고, 제문은 번암이 지었다.

그것도 끝난 어느 날, 정양재(靜養齋 : 김한신의 호)는 새삼스러운 듯이 말했다.

"첫번째의 일을 무사히 끝마치고 보니 어깨가 홀가분하오. 그런데 어째서 그 동안 통 찾아오지를 않았소? 꼭 의논드릴 일이 있으니 오늘 퇴궐하거든 오시구려. 기다리고 있겠소."

번암은 할 수 없이,

"오늘은 좀 일이 있습니다만 근일에……."

하고 대답했다.

정양재는 몹시 서운한 눈치였으나 애써 미소를 지어 보였다.

"그렇다면 언제라도……."

월성위와 헤어진 뒤 번암은 그 약속을 무시할 작정이었다.

하지만 아무래도 마음이 걸린다. 무조건 거부하고 가지 않는 것이 어딘가 찜찜했다.

'난 대체 무엇을 꺼리는 것일까? 나 혼자서 도도한 체 하며 오기를 부리는 게 아닐까?'

번암은 집에 돌아오자 저녁 문안을 드릴 때 아버지에게 물었다.

"아버님, 남들은 저희 집안을 가리켜 오인(午人)이라고 합니다만……."

이것은 벌써 몇년 전 당숙이 한 말이 문득 생각나서, 우회하여 꺼낸 질문이었다. 이미 연로한 아버지는 아들의 물음에 되묻는다.

"왜, 조정에서 무슨 일이 있었느냐?"

"아닙니다. 아무런 일도 없습니다. 그저 소자(小子)가 전부터 그렇게 알고 있었던 터라서……."

"전부터 아는 일이었다면, 새삼 왜 그것을 묻느냐? 그 정도로 알고 있으면 그만인 것이다!"

늙으신 아버님의 느닷없는 역정에 번암은 찔끔했다. 채응일의 분노는 계속된다.

"조정에서 벼슬하면서 나는 동인(東人)이다, 너는 서인(西人)이다 하며 얼굴에 딱지를 붙이고 있는 자들이 있단 말이냐? 만일 그런 자가 있다면, 이는 신하이면서 신하가 아닌 자들이다! 입으로는 공맹(孔孟)의 가르침을 외면서, 실제는 성인의 도를 어기는 사이비 선비이다. 에잇, 괘씸한지고!"

번암으로서도 미처 몰랐던 아버지의 강직한 일면이었다.

"아버님, 부디 고정하십시오. 소자의 말이 잘못되었다면 용서해 주십시오."

이 말에 아버지는 흥분을 진정시켰으나 그 여운은 남았다.

"잘 듣거라."

"예."

"벼슬하면서 당파라는 생각은 눈꼽만치도 가져선 안된다."

"소자는 늘 명심하고 있습니다."

이는 물론 번암의 숨김없는 진정이었다.

"알았으면 되었다. 그러나 거듭 일러두겠다."

하고 아버지는 긴 한숨을 쉬었다.

조선에서의 당파 싸움.

갑술년(선조 7 : 1574), 김효원(金孝元 : 1542~1590)은 이조전랑(吏曹銓郎)이 되었다. 그는 호가 성암(省菴)으로 퇴계 이황(李滉 : 1501~1570)과 남명(南溟) 조식(曹植 : 1501~1572)의 제자로서 쟁쟁한 인물이었다. 스승들의 후광(後光)도 있었으리라.

성암은 그 덕행(德行)과 학문으로 진작부터 전랑(정 5 품)이 되었어야 했는데, 명종비 인순왕후(仁順王后)의 동생이며 훈구파(공신이나 외척 등의 자손인 기성 정치인)였던 심의겸(沈義謙 : 1535~1587)의 반대로 취임이 더디어졌다.

왜냐하면 이조전랑이란 관직은 높지는 않지만 벼슬아치의 인사권을 쥔 요직이었다. 또 인사에 대해선 판서·참판이라도 간섭하지 않는 게 하나의 불문율(不文律)이었다.

이래서 서로 반목하는 당파가 생겼다.

지금의 서울 동대문 창신동(昌信洞) 일대의 낙산(일명 낙타산) 자락은 고려 때부터 동촌이라 불렸으며 성암은 이곳에 살았었다. 그래서 성암을 쫓는 사람들은 동인이라 불렸던 것이며, 초당(草堂) 허엽(許曄 : 1517~1580)과 더불어 그 영수가 된다.

한편 심의겸은 황화방(皇華坊 : 조선 호텔 부근)에 살고 있어 서인이라 했던 것이며, 율곡 이이(李珥 : 1536~1584)는 이런 당쟁을 막으려고 힘썼지만 서인으로 간주된다.

그뒤 동인은 득세했고 미증유의 왜란을 맞게 되지만, 유명한 송강(松江) 정철(鄭澈 : 1536~1593)은 서인의 영수로 난리 직전에 세자 책봉 문제로 강계(江界)에 유배되고 있다.

양차에 걸친 왜병과의 7년 전쟁이 끝났을 때 정권은 여전히 동인의 손에 있었다. 아계(鵝溪) 이산해(李山海 : 1539~1609), 춘호(春湖) 류영경(柳永慶 : 1550~1608) 등이 그 영수인데 이들은 북촌에 살고 있어 북인이라 불렸다.

이런 북인과 대립되는 세력은 추연(秋淵) 우성전(禹性傳 : 1542~1593), 서애(西厓) 류성룡(柳成龍 : 1542~1607)으로 남산골에 살아 남인이라 했지만, 이들도 원래는 퇴계의 제자이므로 동인 계통이었던 것이다.

선조의 왕비는 박응순(朴應順)의 따님으로 의인왕후(懿仁王后)였지만 경자년(선조 33 : 1600)에 춘추 46세로 승하했고 소생이 없었다. 선조는 희빈들이 여럿이고 모두 14남 11녀의 자손을 두고 있지만, 이 왕비는 아이를 하나도 낳지 못했던 것이다.

희빈은 아무리 많아도 왕비를 맞는 게 국법이었다. 그리하여 선조는 임인년(선조 35 : 1602)에 김제남(金悌男)의 따님으로 왕비를 맞는다. 이분이 유명한 인목대비(仁穆大妃)로 이때 19세이고, 왕은 51세였다. 그런데 이 왕후는 영창대군(永昌大君)과 정명공주를 잇달아 출산한다.

선조는 늦게서야 원자를 얻게 되자 금이야 옥이야 하며 영창을 귀여워했고 이미 광해군으로서 세자가 책봉되어 있었으나 이를 바꾸려고 했다.

당시의 영의정은 춘호 류영경이었는데, 영창을 세자로 바꾸고자 준비하던 중 무신년(선조 41 : 1608) 2월 선조가 갑자기 승하한다. 이리하여 광해군이 등극했고 류영경과 그 무리(소북파)는 모두 죽음을 당한다.

소북파는 전멸했지만 이산해는 영의정이 되어 정권을 담당한다. 아계는 그 이듬해 병사(病死)하는데 그 파당인 대북파는 계축년(광해군 5 : 1613), 김제남이 영창대군을 추대하려 했다는 죄를 뒤집어씌워 당시 7세이던 영창은 강화섬에 보내졌고 불에 태워 죽였으며 김제남과 그 세 아들 또한 모두 죽음을 당했다. 그리고 인목대비를 서궁에 가두기도 했지만 마침내 인조가 반정을 일으켜 대북당마저 전멸한다. 이로써 동인은 사라진 셈이다 (1623).

채웅일은 잠시 숨결을 가다듬고 말을 이었다.

"지난날 실제로 당쟁이 있었다 해도 그것은 일부의 자들이 사리 사욕을 채우고자 작당하고 날뛴 데 지나지 않는다. 그러나 나만 꿋꿋하고 어떤 일이 있어도 흔들리지 않는다면 되는 것이다. 더욱이 지금은 밝으신 상감께서 위에 계시지 않느냐!"

"아버지의 가르침, 거듭 명심하겠습니다. 실은 오늘 아버님께 상의하려던 것은……."

"무슨 말인지 서슴지 말고 말해 보아라."

"지금 제가 일하는 예문관 제학으로 월성위가 와 계십니다."

"월성위가?"

"예. 아버님께서도 그분을 알고 계십니까?"

번암은 조금 뜻밖이란 듯이 눈을 둥그렇게 떴다.

"알다 뿐인가. 그때 나는 경호차 출동했을 뿐인데 정말로 흐뭇했다. 지금도 똑똑해 보이던 신랑과 그 신랑에 딱 어울리는 옹주마마라며 감탄했지."

"무슨 일이 있었는데요?"

"그때 수년째 흉년이 들어 문관이고 무관이고 모두 감봉 처분을 받았지. 그런데 아무리 장공주님의 혼례가 급하긴 하더라도 서두른다고 우리들은 툴툴거렸어."

"아버님께서도 그런 생각을 하셨습니까?"

"나도 그때는 젊었다. 대체 얼마나 호화판인 잔치일까 하며 갔었는데 검소하기 이를 데 없더라. 음식이라고는 떡과 술이 준비되었을 뿐 고기도 없었다."

"……"

"대례는 간단히 끝났는데 신랑이 갑자기 나한테 다가오더니 이

렇게 말하는 것이었지. '아저씨들, 저희들을 위해 수고가 많으
셨어요. 그리고 시장하실 테죠? 다행히도 떡과 막걸리만은 준
비한 것이 있으니 실컷 잡숫도록 하세요' 하는 게 아니겠어."

번암은 그때 내일이라도 당장 월성위 궁을 찾아가자는 결심을
했다.

그가 그 동안 망설였던 것은 부마란 역시 일반의 사대부와는 별
세계의 사람이라는 반발심 때문이었다. 월성위 궁의 으리으리한
건물도 그런 생각을 갖도록 하기에 충분했다.

그런데 지금 아버지의 말을 듣고 보니 자기가 잘못 알고 있었다
는 것을 깨달았던 것이다.

아버지는 오랜만에 흥분한 때문인지 번암을 붙들고 놓아 주지를
않았다.

"그것은 아마 갑인년(영조 10 : 1734)의 일이었지. 상감께서 대
소의 관리로 축기(蓄妓)한 자는 모두 돌려보내라는 엄명을 내리
셨던 거야."

언제부터인지 선비로서 축첩하는 자가 많았다. 그 대상은 특
수한 계층에 속하는 여성들이었다.

서양에선 인류의 가장 오랜 직업의 하나가 창녀라고도 한다. 우
리말로 씨(씨앗)는 모든 것의 시작을 뜻한다. 성호 이익은,

"우리의 기총(妓種)은 양수척(楊水尺)이다."

라고 고증했다.

척은 천민을 나타내는 이두였다. 한자로서의 척(尺)은 자이고,
따라서 척의 원말은 찻이었다고 추정된다. 찻이 붙는 우리말로선
잣대·잣치기 등이 생각난다. 잣대는 문자 그대로 막대기를 나타
내고 아이들의 놀이인 잣(고어로서 잣은 성)치기는 하나의 전쟁놀이

로서 성 공격·적진 깨뜨리기와 같은 의미가 있었다.

고대에는 지금보다 어휘(語彙)가 적었고 다른 말로도 쓰였을 것이다.

그래서 어쩌면 잣이 여성을 나타내는 말이고 혹은 여성만의 특징물, 나아가선 남성의 특징물과 만남으로써 이루어지는 행위를 의미했을지도 모른다.

잣(잣나무의 열매)은 작은 것이고, 남성보다 상대적으로 작은 여성을 연상시킨다.

그러나 잣이 곧 남녀의 성행위를 의미한다고 생각하는 게 가장 합리적이고 남녀를 공통해서 비어(卑語)가 곧 상대편을 경멸하는 욕설이 되므로 천민을 나타내는 뜻이 된 게 아닐까?

왕건이 삼한을 재통일했을 때 물잣(이두는 수척)이 있었다. 이것은 주로 여성의 별칭인 계집(繼妾)을 뜻했으리라. 여성은 물과 관련되는 일을 주로 한다. 빨래·물레질 등등. 바닷잣(해녀)은 물잣에서 파생되었다.

한편 사내는 뫼잣(산척 : 山尺)·나루잣(진척 : 津尺)·잡잣(잡스러운 일을 하는 곧 하인) 등으로 불렸다. 참고로 뫼보다 더 오랜 우리말로 불·달이라고 했다고 민세(民世) 안재홍(安在鴻)은 밝힌 바 있다.

어쨌든 정복자가 피정복자의 남녀를 노비로 만드는 것은 고금 동서의 예로서도 증명되는 일이다. 고려에서는 물잣을 각 공신에게 나눠주었는데 그 중에서 얼굴이 반반하고 소질 있는 자를 선발하여 깁(비단의 종류)과 화장으로 꾸미게 하고 가무를 가르쳤다. 그런 교육 기관을 교방(敎坊)이라 했던 것이며, 그런 가무를 하는 여인이 곧 여악(女樂)이었다.

교방이니 여악이니 하는 말은 사마천의 《사기》에도 나오며, 따라서 우리와는 관계가 깊지만 한어(漢語)이다. 무슨 유행처럼 우리 말을 놔두고서 한어를 즐겨 쓰는 게 '학자 선생'들의 병폐였다.

그리하여 조선조의 유학자도 '수척'에 대해 '한문화'를 전제로 접근하고 있다. 하지만 무비판이고 모방에 힘쓴 재래의 유학자와는 다른 움직임이 숙종 이후에 나타나기도 했다.

성호는 말했다.

'양수척은 곧 버들 고리장이다. 고려가 되었으나 산으로 들어가 고향을 갖지 않고(따라서 호적도 없다) 자주 옮겨다니던 사람들이다. 이들은 즐겨 물가에서 천렵(고기잡이)하고 버들가지로 고리를 만들며 입에 풀칠을 했다. 뒷날 이의문(李義旼 : 고려 의종 때의 무신)의 아들 지영(至榮)이 자운선(紫雲仙)이란 기녀(妓女)를 첩으로 삼아 몹시 사랑했는데 최충헌(崔忠獻 : 1149~1219)이 지영을 죽이고 자운선을 빼앗아 자기의 첩으로 삼았다.'

즉 수척은 여악이 되고 기녀가 되었으며 권력자가 그런 기녀를 첩으로 삼게 되었다는 말이다. 성호는 또한 이 수척이 삼한의 유민은 아니고 거란의 항복한 남녀로서 사내는 노(奴)가 되고 계집은 비(婢)가 되었으며 여악·기녀의 발전 과정과 같다고 설명했다. 다산(茶山) 정약용(丁若鏞 : 1762~1836)은 그의 《아언각비(雅言覺非)》에서 다음과 같이 썼다. 다산은 불확실한 것은 제외하고 주로 문자 해석에서 그 실마리를 찾으려고 했던 것 같다.

'수척은 곧 관기(官妓)의 다른 이름이다. 지금 관비로서 물을 긷는 여인을 무자이(巫慈伊 : 이두임)라고 쓴다. 이것을 풀이한다면 곧 수척이다.'

그리고 다산은 무(巫)는 물·무로 변화된 말이고 자(慈)는 척

(尺)이라고 주석했다. 하기야 여인의 하는 일로서 빨래·길쌈·재봉·육아말고도 물을 샘가에서 물동이로 길어 나르는 게 가장 큰일이었다. 그러나 유감스럽게도 다산 선생은 '무수리'에 대한 설명은 하지 않았다. 무수리는 이두로 수사이(水賜伊)라고 표기되고 있어 제외한 듯싶다.

김부식(金富軾 : 1075~1151)은 사대주의 한학자로 후대의 지탄을 받고 있지만, 그의 《삼국사기》 신라 본기의 남해차차웅(南解次次雄)조에서 김대문(金大問)의 말을 인용하여, 이것은 '무당'을 말하는 차충(慈充)이고 신라말이라고 주석했다. 여기서 다산의 고증인 무자이(巫慈伊)가 의미를 갖게 된다. 역시 자·잣은 여성을 나타내는 말이었다는 심증이 굳어진다.

신라가 샤머니즘 국가였다는 것은 의문의 여지가 없다. 무당(巫堂)은 한자이지만, 고려 때 순수한 우리말인 무＋당(산신 또는 뫼 자체임)이 합쳐져 만들어진 명칭이고 《사기》의 〈여태후전(呂太后傳)〉에서 나타나는 무당과는 뜻이 같아 전용되었을 뿐이다.

번암은 평소 강직했던 아버지가 벼슬아치의 축첩, 어쩌구 하자 얼굴이 붉어졌다. 뜻있는 선비는 여색과 관계되는 말만이라도 얼굴이 붉어지는 것이다.

다행히도 아버지는 그것에 대해 그 이상 말하지 않았다. 명군 영조에 대한 칭찬으로 그것을 말했을 뿐이다.

"임금님은 그런 축첩의 기풍이 모두 사치에서 비롯되고 모범이 될 선비가 그러하니 백성도 이것에 물이 들었다고 한탄하신 것이다."

번암도 아버지의 이 말에는 고개를 끄덕였다. 을묘년(영조 11 :

1735), 영빈 이씨가 드디어 대망(待望)의 원자(장헌세자)를 낳았다. 임금은 아기가 돌이 지나자 서둘러 세자로 책봉한다.

당시는 유아 사망률이 높았다. 왕실이라고 해서 예외는 아니다.

따라서 세자 책봉은 최소한 세 살이 지나야 하는 것이 관례인데, 이것을 보면 영조의 기쁨과 기대를 알 만하다.

영빈 이씨는 원자를 낳음으로써 연희궁(延禧宮)이라는 궁호가 내려졌다. 그리고 연희궁은 거의 연년생이다 싶은 따님을 셋 낳았는데 이들은 모두 일찍죽었다. 그리하여 영조에게 제7녀가 되는 화협(和協)옹주만이 장성하여 영성위(永城尉) 신광수(申光綬)에게 출가한다. 영빈 이씨는 총애를 오래 받았던 모양으로 영조의 제9녀(제8녀는 귀인 조씨 소생이나 요절) 화수(和綏)옹주가 있고 일성위(日城尉) 정치달(鄭致達)이 부마인데 무자녀로 일찍 죽는다.

이상은 대체로 탕평비를 세우기 이전의 일이었다.

이튿날 번암은 퇴궐하자 곧 정양재의 집을 방문했다. 정양재는 마침 집에 있다가 밝게 웃으며 그를 맞았다.

"정말 잘 오셨소."

월성위는 몸소 그를 안내하여 후원의 수은정(垂恩亭)으로 갔다. 번암은 그 별당에 들어갔을 때 자기의 눈을 의심했다.

병풍이 있고 보료가 깔려 있음은 대갓집이니까 놀랄 것은 없지만 벽가에 서가(書架)가 있고 수백 권의 책이 쌓여 있지를 않은가. 그리고 남쪽은 퇴로서 분합이 있었는데 밝은 햇살이 쏟아지고 있었다.

번암은 자기의 생각이 너무도 단순했음을 반성했다.

사람은 겉으로 판단하면 안된다. 정양재는 '부마'라는 지위에 걸맞는 상당한 교양을 갖춘 학자임을 인정하지 않을 수 없었던 것이다.

"자, 앉으시구려."

"예. 그러나 월성위께 사과를 드려야 하겠습니다."

"무슨 사과입니까?"

"제가 그 동안 방문을 차일피일한 것은……."

"핫핫핫…… 알고 있습니다. 그러나 그런 것을 생각하고 계셨다니 번암답지 않습니다. 나는 남의 말이나 소문 따위는 신경쓰지 않습니다. 예를 들어 별당의 이 방은 내 서재로 나로선 더없이 귀중한 곳이지요. 그럼에도 내가 번암을 좋아하고 번암의 인품과 학문을 좋아하니까 나의 있는 그대로를 내보이는 겁니다. 말하자면 서로가 잘 알기 위해서 우리 집에 와 주십사 하고 청했던 겁니다."

"죄송합니다. 그런 것도 모른 제가 너무나 어리석었습니다."

"자, 그런 것은 잊어버려요. 그런데 번암은 술을 드십니까?"

"예, 조금은."

"그럼 됐습니다. 나도 애주하는 편이니까 우리 실컷 얘기나 합시다."

그리고서 화제가 조금씩 어우러졌다. 정양재는 역시 솔직한 성격이었다. 대뜸 핵심을 찔러 본다.

"번암은 붕당을 어떻게 생각하십니까?"

번암으로서 가장 경계해야 할 화제였다. 그러나 짚고 넘어갈 문제이다. 만일 그에게 전날 밤 아버지와의 대화가 없었다면 번암은 적잖이 당황했으리라.

"글쎄요…… 전 그런 것이 다시는 없기를 바랍니다만."

"그럼 없기는 바라지만 현실로는 있다는 생각이시군요?"

정양재는 미소를 머금고 있었으나 그 눈빛은 날카로웠다.

"아닙니다! 지금의 밝으신 상감 아래서는 그런 일이 없겠지요.
또 있어서도 안됩니다. 하지만 지난 일들은 참으로 통탄할 일이
많습니다. 그런 일을 실록으로도 읽고 구비(口碑)로 어렴풋하나
마 전해지는 것을 들을수록 신하된 자로서 책임이 막중하다고
생각합니다."

번암으로선, 우선은 모범 답변이었다고 생각했다. 그때 여종이
술상을 내왔다.

"이거 손님에게 딱딱한 질문을 드렸나 싶습니다. 우선 술부터
드십시다."

그들은 술잔을 각각 비웠다. 월성위는 술이 약한지 반쯤 들고서
잔을 내려놓았다.

"그러나 다른 뜻은 없으니 마음놓고 술을 드시도록 하십시오.
세상 사람은 어려운 문제일수록 피해 가려는 경향이 있지만, 우
리 같은 젊은이는 그래선 안되겠지요."

정양재는 아랫목 서가에 수북하니 쌓여 있는 책을 가리켰다.

"저것은 제가 사람을 시켜 가까스로 구한 《명사(明史)》 전질입니
다. 그것을 보니까 명에도 역시 당쟁이 심했습니다. 그리고 명
에는 환관(내시)이 정치에 끼어들고 있더군요. 당쟁에 내시까지
끼어들었다……. 나라가 멸망한 까닭을 잘 알 수 있었지요."

번암은 귀를 기울이고 있다.

"어떻습니까, 번암. 저 책을 빌려 드릴 테니 틈틈이 읽어 보시지
않겠습니까? 베끼셔도 좋습니다. 날짜에 얽매이지 말고 1년이
고 2년이고 읽고 베끼시기 바랍니다."

"귀한 책인데 제가……."

번암은 사양했지만 기뻤다.

아마 《명사》 전질을 구하려면 수백 냥의 돈이 필요하리라. 그런 것을 쾌히 빌려 준다고 한다.

"저 책은 번암 같은 분이 읽으셔야 합니다. 책이란 먼저 그것을 정성껏 읽고, 그 다음은 종이 뒷장까지 꿰뚫어본다는 심정으로 재독해야 하겠지요. 그러면 진실인 것과 진실이 아닌 것이 확연하니 드러날 게 아니겠습니까? 그리고 또 있지요. 그 책을 아는 가장 좋은 방법은 필사(筆寫)입니다."

이것도 옳은 말이라 번암은 어느덧 고개를 끄덕이고 있었다.

정양재는 다시 말했다.

"저는 원래 성장도 그렇고 어려서 부마로 상(尙)하게 되어 궁중에서 지낸 일이 많아 세상 물정에 어둡습니다. 그래서 번암과 같은 분을 통해 세상을 알고 싶었던 것입니다."

"……"

"또 한편, 성장이 그래서인지 지난 일을 덮어놓고 악이라 설정하며 비판하는 일도 좋아하지는 않습니다. 비판하려면 먼저 알고서 말하라, 그런 생각이지요."

번암은 잠자코 있었다. 그러나 월성위의 말은 대담했다.

그리고 그는 한숨마저 쉬고 있다.

"정치란 무서운 것입니다. 하기야 유교란 본래부터 가혹한 것이지요."

정양재의 말은 비약하고 있다. 그러나 번암은 너무도 의표를 찌르는 발언에 숨결마저 콱 막히는 느낌이었다. 정양재의 다음 말은 번암을 더 더욱 놀라게 하고도 남음이 있었다.

"폭군으로서의 광해주는 형님 임해군(臨海君)이나 동생 영창대군을 죽였다지만, 이는 정인홍(鄭仁弘 : 1536~1623)이나 이이첨(李爾瞻 : 1560~1623)과 같은 역신이 저지른 일이지, 임금은 단지 이들의 주장에 강요되고 그를 좇았을 뿐이라고 생각됩니다. 그러자 정인홍 등은 다시 '폐모론(廢母論)'을 들고 나왔지요. 인목대비를 서인(서민)으로 강등시켜 대궐에서 쫓아내자는 것이었습니다. 그러나 광해주라도 이것만은 승낙할 수 없었던 것입니다."

소인(小人)이란 소견이 좁고 간교한 인물을 말한다고 이해된다. 애당초 같은 당파의 류영경 등 소북파의 처형을 강력히 주장하고 관철시킨 것은 이들이었다. 영창대군을 죽이고 그 외조부 김제남 일족을 전멸시킨 것도 이들이었다.

그날 남녀로 구성된 불한당이라 할밖에 없는 금부 나졸들이 몰려와서 김제남과 그 세 아들을 잡아 형장으로 끌고 갔다. 김제남의 부인 노씨(盧氏)도 그 세 며느리도 예외가 아니다. 이들은 머리채를 잡아 낚이고 맨발로 끌려갔다. 역적의 가족은 모두 노비가 되는 것이다.

고함 소리와 통곡 소리.

그 집 노비라고 하여 얻어맞고 죽임을 당해도 누구 하나 말을 못할 판이다.

나졸들은 눈에 띄는 세간을 가져가고 그래도 모자랐는지 기둥에 밧줄을 걸어 집을 쓰러뜨렸다.

김제남의 옆집은 선조의 장공주 정신(貞愼)옹주에 상(尙)한 달성위(達城尉) 서경주(徐景霌)의 집이었다. 정신옹주는 대청에 꼿꼿이 서있었다. 그녀의 치마속에는 김제남의 유일한 손자 천석(天錫)이

숨겨져 있는 것이다.

이때 그 아이는 네댓 살쯤 되었을까? 조금 전 충실한 유모가 울면서 찾아와 그 아이의 목숨을 살려 달라며 애원했던 것이다.

여자 검색조가 옹주의 집에도 들이닥쳤다. 이들도 신분은 종이었지만 이런 때 대갓집을 수색하고 갖은 횡포를 부리며 사디즘적 쾌감을 맛보고 있는 것이었다.

그러나 그들도 옹주의 치마속까지는 감히 조사하지 못했다.

연안(延安) 김씨 족보에 의하면 천석의 아버지는 제남의 장자 내(琜)로 목사를 지냈었는데 이때 옥사했다. 어머니는 정씨이며 인조반정 후 할머니 노씨와 함께 풀려나 천석과 재회한다.

또 정신옹주로 말하면 서열로는 선조의 셋째 번인 인빈(仁嬪) 김씨 소생이고, 인빈은 왕자로 의안군(義安君) 성(城)을 낳았으나 장가들기 전에 죽었다. 그러나 세 따님 정신·정혜(貞惠, 해숭위 尹新之)·정숙(貞淑, 동양위 申翊聖)옹주를 두고 있었다. 이들의 이름은 또 나온다.

이 무렵 서인의 영수는 오리(悟里) 이원익(李元翼 : 1547~1634)인데, 그는 일찍이 영상을 지냈으며 계축년에 66세의 노령이었다. 저 영창대군이 강화의 교동섬에 보내지고 방 안에 가두고서 불을 쳐 때며 그 화열(火熱)로 죽게 만들었을 뿐 아니라 폐모론까지 들먹거리자 감연히 이를 반대하는 상소를 올렸다가 홍천(洪川)으로 유배되고 다시 고향인 여주(麗州)로 옮겨졌다. 그러고 보면 서인에게도 인물은 있었지만 이미 그는 활동하기엔 너무도 노령이었다.

"그러나 광해주가 끝끝내 버티지 못했다는 데 나라의 불운이 있었습니다."

하고 정양재는 또 한숨을 쉬었다.

정사년(광해군 9 : 1617), 영창의 비극이 있은 지 4년 뒤의 일이 었다.

왕은 정인홍 등의 끈질긴 요구에 못이겨 그 호칭을 깎아 버리고, 단지 서궁(西宮)이란 칭호로 인목대비를 경운궁에 가두었다. 이때는 기자헌(奇自獻 : 1562~1624)·이항복(李恒福 : 1556~1618)이 반대했으며 각각 제주도와 북청(北靑)으로 유배된다.

"폐모론이 있었다는 것조차 부끄러운 일입니다. 공맹의 가르침 이란 대체 무엇입니까?"

너무도 잘 알려진 일이지만 공자의 가르침은 인(仁)이란 말 속에 모든 것이 포함된다. 인은 곧 현대어로 '질서'이고, 질서의 바탕은 제사라는 조상신의 숭배이며, 그것은 곧 예(禮)와 효(孝)로 집약된다. 질서의 다른 의미는 가족이라 할 수 있으며 거기서 비롯되는 위계(位階)였다.

가족은 '사회'의 기본 단위로, 가족은 부모가 제일 가까우며 형제·자매·친척·이웃의 순서로 멀어진다.

이것을 어렵게 학자는 '친친주의(親親主義)'라 하지만, 바로 효사상이었다.

우리는 이 효가 중국보다도 오히려 발달되고 철저했었다.

번암도 정양재의 말에 쫓아갈 수 있었다. 그가 주장하고자 하는 뜻이 이해된다.

"폐모론을 가장 그릇된 것이라고 보시는군요."

"그렇습니다. 형이나 아우를 죽이는 일은 혹 있을 수 있다 하더라도 어머니를 죽인다는 것은 절대로 허용되지 않습니다. 짐승이라도 그런 일은 없지요. 광해주가 비록 대비는 죽이진 않았다 하더라도 그 지위를 박탈한 것은 씻을 수 없는 오점이었습니다.

그러니 더욱 아깝다는 한숨이 나옵니다."

"알겠습니다."

"번암, 내 말뜻을 알아주시겠소? 내가 아깝다 하는 것은 광해주의 그 식견(識見)과 배움을 가지고서도 가장 중대한 기본을 잊었다는 데 눈물마저 나옵니다. 모처럼 나라 밖의 사정도 볼 줄 아는 총명한 눈을 가졌었는데."

"나라 밖의 일이라면 요동의 누르하치겠군요."

"그렇습니다. 광해주는 여진을 오랑캐라고만 얕보지는 않았지요. 무오년(광해군 10 : 1618)에 명나라의 요동 순무(巡撫)로부터 군사를 보내 달라는 요청이 있었지요. 한편 누르하치도 사자를 보내어 '형제국'으로 지내자고 했습니다."

이 당시 여진은 건주(建州)·해서(海西)·야인(野人)의 셋으로 구분되어 있었다.

'건주 여진'은 요동의 산지에 살았는데, 명나라와는 협력적이며 보다 개화되고 있었다. 여진과 몽골의 차이점은 후자가 유목 생활을 하는 데 비해 전자는 정착하여 다소나마 농사를 짓는다는 데 있었다.

'해서 여진'은 지금의 장춘(長春)·심양(瀋陽)을 중심으로 살았고 압록강 기슭까지 그들의 세력권이었다. 이들은 반농·반수렵의 부족으로 사냥의 산물인 여우·표범·범·족제비·수달의 모피를 명과 교역했다. 그리고 조선과는 주로 인삼을 교역했었다.

이것이 바로 삼국 시대의 고구려 땅이고 요동이라 불린 지역이었다. 당연히 고구려·발해의 유민인 고려족도 섞여 살고 있었다고 여겨진다.

이들은 특히 자기네의 문자와 종교를 가졌다. 종교로 말하면 문

수(文殊)보살을 믿었고 그 문수가 전와(轉訛)되어 '만주'라는 호칭이 생겼던 것이다.

종교와 문자를 가졌다면 결코 '오랑캐'는 아니다.

또 어쩐 까닭인지 곳곳에 관우(關羽)를 모신 관제묘가 있으며 이 신앙 또한 왕성했었다.

한편 '야인 여진'은 '길림성'의 산악 지대와 흑룡강 유역에 살며 진주와 바닷개(해구), 그리고 매사냥에 쓰는 매를 생포하여 명과 교역했다. 진주나 바닷개는 값비싸고 희귀한 물건으로, 정력제로 알려져 만력제(萬曆帝)는 이 때문에 국고를 탕진했다는 이야기마저 있다.

아무튼 명나라에선 앞서의 건주와 해서 여진을 '숙여진(熟女眞)' 곧 개화된 여진이라 했으며, 야인 여진은 '생여진(生女眞)' 곧 미개 여진으로 구별했다. 그런데 조선에선 이들을 통틀어 '오랑캐'라고 멸시했다.

"물론, 광해주가 여진에 대해 관심을 가졌다고 해서 특별히 총명했다고는 말할 수 없을지 모릅니다. 조선에선 '연경'을 자주 내왕하는 사신들이 있었고, 따라서 사신들은 여진과도 접촉하여 그들의 실정을 소상히 알았었지요. 실제, 사신들 중 어떤 분들은 여진의 견문록(見聞錄)을 남겼고 그것을 상감이나 대신에게 올리기도 했습니다. 우리 집에도 견문록이 몇권 있으니 가져다가 보시구려."

하고 월성위는 한숨을 쉬었다.

"그러나 알면서도 옛것에 얽매이고 그들을 계속 무시하는 것과 그들을 똑바로 알려는 태도는 구별돼야 합니다. 광해주는 그것을 똑바로 보려는 사람이었다고 생각됩니다. 적어도 누르하치에 대해선 '진실'을 알고자 힘썼다고 생각합니다."

명은 여진족을 길들이기 위해 교역의 '허가서'를 발부했는데, 이것엔 이권(利權)이 따랐다. 교역엔 이익이 붙게 마련이고, 허가서가 있어야 교역할 수 있기 때문이었다.

이리하여 해서 여진에겐 1천 통의 허가서, 건주 여진에겐 5백 통의 허가서를 발부하는 게 관례였다.

이들 숙여진으로선 생존을 위해서도 무역은 사활 문제였다. 그들이 눈독을 들인 것은 명보다도 오히려 조선이었다. 조선은 여진에 비해 몇 가지 앞서는 기술이 있었다.

그것은 다름아닌 농경법(農耕法)이었고 그것에 부수되는 제철법, 쉽게 말해서 단철법(鍛鐵法)이었다. 중국은 아다시피 주철법(鑄鐵法)이었다. 이는 대장간에서 쇠를 달구고 몇번씩 물에 담그었다가 두들기는 단철법보다는 뒤진 것이다.

그러나 조선의 정부는 이들을 완고하게 오랑캐라며 상대하지 않았다. 그들은 같은 피붙이, 혹은 형제라고 생각했었는데…….

그러나 밀무역은 있었다. 조선조에서 차별되던 평안도 사람들은 이들과의 접촉도 잦았고 실제로 엄한 금령(禁令)에도 불구하고 강을 몰래 건너가 넓은 요동 벌판에서 사는 사람도 있었다.

누르하치(1559~1626)는 건주 좌위(左衛 : 위는 병영)에 소속된 족장의 집에서 태어났고, 조부와 아버지가 명군을 위해 죽었기 때문에 당시 요동 총병(總兵 : 지구 총사령관)이던 이성량(李成梁)의 보호를 받았다.

원래 이성량의 조상은 평안도 초산(楚山) 사람으로 요동에 살았으며 대대로 첨사(僉事)라는 직을 맡았다. 성량의 대에 이르러 두각을 나타내어 장군이 되었으며 모두 아홉 아들이 있었다.

즉 여송(如松)·여백(如栢)·여매(如梅)·여원(如楥)·여계(如桂)·여자(如梓)·여남(如楠)·여오(如梧)·여장(如樟)의 9형제로, 임진왜란 때 그 장자 이여송이 총제독으로 나왔음은 잘 알려진 일이다.

이성량은 누르하치가 장성하자 허가서 30통과 말 30필을 주어 자립할 기회를 만들어 준다.

그리하여 그는 건주 5부의 소극소호·혼하(渾河)·완안(完顔)·동악·철진 각 부족을 통합했을 뿐 아니라 해서 여진의 에해·합타·휘파·우라의 4부족을 정복한다(1613).

누르하치는 이 과정을 통해 자기들이 '문수보살의 무리'라 했고 성씨도 아이신 고도(한자로 愛親覺羅金의 겨레붙이)라고 했다. 금은 완안부의 아골타(阿骨打)가 1115년 야율씨(耶律氏)의 요(遼)를 멸망시켰을 때의 국호이며 자기들이 금제국을 계승한다는 의미였다.

"조선에선 왜란 때 구원병을 보내 준(임진년 4만 3천, 정유년 1만 7천) 명나라의 은의(恩義)를 갚기 위해 7천의 군사를 보내 주었지요. 광해주는 이때 도원수 강홍립(姜弘立)과 부원수 김경서(金景瑞)에게 밀명을 내렸던 겁니다. '적극적으로 싸우지 말라, 누르하치군이 강하다면 항복해도 좋다…….' 이것이 예사로운 결단이었겠소? 광해주로선 의리도 좋지만, 그보다도 우리의 실력이 아직은 약하다는 걸 알고 있었던 거요. 더욱이…….."

"더욱이 무엇입니까?"

"더욱이 누르하치는 조선에 호감을 가지고 있었소. 여진족은 저 고구려와 발해 유민들의 피가 섞여 있었던 것입니다. 이성량은 고창가(누르하치의 조부) 부자의 빚을 갚기 위해 누르하치를 도왔다곤 하지만, 이는 겉으로의 이유이고 사실은 그들로서 조선과는 한 겨레붙이로서의 끈끈한 피를 느꼈다고 생각되지 않소?"

"아마……."

하고 번암도 그만 신음하지 않을 수 없었다.

"병법에도 적을 알고 나를 알면 백전불태(百戰不殆)라고 했지요. 그런데 우리는 누르하치에 대해 알고 있었을까요? 여진 말로 닐은 큰 화살인데 이는 사냥의 몰이꾼 단위였습니다. 이런 닐들이 산을 에우고 짐승을 몰이하는 겁니다. 누르하치는 사냥의 원리를 바로 전쟁에 응용하고 있던 겁니다."

누르하치는 3백 명으로 1닐, 5닐로 1차랑, 5차랑으로 1구사를 조직했는데 '구사'는 한자로 기(旗)라고 번역되었다. 그러니까 1기는 7천 5백의 군세였다.

구사, 곧 기라는 데는 의미가 있었다. 누르하치는 처음에 사기(四旗)로 출발했다. 사냥할 때 마지막으로 짐승을 몰아넣는 골짝엔 누런 깃발을 세운다.

그런 골짝 측방 둔덕엔 남색(쪽빛)의 깃발이 나부끼고 있다. 대장의 위치로 젊은 장수들이 누르하치를 지켰다. 그리하여 멧돼지, 표범, 호랑이, 노루 등이 나타나면 말에 채찍질을 가하며 둔덕에서 달려 내려가고 화살을 쏘거나 창으로 찔러 죽인다.

몰이꾼은 좌우로 갈라져 있는데, 그들은 각각 홍기(紅旗)와 백기(白旗)를 사용했다.

이런 남(藍)·황(黃)·홍(紅)·백(白)이 '사기'의 색깔인데, 다시 이것에 사기를 더하여 팔기(八旗)가 되었다. 이들이 누르하치 군대의 핵심이었고 뒷날의 청(淸)나라 지배층·귀족이 된다.

누르하치는 1616년 혁도아납(赫圖阿拉 : 훈춘)에서 칸(왕)이 되었고 국호를 '금(金)'이라고 한다. 이미 말한 '아골타'의 금을 계승

한다는 다짐이었다.

"만주족은 저 요를 멸망시킨 금의 후계자였습니다. 요는 곧 거란족의 나라이고 지금의 열하(熱河) 일대의 산지에 살았으며 5부로 되어 있었습니다. 물론 문자도 있었지요.

그러니까 야율아보기(耶律阿保機)라는 영웅이 나타나 부족을 통일하고(916), 장성을 넘어 당나라 멸망 뒤의 '오대십국(五代十國)'의 맨 끝이던 후당(後唐)을 멸망시켰으며 한족이던 조광윤(趙匡胤)의 송(宋)과 대치했던 것입니다.

요는 나라가 망하자(1125) 야율대석(耶律大石 : 왕족의 하나)이 서진하여 회흘(回紇 : 위구르)을 정복하고 다시 회회(回回 : 회교도)의 나라 강국(康國 : 사마르칸트 부근에 있던 나라)마저 무찌르고서, 서요(西遼)를 세우기로 했지요."

거란이 고려에 침범했고 그 남녀가 많이 투항하여 천민이 되었다고 했지만 고대의 나라들은 자연 법칙인 약육강식에 의해 싸웠던 것이다.

《삼국사기》에 나타난 백제와 신라의 싸움, 그것은 왜국에도 건너가 싸웠던 것이다. 거란은 서양에도 처음으로 그 존재가 알려져 키타이(khitai) 또는 키탄(khitan)이라 불렸던 것이며, 그것이 오늘날의 차이나(china)의 어원(語源)이 되었다든가. 혹은 진시황의 진을 chin이라 했다는 설도 있지만——.

"어디 그뿐이겠습니까? 선비족(鮮卑族)도 구이(九夷)의 하나로서 깊이 연구할 필요가 있습니다. 그들에겐 아다시피 모용(慕容)·척발(拓跋)·우문(宇文)·단(段)·걸복(乞伏)의 5부가 있었고 후한말 단석괴(檀石槐 : ?~181)라는 영웅이 나타나 5부를 통일했습니다. 그들의 발상지는 흑하(黑河 : 지금의 하얼빈 근처) 일대이며 바로 이웃에 북부여가 있었습니다. 그리고 부족장은 '어른'이라고 불렀지요. 고구려에도 5부가 있고 그 족장은 어른이었습니다. 선비는 또 조조의 위(魏)·사마의의 진(晉)으로 이어지면서 팔왕의 난(진 왕족의 내란)이 일어나자 먼저 모용씨가 중원에 침입했고 한족이 강남으로 달아나 동진(東晉)을 세우자 화북(華北)에서 다섯 민족의 16국이 난립합니다. 이른바 남북초 시대입니다. 모용씨에 이어 역시 선비의 척발씨가 세력을 키워 북위(北魏)라 했고 남조의 양(梁)마저 멸망케 했던 것인데⋯⋯."

단숨에 여기까지 말한 정양재는 비로소 빙그레 웃었다.

"번암, 내가 술김에 너무 흥분했던 것 같습니다. 하지만 우리는 중국의 역사는 그나마 왜곡된 것일망정 환히 알지만 요동의 넓은 벌이나 몽골의 고원, 그리고 발해의 땅에 대해서는 너무나 모르고 있습니다. 우리 스스로가 알기를 포기했던 것입니다. 아니 그것뿐입니까? 천 년 전의 일은 고사하고 가까운 백 년 안팎의 일도 쉬쉬 감추어 가며 덮어 버리고 애써 외면하려는 것이지요."

번암은 고개를 끄덕였다. 동시에 월성위의 넓은 지식에 감탄했다. 번암도 《성호사설》은 읽고 있었다. 성호는 야인의 입장에서 그만큼이라도 쓸 수 있었다. 당시는 역사라 하지 않고 지리(地理)란 말로 포함시키고 있다.

그 설을 떠나 웅대한 구상을 가졌다는데, 지금 읽어 보아도 감탄한다.

이를테면 다음과 같다.

'곤륜은 북으로 삭방(朔方 : 오르도스 회랑)의 밖으로 달리고⋯⋯

그 남쪽의 가지가 동남쪽까지 달려와서 백두(산)가 되었다. 백두의 북쪽으로 흐르는 물이 혼동강(混同江 : 두만강의 지류, 연변 근처)이 되었는데 북에서 흑룡강과 만난다. 다시 동류하여 바다에 들어간다. 흑룡의 크기는 거의 황하와 더불어 논할 수 있으리라.'

황하가 한족을 상징한다면 흑룡이야말로 배달족인 우리를 상징했던 것이다. 흑룡의 바깥쪽이 시베리아이고 그 안쪽이 동북의 길림성 일대이다. 또한 이 혼동과 흑룡의 양쪽 유역에서(우리가 모르는 고대 부족을 포함하여) 많은 부족이 흥망을 거듭하고 있는 것이다. 그 중에는 물론 부여·고구려·발해도, 선비·거란·여진족도 포함된다.

또 《사기》에서 소개된 이연년(李延年)은 중산(中山 : 탁군에 있었던 동이계의 고대 국명)의 한낱 창인(倡人)으로서 가무(歌舞)에 능하고 한무제의 협율도위(協律都尉)로 악부(樂府 : 한시의 원형)를 수많이 작곡했다는 정도밖에 알려지지 않았지만, 성호는 이렇게 적고 있다. 즉 그런 이연년이 무제에게 다음과 같은 건의를 하고 있다는 것이다.

'황하는 곤륜에서 비롯되어 중국을 거치며 발해에 들어가고 있습니다. 이것은 바로 그 지세(地勢)가 서북방은 높고 동남쪽은 낮다는 것입니다. 그림책(지도)을 살피고 지형을 보면 뭍은 위로 높고 고른 것이, 아래로 황하가 영마루 위에서 열려 있는 꼴입니다. 호중(胡中 : 오랑캐 지역)에서 나와 동쪽으로 이와 같이 바다에 흘러들고 있었으므로 관동(關東 : 호뢰관의 동쪽·고대의 한족은 숭산 이동을 夷라고 함)은 오랫동안 수재가 없었습니다. 북변에서 흉노(凶奴)의 근심이 없게 된 지금 마땅히 둑을 쌓고 대비해야 하며, 이것에는 새사(塞士 : 장성 밖을 새라고 한다. 그런 변경을 지키는 군사)의 군졸을 옮기시고 오랑캐들이 침공하여 군을 덮고 장수를 죽여 그 뼈가 원야에서 썩고 사위는 일이 없도록 하십시오. 이것이 이루어진다면 만대에 걸친 큰 이익이 되리다.'

성호의 이 기사 소개는 우리 민족의 마음이 너무도 왜소하고 비굴한 것을 지적한 것으로 보인다. 이연년은 한낱 악사에 그치지 않고 웅대한 정책을 제시할 줄 아는 정치가이기도 했다.

언제부터인지 우리 민족은 스스로 오그라들었다. 반도만이 우리 강토라 믿고 그밖의 요동벌이나 흑룡강 유역도 고토(故土)였음을 스스로 외면하고 있었다. 그리고서 당파 싸움에 편안한 날이 없었으며, 그 당쟁도 후대에 내려올수록 졸렬하고 잔인해지며 한낱 양심마저도 찾아볼 수 없게 된다.

월성위 김한신은 그런 맥락에서 말하고 있는 것이리라…….

주로 육당(최남선 : 1890~1957)설이지만 끝으로 덧붙인다면, 그는 언어학적으로 우리 민족을 분류했다. 즉《신단실기(神檀實記 : 대종교의 성전)》를 참조하여 조선족은 단군의 후예로서 배달족(培達族)이 다섯으로 나눠졌다.

즉 ①조선족 ②북부여족 ③예맥족 ④옥저족 ⑤숙신족

(1) 조선족은 곡 부루(扶婁)의 후예이다. 조선에는 한족(韓族)이 있었는데 반배달족과 합쳐졌다. 이것이 둘로 나눠져 진한(辰韓)족과 변한(弁韓)족으로 갈라진다.

진한→신라→고려→조선→대한민국

변한→가락. 가락국은 신라와 합쳐진다.

반배달(일명 후조선 기자 이후)→마한(馬韓)→한족(韓族)과 합쳤는데 이것은 셋으로 나눠졌다.

즉 백제와 합쳐진 부족이고 고구려와 합쳐진 부족 및 정안족(定安族 : 원래의 거주지에 머물렀다는 뜻?)이다.

(2) 북부여족은 다섯 갈래로 분파한다.

동부여·고구려·백제·규봉(圭封)족·선비족. 동부여는 고구려와 합쳐진다.

고구려는 멸망하자 둘로 쪼개졌다. 즉 하나는 발해족(渤海族)이 되고 다른 하나는 신라족과 합쳐졌다.

발해→여진족→금족(金族)→후금〔청국인(만주족)〕.

백제는 신라와 합쳤다.

규봉→부여족

선비→거란→발해와 합쳐졌고, 일부는 요인(遼人)이 되고 이들은 여진족에 흡수되었다.

(3) 예맥은 예와 맥의 두 부족인데 예맥은 모두 고구려에 흡수되었다.

(4) 옥저족은 두 갈래인데 한 갈래는 예맥과 합쳐졌고 하나는 발해족에 흡수된다.

(5) 숙신족→읍루(挹婁)족→물길(勿吉)족→말갈족→발해족에 흡수되었다.

이상 조선과 만주·시베리아 일대에서 흥망을 거듭한 부족들을 언어상의 유사점을 근거로 정리한 것인데 참고는 된다.

달[산]

"대감마님, 당도했습니다."

번암은 월성위 김한신과의 젊었을 적 추억에 잠겨 있다가 문득 정신이 들었다. 덕보가 재빨리 주인을 부축한다.

번암은 천천히 가마에서 내렸고 월성위의 고택을 올려다보았다. 높은 댓돌 위 오른켠으로 사랑방이 있고 툇마루가 딸렸다. 그 옆으로 조금 높게 솟을대문이 솟아 있으며 왼켠엔 나지막하니 행랑채가 있었다. 다시 그 안쪽으로 안대문과 안채가 있으며 맨 뒤쪽에는 사당이 있는 모양이었다.

집은 으리으리 컸지만 어딘지 썰렁해 보인다.

번암은 덕보에게 일렀다.

"주인장께 가서 한양 남촌의 늙은이가 경도(京都 : 서울)로 가는 길에 월성위 사당을 참배코자 들렀다고 아뢰어라."

"예, 대감마님."

하고 덕보는 신바람이 나있었다.

뱃속의 꾸르륵 소리를 달랠 수 있는 기회가 왔다 싶었던 것이다.

번암만이 댓돌을 올랐다. 그리고 문득 걸음을 멈춘다. 대문짝에 필세도 아주 씩씩하니 '입춘대길 건양다경(立春大吉 建陽多慶)'이라는 글씨가 써 붙여져 있었기 때문이다.

글씨는 아직 치졸(稚拙)했으나 어떤 호기(豪氣)가 엿보인다.

이집의 젊은 주인 유당(酉堂) 김노경(金魯敬 : 1766~1838)은 전 갈을 받고 급히 나오다가 대문께에서 걸음을 멈추고 우뚝 서 버렸다. 원로 대신 채제공이 넋을 잃은 듯이 솟을대문의 '입춘대길'이라는 글씨를 보고 있는 게 아닌가.

한참 만에야 유당은 겨우 입을 열었다. 그러나 마음속의 놀라움을 감추지 못한다. 말끝이 가늘게 떨리고 있었다.

"누추합니다만, 어서 사랑으로 드십시오. 대감께 절을 올리겠습니다."

"아니, 괜찮소. 월성위 영전에 참배만 하고서 곧 떠날 터이니까."

"하지만……."

"그런데 함자는 뭐라고 하오?"

"무슨 말씀이십니까, 모처럼 멀리 오셨는데……. 그리고 저는 노경, 노나라 노(魯)에 공경할 경(敬)입니다. 한낱 시골의 서생에 지나지 않사오니 부디 말씀을 낮추어 주십시오."

유당 김노경은 적잖이 흥분되어 있었다. 월성위 김한신은 그의 조부였다.

번암은 여전히 글씨를 살피면서 말했다.

"아니오, 참배만 하리다. 그런데 아호는 뭐라고 하시오? 이 늙은이는 번암이라고 불러 주구려. 노소가 서로 초면일 때 호를 부르는 게 무난하오."

"송구스럽습니다. 정 어른께서 말씀하시니…… 호라고 하기엔 부끄럽습니다만 유당이라고 합니다."

"별 '유'자?"

"예, 서쪽 별당에서 어머님이 저를 낳으셨다고 하셔서……."

오행설로 목화토금수(木火土金水)의 나무는 동쪽이고, 그 색깔은 청(靑)이다. 우리나라를 청구(靑邱)라고 하는 것도 그런 의미였었다.

또 팔괘(八卦)로서 정서(正西)가 유방(酉方)이었다. 반대로 정동(正東)은 진방(震方). 고구려가 멸망할 때 그 유민들은 진이라는 국호를 썼다가 발해(渤海)로 바꾼 것도 이 때문이었다.

"좋은 아호요."

"부끄럽습니다. 그리고 참배에는 아무래도 좀 말미를 주셔야 하므로 잠시라도 사랑에 드셨다가……."

그제야 번암도 글씨에서 눈을 떼며 사랑방에 들 것을 승낙했다. 노경은 기뻐하고 늙은 여종을 불러 준비를 명한다.

번암은 그런 노경을 관찰하고 있었다. 배운 것은 많지 않은 것 같다. 그러나 소박하고 꾸밈을 모른다는 점이 노재상의 마음에 들었다.

그런데 넓은 집이었으나 퇴락이 심했고 가세가 넉넉하지 못한 것 같았다.

노경은 번암이 자리잡고 앉자, 큰절을 올리고 나서 윗목으로 물러나 조금 생각한 뒤 무릎을 꿇고 앉았다.

"송구스럽습니다. 원래는 시립(侍立)하여 모셔야만 할 텐데 버릇없음을 용서하십시오."

때는 정조(正祖) 16년(1792) 정월. 이때 김노경은 26세였다.

그는 여전히 당혹하고 있었다. 그의 집안은 혁혁한 노론 가문이고, 채제공은 이른바 오인(午人)의 영수이다.

그런 것에 얽매이고 있다.

그러나 생각하면 번암의 방문도 전혀 뜻밖이라고만 생각되지 않는다.

"높으신 함자는 전부터 많이 듣고 있었습지요. 조부고(祖父考 : 고는 故와 같음)와 교유하신 일은 저희 문중의 얘깃거리로 전하고 있습니다."

번암은 짧게 웃었다.

"유당, 인사가 너무 깍듯하오. 편하게 앉으시고 편하게 말씀하시구려. 주인이 너무 예의를 차리면, 객도 불편한 법이고 우리가 서로 호를 써가며 말하는 것도 의미가 없지 않소?"

"하지만……."

"자, 나도 편하게 앉을 테니 유당도 그렇게 해요. 핫핫핫……."

하고 번암은 책상다리로 앉았던 자세에서 두 다리를 쭉 뻗는다.

파격적인 자세였다.

유당은 좀 떫어졌다.

아무리 노인이고 조부와 교유가 있었다곤 하지만 남의 집에 와서, 그것도 당파가 다른 집의 주인 앞에서 두 다리를 뻗다니 무례하지 않은가!

상대편이 젊다고 얕보는 게 아닌가. 그렇다면…… 유당 역시 반발도 생겨 무릎 꿇은 자세에서 훨씬 편한 책상다리가 되었다.

하지만 동시에 긴장도 풀렸으므로, 이상한 것은 인간의 심리 상태였다. 긴장이 풀리자 굳어졌던 혓바닥도 부드러워져 말이 술술 나왔다.

유당은 지금 궁금한 일이 있는 것이다.

"번암 어른께 여쭈어 볼 말이 있습니다."

"오, 무엇이오?"

"좀전에 어른께선 대문에 써 붙인 '입춘대길 건양다경'이라는 여덟 글자를 유심히 살펴보셨습니다. 그것은 일곱 살 난 제 아들 녀석의 글씨인데 가망이 있겠습니까?"

"가망, 무슨 가망이란 말이오?"

번암의 목소리엔 좀전과는 다른 차가움이 있었다. 젊은 유당은 그것을 알지 못한다.

"그러니까 전 글씨를 제법 잘 썼다고 생각하지요. 하지만 어른께서 보실 때 장차 서도로서……."

"아, 그것 말이오. 매우 필세가 좋았소."

그러자 유당은 너무도 기뻐한다. 번암은 이런 유당의 모습을 보자 지나치게 엄격했었던 자기 자신이 반성되었다. 나이도 엇비슷했었던, 정양재를 처음 만났을 무렵의 일들이 생각난다.

번암은 표정을 누그러뜨리고 얼굴에 미소를 담았다.

"정말입니까, 번암 어른? 지난 해에도 이 근처를 우연히 지나던 박제가(朴齊家 : 1750~1815)라는 분이 아들 녀석의 시문(詩文)과 글씨를 보고 몹시 칭찬했습지요."

"박제가? 규장각(奎章閣)의 검서(檢書)로 있는 초정(楚亭) 말입니까?"

"예, 그렇습니다. 잘 아십니까?"

번암은 잘 알고 있었지만, 여기서는 굳이 말할 필요가 없다 생각하고,

"그저, 이름 정도는……."

하고 대답했다.

"그 초정의 말씀으로선……."

홍분된 유당도 명필의 가능성이란 말까지는 입 밖에 내지 못했다. 하지만 그 목소리와 태도엔 번암의 칭찬을 듣고 싶어하는 아버지의 마음이 역력하다.

"유당, 바둑을 둘 줄 아시오?"

노경은 엉뚱한 말에 어리둥절한다.

"부끄럽지만 아직 둘 줄을 모릅니다. 시골이라 배울 틈도 없었고……."

"바둑의 원리라 해서 글의 이치와도 아주 동떨어진 것은 아니지요. 원나라 말기의 책으로 《현현기경(玄玄棋經)》이란 게 있는데, 바둑의 품격(品格)을 논하고 있소. 바둑의 품격은 모두 아홉 단계로 나누어 최상을 입신(入神)이라 하고 최하를 수졸(守拙)이라 했는데 말하자면 바둑의 기능이 올라갈수록 품격도 높아진다는 것이었소. 그런 의미로 공자님도 말씀하셨지요. 즉 《논어(論語)》〈계씨편(季氏篇)〉을 보면 이런 말이 있소. 태어나면서 아는 자는 으뜸이고, 배워 아는 자는 버금이며, 어렵게 노력하여 아는 자는 그 아래(子曰生而知之者上也, 學而知之者次也, 困而學之又其次也)라고. 사람으로서 글씨는 천성의 것이고 하늘이 주는 재주로 아드님은 그 최상에 해당되기는 하나, 그러나 천재라도 관심을 갖고 혹은 스스로 노력하지 않는다면…… 최하가 될지도 모른다는 말씀이었소. 또한 아드님의 글씨를 보니……."

번암은 말을 끊고 더 이상 말하려 하지 않았다. 유당은 왜 아들의 글씨에 천분이 있다면서 속시원히 대답을 해주지 않는 것일까, 그것이 궁금했고 불만스러웠다.

번암은 여기서 말하기 싫어서가 아니라 또 다시 자기의 젊었을적 미숙함이 생각나서 평을 삼갔던 것이다.

그런 인간의 '미숙함'이란 무엇일까? 그것은 역시 젊음의 특권이기도 한 '오만'과 '과격함'이었다.

젊어서는 자기의 생각이 전부라고 착각하기 쉽다. 그런 것이 오만으로 바뀐다. 이런 오만은 자기의 재주를 믿고 좀 안다는 데서 비롯된다.

더욱이 인간의 젊음은 나이만으로 규정할 수는 없는 것 같다. 그것은 '육체의 젊음이 아닌 지식의 젊음'인 탓이다.

유가에선 이를 덕(德)이라고 말했다. 덕이 있는 인간을 군자(君子)라고도 한다. 그런데 나이를 육십, 칠십 먹고도 이런 덕없는 인간, 소인(小人)이 얼마나 많은 것일까? '과격함'이란, 그야말로 젊음의 특권이다. 문자 그대로니까 군이 설명이 필요치 않으리라.

번암은 요즘 느끼는 일이지만 민족에도 이런 미숙함이 있다고 생각된다. 70평생의 형극(荊棘)이, 인생이, 번암에게 겨우 깨닫게 해 준 하나의 철학이었다.

노경은 노경대로 생각하고 있다.

유당도 글씨를 잘 썼다. 유당의 아버지 김이주(金頤柱), 조부 김한신, 그리고 증조부 김흥경도 명필 소리를 들을 만한 필적이 있었다. 그렇건만 번암은 유당의 아드님 글씨에 천분이 있다면서 선뜻 칭찬을 않고 있다.

'역시……'

유당으로선 기대가 컸던만큼 실망도 컸다. 본디 유당의 가문은 여말(麗末)의 충청 관찰사를 지낸 상촌(桑村) 김자수(金自粹)를 중시조로 한다. 그러니까 경주 김씨의 상촌파이다.

《상촌전》에 의하면 경주 김씨의 시조는 신라의 경순왕 김부(金

傳)이다. 번암도 영조의 정묘년(1747), 경순왕릉 수축에 관여하고 월성위가 제문을 짓는 데 도왔기 때문에 그때 몇마디 주고받던 말이 생각난다.

"실은 내가 예문관 제학으로 왔던 것도 우리 김문의 시조 할아버지 능을 수치(修治)케 하신다는 상감의 내명(內命)을 받았기 때문이었지요. 혹시 내 제문에 잘못이 있다면, 번암의 뛰어난 글재주로 고쳐 주시구려."

번암은 그 동안 정양재와도 친밀해져 별 생각 없이,

"경주 김씨는 워낙 대성(大姓)이라서 아마 회장자(會葬者)도 많겠군요."

라고 말했다. 어쩌면 비아냥 비슷하니 들리는 말이기도 했으나, 정양재는 미소로 가볍게 받아넘겼다.

"하기야 시조 할아버지께선 워낙 장수하셨고 고려에 가신 뒤에도 몇몇 부인을 두셔, 자손도 많으셨지요. 그러나 절의(節義)로써 우리 김문에는 마의태자(麻衣太子)님이 계셨지요."

경순왕은 나라가 멸망한 뒤에도(925) 장수하여 왕건 태조로부터 5대째인 경종(景宗) 3년(978)에 돌아갔다. 한편 태자는 끝까지 항전을 부르짖다가 뜻을 이루지 못하자 나라를 잃은 망국민이라는 의미로 베옷을 입고 금강산에 들어간다. 그리하여 금강산의 입구인 단발령(斷髮嶺)에 올라 먼동이 트려는 하늘을 망연히 굽어보았으리라.

그리고 나라를 다시 일으키려면 부처의 힘을 빌 수밖에 없다 생각하여 상투를 자르고 중이 되기를 결심했다고 한다.

그러나 여기선 불교 이상의 뜻도 있었다. 단발령이야말로 금강산의 1만 2천 봉우리가 동해의 아침 해돋이의 찬란한 빛을 장조(長

照)한다는 뜻으로, 고려 때 이곳을 채양군(彩陽郡)이라 했던 것이다. 그리하여 재 아래 말휘리(末輝里)가 있고, '만폭동 계곡'이 이곳부터 시작된다.

안재홍은 《조선상고사감(朝鮮上古史鑑)》에서 단군에 대해 풀이했다. 그는 육당설에 자극을 받아 고어를 연구했고 당시에 남아있던 자료들을 넓게 섭렵하여 하나의 결론에 도달했다.

'단군 왕검이 아사달(阿斯達)에 도읍을 세우고 나라를 열자 이름하여 조선이라 하였다.'(일연(一然)의 《삼국유사》)

그리하여 아사달은 고기(古記)에서 백악(白岳)이라고 기록되고 있다는 데 주목했던 것이다. 즉 조선과 아사달, 조선과 백악은 불가분의 관계가 있다.

백악이 곧 부여(夫餘)이고 백악을 우리말로 풀이한다면 배달 또는 뱃치가 되는 것이었다.

《삼국유사》에도 '상제(上帝)가 지상을 굽어보아 삼위(三危) · 태백(太伯)을 고르시고, 그 아드님 환웅(桓雄)으로 하여금 무리 3천을 거느리게 하여 내려보냈다. 환웅은 신단수(神檀樹) 아래 신시(神市)를 열고…… 때에 곰과 범이 각각 사람이 되려는 소원을 가졌는데 환웅은 쑥 한 줌과 마늘 스무 쪽을 주면서 먹도록 하고 백일 동안 햇빛을 보지 않는 금기(禁忌 : 터부)를 지키도록 일렀다. 범은 중간에 금기를 어겼으나 곰은 금기를 지켜 웅녀(熊女)가 되었고 환웅과 더불어 혼인하여 아들을 낳았는데 그 아드님이 곧 단군 왕검이라고 하여 아사달에 도읍했다는 것이며 그것은 당요(唐堯)의 즉위 50년 경인년이라는 것이었다.

《삼국유사》를 단순한 신화로만 볼 수가 없고 여러 가지로 뒷받침되는 점이 있어 육당이나 민세는 연구한 셈이다.

우선 정리한다면 배달(백악)·아사달·평양[백아강(百牙岡)]·태백산 등이 남는다.

육당은 한자(이두)로 백(白)·백(百)·백(佰)은 모두 발음상 빌려 온 문자일 뿐 붉·불·뵈(뵈어→부여)라고 보았다.

예로부터 우리나라는 동쪽에 위치하고 붉(그래서 부루라고 했다) 곧 태양이 맨 먼저 떠오르는 곳이며 특히 해돋이는 신앙의 대상이었다.

마의태자가 단발령에서 해돋이를 보고 새로운 결심을 했다는 것은 여기서도 설명되리라.

강(岡)·산(山)·영(嶺)은 모두 우리말의 뫼를 뜻하고 표현이 분화(分化)된 것이며, 뫼보다 앞서는 말이 배달·아사달로 보아 달이라는 게 분명하다.

우리나라——진역(震域)엔 크고 작은 산들이 많다. 그리하여 역사를 통해 숱한 외적의 침입이 있었건만 우리 겨레는 살아남았다. 그 까닭은 무엇인가?

그 전부는 아니라도 이런 달(산)의 역할이 컸던 것만은 틀림이 없으리라. 청구라는 옛이름 역시 이것과 관계된다.

이른바 오행설로서 청(靑)은 동방이고 목(木)이라 했지만, 팔괘(八卦)로선 진(震)이고 우레이며 봄을 뜻한다. 그러니까 진은 만물의 창성(創成)을 뜻한다. 동방을 청(푸르다)이라 한 것도 그런 산에는 나무가 우거지고 푸르렀던 까닭이고 풍부한 짐승들이 있었으며 나무 열매나 약초도 있었다.

금강산을 예로 든다면 여러 갈래로 갈라진 계곡미(溪谷美)의 집대성이라 하겠다. 직접 가본 사람은 알지만 만폭동 계곡이니 만상계(萬相溪) 계곡이니 옥류동(玉流洞) 계곡이니 하여 관광 코스가 정해져 있다.

요컨대 산이 높다면 골도 깊다. 전국의 명산 어디이고 빼어난 경치의 계곡이 있다. 이런 계곡은 단지 미관(美觀)만을 위해 존재하는 것은 아니다.

계곡(골짝) 또한 우리 겨레를 살아남게 만든 어머니의 품안과 같은 존재였다.

그래서 이두로 곰실[熊谷]이니 매꼴[梅谷]이니 하는 지명을 접하게 된다. 꼴은 골의 된소리이겠지만, 실이 골짝의 원명이었는지도 모른다. 우리말의 고을은 골에서 전와된 것이리라.

청나라 말기·19세기도 거의 저물어가는 1899년 유철운(劉鐵雲)이라는 사람이 연경(燕京)의 약방 거리를 기웃거리고 있었다. 그는 강소성(江蘇省) 단도(丹徒) 출신으로 교양이 있고 재능이 있었으나, 인간이란 그 기회를 얻지 못하면 별볼일이 없는 것이다.

그래서 도읍에 올라왔던 것이고 같은 고향 사람으로 국자감(國子監 : 우리나라로선 성균관) 제주(祭酒 : 최고위자, 즉 총장)로 있는 왕의영(王懿榮)의 식객으로 있었다.

우리말에도 사발농사라는 말이 있다. 조선조 후기 선비로서 비록 토반일망정 상투머리가 희어지도록 과거에 낙방만 한 사람이 급제자보다는 그 몇십 배가 있었다. 따라서 가난한 젊은이는 잘 사는 친척에 빌붙지 않을 수가 없었다.

정승부터 말단 관리, 혹은 역졸에 이르기까지 이른바 밥술이나 먹게 되었다면 시골에서 친척들이 그 처자들까지 데리고 와서 살게 되는 것이다.

친척은 쫓을 수도 없고 밥이나 먹여 주는 것이다. 이것이 사발

농사였다.

당시는 해볼 만한 산업도 일거리도 없었던 시대라는 것을 이해할 필요가 있다. 공자의 가르침인 친친주의로서 친척은 박대할 수 없는 것이었다.

정승·판서급이라면 친척뿐 아니라 향당(鄕黨)도 모여든다. 이것은 청국이나 조선이나 같았다.

유철운은 왕의영의 식객으로 편지나 대필해 주고 간단한 심부름을 하며 살고 있었으리라. 그런데 왕의영이 학질병(말라리아)에 걸렸다. 이 병은 지금은 좀처럼 구경할 수 없는 것인데, 매일 일정한 시간이 되면 고열이 나며 몸은 불덩어리 같지만 이불을 뒤집어쓰고도 덜덜 떨릴 만큼 오한(惡寒)이 심했다.

"제가 약방에 가서 용뼈를 사오겠습니다. 요즘엔 가짜도 많아 잘 살펴보아야 하겠지요."

"그렇게 해주겠나?"

용은 상상의 동물로서 실제로 존재하지는 않는다. 그러나 한방에선 용골(龍骨)이라는 약재가 있다.

용골은 광물성의 생약(生藥)으로서 감숙성(甘肅省)에서 나오는 것이며 굴껍질과 함께 파묻혀 있는 지질 시대의 매머드(고대의 코끼리) 화석이었다. 화학적으로는 칼슘 화합물이고 탄산염과 인산염 및 소량의 미네랄이 함유되어 있을 뿐이라 굴껍질(이것도 한약재)과 성분은 큰 차이가 없다.

그러나 실제 약효에 있어서는 신비적인 작용을 하여 중국에선 옛날부터 진정(鎭靜)과 강장(强壯)약으로 귀중히 여겨졌다. 그런데 연경의 약방 거리에서 팔리고 있는 용뼈는 예의 매머드 화석은 아니었다. 물론 당시의 사람들이 그런 구별을 한 것은 아니다.

유철운은 안면이 있는 큰 약방을 찾아가 용뼈를 한 근 샀다.

용뼈는 모양도 갖가지이고 크고 작은 것도 있었다. 철운은 무심코 그 뼈조각을 집어들고 살펴보다가 소스라치게 놀랐다.

"왜 그러십니까, 유선생?"

주인이 다가와서 묻는다.

"뼈조각에 글자 비슷한 것이?"

"그러고 보니 가끔 그런 뼈조각도 나타나곤 하지요."

하고 주인은 대수롭지 않다는 태도였다.

유철운은 금석학(金石學)에 관심이 있었던 것이다. 그는 약을 짓는다는 목적도 잊고 글자가 새겨져 있는 뼈조각을 찾는 데 혈안이 되었다.

갑골문은 이리하여 발견된 것이다.

왕의영도 금석학엔 관심이 있었다.

"틀림없는 글자일세. 그러나 이 글자는 이제껏 한 번도 보지 못한 것일세. 고대의 문자가 틀림없는데 아무튼 보다 많이 수집하도록 하세."

"그것보다 약방 주인에게 용뼈의 출처를 묻는 게 빠릅니다."

"하지만 순순히 가르쳐 줄까?"

유철운은 곧 약방에 달려가서 물었다.

"이 용뼈는 어디서 가져오는 것입니까?"

"모릅니다."

"모를 리가 있소?"

"모른다니까요!"

중국 상인의 비밀주의는 절대적인 것으로 아마 목을 벤다 해도 밝히지 않으리라. 그들은 약방 조합이라는 게 있고 관제묘(관운장은 상업의 신) 앞에서 맹세하고 있는 것이다.

그럭저럭 하는 사이 왕의영과 유철운은 9백 조각의 갑골편을 수집했다.

당시 청나라는 제국주의 열강의 침략 아래 시달리고 있었다. 이는 우리도 같은 입장이다. 1900년 5월, 이른바 의화단(義和團)의 난이 일어난다. 의화단은 산동 반도를 중심으로 한 권법(拳法)의 협객들이 나라가 망할 것을 우려하여 교회나 학교 등 서양인 시설을 파괴함으로써 일어났다.

그리하여 영국·프랑스·일본 등은 자기네 재산을 보호한다는 구실로 공동 출병하였다. 의화단은 대포와 소총을 가진 이들과 맨 주먹으로 싸웠던 것이며, 특히 프랑스군은 자금성 안에 쌓여 있던 보물을 모조리 약탈한다.

왕의영은 이때 너무도 분개하여 자결한다. 유철운은 왕씨 갑골편도 인수받아 그 중에서 천오백 점 남짓을 엄선하여 1903년《철운장귀(鐵雲藏龜)》6권을 출판했다.

당시는 그 뼈조각이 거북 껍질로서 고대인이 점복(占卜)용으로 사용했다는 것을 어렴풋이 해독할 수 있었을 뿐 출토지는 여전히 불명이었다.

이 책에 자극을 받아 갑골편에 대한 연구가 시작되고 나진옥(羅振玉)·왕국유(王國維) 등이 논문을 발표하고 그 용뼈의 출처가 하남성의 안양(安陽)임을 알아냈다. 1911년의 일이다.

원래 금석학이란 종(鐘)·비석 등에 씌어져 있는 글씨를 연구하는 학문이다.

안양은 바로 사마천의《사기》에서 기록한 은(殷)나라의 후기 도읍 이름이었다. 또 손이양(孫詒讓)이란 사람은 간지표(干支表)를 사용하여 그 내용을 해독하는 데도 성공했다.

그리하여 은은 신정일치(神政一致)의 국가로서 귀신을 섬기며 서쪽에 있는 강인(羌人)을 잡아다가 노예로 혹사하고 때로는 제물로 신에게 바치기도 했다. 이들은 동이 계통의 부족으로 이미 청동기(靑銅器)를 가지고 있었으며 지금의 산서성(山西省) 일대에 있는 토방(土方 : 한족)과는 놋쇠와 소금을 교역하고 있었다. 그리고 국가의 대사는 소의 어깨뼈(그들은 소를 사육했다)를 불에 구워 그때 생기는 균열(금)을 보아 전쟁·제사·길흉 등을 점치고 있었다.

무덤은 암묘(暗墓 : 봉분이 없음)로써 군사와 개를 산 채로 매장하고 있었다. 은족은 무덤의 귀신으로 고(蠱)라는 것을 특히 무서워하여 개나 완전 무장한 군사를 순장시켜 망령을 지키도록 했던 것이다.

그리고 은허(殷墟)에서 수천 점의 청동기가 나왔는데 그것은 모두 제사에 쓰는 주기(酒器)로 이들이 술을 너무 좋아하여 나라가 멸망했다는 설도 있다. 은허의 발굴과 갑골문 연구가 순조로웠던 것은 아니다.

일본이 중국을 침략하여 전쟁이 계속됐고 연구팀이 뿔뿔이 흩어졌기 때문이다.

그런데 1932년 동작빈(董作賓 : 1893~1963)이라는 학자가 획기적 발견을 한다. 그는 갑골편 중에 일식(日蝕)의 기록이 있음을 발견하고 이를 역산(逆算)하여 은의 건국을 서기전 1751년쯤이라고 계산했던 것이다. 중국 5천 년의 역사란 이것에 근거를 둔 것이고, 우리도 그와 비슷하므로 반만 년 역사라고 한다.

갑골편의 발견으로 사마천의 《사기》 기록이 거의 정확하다는 게 증명되었다.

중국의 사서(史書)는 《사기》《한서》《후한서》《삼국지》로 이어지고 있지만, 《사기》는 비교적 왜곡이 적어 우리에게도 많은 참고가 된다. 사기는 한무제 때의 사마천(기원전 145(일설엔 135)~기원전 92년쯤)이 지은 것으로 공자가 《춘추》를 짓고 '춘추필법'이라 하여 사실을 가차없이 쓴다는 정신을 본받고 있다.

한족(漢族)은 지금의 산서성 중간에 있는 '황토 고원(黃土高原)'이 그들의 고향이라고 추정된다. 지금은 나무 하나 풀 한 포기 없는 불모지이고 소수의 혈거민(穴居民)이 살 뿐이지만 고대에는 수목도 우거지고 비옥한 땅이었다고 짐작된다.

황하는 이 황토 고원을 지나면서 누런 탁류가 되지만, 남류(南流)하던 물이 도중에서 분수(汾水)라는 물과 합치고 다시 화산(華山)이라는 산에 부딪쳐 직각으로 구부러지고 동류한다.

남류하던 황하가 분수와 합치는 일대가 하동(河東)이고 저 유명한 관우의 고향이다. 또 화산의 서쪽에 주·진·한·당(周·秦·漢·唐) 등이 도읍했던 장안(長安 : 현재의 서안)이 있고 그곳엔 위수(渭水)가 있으며 동류하여 황하와 합친다.

화산 동쪽에 숭산(崇山)이 있고 그 서남쪽에 낙양(洛陽)이 있다. 한족이 말하는 중원(中原)은 처음에 화산과 숭산 사이의 유역이었고 그곳엔 선주민으로 묘족(苗族)이 살고 있었다(따라서 숭산 이동은 동이).

중국의 역사는 삼황(三皇)·오제(五帝)로 시작되는데 《사기》는 오제부터 시작한다.

최근 밝혀진 바에 의하면 복희와 여와는 묘족의 조상신이고 부부였다. 이들은 상반신은 사람이고 하반신은 뱀으로 그려져 있다.

아무튼 이들이 창조신이고 복희는 사냥과 고기잡는 법, 그리고 《역경》의 팔괘를 만들었다고 한다. 여와는 인간을 만들었고 또 악신이 하늘을 떠받치는 기둥을 들이받았을 때 그것을 일부 고쳤다.

사람은 황토를 빚어 만들었는데, 일일이 만들기가 귀찮아졌다. 그래서 새끼줄에 황토를 묻혀 휘둘렀고, 이래서 꼼꼼이 만든 인간은 선인이 되고 아무렇게나 흙을 묻혀 뿌린 인간은 악인이 되었다는 것이다.

오제의 첫째는 황제(黃帝)인데 이는 한족이 조상신으로 모신다.

그는 거록(鉅鹿)에 살았는데 치우(蚩尤)라는 호적수가 있었다. 그는 괴물로서 바람을 일으켜 비를 내리고 짙은 안개가 끼도록 만들므로 황제의 군은 번번이 패했다. 그러자 서왕모(西王母)가 구천 현녀를 보내어 치우를 이기는 방법을 가르쳐 준다.

치우와 황제는 다시 싸움이 붙었다. 치우는 예의 호풍환우(呼風喚雨)를 하여 황제군을 괴롭혔으나, 황제가 구천 현녀로부터 배운 주문을 외며 발(魃 : 한발이란 말의 시작)을 불러내자 하늘은 단번에 활짝 개었고 치우는 패하여 죽었다.

또 이 무렵 동해에 유파산(流波山)이 있었는데, 그곳에 모습은 소였으나 뿔이 없고 온몸은 시퍼런데 눈은 일월처럼 빛나며 울음소리는 우레와 같았고 한 번 발 하나를 물에 담그면 바람이 불고 비가 쏟아지는 동물이 있었다.

그래서 이름이 뇌수(雷獸)인데 황제는 이것을 잡아 그 껍질로 북을 만들었다. 그 북은 한 번 울렸다 하면 5백 리 사방에 들렸지만, 황제는 이 북과 치우의 모습을 그려 진 앞에 세우고 적과 싸웠다. 그러면 적병들이,

"저 무서운 치우가 아직도 살아있구나."

하며 도망치거나 항복했다.

이것은 한족이 이민족을 정복하는 신화인데 동이였던 치우가 가장 강적이었음을 암시한다.

오제의 세 번째가 요(堯)이다.

요는 즉위하고 70년만에 순(舜)이라는 현인을 만나 등용했다. 맹자(孟子 : 기원전 372~289)는 스스로도 동이라고 했지만,

"제순은 동이였고 주문왕은 서융이었다."

고 잘라 말한다.

단군 신화에서 당요(唐堯)라고 한 것은 요가 한족임을 표시하기 위해서였다. 우리는 훨씬 후대까지 중국인을 당인이라고 불렀지만, 그것과 마찬가지로 한족은 우리를 지금도 고려인이라고 부르는 것이다.

그러면 순은 어떤 인물인가?

우순(虞舜)이라고 기록되며, 우는 산동성의 지명인 듯싶은데 그는 천민으로 일정한 거처가 없었고 직업도 여러 번 바꾸었다. 또 그의 아버지는 맹인인데 순의 어머니가 일찍 죽자 후처를 맞았고, 이복동생인 상(象)은 그 어머니와 짜고서 순을 여러 차례 죽이려고 했다. 그러나 그는 효성으로 부모를 섬기고 이들을 원망하지 않았었다.

요는 그를 발탁하여 재상에 임명하고, 단주(丹朱)라는 아들이 있었지만 천자의 자리를 순에게 물려주고 두 딸을 비로 주었다.

고대의 제왕으로서 가장 중요한 것은 황하의 치수였다. 이 당시 숭산을 지난 황하는 이윽고 두 갈래로 갈라진다.

위쪽의 물을 황하라 불렀고(현재는 없어짐) 아래 갈래는 제수(濟水)라 불렸다. 이 제수 남쪽에 태산(泰山)이 있다.

순은 곤(鯀)을 시켜 치수를 하라고 했다. 하지만 그는 실패한다.

순은 벌로써 공공을 유릉에 보내어 북적(北狄)을 만들고, 환도는 숭산 남쪽에 보내어 남만(南蠻)을 만들었으며, 삼묘(三苗 : 묘족의 세 씨족)는 삼위(三危 : 단군신화에 나옴)에 보내 서융(西戎)을 만들고, 곤은 우산에 보내어 동이를 만들었다.

중국이 세계의 중심이고 주변의 나라는 모두 오랑캐라는 중화사상의 시작이었다. 적·만·융·이의 글자는 서로 다른데 오랑캐라고 해석한다.

하지만 이때의 그것은 오랑캐라는 뜻이 아니었으리라.

어쨌든 곤은 우산에 보내지자 치욕감을 느끼고 스스로 물에 몸을 던졌는데, '能'이 되었다. 이 글자를 내라고 발음하면 발이 셋인 자라이고, 능이라고 발음하면 곰 종류인데 다만 발이 사슴을 닮았다고 학자들은 주석했다.

순은 황하의 치수를 다시 곤의 아들 우(禹)에게 맡겼다. 우는 당시 숭산에 살았는데 침식을 잊다시피하며 열심히 뛰었다. 그는 어느날 아내에게 말한다.

"내가 새벽에 집을 나서 산을 내려갈 때 절대로 보아선 안되오."

그러나 아내는 호기심이 생겨 산을 내려가는 우의 모습을 보았다. 보니까 우는 곰이 되어 전속력으로 달리고 있었다. 아내는 이때 임신하고 있었으나 그만 놀란 나머지 돌로 굳어져 버렸다. '能'과 '熊'은 비슷한 글자이다.

즉 동이족이던 곤이나 우는 곰을 토템(totem)으로 하는 부족이었다고 학자는 해석한다.

《삼국유사》의 환웅과 웅녀. 곰의 발음은 웅이고 어쩌면 단군 왕검은 곰을 토템으로 하는 부족이었다고 생각된다.

토템은 아메리카 인디언에게서 발견되고 있지만, 중국의 고대 부족에도 이것이 발견된다.

《삼국유사》의 단군 신화는 곰을 토템으로 하는 부족과 범을 토템으로 하는 부족의 투쟁을 암시하고 웅족이 승리했다는 것일까?

순도 요와 마찬가지로 자기의 아들 상균(商均)이 있었으나 천자의 자리를 우에게 물려주었다.

이것이 유교에서 말하는 평화적 정권 교대 즉 선양(禪讓)이고, 또 그렇게 함으로써 요와 순은 성인으로 우러른다.

우도 성인으로 추앙되었으나 조금 성질이 다르다. 그는 자기의 아들 계(啓)에게 자리를 물려주었고 하(夏)라는 세습 왕조의 기틀을 닦았다.

성인으로서의 그는 구주(九州:영토 제정)를 정하고 안읍(安邑: 산서 하현)에 도읍을 두었다. 익(益)이란 신하는 우물 파는 기술을 개발하여 거주 지역을 넓혔고, 해중(奚仲)은 수레를 발명하여 무거운 짐을 쉽게 날랐으며, 의적(儀狄)은 술을 발명했다고 한다.

4백70년 가량이 흘러 걸(桀)이라는 폭군이 나타난다. 그는 말희(妹喜)라는 여자를 총애하고 가렴주구를 하여, 마침내 탕(湯)이라는 성인이 나타나 이를 내쫓고 새로운 왕조를 시작했다. 은(殷)나라의 시작이다. 그런데 은의 말기에도 주(紂)라는 폭군이 나타났고 역시 달기(妲己)라는 여자를 총애하여 나라를 잃는다. 《사기》의 이 기록은 너무나도 줄거리가 흡사하여 걸주는 요순과 대비시키기 위한 후세 유가(儒家:유교도)들의 창작이라고 의심하는 학자가 많았다. 맹자도 유가였으나 이를 의심했다.

그러나 갑골문의 발견과 은허의 발굴로 은나라가 실재했음이 증명된 것이다(하의 유적은 현재까지 발견되지 않았다).

《사기》에는 참으로 많은 씨(氏)들이 등장한다. 삼황의 복희씨·여와씨·신농씨·오룡씨·수인씨…… 등등. 이런 씨는 부족을 의미하거나 종족이 다른 이민족이라고 해석된다. 즉 현재 중국의 주체가 되어 있는 한족은 단일 민족이 아니고 혼혈 민족임을 알 수 있다.

시조엔 신화가 붙는다.

은의 시조는 이름이 설(契)이고 어머니는 간적(簡狄)이었다. 그녀는 유융씨의 딸이고 제곡(오제의 하나)의 차비(次妃)였다. 어느 날 동족의 여자 셋이서 미역을 감았는데 한 마리의 현조(玄鳥 : 검은새, 곧 제비)가 날아와 알을 떨어뜨렸다. 간적이 이를 받아먹고 임신하여 설을 낳았다. 술의 발명자 의적과 마찬가지로 간적은 북방의 민족임을 암시한다. 그리고 그녀는 제비를 토템으로 하는 씨족의 출신임을 말해 준다.

주(周)의 시조 후직(后稷)은 이름이 기(棄 : 버려진 아이란 뜻)였고 어머니는 유태씨의 딸로 강원(姜原)이란 이름이었다. 강원은 제곡의 원비(元妃)였다. 그녀도 어느 날 들에 나갔다가 거인의 발자국을 밟고서 임신했는데 낳고 보니 알이었다.

강원은 불길하게 여겨 길에 내다 버리게 했는데 지나는 마소도 이를 밟지 않고 피해 갔다. 그래서 숲속에 버렸더니 까마귀들이 날아와 보호했다. 부득이 강원은 도로 알을 가져왔는데 이윽고 껍질을 까고 나온 것이 기였다.

난생(卵生) 신화는 동방 계통에 많고 신라의 박혁거세도, 고구려의 동명성왕도 모두 알에서 나왔다. 이 주나라 시조 이야기는 동명

성왕의 그것과 너무나도 닮았다.

기는 성장하자 후직(직은 농업, 후는 관직)이 되었는데, 그 아들 대에 이르러 죄를 짓고 북적의 땅으로 도망쳤다. 그의 자손이 주문왕·무왕인데 모두 성인으로 꼽는다. 특히 주문왕은 《역경》의 팔괘를 겹쳐 64괘로 만들었고 단사(彖辭)와 효사(爻辭)를 지었다고 한다.

주문왕은 먼저 죽고 주무왕이 군사를 일으켜 은을 멸한 것은, 앞서의 동작빈 계산으로 서기전 1050년쯤이었다. 현재의 서기 계산은 이것에 준한다.

주무왕이 주왕을 칠 때 이를 막으며 간한 것이 유명한 백이·숙제 형제이며 이들은 동이의 고죽국(孤竹國)이란 나라의 왕자였다. 또 주무왕은 주의 숙부인 기자(箕子)에게 정치의 요체(要諦)를 물었다. 현재 기차조선은 부인되고 있지만, 그것은 지금의 평양을 도읍으로 했다는 그릇된 설 때문이며 조선의 실학자들은 그런 평양이 요동에도 있었다고 한다.

한학자들이 왕검이나 기자가 조선의 평양에 도읍했다고 하는 것은 패수(浿水) 때문인데, 민세는 이것을 베나(부여강)로 해석했고 그 위치는 논하지 않고 있다. 그 이유로 백악과 조선이 동일 국명도 되고 지명도 되듯이 상황 변동에 따라 여러 곳으로 옮겨지면서 명명(命名)됐기 때문이라고 한다.

《사기》를 보면 주무왕 때 숙신(肅愼)이 축하의 조공을 보냈다고 했다.

또 《삼국사절요》(노사신·서거정 이파 등이 지음) 〈외기(外紀)〉에서 구이(九夷)를 설명했는데, 이는 물론 중국측 문헌을 인용한 것이었다.

'동쪽에 견이(畎夷)·방이(方夷)·백이(白夷)·황이(黃夷)·우의(于夷)·적이(赤夷)·현이(玄夷)·풍이(風夷)·양이(陽夷)가 있고 처음엔 군장(君長)이 없었는데, 신인이 박달나무(단목) 아래 내려오자 나랏사람이 임금으로 세웠으며 국호를 조선이라 했다. 처음엔 평양에 도읍하고 뒤에 백악으로 도읍을 옮겼는데 이것이 곧 단군이다.'

여기선 신화적 요소를 제거했으며 평양→백악이란 말이 새롭게 나올 뿐이다. 이는 이미 말했듯이 평양이 곧 백악이고 옮겼다는 데 중점을 두어 생각해야 한다.

숙신은 어디인가?

'《신당서》(구양수 지음) 〈지리지〉에는 다음 내용이 실려 있다.

'장령부(長嶺府)로부터 천5백 리를 가면 발해 왕성에 이르는데, 성은 홀한해(忽汗海 : 해는 호수)에 임한다. 그 서남 30리에 옛 숙신성이 있고……'

즉 발해의 상경 용천부(龍泉府)=홀한성 부근에 있었다는 설명이다. 요(遼)의 동경 황룡부(黃龍府)=금(金)의 상경 회녕부(會寧府)가 모두 같은 지역(간도 : 지금의 연변 지구)에 있었고 이들보다 훨씬 이전의 숙신 본거지도 여기였음을 알게 된다.

또한 이곳은 효종 5년(1654)에 청의 요청으로 우리의 조총(鳥銃) 군인이 나선(羅禪 : 러시아인)을 물리치기 위해 갔었다는 영고탑(嶺古塔) 부근이었다. 홀한해는 현재의 경박호(鏡泊湖)임은 말할 필요도 없다.

그러면 장령(長嶺)은 어디일까? 《성호사설》에 장령·흑룡이란 항목이 있다.

'바둑의 기술로 '아생 연후에 남을 죽일 수가 있다'고 하지만 그게 아니다. 남을 죽이는 데 성공하지 못한다면 나도 살지 못한다. 그리하여 전국(全局)에서 지는 것이나 같다.

중국은 장성으로 바깥으로부터 스스로 지켜지고 구주의 넓음을 가지고는 있지만, 기풍도 서로 동떨어져 있을 뿐 아니라 험이(險易 : 험난함과 평탄함)도 같지가 않다. 화인(한족)은 아직껏 옴짝달싹 못할 궁지에 몰린 적은 없지만(절대절명의 경지는 아니라는 것), 저 틈을 타고서 침입하는 적의 침략은 막아내지를 못했었다. 속담에서 말하기를 도둑 하나를 열 사람이 막지 못한다고 한다. 이것이 바로 내가 살고 난 여력이 있어야 남을 크게 죽이기도 쉽고 막기도 쉽다는 까닭이다.

그러나 우리나라는 북으로 낭고(狼姑)의 밖에 있을 뿐 아니라 혹은 또 검을 울리면서 공을 세운 일도 없었다. 오로지 동북 한 귀퉁이만은 언덕이 겹쳐지고 높은 재가 이어져 천지 개벽한 이후로 밖의 병이 들어오지를 못했었다.

원나라 세조(쿠빌라이, 1215~1294)는 국경을 가장 멀리 개척했고 서쪽으로 원정 4년만에 인도에 이르렀지만, 동진(東眞) 일부를 공갈로 얻었을 뿐으로 감히 침입하지는 못했었다.

저 장건(張騫)이나 정화(鄭和 : 영락제의 환관. 대함대를 조직·스리랑카·아프리카 소말리아까지 도달) 또한 서역을 두루 밟았지만, 오직 장령과 흑룡 사이는 사람이 엿보거나 침입을 허용치 않았던 것이다. 그 형편을 보건대 중세(中世) 이상이며 사람도 드물고 재화(財貨)도 부족하여 스스로는 진작(振作)될 수가 없었다. 겸하여 유(幽 : 유주·연경 일대)·병(幷 : 병주·산서성 태원 부근)·영(營 : 영주·요서 일대) 세 구역도 점차로 도회가 되고 있어, 12주의 옛땅을 회복하려면 이곳이 연도(燕都)로부터 불과 수천 리밖에 되지 않는다. 옛날에 비한다면 삭북(朔北)도 더욱 가까워진 것이다. 이것이 이른바 아생자(我生者)는 스스로 굳히고 나서 다른 것도 얻을 수 있고 죽일 수도 있는 것이다. 당국자로서 깊이 생각하기 바란다.'

이 글은 언제 쓰어졌는지는 모르나 아직도 북벌에 대한 치열한 열의를 엿볼 수가 있어 흥미롭다. 모호한 표현이기는 하나 빼앗긴 12주를 수복하자는 것으로 성호 역시 단순한 조선조의 입장만이 아닌 북위(北魏)나 고구려의 옛땅을 염두에 두고 있었던 것 같다. 여진족도 해냈는데 우리인들 왜 못하겠느냐 하는 기개도 숨어 있다. 사실 청은 30만의 인원으로 1억 수천만의 한족을 지배했던 것이다.

나라의 크기나 인구의 다과는 문제가 아니며 정신의 문제였다.

또 장령·흑룡 사이는 불과 백여 년 전까지만 해도 태고적의 비경으로 저 김좌진 장군의 청산리 전투도 이런 자연 조건 때문에 승리를 쟁취했다고 여겨진다. 당시의 정부가 좀더 적극적이고 기득권도 있는 동북의 길림성 일대, 그것도 당시에는 주인 없이 버려져 있는 땅에 집착을 가졌다면 그뒤의 역사도 달라졌을지 모를 게 아닌가.

그러나 케케묵은 노론파가 조정을 지배하며 서북도를 차별하고 있어 호기는 스스로 사라지고 만 것이었다.

성호는 패강에 대해서도 썼다.

'패강은 위만(衛滿)이 패를 건넜다는 데 근거하고 있지만, 혹은 압록이라고도 의심된다[안정복이 한서를 보았는데 마지수가 곧 압록이고 압록이 또 패수라 한다. 이는 될 수 없음이 분명하다 (원주)].

지금 《성경지(盛京志 : 청황실의 기록)》를 보건대 요동에 니하(泥
河)가 있고 역시 패수라 일컫는다. 한의 패수현 북쪽에 있다. 때
문에 《한서》는 혼동하고 구별하지 못한 게 아닐까?

《당서(唐書)》를 보면 평양 남쪽가에 패수 운운했는데 즉 대동
강으로 의식된다. 그러나 본국사(우리나라 사서)를 보면 백제가
강역을 정하면서 북으로 패강에 이르렀다 했고, 고구려 안장왕
(安藏王)이 백제에 침입할 때 패수에 이르렀다고 했다. 이때 고
구려 도읍은 평양·동황성(東黃城)이고 백제의 도읍은 한산(북
한산)인데 패는 그 사이에 있었다는 것인가! 《여지승람》에서 평
산(平山 : 황해도)부 저탄(猪灘)을 그것이라고 한 게 이것이
다……'

요컨대 패수란 기록이 구구하고 일정치 않아 믿을 수 없다는 말
이고, 성호는 패수와 대동강을 분명히 구별하는 것 같다.

《열하일기》 도강록(渡江錄)은 당시의 실학파 견해를 집약한다.
'봉황성(鳳凰城)은…… 일설에 의하면 이것이 안시성이다. 고구
려 말로서 큰 새를 일컬어 안시라고 했다. 지금 속어(俗語)로서
자주 봉황(상상의 새)을 해석하여 안시라 하고 뱀을 일컬어 백암
(白巖)이라 한다. 수·당 시대 조선의 말에 끼어맞추어 봉황성
(현재는 홍성)을 안시성이라 하고 뱀성을 백악성이라고 하였다.
이 설은 꽤나 일리가 있다. 또 전하는 말로선 안시 성주 양만춘
(楊萬春)이 황제(당태종)를 쏘아 눈을 맞추었다. 그러자 황제는
깁 백 필을 하사하여 성주로서 지킴을 굳힌 것을 칭찬했다. 당
태종 이세민(557~649)이 천하 대병을 끌고 와서 총알처럼 작은
성에서 좌절하여 혼란 속에 철수했다는 것은 의문스럽다.

김부식은 사서로서 성명을 잃었음을 아쉬워했었다. 왜냐하면

김부식은 《삼국사기》를 지었을 때 다만 중국의 사서에 관해 대충 초록(抄錄)·필사하여 사실로 한 뒤, 류공권(柳公權)의 소설을 인용하여 주필산(황제가 머무른 산)의 포위 증거로 삼고 있기 때문이다. 그런데 《당서》와 사마광(司馬光 : 1019~1089)의 《자치통감》에는 모두 기록되어 있지 않으므로 중국을 위해 꺼렸던 것일까?

나는 이렇게 생각한다. 당태종이 안시에서 눈을 잃은 일은 고증할 수는 없지만, 대체로 이 성을 안시로 봄은 사견이지만 잘못된 거다. 헤아려 보건대 당시 안시성은 평양으로부터 5백 리 떨어져 있었다. 봉황성도 역시 왕검성이라고 칭했다. 《지리지》에선 더 나아가 봉황성을 평양이라고 일컫는다.

이는 어떤 까닭으로 이름지어졌는지 모르겠다. 또한 《지리지》에 의하면 옛날의 안시성은 개평현(蓋平縣) 동북 70리라고 했다. 개평으로부터 동으로 수엄하(秀嚴河)까지 3백 리, 수엄하에서 다시 동으로 2백 리를 가면 봉성이다. 만일 이곳을 옛 평양이라 한다면 《당서》가 말하는 5백 리와 일치된다.

그렇지만 우리 조선의 사람들은 지금의 평양밖에 모른다. 기자가 평양에 도읍했다면 그것을 믿는다. 만일 봉성을 평양이라 하면 크게 놀란다. 평양에 정전제(井田制)가 있었다 하면 믿는다. 평양에 기자의 묘가 있다 하면 믿는다. 만일 봉성이 평양이었다고 말하면, 터무니없는 소리라고 질책한다.

본디 요동은 우리 민족 발생의 땅이라는 것, 숙신·예맥·동이의 여러 나라가 남김없이 위만 조선에 복속(服屬)하고 있었다는 것에 무지(無知)이다. 그 오라(烏剌)·영고탑·후춘(後春) 등의 땅은 본래 고구려의 강토였음을 모른다.

아마 후대의 사람들이 고대의 경계에 대해 밝지를 못하고 부질없이 한4군(漢四郡)의 땅을 모조리 압록강 안쪽에 국한시키고 사실(史實)과 뜯어맞추어 배분했다. 그래서 패수를 그 안에서 찾았다. 혹은 압록을 가리켜 패수라 칭하고, 혹은 청천강을 가리켜 패수라 했으며, 혹은 대동강을 패수로 만들었다.

이는 예로부터 조선의 강토이고 싸우지 않고서 스스로 물러서고 있는 것이다.

그 이유는 무엇인가? 평양을 한 곳에 한정했지만 패수의 위치 이동은 항상 사적(事跡)을 좇고 있다.

나는 일찍이 한4군의 땅은 요동만이 아니고 여진도 들어갈 거라고 생각했다. 어째서 그것을 알았는가? 《한서》〈지리지〉를 보니까 현토·낙랑은 있지만 진번·임둔은 보이지 않는다. 왜냐하면 한소제(漢昭帝)의 시원 5년(기원전 82), 4군을 합쳐 2부로 만들고 원봉 원년(기원전 80) 2부를 고쳐 2군으로 개명했다.

이것을 보면 진번·임둔은 한말(전한말)에 바로 부여·읍루·옥저에 들어갔다. ── 혹은 변하여 물길(勿吉)이 되고 말갈이 되고 발해가 되고 여진이 되었다. 고증하건대 발해 무왕 대무예(大武藝)가 왜국의 왕 성무(聖武)에게 '고려의 옛터를 수복했으며 부여의 옛풍습이 있다'는 글이 있다. 이것으로 측정한다면 한4군의 반이 요동에 있고 반은 여진에 있으며, 영역이 두 땅에 걸쳐 포함되고 있어 원래는 우리의 강토였음이 더욱 더 분명해진다.

《당서》〈배구전(裴矩傳)〉에 고려는 본디 고죽국이고 주는 그곳에 기자를 봉했다. 이른바 고죽의 땅이란 지금의 영평부(永平府 : 장성 안쪽)에 있다. 또 광녕현(廣寧縣)에는 기자묘가 있었다.

그리고 기자상은 면관(冕冠)을 쓴 소상(塑像)이었다. 명의 가정
(1522~1566) 연간에 병화로 불탔다.《금사(金史)》및《문헌통고》
(원나라 마단림편) 두 책 모두 광녕·함평(咸平)이라고 한다. 모
두 기자가 봉해진 땅이다. 이로 미루어 보아 영평과 광녕 사이
에 다른 평양이 있었던 것 같다.

사견으로 기씨(箕氏)는 처음에 영평·광녕 땅에 살았지만 연
의 장군 진개(秦開)에 쫓겨 영토 2천 리를 잃고 점차 동쪽으로
이동했다. 이를테면 중국에서 진(晉)·송(宋)이 강남으로 건너
간 것과 흡사하다(한족은 서진 이후 대이동을 한다).

고구려의 강토는 때에 따라 늘었다 줄었다 했으므로 패수의
이름도 그것에 따라 이동했다. 지금의 평양을 평양으로 했을 경
우는 대동강을 가리켜 패수라 했고, 평안·함경 양계 사이의 산
을 가리켜 개마대산(蓋馬大山)이라 했던 것이다. 요양(遼陽)을
평양으로 했을 경우는 헌우낙수(軒芋灤水)를 가리켜 패수라 했
고 개평현의 산을 가리켜 개마대산이라 했던 것이다.──아무
래도 지금의 대동강을 패수라 함은 스스로를 작게 하는 의론(議
論)이다.

당의 건봉 2년(667) 고구려의 보장왕을 요동주 도독(都督)으로
하여 조선왕에 봉하고 요동으로 돌려보냈다. 그래서 '안동 도호
부'를 신성(新城)에 옮겨 통치한다. 이것으로 미루어 보면 요동
에 있었던 고씨(高氏)의 땅은 당이 얻고서도 주체하지 못하여 다
시 고씨에게 돌아간 셈이다.

요동에 있었던 낙랑 군치(郡治)는 지금의 평양은 아니고 요양
이었다. 멸망한 고려 시절에 요동과 발해 지역은 모조리 거란에
들어갔기 때문에 근획(謹畫)·자철(慈鐵)의 두 병영이 이를 지

켰고 선춘(先春)·압록을 버리고서 돌아보지도 않았던 것이다. 하물며 그것보다 한 걸음 밖의 땅이 아닌가? 안으로선 삼국을 합쳤지만, 그 강토로도 무력으로도 훨씬 강대한 고씨엔 미치지를 못했었다. 후대의 고리타분한 사람들이 평양이라는 옛이름을 그리워하고 부질없이 중국의 사전(史傳)만을 믿고서 수당의 옛 자취를 말하며 이것이 패수다, 이것이 평양이다 함은 너무나 정리(情理)를 벗어난 것이다.'

《사기》를 보면 제순의 업적으로, '북으로 산융(山戎)·발(發)· 숙신과 동으로는 장(長)·조이(鳥夷)를 진무(鎭撫)했다'했지만, 《급총주서(汲冢周書 : 晉시대 무덤에서 나왔다)》에 보면, '좋은 夷가 발인이고 발은 곧 동이'라고 하였다. 장·조이에 대해선 불명이지만 고대에는 많은 부족들이 있었으리라.

한편 주무왕은 그 도읍 호경(鎬京 : 장안 근처)에서 3년 뒤에 죽는다. 그리하여 아직 어린 성왕(成王)이 뒤를 잇는데 주의 '봉건 제도'를 확립한 것은 무왕의 아우 주공 단(旦)이었다. 공자(기원전 552~479)는 어린 조카를 보필한 주공을 성인이라 하고, 꿈에라도 그가 보이지 않게 되어 육체적·정신적 쇠퇴가 심해졌다고 한탄할 만큼 우러러 마지않았지만, 최근의 연구에 의하면 대단한 독재자였다는 것이다.

주공 단은 스스로 태산의 서쪽 자락인 땅을 차지하여 노(魯)의 시조가 되었고 그 동쪽 자락, 곧 산동 반도 전부를 외족(외척)인 강상(姜尙)에게 주어 제(齊)라고 했다. 당시의 중원은 이미 확대되어 동이의 각 부족은 이 산동 반도와 발해 연안 및 북부에 물러나 있었다고 추측된다. 강상은 강태공으로 더 잘 알려졌지만 양(羊)을 토템으로 하는 서융이었다.

은이 유순한 강족(羌族)을 잡아다가 노예로 부리곤 했다는 부족과 같은 계통이다. 羌＝羊＋人. 姜＝羊＋女.

강상과 같은 크기의 영토가 주어진 사람은 소공석(召公奭)인데 그는 연(燕)의 시조가 된다. 서쪽에서 온 주족은 천하를 통일했다고 하지만 아직은 각지에 강력한 이민족이 많았다. 가장 경계한 것은 동이로 소공도 소속이라는 동이 계통의 군주로 여겨진다. 이밖에 은의 유민은 황하와 제수 사이의 산악 지대, 당시로선 불모지인 곳에 봉해져 송(宋)이라고 불렸다.

그러나 망국의 백성은 비웃음의 대상이었다. 《회남자(淮南子)》에 나오는 이야기로 '수주대토(守株待兎)'가 그것을 말해 준다.

송나라의 나무꾼이 산에 갔었는데, 토끼가 느닷없이 달려와서 나무 그루터기에 머리를 부딪쳐 죽었다.

'이것 수지맞았다. 여기서 기다리면 토끼가 와서 부딪쳐 죽을 것이니 힘들여 나무할 필요가 있겠는가.'

하며 토끼가 와서 부딪치기를 기다렸다는 것이다. 우리 속담의 '오뉴월에 쇠불알 떨어지기'와 다를 바가 없다. 비슷한 이야기로 우(동이)의 자손도 기(杞)라는 땅에 봉해졌다. 언젠가 기나라 사람들은 하늘이 무너지지 않을까 걱정하고 공황 상태에 빠졌다. 부질없는 걱정을 '기우'라고 하지만, 이것은 동이계를 비웃는 데서 비롯된 게 아닐런지……

주공 단은 특별히 낙읍(洛邑 : 낙양)이라는 것을 건설하고 동방에의 경계를 게을리하지 않았다. 그리고 강숙(康叔 : 숙이란 왕의 숙부란 뜻)을 망한 은나라 도읍에 봉하여 위(衛)라고 불렀다. 한족은 이때 아직도 세력이 없고 지금의 산서성 일대에서 돼지를 가축으로 사육하며 사는 농민이 절대 다수였는데 당숙(唐叔)이 그곳에 봉해져 진(晉)이라 불렸다. 말하자면 한족은 자기들의 군장(君長)도 없었던 셈이다.

주족은 목축민이었으나 농업을 기본으로 했고 '정전제'를 실시했다. 정전제는 정(井)자처럼 토지를 9등분하고 중앙의 구역(공전)을 주위의 여덟 농가로 하여금 공동 경작케 하여 그 수확을 세금으로 바치는 제도였다[주위의 여덟 구역은 사전(私田)이다].

주무왕으로부터 10대가 지난 주유왕(周幽王) 때, 왕은 포사(褒姒)라는 여자를 총애했다가 목숨마저 잃는다. 이런 소동의 와중에서 도읍 호경이 불타 버려 제11대인 평왕(平王)이 동쪽의 낙읍으로 천도한다(기원전 770). 이 무렵 서쪽에 있던 진족(秦族)이 일어나고 곧이어 남쪽의 초족(楚族)도 세력이 강대해진다.

공자는 그 조상이 송나라 출신이고[따라서 동이 계통] 노나라에서 태어났다. 그리하여 노나라의 역사인 《춘추》를 썼는데 그 시작은 노은공(魯隱公)의 원년(기원전 722)부터 시작했다. 그래서 '춘추 시대'라는 말이 생겼던 것이다.

이 시대의 특징은 당시 230여 명이나 되는 제후들이 영토 확장을 위해 서로 싸우기는 했지만, 아직은 순박한 기풍은 남아 주왕을 군주로 모셨다.

그리고 초기엔 주왕의 가까운 친척이던 정(鄭)이 낙양 근처의 영토를 차지하고 비교적 선진 문화를 자랑하고 있었다.

이를테면 정장공(鄭莊公)은 아우인 단(段)을 경(京)이란 땅에 봉했다. 대신 채중(蔡仲)이 이를 간했다.

"경은 도읍보다도 넓은 땅입니다. 공자(公子)에게 세력을 키우도록 해서는 안됩니다."

"하지만 어머님인 무강(武姜)이 그것을 바라고 계시니 어쩔 수 없잖은가."

그로부터 22년 뒤 세력을 키운 단은 정을 공격했다. 어머니인 무강은 안에서 성문을 열어 주어 내통했다.

장공이 반격하여 단은 멀리 달아났지만, 어머니의 처리가 문제였다. 장공은 무강을 성영(城潁)이란 곳에 옮기고 맹세했다.

"황천에 이르기까지는 결코 어머니를 만나지 않겠다."

그러나 1년쯤 지나자 이 맹세가 후회되었다. 그러자 고숙(考叔)이라는 자가 지혜를 제공했다.

"황천이란 땅속을 뜻합니다. 땅을 파고서 그 안에서 만나시면 맹세를 어기는 게 아닙니다."

그래서 장공은 기뻐하고 그대로 하였다. 당시의 주왕이 위·진(陳 : 순의 후손이 봉해진 나라) 등 작은 나라 군대와 협력하여 정장공을 공격했다. 장공은 이를 맞아 싸웠고 부하인 축첨(祝瞻)이란 자가 쏜 화살은 왕의 팔을 맞추었다. 왕군은 무너져 달아났지만 정군은 추격하지 않았다.

"윗사람을 범하는 것도 꺼림칙한 일이다. 하물며 천자를 범할 수 있겠는가?"

장공은 채중을 시켜 왕의 부상을 위문토록 했다. 장공이 죽자 실권자인 채중은 공자 홀(忽)을 군주로 세웠는데 송나라가 간섭했다. 자기 나라 대부인 옹씨(雍氏)의 딸이 낳은 돌(突)을 세우라는 압력이다. 이리하여 채중은 그 압력에 굴복했는데 그의 사위는 송나라 사람으로 옹규(雍糾)라는 이름이었다.

하루는 채중의 딸이 그 어머니한테 와서 의논했다.

"아버지와 남편 중 어느 쪽이 가까울까요?"

"아버지는 이 세상에서 한 사람뿐이다. 그런데 천하의 남자는 모두 남편이 될 수 있는 거란다."

그러자 딸은 자기의 남편 옹규가 채중을 암살하려 한다고 털어 놓았다. 아내로부터 이 말을 들은 채중은 곧 옹규를 잡아죽이고 그 배후 인물인 돌도 축출했으며, 홀을 새삼 군주로 맞았다. 이것이 정소공(鄭昭公)이었다(기원전 697).

제는 당시 큰 나라로, 양공(襄公)이 군주였다. 그런데 양공은 공자(公子) 시절 그 친누이와 간통을 한 사이였다. 이 누이는 노환공(魯桓公)의 부인이 되었다. 몇년 뒤 환공은 부인과 함께 제나라를 방문했다. 양공은 오랜만에 누이를 만나자 다시 간통했다.

노환공이 이것을 알자 제양공은 사과의 잔치를 베풀었고 술이 만취토록 한 다음 장사인 팽생(彭生)을 시켜 수레로 모시라고 일렀다. 팽생은 미리 지시를 받았기 때문에 부축하는 척하면서 양쪽 갈비뼈를 눌러 부러뜨리고 환공을 죽였다. 후환을 겁낸 양공은 팽생을 죽여버린다. 환공 부인은 노나라에도 돌아가지 못하고 국경 부근에서 살았다.

제의 대부(大夫)로서 연칭(連稱)과 관지보(管至父)라는 두 사람이 있었는데, 양공은 1년 기한으로 그들을 국경 수비로 내보냈다. "지금은 참외가 익을 때이다. 내년 이맘 때 참외가 익게 되면 교대시켜 주마."

그러나 양공은 약속을 지키지 않았다. 이들은 분격하고 공손무지(公孫無知 : 공손은 성이 아니고 군주의 손자임)를 추대하여 반역을 일으키기로 했다. 또 연칭의 누이로 양공의 후궁이 있었는데, 그녀는 총애를 받지 못했다. 그래서 그녀에게 궁 안의 정탐을 시키고 성공하면 공손무지의 부인을 시켜 주겠다고 약속했다.

겨울에 양공은 사냥을 나갔다. 그러자 양공 앞에 멧돼지가 나타났다. 종자는 말했다.

"저것은 팽생입니다."

양공은 화가 나서 활로 쏘았다. 그러자 멧돼지는 사람처럼 꼿꼿이 서고 슬피 울었다. 양공은 놀라 수레에서 떨어졌고 허둥지둥 기어서 달아났으며 신발 한 짝을 잃은 것도 몰랐다.

양공은 나중에야 이것을 알고 신발 담당 내시인 불(茀)에게 회초리 3백 대를 때렸다. 피투성이가 된 불은 궁전을 나왔는데 마침 몰려온 공손무지의 일당과 마주쳤다.

"양공은 어디 있지?"

그러자 불은 대답했다.

"여기서 잠깐 기다립시오. 난입하여 궁중을 놀라게 해서는 안 됩니다. 궁중을 놀라게 하면 양공을 찾아내기 어려워집니다."

그들은 그 말을 믿고 기다렸다. 불은 궁전에 돌아가자 양공을 휘장 뒤에 숨기고 내시들과 협력하여 역적을 막았으나 전원이 죽고 말았다. 양공도 결국은 발견되어 살해되었다(기원전 686).

공손무지는 군주가 되었지만 워낙 신망이 없어 곧 살해되고 만다.

제양공의 아우로서 공자 규(糾)는 그 어머니가 노나라 공녀였기 때문에 노나라에 망명중이었고 관중(管仲)이 그 참모였다. 또 소백(小白)은 거(莒)라는 작은 나라로 망명했는데 포숙(鮑叔)이 그 참모였다. 포숙과 관중은 젊었을 적에 절친한 친구였었다.

공손무지가 살해된 만큼 먼저 귀국하여 여러 대부들의 추대를 받는 편이 유리하다. 그래서 관중은 일대의 군사를 데리고 소백이 귀국하는 길목을 지켰다.

그리고 소백이 나타나자 화살을 쏘았다. 화살은 다행히도 소백의 허리띠 장식을 맞추었으나 그는 쓰러지며 죽은 척했다. 관중은 안심하고 돌아갔다.

포숙은 소백을 '온량차(온도 조절 수레, 일종의 냉방차)'에 싣고 밤낮을 달려 먼저 제에 도착했으며 소백을 군주로 앉히는 데 성공한다. 관중은 경쟁자가 죽었다 생각하고 엿새 늦게 도착했는데 소백이 이미 추대되어 환공이라 불리고 있지 않은가.

그는 제환공을 죽이려 했다는 죄로 곧 체포되고 목이 잘리게 되었다. 그때 포숙이 간했다.

"관중은 비상한 재주를 가지고 있습니다. 저 같은 것은 발 밑에도 이르지 못합니다. 만일 주군께서 제나라의 군주로 만족하시겠다면 관중을 죽이십시오. 그러나 천하의 패자가 되시려면 관중을 살려 중히 쓰셔야 합니다."

이리하여 제환공은 관중을 발탁한다.

제양공과 간통한 여자의 아들이 노장공(魯莊公)이다. 장공의 부인은 제나라 여자로 애강(哀姜)이라 불렸는데 자식을 낳지 못했기 때문이다. 장공은 그 말년에 누각을 짓고 여색에도 빠졌으며 당씨(堂氏)의 여자 맹임(孟任 : 맹은 맏이라는 의미)을 총애하여 반(斑)을 낳았다.

장공에겐 경보(慶父)·숙아(叔牙)·계우(季友)라는 세 아우가 있었다. 또 애강에게는 자식이 없었으나 그 잉첩(신부를 쫓아오는 동족의 여자)의 몸에서 개(開)라는 아들을 얻고 있었다.

장공이 죽음의 병석에 눕자 신임하는 숙아를 불러 후사에 대해 의논했다. 숙아는 이때 의견을 말했다.

"부자 상속과 형제 상속이 섞여 있는 게 노나라의 관례입니다. 다행히도 경보가 있으므로 걱정하지 마십시오."

그러나 장공은 경보를 신임하지 않았다. 그가 형수인 애강과 간통하고 있음을 어렴풋하니 눈치채고 있었기 때문이다. 그래서 장공은 다시 계우를 불러 의논했다. 계우는 장공의 희망을 알고 있어 장담했다.

"제 목숨을 바쳐서라도 조카 반을 추대하겠습니다."

"그런데 미리 의논했더니 숙아는 경보를 세우겠다는 눈치이던걸. 어떻게 하면 좋을까?"

"저에게 맡기십시오."

계우는 장공의 명이라며 숙아를 불러오게 하고 독약을 마시도록 강요했다.

"형님이 이 독약을 마시면 양자를 세워 제사를 지내도록 해주겠소. 만일 거부하면 제사고 뭐고 없소."

숙아는 할 수 없이 독약을 마시고 죽었다. 노나라에선 그 자손을 세워 숙손씨(叔孫氏)라고 하였다〔이때쯤 성씨가 있었음을 나타냄〕.

장공이 죽자 계우는 반을 세웠는데, 경보가 그 부하를 시켜 그를 살해했고 개를 세웠다. 이래서 계우는 진나라로 망명했다. 그런데 애강은 개마저 죽이고 자기의 정부 경보를 세우려는 음모를 꾸민다. 이것에는 나라 사람들도 격분하여 들고 일어났다. 이래서 계우는 다시 돌아와 개의 동생을 세웠는데 이공(釐公)이라고 불린다.

경보는 계우에게 살려 달라고 애원했지만 이번에도 그는 자살을 권했고, 자살하면 가문을 남겨 주며 제사를 지내 주겠다고 하였다. 이래서 경보의 자손은 맹손씨가 되었고 이윽고 계우도 죽어 그는 계손씨의 시조가 된다. 이들이 노의 삼환씨인데 이때부터 국정을 좌지우지한다(기원전 660).

관중은 제환공을 보좌하여 마침내 覇자를 만든다. 패자란 주왕
의 세력이 약해졌으므로 왕 대신 제후 사이의 분쟁을 해결해 주고
또한 제후의 우두머리가 되는 것이다. 그 방법으로 제후가 약속한
장소에 모이고 소의 왼쪽 귀를 잘라 그 피를 나눠 마시며 합의된
사항을 지킨다고 하늘에 맹세하는 것이다.

그런 관중이 중병이 들었다. 제환공이 병문안을 와서 앞으로의
일을 물었다.

"신하들 중에서 누가 재상으로 적임자일까?"

"신하를 알고 계시다는 점에서 주군을 따를 사람이 없습니다."

"역아(易牙)는 어떨까?"

"자기 자식을 죽여 국을 끓여 바쳐가면서까지 주군의 비위를 맞
추려던 자입니다."

"개방(開方)은 어떨까?"

"개방은 원래 위나라 공자입니다. 공자이면서 어버이를 거역하
고 나라를 버리면서까지 우리한테 와서 주군을 섬기는 자입니
다. 가까이 해서는 안될 인물입니다."

"수조(豎刁)는 어떨까?"

"스스로 거세하여 환관이 되고 주군의 비위만 맞추는 자입니다.
이는 안됩니다."

관중에겐 《관자(管子)》라는 부국강병(富國强兵)의 방법을 논한
저술이 전한다. 그 중의 일절로 다음 부분은 유명하다.

'사람은 창고가 가득 차야 비로소 예절을 알고, 의식(衣食)이 넉
넉해야 비로소 영욕(榮辱)을 안다. 위에서 하는 일이 법도(法度)
에 맞는다면 육친(六親 : 아버지·어머니·형·아우·처·자)이 서

로 친하여 견고한 상태가 된다. 사유(四維 : 나라의 네 가지 기본. 예·의·청렴·부끄러움)가 느슨해지면 그 나라는 멸망한다.'

그는 법령을 공포할 때 물이 샘으로부터 흘러나와 점차 낮은 곳으로 흐르듯이, 민심에 순응했다. 그러므로 논의가 비근(卑近)하며 쉬웠다. 대중이 바라면 그것을 허용하고, 대중이 꺼리면 거두어들였다.

그리하여 정치의 실제면에서 곧잘 화를 바꾸어 복으로 만들고 실패를 거울삼아 성공으로 이끌었다(기원전 645 죽음).

제환공은 관중의 충고를 듣지 않았다. 그는 관중보다 3년 늦게 죽었는데, 그가 죽자 곧 여러 여자 몸에서 낳은 공자들이 서로 파당을 만들고 싸웠으며, 죽은 지 백일이 넘도록 장례를 치르지 못하여 구더기가 문턱을 넘어 밖으로 기어나올 정도였다.

그래서 송양공(宋襄公)이 패자가 되는데 이것은 힘없는 자가 권력을 잡으려 할 때 어떤 결과를 가져오는지, 그것에 대한 교훈이 된다. 공자의 《춘추》는 준엄하니 진실을 고발하고 있다는 점에서 오경의 하나로 꼽는다. 어떠한 일이라도 가리거나 치우치거나 하지 않고 간결한 표현으로 기술(記述)했다.

그래서 당연히 이것에 살을 붙이고 주를 단 해설서가 나타난다. 그 해설서로 전해지는 것은 세 가지인데, '좌씨춘추(左氏春秋) : 좌전' '공양춘추(公羊春秋) : 공양' '곡량춘추(穀梁春秋) : 곡량'이 그것이다.

여기서는 어느 것이 뛰어난지 논할 필요가 없다. 다만 《좌전》을 정통으로 여기고 우리나라 선비들은 이 《좌전》만을 신주처럼 모셨다는 것을 기억해 두기 바란다. 그리고 그것은 내용의 우수성을 떠나 학문의 고정(固定)을 가져왔다고도 아울러 적어 둘 필요가 있을 것 같다. 이상의 이야기는 앞으로의 참고가 되리라.

"도련님, 도련님, 거기서 뭘 하세유?"
하고 여종 간난이는 입에다 나팔처럼 손을 대고 불렀다.
벌써 해걸음이었다.
간난이는 열 살. 얼굴이 둥근 것이 제법 귀엽게 생겼다. 또 매우
약빠르고 몸놀림이 재빨랐다.
이윽고 간난이는 도령을 발견하고 정희(正喜) 옆으로 뛰어갔다.
이때 일곱 살이던 정희는 집 뒤 동산에 있는 증조부 무덤 앞에서
비갈(碑碣)에 새겨진 글씨를 열심히 보고 있었다. 비갈은 위쪽이
둥근 비석이다.
"도련님! 제발 대답 좀 해유."
간난이는 쌕쌕거렸다.
"응."
정희는 키가 컸었다. 간난이는 그 옆에 나란히 섰는데 오히려 그
가 더 커 보였다. 간난이는 가쁜 숨결이 가라앉자 눈을 반짝이며
묻는다. 호기심이 많은 아이로서 뭐든지 꼬치꼬치 캐어 묻기를 좋
아한다. 게다가 좀 수다스럽기도 하다.
"도련님은 그 비석의 글씨를 전부 알아유?"
"응."
"정말 장하네요. 쇤네는 그게 그것만 같지만유."
"알겠니? 여기엔 나의 증조부 월성위 정양재 김공께서 서른 아
홉이라는 한창 나이로 무인년(戊寅年 : 1758)에 돌아가셨는데
……."
"어머, 그게 전부 이름이에유?"

"잠자코 듣기나 해."

하며 문득 정희는 간난이를 빤히 쳐다보았다.

그러자 간난이의 얼굴이 빨개졌다. 그리고 눈을 크게 뜨면서 조그만 입을 재게 놀렸다.

"도련님, 이상하네유. 어째서 내 얼굴을 뚫어져라 보죠?"

"우선 비석 설명을 끝내고 가르쳐 줄 테다."

"지금 당장 가르쳐 주세유."

"안돼. 증조부께서 젊은 나이로 세상을 뜨시자, 증조모 화순옹주께선 슬픔을 못이겨 식음을 전폐하시고 마침내 뒤따라 돌아가셨단다."

"어머나!"

"그리고 보통은 삼대 봉사라고 제주의 윗대 세 분 상만 제사를 모시지. 하지만 공주나 옹주님은 영세(永世)라 하여 집안이 이어지는 한 영원히 모셔야 해. 더욱이 증조모께선 임금님이 상궁을 보내시어 식사를 하라 하셨는데 물 한 모금 끝내 마시지 않다가 돌아가셨어. 이런 일은 공주나 옹주로선 일찍이 없었던 일이라 우리 집안의 자랑이란다."

정희의 목소리는 굵직하면서도 차분했었다. 그러면서 눈은 다시 간난이의 얼굴을 빤히 쳐다본다.

그러자 간난이는 나이답지 않게 얼굴이 또 빨개진다. 그러나 입만은 잘 놀린다.

"도련님, 내 얼굴이 어떻게 되었시유."

"얼굴이 아니라 네 이름이지."

"이름?"

"그래, 넌 나보다 나이가 많지만 아직도 애잖아?"

"왜죠?"

"이름이 간난이니까."

약아빠진 간난이였지만 정희의 말이 엉뚱해서 어리둥절했다.

본디 우리나라에선 여성에게 이름이 없었던 것으로 되어 있다. 《모시(毛詩 : 시경)》에서,

'여자로 태어나면 땅바닥에 뉘이고, 거친 베 따위로 몸을 가려 주되 기와조각을 가지고 놀게 하며, 예법이 따로 없다네.'

라고 씌어 있는 것을 보고 주자는 이를 풀이하여,

'여자는 모름지기 순종으로써 행동을 바로 하면〔以順爲正〕 된다.'

고 확대 해석해 버렸다.

우리 조상들은 이것에 '맹자 어머니의 가르침'을 덧붙여 선비 사회의 규범으로 삼았다. 주자의 풀이란 이렇다.

'여자의 예도(禮道)는 밥짓고 술과 장을 담그며, 시부모 봉양에 옷을 꿰맬 줄 알면 되고, 따라서 규방에 있으면서 밖으로 나가 지를 않는다.'

《석명(釋名)》을 보면 부(婦)는 추(帚 : 비)를 가지고서 깨끗이 쓸 고 닦는 여자로 되어 있다.

이런 여자에겐 이름도 필요 없다는 식이었다.

하지만 이름이 없다면 불편하다. 여자에게 이름이 없었다는 것 은 조선조 이후의 이야기지 고려나 삼국 시대엔 있었던 것이다.

조선조 시대에도 집에서 사용하는 이름은 있었다. 이능화(李能 和 : 1863~1927) 선생의 《조선여속고(朝鮮女俗考)》를 보면 조선조 시대의 여자 작명법이 소개되고 있다.

사대부 집에서 딸을 낳았다면 보통 순(順)자를 붙여 이름을 짓는

다. 순은 주자가 말한 예의 이순위정(以順爲正)의 유교 정신과도 맞고, 여자의 미덕인 순종·온순 등을 나타낸다.

뿐더러 순은 순수한 우리말 순이와도 상통(相通)된다.

어쨌든 여자의 작명은 특별한 배려가 필요 없는 것이니까 아무렇게나 지었다면 좀 이상하지만, 정성을 덜 들인 쉬운 방법을 사용했다. 그 쉬운 방법이란 십간법(十干法)을 응용하는 것이다. 간은 간지법의 이름이고 그 태어난 해를 나타낸다.

그리하여 십간의 갑을병정무기경신임계(甲乙丙丁戊己庚辛壬癸)와 순(順)을 짝짓기 하는 것이다. 예를 들어 갑자년·갑인년 등 갑자가 붙은 해에 태어났다면 갑순(甲順)이다.

옛날엔 자녀를 많이 낳았지만, 십간은 열 개나 되므로 이것이면 충분했다. 부인이 낳은 적자와 소실이 낳은 서자는 구별되므로 첩의 딸이라면 이런 이름마저 지어 주지 않았으리라.

그리고 이름은 대체로 최초의 인생 관문이라 할 홍역·마마(천연두)를 이겨내는 네댓 살 정도까지는 짓지 않고 일부러 쇠똥·개똥·말똥이니 하며 지저분한 아명(兒名)을 지었다.

이런 지저분한 이름이라면 귀신도 더럽게 여기며 잡아가지 않을 것이라는 미신에서 비롯된 것이다.

첩의 소생이고 그것도 딸이라면 아명이 그대로 굳어져 죽기까지 따라 다녔다. 간난이가 그런 예였다.

아무튼 을축·을묘년 등에 태어났다면 을순(乙順), 병술·병자년에 태어났다면 병순(丙順)이 되는 셈이다. 그러나 십간을 이용한 작명은 너무나 단순하므로 다른 방법도 택해졌다. 이를테면 금순(金順)·은순(銀順)·옥순(玉順) 등이다.

선비는 재물을 천하게 여기는 것이 신념이었다. 그러나 딸자식만은 시집가서 잘 살라는 부모의 애정은 누구나 같으므로 딸의 이름에는 이런 문자를 써도 누구 하나 비난하지 않았다.

기묘한 논리이지만 사실 그랬던 것이다. 그러나 금전을 천대시하고 이것이 아무래도 꺼림칙한 선비는 다른 방법을 썼다.

말하자면 복순(福順)은 양심에 부담이 되지 않는다. 명이 길기를 바라는 명순(命順)도 점잖은 애정 표시가 된다.

좀더 유교에 철저하다면, 유교의 덕목(德目)인 정순(貞順)·인순(仁順)·효순(孝順)도 많이 이용되었다.

이상의 이름들은 한자로 통용되지만, 실제 발음은 효순이·인순이가 된다.

이 장음(長音) 이는 한자로 이(伊)라고 표기되며 이두였었다.

이두는 아다시피 우리 글자가 없었을 때 당시의 신라말을 한자로 표기한 것으로서, 실학파 학자의 연구 대상이 되는 것이다. 한자는 우리의 글자가 아니다. 한자가 수입됨으로써 우리의 순수한 말이 왜곡되었을 뿐 아니라 민족의 얼마저 더럽혀졌다.

"말해 주어유, 도련님."

하고 간난이는 조른다.

"응. 그러니까 간난이라면 우습잖아. 너도 이제 한두 해 지나면 시집갈 텐데."

간난이는 얼굴이 더욱 빨개졌지만 야무진 데가 있었다.

"하지만 이름을 어떻게 바꾸어유? 더욱이 태어날 때부터 부르던 이름인데."

"바꿀 수 있어."

간난이로선 정희의 생각이 이해되지 않는다. 마치 이름이란 자신의 운명이나 신분처럼 절대적인 것으로 생각하고 있었다.

"이름을 바꾸면 야단 맞아유. 게다가 쇤네는 어떻게 하면 좋을 지도 모르고."

"그런 것은 걱정 마. 내가 이름을 지어줄 테니."

"어머나, 정말이에유?"

"그래 방정이가 어떠니?"

간난이는 고개를 갸웃하며 필사적으로 생각하는 모양이었다. 정희는 싱긋 웃었다.

"어때, 간난이보다는 낫겠지? 너는 조금 되바라지고 방정맞은 데가 있으니까."

정희는 웃지도 않고 천연스럽게 말한다. 그는 익살스런 일면이 어려서부터 있었다.

"왜 싫으니?"

"아녜유. 난 도련님이 좋으니까 뭐라고 이름을 짓든 좋아요."

"그러면 이제부터 방정이다. 알겠지?"

"하지만…… 다른 이름으로 지을 수는 없어유?"

"방정이가 어때서? 간난이보다는 어른스럽고 너한테도 잘 어울리는데."

"좋아요."

간난이는 울상이 되었지만, 고개를 끄덕였다. 정희는 이런 간난이를 보자 가엾게 여겨졌다.

"그러나 아직은 이름이 정해진 것은 아니다. 네 이름은 어른들도 계시니까 어머님께 여쭈어 보고, 승낙을 받아야 한다. 그런데 너는 아까 헐레벌떡 뛰어왔는데 집에 무슨 일이 있었니?"

"어머나! 내 정신 좀 봐. 집에 손님이 오셨어유."

"왜 그 말을 진작 하지 않았어? 넌 역시 방정이보다도 까마귀가 어울린다."

"잘못했어유, 도련님."

"어떤 손님이니?"

"허연 수염을 길게 드리운 서울 대감님이래유. 조금 전 사당 참
배를 하시고 절로 가신다는 걸 나으리께서 가까스로 늦은 점심
을 올리시고 계시게 한 뒤 도련님을 빨리 불러오라 하셨어요."

"그래서?"

"난 아씨께 야단 맞아유. 어서 뛰어가세요."

간난이는 앞장서서 벌써 비탈을 뛰어내려간다. 정희는 별로 서
두르지도 않고 천천히 뒤따랐다.

간난이는 문득 뒤돌아보고 걸음을 멈추어, 안타까운 듯이 소리
질렀다.

"도련님——어서, 뛰어유!"

"나는 뛰지 않아. 양반은 소나기가 와도 뛰지는 않는다고 했어.
그러면 앞의 비를 맞으니까."

간난이는 발을 동동 구른다.

"얄미운 도련님. 내가 야단 맞아도 좋아유?"

"그렇다면 뛰어야지. 자, 간다!"

하고 정희는 달렸다. 금새 간난이를 앞지르고 곧장 아버지가 기다
리는 사랑방으로 향했다.

김정희(金正喜)는 정조(正祖) 10년(1786)이던 병오년(丙午年) 6월
3일, 현재의 충청남도 예산군 신암면 용궁리에서 태어났다. 아버
지는 유당 김노경이고 어머니는 기계 유씨(杞溪兪氏)였다.

정희는 장남으로 어머니는 김제 현감(金堤縣監)을 지낸 유준주

(兪駿柱)의 따님인데 임신한 지 24개월만에 분만했다고 한다. 믿어지지 않는 전설이지만, 문인 민규호(閔奎鎬 : 1836~1878)가 쓴《완당 선생 약전》에 나온다. 아울러 그가 태어날 때 집 뒤껼의 우물물이 갑자기 말라붙고 뒷산 오족산의 원줄기며 용(龍)인 팔봉산(八峯山)의 소나무도 시들었지만, 탄생한 뒤 다시 푸르름을 되찾았다고 한다.

현대의 독자는 추사(秋史) 김정희가 24개월만에 태어났다면 거짓말이라고 일소에 붙일지 모른다.

물론 그것이 아닐런지는 모른다.

그러나 이 전설에 담긴 정신은 우리가 주목해야 한다.

당시 우리 민족의 염원은 영웅의 탄생이었다. 영웅을 지금의 말로 바꾼다면 지도자이다.

우리는 너무도 영웅이 없었던 것이다. 근세의 우리나라 국운을 당파 싸움에서 찾고 있지만 그보다도 무서운 것은 타인의 비판을 용인하지 않는 유교 사상에 있었다.

모처럼 싹이 트고 자랄 만하면 여지없이 짓밟히고 만다. 저 명군이던 영조·정조도 그런 완강한 벽에 부딪히고 주저앉았다.

자기의 주장만이 옳고 남의 주장은 아예 무시하거나 잘라 버렸다. 당연히 남의 비판을 받아들이지를 않았다.

도대체 유교라는 훌륭한 정치 철학을 배웠으면서, 오히려 더 완고해지고 고루하여 속이 좁았던 까닭은 무엇일까? 아무리 생각해도 이해가 되지 않는다.

그리하여 여기서 떼거리라는 작태(作態)마저 생겼다. 떼거리라는 게 곧 당파이기도 하지만, 보통의 민중도 이런 것에 물들었다는데 문제가 있다.

아무튼 착한 백성은 영웅을 바랐다.

그런 대망(待望)이 곧 예산 사람들로 하여금 추사의 24개월 포태설을 믿게 만들었다고 하면 비약일까?

당시로선 충분히 납득되는 예가 있었다.

중국에서의 성인인 요(堯)는 어머니의 태 안에 15개월 있다가 태어났다고 전한다. 노자(老子)는 어머니의 태중에서 81년을 있다가 나와 노자라는 것이며, 머리가 백발이었다고 한다.

《삼국사기》를 보면 김유신(金庾信)은 그의 아버지 서현(舒玄)이 왕족 선마루〔立宗〕의 딸 만명(萬明)과 눈이 맞아 야합(野合)했다.

야합이란 점잖게 말하면 부모님의 허락 없이 자기들 멋대로 결합했다는 것이고, 좀더 천하게 표현하면 젊은 남녀가 본능이 내키는 대로 교섭했다는 것이다.

공자도 그 부모가 야합하여 태어났다. 그것이 진실이고, 진실은 숨기는 것보다는 떳떳하다. 더욱이 공자는 장성하도록 아비〔지금은 아비 · 어미가 비어이지만 우리말의 원어이다〕의 이름도, 그 무덤의 위치도 몰랐었다.

선마루는 딸의 임신을 알자 집안에 감금하고 만나지 못하도록 한다. 그런데 하루는 벼락이 떨어져 집에 불이 나고 만명은 그 법석을 틈타 탈출하여 당시 진천(鎭川)의 수비대장으로 있던 서현을 찾아간다. 그리하여 스무 달만에 유신을 낳았다.

위인 · 영웅의 출생에는 무언가 예사 사람과는 다른 점이 있다고 믿는 게 당시 사람들의 생각이었다.

우리말로 무당을 만신이라고 한다. 이것은 만명부인과 관계가 있다고 추정된다. 어째서인지 만명부인은 '만명 대신'이 되어 무당들이 그 신주를 모시게 되었다. 만신은 곧 만명으로부터 신이 내려졌다는 뜻이 아니었을까?

또 김유신은 죽어서 대관령을 지키는 성황신(城隍神)이 되었다. 해마다 오월 단오를 전후하여 성대하게 올려지는 강릉(江陵)의 단오놀이는 이 대관령의 산신 곧 김유신의 신주를 모셔다가 올려지는 것이다.

무당을 미신이라고 지금의 사람은 배척하거나 일소에 부친다. 그러나 우리 겨레와는 절대로 불가분의 관계가 있다.

불교가 들어오면서 무속(샤머니즘)은 쉽게 혼효(混淆)되었다고 여겨진다. 원래 불교에는 그런 요소가 다분히 있고, 또 방편(方便)으로 불교 쪽에서 받아들이기도 했다.

전설에 의하면 지리산 엄천사(嚴川寺)에 법우(法雨)라는 화상이 있었다[엄천사는 영조 때 폐사됨].

하루는 법우가 문득 산을 보니까 비도 오지 않았건만 계곡의 물이 콸콸 소리내며 흐르고 있었다.

이상히 여기고 그 물이 어디서 오는가 근원을 찾아 거슬러올라가다 보니 마침내 천왕봉(天王峯) 꼭대기까지 올랐다. 그곳에는 키가 크고 힘이 장사인 여자가 있었으며, 스스로 자기는 '천왕 성모'라고 한다.

천왕 성모는 지리산의 신이기도 하다.

"하늘에서 죄를 짓고, 인간 세계로 내려왔는데 당신과는 연(緣)이 있어 물로 술법을 쓰고 중매한 것이니, 놀라지 마십시오."

라고 한다.

이리하여 법우는 마침내 그녀와 부부가 되었고 오막살이를 얽고 함께 살았다. 이윽고 이들에겐 차례로 딸이 여덟이나 태어났고 자손도 번식했다〔산 아래 백무촌(百巫村)이 있었다〕.

이들 부부는 딸들에게 무술(巫術)을 가르쳤는데, 그것은 금방울을 흔들면서 채선(彩扇 : 색부채)을 가지고 춤추며 아미타불을 찬양하는 소리를 하는 것이었다.

이들이 팔도 무당의 시작이 되었으며 채선엔 삼불(三佛)을 그렸고 소리로 반드시 법우화상을 부르는 구절이 들어간다.

일설에 법우화상은 신라말의 사람이었다 하므로 이들은 신라 무당과는 계통이 다른 셈이다. 그리고 백무촌이란 함양(咸陽)에 있었으며 《택리지》의 저자 이중환(李重煥 : 1690~1752)도 이것에 대하여 썼다.

'산(지리산) 북쪽은 모두 함양 땅이며…… 남사고(南師古 : 풍수지리가)는 이곳을 복지(福地)라 하였다. 지리산 북편 골짝 물이 합쳐져서 임천(臨川)과 용유담(龍游潭)이 되어 고을 남쪽에 있는 엄천(嚴川)에 이르지만, 냇물을 따라 위아래에 천석(泉石)이 어울려 뛰어나게 기이하다. 다만 지역이 너무 깊고 막혀 있어 마을에 죄를 짓고 도망쳐 온 무리가 많거니와 또 도적이 때때로 나타난다. 온 산에 잡신(雜神)의 사당이 많아서 해마다 봄·가을이 되면 무당이 사방에서 모여들고 축수를 한다. 이런 때면 남녀가 서로 섞여서 한뎃잠을 자기도 하고 술냄새와 고기 비린내가 낭자하여 지저분하기 이를 데 없다.'

이것은 유교적 사고방식이지만, 민세 안재홍은 단군에 대해서 풀이했다.

단군은 곧 천제(天帝)·천왕(天王)이란 뜻이고 그 원어는 덩얼이다. 덩얼이란 덩그렇게 큰 얼→한얼(한자로선 大靈·大神)이며 이것이 변음되어 덩걸 또는 당걸이 되었다. 우리나라의 큰 달〔산〕

마다 천왕봉이란 이름이 없는 데가 없다시피 하지만, 몽골 말로 등격리(騰格哩) 곧 등거리가 있고 이것이 덩걸과 같은 말이었다.

이보다 앞선 흉노(匈奴)의 말도 공통점을 갖는다. 즉 《한서》를 보면 탱리고도선우(撑犂孤塗單于)란 글자가 나온다. 그 주석을 보면 그들의 말로서 하늘이 탱리이고 고도는 그 아들인데, 선우란 그 얼굴이 넓고 크다는 데서 붙여진 이름이라는 것이다. 이것을 보면 흉노에도 탱리고도(천자)란 개념이 있고 천자가 곧 선우라는 셈이었다.

그리고 탱리는 등거리·당글과 발음이 흡사하다. 무당이 사용하는 단골도 당글에서 왔다는 것이다.

여기서 중국 문헌에 나타난 기사를 몇 가지 열거한다.

《북사》——고구려는 늘 10월에 제천(祭天)한다. 음사(淫祠 : 잡신 사당)가 많지만 신묘(神廟)가 두 곳에 있다. 하나는 부여신이라 하고 나무를 깎아 부인상을 만들었다. 둘째 번은 등고신(登高神)인데 이는 바로 시조 부여신의 아들이라고 한다.

민세는 여기서 나오는 등고신이 덩걸신·단군신을 말하는 것이라고 본다. 그리고 부여신은 태양신에서 변형된 붉신·불신·부루신·베어신(뵈어신)이라고 해석하는 것이다.

《위지삼한전》——마한은 귀신을 섬긴다. 국읍(도읍)에 한 사람씩 천신을 제사하는 사람을 세우는 데 이름하여 천군(天君)이라 한다. 또한 각 나라에 저마다 별읍(別邑 : 특별 구역)이 있는데 이름하여 소도(蘇塗)라고 한다. 큰 나무(장대)를 세우고 방울이나 북을 매달고 귀신을 섬기는 것이다. 죄인이 도망쳐 그 안에 들어오면 모두 돌려보내지 않는다.

여기서는 다만 흉노 말인 고도와 소도가 비슷하다는 데 주목하고 싶다.

결론적으로 말해서, 단군과 무속과의 깊은 상관(相關) 관계를 새삼 발견할 수 있는 것이다.

"이분이 채공, 번암 어르신네시다. 큰절로 인사를 올려라."

정희가 안마당 쪽으로 난 뒷문 앞에서 잠시 호흡을 가다듬은 뒤 사랑방에 들어가자 아버지 유당은 기다렸던 듯이 말했다.

정희는 차분하니 행동했다. 큰절을 올리고 나자 윗목으로 물러나며 얌전히 서있었다.

번암은 여전히 다리를 뻗고 있었다. 점심에 반주를 몇잔 했는지 얼굴이 불그스름했다.

"얘가 제 맏아들 녀석으로 정희라고 합니다. 아직 개구쟁이라 아무것도 모릅니다."

번암은 유당의 말에는 대꾸하지 않고 소년에게 말했다.

"이제 되었으니 이리 와서 편히 앉아라."

"네에."

정희는 서슴지 않고 가까이 가서 앉았다. 마치 마음씨 좋은 할아버지를 대하는 기분이었다. 사실 번암은 아이들과 대화하기를 좋아했다.

번암은 몇살이냐고 묻고서 불쑥 묻는다.

"너 힘이 있니?"

"예, 할아버지의 다리를 주물러 달라는 말씀이시죠?"

이 말에는 유당도 놀랐지만, 번암도 의표를 찔린 모양이었다.

"핫핫핫…… 용케도 늙은이의 마음을 알아맞히는구나."

그리고서 유당을 보며 말했다.

"돌아가신 월성위를 만나 뵌 것만 같구려. 특히 시원스런 눈매 하며 흰 살갗, 그리고 키도 큰 것을 보니."

정희는 번암의 다리를 주무르면서 귀를 기울이고 있다. 아버지 유당은 기분이 좋은지 대답했다.

"과분하신 말씀입니다. 그것보다 아까 대감께서 말씀하신……."

"뭐라고 말했더라?"

"예. 아들 녀석의 글씨가 천분은 있지만, 하고 그 뒤는 말씀해 주시지 않았습니다."

그러자 번암은·딴 말을 한다.

"너 팔힘이 제법이로구나. 다리를 꼭꼭 잘 주무른다. 물론 붓글 씨를 쓸 때에는 그렇게 힘만 주지는 않을 테지만……."

유당의 물음에 간접적으로 대답한 셈이다. 그러나 유당은 그것을 모르고서 기다리고 있었다.

유당도 필적이 있었다. 대체로 이 가문은 필적이 있었던 것이다. 경주에 있는 경순왕릉 비문은 김노경의 글씨로 전한다. 그러나 당시는 붓글씨를 쓰는 것이 일상 생활과도 연결되고 벼슬아치는 수십 년 붓대를 잡는 셈이므로 글씨를 못쓴다 하는 게 오히려 이상할 정도였다. 유당 김노경은 꼼꼼한 성격으로 글씨도 꼼꼼하게 쓰는 편이었다.

정희가 문득 물었다.

"할아버지는 월성위 증조부님을 잘 아세요?"

"글쎄."

"아까 할아버지는 저를 보시고 증조부님을 많이 닮았다고 하셨 잖아요?"

"참, 그랬던가. 그러나 사람이란 몇년을 사귀어도 잘 모르는 경우가 있는데 짧은 동안 모셨을 뿐이니 잘 안다고 하면 거짓말이 되겠지. 그러나 불과 몇달 함께 있으면서 모셨을 뿐이지만, 정말로 훌륭한 분이셨다. 속과 겉이 늘 같으셨어."

번암은 눈을 감는다. 정묘년(영조 23 : 1747)에 육신묘와 경순왕묘를 수치(修治)하는 일이 끝나자 정양재는 처음의 선언 그대로 예문관에서 떠났다. 정양재는 그 성격상 겉으로 나서기를 싫어했다. 예문관 제학으로 잠시 왔던 것도 경순왕묘의 수치 때문이었던 셈이다.

그 점에서 번암은 월성위를 잊을 수가 없었고 존경했다. 처음의 부질없는 오해가 부끄러울 정도였다.

그뒤에도 번암은 책도 빌릴 겸 월성위 궁을 찾은 적이 있었지만 자연히 발길은 멀어졌다.

그리고 3, 4년, 시국이 급박한 까닭도 있어 만날 기회가 없었다.

당시 영조는 이미 정치에 의욕을 잃고 있었다. 기사년(영조 25 : 1749)에 영조는 55세였으나 장헌세자가 15세가 되기만을 기다린 것처럼 전위(傳位)한다는 조서를 내렸던 것이다. 이 무렵 영조는 자주 앓기는 했었지만, 이런 결정에는 정치가 정말로 싫다는 데 이유가 있었다.

월성위는 그 사이 많은 비판(碑版)·보책(寶冊) 등의 글씨를 썼다. 이런 것은 무서명(無署名)으로 쓰는 것이다.

당시에 벌써 글씨나 그림으로 돈을 받고 쓰는 사람이 있었으나 비판·보책이란 궁중에서 나오는 것이기 때문에 누가 쓴 것인지 일체 전하지 않는다. 또 돈은 받지 않았다 하더라도 명예를 내세우는 인간이 예나 지금이나 많은 법이다.

정양재는 그러하기를 싫어했다. 몇몇 아는 사람만이 월성위의 높은 교양과 인격을 알 뿐이었다. 그것으로 충분했다.

정양재는 이 무렵 오위도총부(五衛都總府) 도총관(都總官 : 종 2품)으로 1년 남짓 있었다. 이것은 글자 그대로 5영을 통합하는 요즘의 '합참의장'이라고 할까. 그렇다고 무슨 세력을 누리기 위해 임명된 것은 아니고 영조가 퇴위를 결심하면서 하나의 권위로 월성위를 앉혔다고 이해된다.

정승과 대신들은 깜짝 놀랐으나 임금의 결심은 굳었다.

여기서 비극이 싹튼다.

고작 15세의 세자가 대리 청정을 하게 되었으니, 그 측근 참모들이 정신을 바짝 차렸어야만 되었다.

그런데 그런 사람이 없었던 것이다.

실록을 보면 기사년(영조 25 : 1749)부터 이듬해 경오년에 걸쳐 여역(厲疫)이 극성을 부려 5, 60만 명이 죽었다고 한다.

여역의 여는 중병·위태롭다는 뜻인데 당시의 의원들은 속수무책이었다. 청국과의 교통이 빈번해지면서 북쪽의 완강한 병균이 침입한 것이다.

거의 1년을 두고 맹위를 펼친 것으로 보아서 콜레라나 장티푸스는 아닌 것 같다. 월성위의 장모 육상궁은 아마 이 시기에 병사했다고 추정된다. 육상궁은 부마로 금성위 박명원도 있었으나 월성위를 끔찍이도 아꼈다. 그리하여 유언으로 정빈방(靖嬪房)의 재산은 모두 월성위 궁에 옮겨진다. 그 궁에는 영조의 친필·애독서도 적지않이 포함되어 있었다.

번암도 월성위 궁에 갔을 때 안채는 종덕재(種德齋), 바깥채는 매죽헌(梅竹軒), 그리고 뒤꼍 별당에 수은정(垂恩亭)이라는 영조 친필의 편액이 걸려 있는 것을 보았다.

그때 역시 밝은 웃음으로 정양재가 하던 말이 지금도 번암의 귀에 들리는 것만 같다.

"번암, 정말 잘 왔네. 오늘은 하인을 시켜 예의 《명사》 전질을 가져가시오. 번암에게 주겠다는 뜻이오. 나는 아무래도 끝까지 읽을 시간이 없을 것 같소."

"귀하신 것을 제가 어찌……."

"또 사양인가. 책이란 개인의 것이 아닐세. 정말로 필요한 사람이 읽고 천하 만민을 위해 이익이 되어야 비로소 책으로서의 소임을 다하는 것이라네. 핫핫핫……."

"그러시다면 염치가 없지만 가져가겠습니다."

경오년(영조 26 : 1750) 봄에 있던 일로, 이해 8월 혜빈 홍씨는 세손을 낳는다. 영조는 기뻐하고 이듬해 신미년(영조 27 : 1751)에 곧 원손(元孫)으로 책봉한다. 그러나 왕가의 축하를 받았던 원손 정(琔)은 다음해인 임신년 3월에 죽고 만다.

가 문

번암이 정희에게 물었다.

"너는 너희 중시조이신 상촌공을 알겠구나?"

"예, 충신이셨다고 아버지로부터 늘 들었습니다."

"전조의 절의를 지키신 분이 여러 분 계시다마는 특히 세 분을 꼽는다."

정희는 눈을 초롱초롱 빛내고 있었다. 미리 앞질러 질문하거나 하지 않는 점이 번암의 마음에 들었다.

"그 세 분이란 둔촌(遁村) 이집(李集)공과 석탄(石灘) 이양중(李養中)공, 그리고 상촌이신 김공이시다."

"네."

하고 정희는 듣고 있다는 것을 표시하듯 짧게 대답했다.

"먼저 석탄은 좌참찬으로 계셨는데 나라가 바뀌자 벼슬을 버리고 남한으로 가서 낚시질이나 하며 세상을 보내셨다. 태종께서 한성윤(시장)으로 부르셨지만 낚시질하던 복장으로 임금님 앞에 나오자 절을 하고 말했지. 제가 아침에 낚은 잉어란 놈이 다래끼 안에서 지금껏 팔딱거리고 있습니다. 제가 올릴 수 있는 것은 이 잉어뿐인데 만일 저에게 분부하신다면 회를 안주삼아 표

주박의 탁주를 올리겠습니다. 태종은 그것도 풍류로구나 하셨지
만 석탄의 굳은 의지는 꺾을 수 없다 생각하시고 그대로 돌려보
내셨다."

"……"

"둔촌은 5형제의 셋째 분으로 일찍 등과했지만 요승 신돈이 마
땅치 않아 관직에 나가지 않으셨다. 그뒤 신돈이 죽자 잠시 벼
슬을 하셨지만 곧 세상의 일이 싫어져 벼슬을 버리고 여주의 천
녕현(川寧縣)에서 농사를 짓고 책을 읽는 생활을 하셨다. 그런
덕행이 있어 자제분인 열손(悅孫)은 우상(우의정)을, 인손(仁孫)
은 감사를 지내셨지. 그리고 인손의 아드님 극균(좌상)·극배(克
培: 영상)·극감(克堪: 판서)·극돈(克敦: 좌찬성) 네 분은 높은
벼슬을 지내신 거란다."

"……"

"그리고 상촌 공은……."

《상촌집》에 의하면 안동에 터를 잡은 김인관(金仁琯)의 7대 손이
김오(金珸)였다.

김오는 부인 손씨(孫氏)와의 사이에 자정(子汀)·자수(子粹: 나
중에 自粹로 개명) 형제를 두었는데 일찍 죽었다. 형제는 홀어머니
아래서 자랐고 염흥방(廉興邦: ?~1388)에게서 글을 배웠다. 염
흥방은 강직한 인물로 이성계에게 죽음을 당했는데 상촌의 인격
형성에 영향을 미쳤다고 여겨진다.

상촌은 이름난 효자였고 효자비가 안동 소거리(所居里)에 있었
다. 이윽고 상촌은 과거에 급제하였고 부인은 권씨였다. 그리고
이성계가 조선을 개국했을 때 형조판서직에 있었던 것이다.

"신미년에 나는 예문관 봉교(奉敎: 정 7 품)로 있었는데 월성위께

서 또 제학으로 오셨다네.”

이것은 유당도 몰랐던 모양으로 귀를 기울였다.

“그때 나라님께서 고려 두문동(杜門洞) 충신의 제사를 지내라는 어명이 계셔 월성위께서 또 오셨던 거란다. 3, 4년만이었으나 몹시 반가웠지.”

송도는 도선(道詵 : 827~898)대사가 설계한 도읍으로 풍수지리설을 좇은 것이었다. 송악산 뒤에 솟은 오관산(五冠山)을 종산(宗山)으로 하고 송악산이 진산(鎭山 : 주산임)인데 금돼지가 누워 있다는 곳에 만월대를 세웠다.

만월대는 경복궁과는 달리 높은 언덕 위에 위치하여 송도의 시가지를 굽어본다. 《도선유기(道詵留記)》에 ‘흙을 허물지 말고 돌로 북돋워서 궁전을 지어야 한다’고 했기 때문에 왕건 태조는 돌을 다듬어 층계를 만들고 올라가도록 설계했으며, 그 위에 궁전을 세웠던 것이다.

만월대의 좌향(坐向)은 자좌오향(子坐午向), 방위표(方位表)는 오행과 십이지와 팔괘를 짝짓기하여 만들어져 있다.

‘자좌오향’은 주산으로부터인 명당의 방향인데 정북(正北)에 자리잡고 정남(正南) 방향으로 있다는 뜻이었다.

풍수설에선 우백호(右白虎)·좌청룡(左靑龍)이라고 한다. 명당(혈)의 바로 뒤에 있는 주산부터 양 날개처럼 뻗치고 명당을 감싸주는 능성인데, 주산을 현무(玄武 : 거북을 상징)라고 한다. 그 안쪽에 있는 현무의 맥을 감싸주는 형태이다.

풍수설은 서진(西晉)의 유학자 곽박(郭璞 : 276~324)이 시조라고 하지만 당현종(唐玄宗) 때 성행되고 신라에도 전해졌으며, 우리나라에선 도선이 시조이고 주로 불가의 비서(秘書)로 전했다. 태종

의 '서운관' 장서 소각(1417)으로 볼 수 있듯이 참서(예언서)라 하
여 꺼리고 탄압되었지만, 조선조 중기 이후 효 사상과 연결되어 유
행된다. 과거의 한 분야로 음양과라는 게 있고 전문적 지관(地官)
이 양성되기도 했던 것이다.

풍수는 꼭 무덤에만 해당되는 게 아니고 궁궐·도읍·주택에도
응용되는 것이었다.

그리고 풍수의 기본은 장풍(藏風)과 득수(得水)였다. 우리나라
는 백두산이 산의 조종(祖宗)이고 산맥들이 있으며, 그런 산맥을
용(龍)이라 부른다. 산맥(용)에는 기(氣)가 흐르고 있으며 우리는
그것을 맥이라고도 했다. 기의 설명은 뒤로 미루고, 그런 기가 용
을 타고 줄기차게 달려오다가 지형적 특성으로 모이는 곳이 있다.
이런 곳을 혈(穴)이라 하며, 명당이라고 우리는 불렀다. 침술에서
응용되는 기는 몸속을 달리고 있지만, 용의 기도 땅속을 달리다가
물을 만나면 나가지 못하고 멈춘다. 이것이 곧 '득수법'이고 여러
가지 조건이 있지만, 간단히 말한다면 그런 것이다.

한편 땅속을 달리는 기는 바람을 만나면 흩어지는 성질이 있다.
그러므로 그런 바람을 막아주는 게 우백호·좌청룡이다. 보통 산
소 뒤와 좌우에 흙을 돋우고 활개를 만드는 것도, 우선 아늑해서
좋고 '장풍법'의 이치를 따른 것이기도 하다.

만월대의 뒤가 자하동(紫霞洞)으로 최충헌이 살았던 터이며, 고
려조의 성균관(成均館)은 좌청룡 곧 서쪽의 산기슭에 있었다.

만월대의 바로 정면, 곧 남쪽에 용수(龍首)와 진봉(進鳳) 두 산
이 있는데, 이는 송도의 안산(案山 : 또는 朝山)이었다. 송악산의
모습이 하나의 바위덩어리처럼 남성적이며 풍수학상 화산(火
山 : 돌산)인데 비해 용수와 진봉의 두 산은 토산(土山 : 흙산)이고

송악에서 뻗어내린 산줄기(백호·청룡)와 이어져 송경의 분지를 빙 둘러싸고 있다.

이렇듯 도읍을 둘러싼 산을 나성(羅城)이라 하고, 그런 산자락을 사(砂)라고 했지만 나성사, 곧 송도 시가지에는 자남산(子男山)이라는 게 복판에 있어 그 지역이 협소했다.

진봉산은 그 모양이 '선녀가 경대 앞에 앉아 얼굴 맵시를 다듬는 꼴'이라 하여, 몽골족의 원나라 공주에게 고려왕이 장가들었다는 '사실'과 연결시켰다. 또 용수산은 그 모습이 붓처럼 생겼는데 이것은 고려인이 원나라에서 중용(重用)되었다는 것과 연관짓는다. 그런데 이 용수산 자락에 이성계의 집 추동궁(楸洞宮)이 있었다.

멸망 직후의 송도 풍경은 어떠했을까? 만월대 아래 시가지는 온통 초가집이고 누각과 같은 높은 건물도 없는데, 사람들은 실제 왕씨도 아니건만 숨도 제대로 쉬지 못했다. 이성계에게 왕위를 물려준 공양왕은 강원도 어디론가 보내졌고, 왕씨는 차례로 잡혀가서 죽임을 당했다. 송도 사람들 가운데 5백 년이 지나는 동안 왕씨와 혼인하든가 아니면 사돈의 팔촌이라 하여 끈끈한 관계를 이어오지 않았던가.

밤은 더욱 캄캄하기만 하여 귀신의 울음소리마저 만월대에서 들려오는 것 같았다. 그리고 그런 불안을 돋우듯이 횃불을 든 기마대가 시내를 달린다.

얼마 전만 하여도 장명등(長明燈)이 밤이고 낮이고 켜져 있었다. 송도는 선비들의 고장이기도 했지만 불교와 풍수와 무속이 동거하고 있었다.

그리고 서민들 역시 행동이 자유로웠다. 백운거사(白雲居士) 이규보(李奎報 : 1168~1241)의 《동국이상국집(東國李相國集)》에 의하면 그의 이웃 여악의 집에서 불이 났다는 기사가 보인다. 여악은 곧 후대의 기생(妓生)이다. 중국의 후한이나 당의 장안 풍속은 직업별의 마을이 따로 있고 격리되어 있었다. 조선조에도 무수리만의 집단 부락이 지금의 서울역 근처에 있었고, 내시의 부락은 삼각산 기슭 수유리(水踰里)에 있었으며 차별되고 있었다.

송도는 현대적 상식으로 보아도 대도시로 발전할 수 없는 조건이 있었다. 큰 강을 끼고 있지 않다는 점이다. 만월대의 우측, 곧 백호 안쪽으로 냇물이 흘러나오고, 좌측 곧 청룡 안쪽에도 시냇물 정도의 물이 흘러나와 합쳐지고, 진봉과 용수산 사이의 수구(水口)로 빠져나가고 있다. 이런 수구는 좁을수록 좋고 굽이돌며 빠져나가는 모습이 보이지 않아야 풍수적으로는 이상적이라 했지만, 송도의 서문을 지나 연안(延安)·해주(海州)로 가는 길목인 예성강(禮成江)의 벽란도(碧欄渡)는 한양의 한강에 비한다면 너무나도 멀어 비교가 되지 않았다.

또 백호의 산줄기가 조금 높고 험하여 고려 때 무신(武臣)들의 난이 심했었다는 설도 있지만, 그것은 도선도 예측하지 못한 것이었다. 다만 송경 남쪽에 있는 삼각산은 관심의 대상이었다. 그러니까 송도는 '장풍'으로선 거의 완전무결한 형국(形局)을 이루고 있지만 보충할 점이 있었다.

풍수라는 것이 기를 모으게 하고 그것을 흐뜨리지 않게 하는 방법이라면, 이쪽의 기보다 강한 기를 가진 것이 있다면 그것을 눌러야 한다. 그것을 전문 용어로 압승(壓勝)이라 한다.

양촌 권근의 《양촌집》엔 다음과 같은 기사가 있다.

'오관산의 서쪽 봉우리로서 거암이 우뚝 하늘을 찌르고 있어 사람들은 이를 창바위라 한다. 왕건 태조가 삼한을 통일하여 도읍을 송악 남쪽에 두자 이 창바위는 삼재(三災 : 홍수·화재·태풍, 혹은 병란·기근·돌림병)가 발동하는 곳이므로 이를 막고자 한다 면 마땅히 석당(石幢 : 돌장대)을 세워야 한다는 주장이 있었다. 이리하여 창바위 남쪽에 돌기둥을 늘어 세워 이십팔수(二十八 宿)의 별자리처럼 만들고 창명등을 설치하여 삼재를 눌렀으며 대부시(大府寺 : 절이 아닌 관청 이름)로 하여금 등유를 공급하게 했다.'

절에 탑이 있고 석당이 있었음도 모두 이런 압승법의 하나였다.

도선은 손(巽 : 동남)방에 삼각산이 멀리 보이는 것을 꺼리고 이 것을 압승하기 위해 상명등(常明燈) 한 개와 무쇠로 만든 개 열두 마리를 요소마다 배치했었다. 상명등을 두었던 곳이 덕암리(德岩 里)의 등경암이고, 선죽교 남쪽의 좌견교(坐犬橋)도 그런 개가 놓 였던 곳이었다.

이성계는 민심을 수습코자 과거를 보인다고 알렸다. 과거 장소 로 자기의 집 추동궁이 지정되었다. 그러나 선비들은 냉담했었다.

"차라리 백이(伯夷)·숙제(叔齊)가 될지언정 새 왕조엔 협력하 지 않겠다."

이들은 이런 울분을 토하며 성균관에 모여 앞일을 의논하기로 했다. 그런데 도성의 서북쪽인 성균관에 가자면 추동궁 앞을 지나 야 한다.

공민왕(恭愍王 : 재위 1352~1374) 때 사천감(司天監)이 상서한 일 이 있었다.

"옥룡기(玉龍記)에서 우리나라의 지리는 백두에서 시작되고 '지 리(智異)'에서 끝나는 '수근목간(水根木幹)'의 땅이므로, 흑색

(黑色)을 어버이로 하고 청색(靑色)을 내 몸으로 해야 합니다. 이것이 곧 지덕(地德)이고, 풍속이 이를 따른다면 나라가 번창하고 거스르면 재난이 닥칩니다. 그러니까 이제부터 문무백관은 모두 검은 옷에 푸른 갓을 쓰고, 승려는 검은 건(巾)에 큰 갓을 쓰게 하며, 여자들은 마땅히 흑라(黑羅 : 검은 깁)를 입도록 해야 합니다."

그러나 이것은, 특히 의관(衣冠)은 때때로 바뀌었기 때문에 종잡을 수가 없다.

아무튼 선비들은 추동궁의 이성계 눈을 피하기 위해 서민의 옷으로 갈아입고 갓은 벗어 나뭇가지에 걸고 패랭이를 쓰고서 궁 앞 산허리를 슬금슬금 지나갔다. 이성계는 점심때가 지나도록 선비가 하나도 나타나지 않아 화를 내고 있었으나, 설마 패랭이를 쓰고 지나간 자들이 유생인 줄은 미처 알지 못했다.

이리하여 선비들은 성균관에 집결하고 다시 만수산(萬壽山) 아래 남동(南洞) 곧 두문동(杜門洞)으로 들어갔는데 그 수가 72명이나 되었다. 그리하여 갓을 걸어 둔 재를 갓걸재, 또 일제히 서쪽을 향해 넘어간 만수산 고개를 부조현(不朝峴)이라 부르게 되었다.

육당(최남선의 호)설에 의하면, 패랭이는 한자로 평량자(平凉子)라고 쓰며 재료는 가는 대오리인데 방갓에서 갓으로 이행(移行)하는 중간기의 모자였다고 한다.

그러니까 육당설에 의하면 고려 말부터 조선조 초기엔 '방갓'을 썼으며, 이 방갓의 전신은 삿갓이었다고 한다. 갈대를 쪼개어 만든 것이 갓·삿갓이고 예로부터 가장 많이 사용되었다.

모양도 꼭대기를 뾰족하니 꼭지를 얽었으며, 푼주(대접의 일종)를 엎어놓은 듯이 딱 바라진 것이 사람의 얼굴을 가릴 정도였다.

처음엔 소박하고 만드는 법도 거칠었지만 재료도 고급화되어 대오
리로 대체된 것이 나타나고 보다 정교하게 다듬어져 방갓이 된다.

우리는 무심코 관리(官吏)라고 하지만 옛날엔 관과 리는 엄연히
구분된다. 관이란 중앙의 벼슬아치이고, 리는 지방의 아전 등을
말한다. 그리하여 방갓도 관은 흑립(黑笠)이고 리는 백립(白笠)으
로 구분되었다. 이런 흑백이 어느덧 반상(班常)의 표식이 되었으며
왜란 때 왜인은 양반을 보기만 하면 죽였는데 흑립을 목표로 했던
것이었다.

흑립이 고급스런 까닭은 옻을 칠하여 검게 물들였던 때문이며
값도 비쌌다.

또 초립(草笠)이란 것이 있었는데 이는 고려의 우왕(禑王 : 재위
1375~1388)이 흰 초립을 쓰고 시내를 미행(微行 : 潜行)할 때 쓴
것이 처음이었다고 한다.

재료는 강화·교동의 섬에서 나는 누런 색깔의 해초(海草)로
꽤나 고급스런 것이며 조선 시대에는 개성의 특산품이었다. 《경국
대전》에선 법으로 사족(士族)은 초립이 50죽(竹)이고 서민은 30죽
으로 제한하고 있었다. 즉, 대오리가 많을수록 갓도 세밀하고 공
들여 만든 것이었다.

초립동(草笠童)이란 양반의 자제로 관례를 올리기 전 이런 초립
을 썼기 때문에 생긴 말로 그것은 흑초립이었다. 양반의 관(갓)은
명종(明宗 : 재위 1546~1567) 때쯤 사용되기 시작한다.

《택리지》를 보면, 송도의 서문 밖에 만수산이 있고 만수산엔
고려의 일곱 왕릉이 있다고 하였다. 이곳에서 북쪽으로 작은 재
를 넘으면 소설 《임꺽정》으로 알려진 청석골이 나타나고 긴 골
짜기가 10여 리나 꼬불꼬불 이어진다.

양쪽은 깎아지른 듯한 절벽으로 복판에는 큰 시냇물이 갑자기 솟아나듯 나타나며, 좁은 관문(關門)과 같은 곳이 겹겹으로 있다. 임꺽정은 명조 말년에 실제로 있었던 대도(大盜)이고, 황해도 일대에서 횡행했으며, 개성의 포도관을 죽이기도 했으므로 청석골에 출몰했는지도 모른다.

병자년엔 청태종이 이곳까지 달려와 선봉의 대장 용골대(龍骨大)를 죽이려고 했었다. 그가 조선 출병을 권했던 것이지만, 청석골의 지형이 너무도 험준했기 때문에 놀랐던 것이다.

그러나 용골대는 절대로 복병(伏兵)이 없다며 장담했고, 사실 정찰을 하고서 이상이 없음을 알자 통과했다. 하지만 돌아갈 때에는 일부러 이곳을 피하여 동북쪽의 백고개를 택했다고 한다.

두문동 역시 청석골과 같은 곳이었을까? 남동(南洞)의 동이라는 이름이 마음에 걸린다(동은 동굴, 절벽이 있음을 말한다).

이곳에 들어간 72명의 의인(義人)들은 의논했다.

"우리는 이성계가 싫어 이곳에 숨었지만, 그는 정치가 무엇인지 모르오. 새로운 왕조 아래 있는 백성들을 위해서라도 우리 두문동에서 한 사람은 희생이 되어야 하겠소."

이리하여 뽑힌 인물이 방촌(厖村) 황희(黃喜 : 1363~1428)였다. 상촌 김자수도 두문동 72명 중 한 사람으로 산 속에서 초막을 짓고 생활했으나 여름이 가고 가을이 되면서 날씨는 견딜 수 없이 추웠으며 먹을 것마저 없었다. 이성계는 이런 두문동을 봉쇄하고 마침내는 초막마저 불질렀다.

그래서 사람들은 흩어졌고 상촌은 고향인 안동으로 낙향했으며, 미처 떠나지 못한 사람들은 군사의 말발굽 아래 죽음을 당한다.

고려 유민에 대한 새 정권의 탄압은 우리의 상상을 초월한다. 공양왕은 물론이고 왕씨를 모두 죽이는 판이다.

이리하여 왕씨는 전전긍긍했는데, 하루는 왕씨를 섬으로 보낸다는 방문(傍文)이 내걸렸다. 불안 속에서 떨며 숨어 있기보다는 절해(絶海)의 고도라도 귀양가는 편이 낫다 생각한 왕씨들은 지정한 날, 지정한 장소인 영정포에 모여들었다. 그 수는 수백 명, 아니 남녀노유의 가족까지 포함하여 천이라는 숫자를 헤아렸는지도 모른다.

이리하여 왕씨는 여러 척의 배에 수용되어 바다로 나갔던 것이며, 얼마 가지 않아 배 밑바닥의 큰 마개가 뽑히면서 사람들은 모두 물귀신이 된다. 이래서 남은 왕씨들은 목숨보다도 중하게 생각하는 성을 바꾸어 깊은 산 속으로 들어갔다.

그러나 왕(王)자는 새로운 성씨 속에 숨겨져 전씨(全氏), 마씨(馬氏) 등이 되었다고 한다.

수난은 왕씨만이 아니라 송도의 주민 전부에게 미쳤던 것 같다. 《택리지》에는 다음과 같이 씌어 있다.

'왕씨의 신하였던 개성의 세가(世家 : 대대로 산 집안)와 대족(大族 : 큰 씨족)은 한양 천도가 있을 때 따라가지 않고 송도에 눌러 살았는데, 그들이 사는 동네를 두문동(그래서 '두문불출'이라는 말이 생긴 듯)이라 하였다. 태조(이성계)는 이들을 미워하여 개성 선비에겐 백 년 동안 과거를 보이지 말라고 엄명했다. 그리하여 남아있던 이들의 아들과 손자의 대에 이르러선 드디어 평민이 되어 장사를 업으로 삼았고 글을 배우지 않았었다(일제 시대에도 개성에선 일본인 상점이 조선 사람을 상대로 장사를 하지 못했었다. 물건을 팔아 주지 않았던 것이다). 그리하여 3백 년 이래로 개성엔 사대부라는 이름이 없어졌고 한양의 사대부로 개성에 가서 사는

사람 또한 없었다.'

두문동 이야기는 정사(正史)가 아니고 야사(野史) 또는 패사(稗史)지만, 그렇다고 결코 모순되는 것은 아니다. 《상촌집》이나 《택리지》는 구비로 전하는 것을 채택했겠지만, 그런 민중의 소리에서 진실을 찾아내고자 했다. 그리하여 작은 모순은 있어도 오히려 정사에 없는 반짝하는 보석이 발견된다.

율곡 이이(李珥)며 이순신(李舜臣 : 1545~1598)은 본관이 덕수(德水) 이씨로 사실은 송도 사람이라 하겠다.

전기를 보면 충무공 이순신은 일생을 두고 불우했었다. 덕수현은 조선조가 되면서 폐지되고 개성에 편입되었는데, 역시 고려 유민으로 차별된 피해자였다고 생각된다.

충무공을 연구하는 사람이 많은데 그가 한양의 남촌에서 살았다는 것은 알지만 구체적으로 어느 동네인지를 찾아내지 못하고 있다. 집이 아주 가난하고 미미한 존재였기 때문으로 젊어서의 행적은 거의 알려진 게 없다[건천동(乾川洞) 출신이라는 설이 있지만 이는 신빙성이 없다].

다만 충무공이 젊어서 기운이 장사로 해마다 한양에서 덕수의 선영까지 사초(벌초)를 하러 다녔으며, 태풍으로 쓰러진 석인(石人 : 묘 앞에 세우는 석상)을 혼자서 일으켜 세웠다고 한다.

정사에 의도적으로 말소된 부분이 많음은 주지의 사실이다.

삼봉(三峯) 정도전(鄭道傳 : ?~1398)은 뛰어난 유학자로 비상한 재주가 있었으며, 조선의 초기 제도는 거의 그가 마련했다 하여도 지나친 말이 아니다.

삼봉은 멀리 남경(南京 : 명의 도읍은 영락제 이후 북경, 그 전에는 손권 이래의 건업을 도읍으로 했음)에 가서 잔인하고 무식하기 이를 데 없는 명태조 주원장(朱元璋)의 갖은 협박에 시달렸던 외교 사절이었다.

과연 삼봉이 어떤 태도를 취했는지 전해지는 기록이 없지만 아마도 어떠한 협박이라도 바람에 나부끼는 버들가지처럼 대처했다고 믿어진다.

토막 글로 전하는 일화가 그런 것을 증명한다.

그는 매우 소탈하고 대범한 성격이었으며 청렴한 정치가였다. 아부할 줄도 몰랐다.

언젠가 태조는 삼봉을 급히 불렀는데 그는 누덕누덕 기운 옷에 신발은 짝짝이로 신고 나귀를 타고서 대궐로 달려갔다.

지나는 사람은 삼봉이 짝짝이로 신은 가죽신과 헝겊신을 보고서 각각 그런 신발을 신었겠지 생각했다.

사물에는 양면이 있는데 사람도 마찬가지다.

그는 또 한양에 정도(定都)할 때 무학대사(無學大師 : 1327~1405)와 논쟁을 벌였다. 궁전, 곧 경복궁의 위치와 방향 결정이 도읍의 건설 기본이 되는데, 무학은 인왕산을 주산으로 하고 북악(백악)과 목멱을 좌우의 용호로 삼는 유좌묘향(酉坐卯向)을 주장했다. 이는 정서방에 대궐을 앉히고 정동방을 향하게 하자는 안이다. 그러나 삼봉은 고금의 제왕으로서 남면(南面)하는 게 법이라 하면서 현재와 같은 좌향을 주장했고 그렇게 결정된다.

이와 같이 정해짐으로써 목멱산은 안산이 되고 관악산(冠岳山)은 조산(朝山)이 되었다. 풍수에선 돌산이 화산(火山)이므로 화재 예방을 위해 갖가지의 압승을 하였다. 숭례문(崇禮門) 밖에 큰 못을 팠던 것도 그 하나이며, 이 근처에 앞에서 말한 무수리의 마을

이 있었다. 또 성균관은 현재도 매봉(응봉) 아래에 있다. 매는 육
식 동물이고, 성균관은 중국에서 국자감(國子監)이라 하며 그 관장
(官長)을 제주(祭酒)라고 불렀던 것으로도 알 수 있듯이 나라의 제
사도 관장했으므로 한양의 푸주한(백정·칼잡이)은 이 근처에 집단
거주했다. 나라의 제사엔 삼생(三牲)이라 하여 소·돼지·양을 희
생으로 쓰기 때문에 그랬던 것이다.

그러나 우리는 유교를 남달리 숭상하여 성균관으로 하여금 유생
의 교육을 전담케 하고 관장 역시 지사(知事)로 바뀌자 제사와 분
리되었으며, 푸주한의 마을도 딴 곳으로 옮겨졌다. 《동국여지승
람》을 보면 희생을 관장하는 전생서(典牲署)는 목멱산 남쪽에 있었
고 푸주한의 마을도 그리로 옮겨졌을 터이다. 경복궁의 광화문 좌
우에 있는 '해태'는 관악산의 화기(火氣)를 압승하기 위한 것이지
만, 대원군 이하응(李昰應：1820~1898)이 경복궁을 다시 건설함
으로써 설치된 것이었다(해태는 일설로 석가모니를 지키는 사자였
다고 한다).

압승만 한 것도 아니고 한양의 지기(地氣)를 돋우는 조치도 강
구되었다. 목멱산의 봉우리는 지금 그 모습이 바뀌었지만 옛날에
는 누에머리 같다 하여 잠두봉이라 했고, 누에는 뽕잎을 먹어야 생
명을 유지하므로 강 건너 사평리(砂坪里)에 뽕나무를 심었다. 잠실
이란 이름도 여기에서 생긴다. 덧붙인다면 안산(案山)의 안은 책
상·제상 따위의 뜻도 있고 목멱이 경복궁에 대한 제상과 같은 역
할을 하는 것이다.

이밖에 한양의 지형이 벙어리를 많이 낳게 하는 것이라서 아도
점(啞陶店)이란 것을 두어 주민들은 각 호마다 이를 상비하도록 했
다. 아도는 현재의 벙어리 저금통처럼 생긴 것이었다.

 그러나 삼봉 정도전의 실력은 대궐의 궁전·정자는 물론이고 성문의 이름 등을 짓는 데 유감없이 발휘되었다. 예를 들어 동대문은 '흥인지문(興仁之門)'인데 원래는 다른 성문 이름과 마찬가지로 석자로 명명되어 흥인문이었다. 서울의 지형은 '서고동저(西高東低)' 곧 서대문 쪽이 높고 동대문 쪽이 낮다. 따라서 청계천은 서에서 동으로 흐르고 왕십리로 빠져 한강에 들어가며 다시 서류(西流)하는 것이다.

 그런데 왜란을 겪고 나자 그 원인은 동쪽이 낮기 때문이라고 주장하는 자가 나타났다. 그래서 그런 허(虛)를 보강하기 위해 지(之)자를 하나 덧붙여 '흥인지문'이라 했던 것이며 다른 성문에 없는 옹성(甕城)이란 것이 있었다. 또 숭례문은 숭례의 예가 오행으로선 화(火)이고 남쪽이므로 이런 이름이 지어졌고, 다른 성문들은 정면에 걸린 '현액(현판)'이 옆으로 뉘어져 있어 횡서로 씌어 있다. 그런데 숭례문만 종서체이고 현액도 세로로 세워졌다. 이것도 관악산의 화기에 대항하려는 압승법인데, 불길은 위로 올라가는 성질이 있기 때문이다.

 이렇듯 정도전은 활약이 컸었는데 고려를 멸망시키면서 일어난 끔찍한 일은 모두 그가 한 짓이라는 오명(汚名)을 뒤집어쓰고 있다. 즉 삼봉이 악역(惡役)으로 매도되고 있는 것이다.

 이를테면 청주(淸州)는 지대가 낮고 하상이 높아 비가 조금만 내려도 고을은 물바다가 되었다. 그런데 정도전이 이런 청주 '감영'에서 목은 이색과·도은(陶隱) 이숭인(李崇仁 : 1349~1392), 그리고 양촌 권근 등을 잡아다가 옥리를 시켜 모진 고문을 가했다. 더욱이 목은은 삼봉의 스승이고, 도은은 함께 글을 배운 동문이었는데 말이다.

그런데 갑자기 집중 호우가 쏟아졌고 강물이 넘쳐 감영 안까지 밀려들었다. 이들은 물론이고 옥리들도 나무에 매달려 가까스로 살 수가 있었다. 이성계는 이 보고를 받자 목은·도은·양촌을 석방시켰는데 도은만은 나중에 장살(杖殺)된다.

이것은 삼봉이 이성계에게 너무나 충실한 나머지 방석(芳碩)을 편들고 태종 방원에 의해 죽었기 때문일까?

호암(湖岩) 문일평(文一平 : 1888~1939)은 〈조선 문화에 대한 하나의 고찰〉이란 글에서 선죽교는 오래도록 방치되고 있었는데 그것에 돌난간을 두르고 보존책을 강구한 것은 그의 후손 정호인(鄭好人)이었다고 한다. 이렇듯 조선조로서 포은 정몽주를 복권시켜 주고 충신의 거울로 받들게 했던 것도 '필요성'이 있었다는 증좌이다. 결코 예뻐서가 아니었던 것이다. 후세까지 전해지는 정도전의 악명과 좋은 대조를 이룬다.

"두문동에서 나온 상촌공은 안동에 낙향한 뒤 간간이 들려오는 송도의 소식에 치를 떨며 분개하셨다."

하는 번암의 말에 이미 알고 있던 일이지만 김노경 부자는 열심히 귀를 기울였다.

안동은 그 이름을 고창(古昌)·복주(福州)라고도 하며 중요하게 여겨진 고장이다.

수애(垂厓) 김수온(金守溫 : 1409~1481)의 기록으로, 고려 공민왕은 홍건적이 침입하자 몽골 여인 대노국공주와 함께 남으로 피난하여 복주에 이르렀고(1361), 뒷날 송도를 수복할 때 이 고장의 힘이 컸으므로 '다시 나라 안정을 되찾게 했다(復安於大東)'는 의미로 안동을 대도호부(大都護府)로 승격시켰으며 영남의 여러

고을 가운데 으뜸으로 삼았었다.

조선조에선 세조 때 비로소 진(鎭)을 두고 부사 겸 병마 절도부사(節度副使)를 두었다. 그렇다면 고려 때보다는 격을 낮추었던 셈이다.

안동이라 하면 안동 권씨·안동 김씨·안동 장씨로 대표된다고 하겠으나, 수애는 이렇게 적었다.

'이름난 성의 대족(大族)이 있어 문무의 장상(將相)이 배출되었다.'

사실 안동에 딸린 현(縣)으로 임하(臨河)·풍산(豊山)·일직(一直)·나성(奈城)과 같은 고을이 있었으며 이름있는 인물들이 많았었다.

동포(東浦) 맹사성(孟思誠 : 1360~1431)은 황희 정승 못지않은 명재상으로 알려져 있고 온양(溫陽)이 고향이다. 동포는 일찍이 양촌의 문하에서 글을 배웠고 동문으로선 양촌의 아우 권우(權遇 : 1363~1419), 아들 권제(權踶), 그리고 변계량, 허조(許稠 : 1369~1439)가 있었다.

동포는 또한 풍수지리에도 능했는데 안동 부사로 임명되자 많은 사람들이 마중나왔다. 그리고 맨 먼저 안내된 곳이 놀랍게도 관아 아닌 의성 김씨의 종가(宗家)였다. 양반의 고장이라 유난히 텃세가 심했는데, 당시 의김이 안동에서 그런 세도를 부렸었다.

동포는 분개했지만, 관장으로서 지방 유지와 인사하는 것은 예의이므로 교만한 '의김(義金)'과 대면을 무사히 마쳤다. 그러나 마음속으로는 의김의 세력을 꺾자는 결심을 단단히 했다.

동포가 연구한 결과 의김의 종가는 누에봉 아래 있고 그 앞쪽에 뽕밭이 있었다. 뽕밭이 안산에 해당되고, 산은 아니므로 천안(前

案)이라고 한다.

누에봉이 현재의 어느 산을 가리키는지 분명치 않다. 권제의 기록을 보면, 안동의 풍속은 소박하고, 누에 농사 등을 부지런히 하며 절용(節用) 곧 낭비를 않고 절약의 미풍이 있었다. 그런데 석전(石戰 : 팔매질)으로 유명했던 것을 보아도 알 수 있듯이 괄괄한 성품이고 충의심(忠義心)으로서 남방의 으뜸이라고 한다. 말하자면 반골 정신이 왕성한 곳이었다.

현재의 안동을 가보면 알지만 산간 분지이고 지형은 이른바 행주형(行舟形)이다. 물 위를 가는 배라면 돛대가 있게 마련이다. 그런 돛대로 남문 밖에 오충탑이 세워졌다는 것이다. 이런 전설은 청주, 나주에도 있고 행주형은 분지형의 고을이면 해당되었던 모양이다.

또 옛날에는 안동에 젊은 과부가 많았다는 것이고, 또는 여인들의 풍기도 나빴다고 한다.

맹부사는 이런 풍속도 시정하기 위해 갖가지로 풍수적 도시 설계를 했다. 안동의 초등학교 뒷산에 ×알산이 있는데 영락없는 여음(女陰)의 모양으로, 그곳에 샘이 있고 악취를 풍기는 물이 나왔다. 그래서 맹부사는 읍내 세 곳에 신석(腎石)을 세우고 그를 예방했다는 것이다.

앞에서 나온 의김의 맥을 끊기 위해 직류(直流)하는 낙동강을 의김의 집과 뽕밭의 중간을 자르도록 우회시켰다. 이 때문에 의김의 가운(家運)은 기울어졌다. 이렇듯 강물을 우회시키는 게 풍수의 득수법(得水法)이었다.

다시 말해서 득수법은 강물을 곡류(曲流)시켜 느릿하게 흐르도록 하는 것인데, 어쩌면 동포는 이렇게 함으로써 과격한 안동의 배타심을 누그러뜨리려고 했는지도 모른다.

"상촌 역시 이윽고 태종의 부름을 받으셨다. 태종 13년 계사년 (1413)의 일로 형조판서를 준다는 교지(왕명)가 있었어. 상촌은 사양했지만 왕명을 거역할 수는 없었지."

이리하여 상촌은 외아들 근(根)과 더불어 안동의 소거리(所居里)를 출발했다.

길을 며칠 걸어 광주(廣州)의 추령(秋嶺) 고갯마루에 올라섰다.

"여기서 쉬도록 하자."

상촌은 문득 아들을 돌아보며 말했다.

고개 마루터기는 나그네로서 쉬어 감직한 곳이지만, 이미 동짓달이라 바람도 차가웠으며 눈도 산허리를 허옇게 덮고 있었다.

상촌은 동쪽을 하염없이 바라본다. 그의 마음은 이곳에 서고 보니 새삼 복받치는 게 있었다.

"내가 지금 여기서 죽는다면……."

바람소리에 목소리는 찢겼지만 근은 깜짝 놀랐다.

"아버님, 지금 뭐라고 말씀하셨습니까?"

"내 스스로가 부끄럽다고 하였다. 나는 더 이상 이 욕스런 목숨을 부지할 생각이 없구나. 포은 선생이 돌아갈 제 그분을 따르지 못한 게 한스럽더니 고려가 망하는 것을 내 눈으로 보았다."

근은 어느덧 무릎을 꿇고서 흐느끼고 있었다. 그 역시 고려 때 과거에 급제하여 평양 소윤(平壤少尹)을 지냈던 터였다.

"그래서 나는 두문동에 들어갔던 것이며, 죽을래야 죽을 수도 없어 안동으로 낙향한 것은 너도 아는 일……."

"아, 아버님……."

"내 말을 끝까지 들어라. 지금 이 추령에 올라서고 보니 포은 선

생의 모습이 선하구나. 내가 지금 이곳에서 죽지 않는다면 일생
을 두고 배운 게 다 거짓이 되고 허사가 될 게 아닌가!"
"아, 아버님. 소자도 함께 아버님을 끝까지 모시고 포은 선생을
뵙고 싶습니다."
"안된다……. 충신은 두 임금을 섬기지 않는다는 선비의 지조를
지키는 것은 나 혼자로서 충분하다. 더욱이 너에겐 조상님의 핏
줄이 있고 제사를 모실 의무가 있느니라. 그리고 네 어머니는
누가 모실 거냐?"
이리하여 상촌은 추령에서 자결했는데 그의 이때 심정은 남겨진
〈절명사(絶命詞)〉로 짐작이 된다. 향년 63세였다.

> 平生忠孝意를
> 今日有誰知리요
> 一死吾休恨을
> 九原應有期로다.
> (평생 충효로 살았음을
> 지금 와서 누가 알아줄까?
> 죽어 이 한도 끝날 것이며
> 저승에선 반드시 알아주리라)

　열상(洌上) 홍경모(洪敬謨)는 《남한지(南漢志)》라는 저술이 있
다. 풍산 홍씨로 그 서문을 읽어 보면 이 책의 내력을 알게 된다.
　기해년(정조 3 : 1779), 당시의 남한 수어사이던 보만재(保晚齋)
서명응(徐命膺 : 1716~1787)은 왕명을 받아 《남한지》를 엮기 시작
했으나 완성을 보지 못했다.

이를 안타깝게 여긴 열상이 그것을 계승하여 헌종(憲宗) 때인 병오년(1846)에 완성시켰다.

추사 김정희도 아호가 많아 2백 가지나 된다고 하지만, 다산 정약용 역시 아호가 많았었는데, 그의 저서인 《아언각비》에서는 열수(洌水)라는 아호를 쓰고 있다. 열수가 곧 한강의 옛이름이고 열상이란 한강 상류, 곧 남한 근처를 가리켰다고 여겨진다.

이런 《남한지》를 보면 추령은 지금의 광주군 오포면(五浦面)에 있고 용인군(龍仁郡)과의 경계가 된다. 포은 정몽주의 산소는 추령에서 동쪽으로 산 하나 넘은 용인의 보개산 오폭동이라는 곳에 있는 것이었다.

남한은 곧 광주로 지금의 강남(江南) 일대까지 포함되며, 태종의 헌릉(獻陵)은 원경왕후(元敬王后) 여흥 민씨와 합장되어 대왕면(大旺面)에 있다. 이밖에 성종(成宗)의 선릉(宣陵), 중종(中宗)의 정릉(靖陵)도 이곳이다. 관심을 끄는 것은 옥산대빈(玉山大嬪) 곧 '장희빈'의 묘소가 상촌과 같은 오포면에 있다는 점이다.

한양이 가깝기 때문에 저명한 인물들의 묘소가 많다. 고려에 대한 절의(節義)를 지키며 조선조를 섬기지 않은 조견(趙狷), 이양중과 같은 분도 이곳에 묘소가 있다.

상촌의 자손은 남한에 살았던 것 같다. 상촌의 부인 안동 권씨도 이곳에 묻혔으며 근과 며느리 우봉 이씨(牛峰李氏)의 묘도 상촌의 묘역에 있기 때문이다.

선영을 지키며 자손이 모여 사는 것은 특별한 이유가 없는 한 상례(常例)이다. 그리하여 상촌의 자손은 번창하여 가계가 갈라졌다. 상촌은 손자가 넷인데 그 제 4 손이 퇴재(退齋) 김영유(金永儒)이다. 퇴재는 경학(經學)에도 조예가 깊었지만 이조참의에 충청·

전라·황해·경상 감사를 지내고 개성 유수(留守)를 지냈다. 연산
군 때 기미년(1499)에 별세하였는데, 공평군(恭平君)이란 시호가
내려진다.

다시 공평군의 손자가 십청헌(十淸軒) 김세필(金世弼 : 1473～
1518)로서 당대의 이름난 유학자였다. 십청헌은 18세이던 성종
의 경술년(1490)에 문과 1등으로 급제하여, 홍문관(弘文館) 수찬
(修撰)으로 있으면서 연산군의 갑자년(1504)에 왕의 폭정을 간하다
가 거제로 귀양을 갔었다.

중종반정으로 풀려났으며, 정암(靜庵) 조광조(趙光祖 : 1482～
1519)의 도학 정치에 공명한다. 기묘사화가 일어났을 때 십청헌
은 명나라에 갔다가 돌아오는 도중에 소식을 들었다.

그래서 그는 경연(經筵 : 왕에게 경학을 강의하던 자리)을 빌려 정
암을 두둔했고 《논어》〈학이편〉의 말로,

'잘못이 있다면 고치는 데 서슴치 말라(過則勿憚改).'
고 풀이했다. 이때 이미 정암은 능주(綾州 : 보성 서쪽)에 유배되어
사약이 내려지고 있었지만, 십청헌은 용기 있는 발언을 했다. 그
래서 당장 그는 음죽(陰竹 : 현재의 이천 소재)으로 귀양갔다.

이때 사화에 걸려 금산(錦山)으로 보내졌다가 다시 제주도로 보
내져 사약을 받은 김정(金淨 : 1481～1521)도 경김이지만 파가 다르
다. 김정은 자가 원충(元冲)이고 호는 충암(冲庵)인데 문과에 장
원하고 이조참판·대사헌을 걸쳐 형조판서에 올랐다. 그러나 조광
조 사건에 연루되어 금산(錦山)에 유배되었다가 다시 제주도로 보
내져 그곳에서 사약을 받는다.

충암은 영모(翎毛) 곧 새나 동물의 그림을 잘 그렸다.

《열하일기》의 열상화보(洌上畵譜)에 충암의 〈이조화명도(二鳥和

鳴圖》)가 있었음을 전한다. 연암이 영평(永平)에 갔을 때 소주 사람이 낡은 화첩 하나를 들고 찾아왔다. 표지는 여진의 초서로 씌어져 있고 먹이 오래 되어 비늘처럼 갈라져 있으며 걸레쪽처럼 남루한 것이 한푼의 가치도 없어 보였다.

그 소주 상인은 화첩을 펼쳐 보이며,

"이는 참으로 절세의 보물입니다."

라고 한다. 연암은 물었다.

"어디서 구한 것이오?"

"귀국의 김공(金公)께서 저의 가게에 오셔서 이를 파셨지요. 다만 그린 사람의 관지(款識 : 서명)가 없어 조상 대대로 물려오면서 한으로 여겼는데, 지금 선생께서 오셨으니 하나하나 살피시고 화제(畵題)를 붙여 주십시오. 화가의 이름을 써주신다면 더욱 다행입니다."

그는 애걸하다시피 한다. 그제야 연암도 관심을 갖고 그림을 세밀히 살폈다.

대체로 우리나라의 서화에는 연호가 나타나 있지 않고 그린 이의 이름자도 없는 게 많았다.

우리의 선인들은 서화를 명예나 금전의 대상으로 여기지 않았던 것이다. 단 시의 두루마리로서 제(題)가 많았다.

연암은 찬찬히 살폈다. 소인(小印)은 희미하게 찍혀 있었다. 그중에서 단 두 글자 별호(아호)가 있음을 찾아냈다.

그 별호를 힌트삼아 작자의 성명을 써서 주었던 것이다.

연암의 그림에 대한 지식이 없었다면 그것을 감식할 수는 없었으리라. 그것이 곧 세상에 전하는 〈열상화보〉로 그 화제와 그린 이의 이름만 전한다.

이조화명도──충암 김정(1481~1521)

한림와우(寒林臥牛)도──김치(金埴), 호는 퇴촌. 황해도 연안 사람, 산수화가

석산분향(石山焚香)도──학림정(鶴林正) 이경윤(李慶胤 : 1545 ~?). 청성군 이걸(李傑)의 아들. 호는 낙촌(駱村)

녹죽(綠竹)도・묵죽(墨竹)도──탄은(灘隱) 이정(李霆 : 1541 ~?). 세종대왕 5대손 익주군(益州君) 이지(李枝)의 아들

노안(蘆雁)도──이징(李澄 : 1581~?). 호는 허주재(虛舟齋). 학림정의 서자

노선결기(老仙結慕)도・연강효천(烟江曉天)도──연담(蓮潭) 김명국(金鳴國). 안산 김씨. 도서서 교수로 인물・산수화에 뛰어났 었다.

임지사자(臨池寫字)도──공재(恭齋) 윤두서(尹斗緖 : 1668 ~?). 윤선도의 증손자

춘산등림(春山登林)도・대은암(大隱岩)도・산수도(네 폭)・사시 (四時)도(여덟 폭)──겸재(謙齋) 정선(鄭歚 : 1676~1759)

부장임수(扶杖臨水)도──관아재(觀我齋) 조영우(趙榮祐 : 1686 ~1761). 산수와 인물화를 그렸다.

도두환주(渡頭喚舟)도──진재(眞宰) 김윤겸(金允謙 : 1711~?)

금강산도・초충화조도──현재(玄齋) 심사정(沈師正 : 1707~ 1769)

심수노옥(深樹老屋)도・백마도・군마(群馬)도・팔준도・춘지세 마(春池洗馬)도・쇄마(刷馬 : 말털을 빗질함)도──낙서(駱西) 윤덕 희(尹德熙 : 1685~?). 윤두서의 아들

무중수죽(霧中睡竹)도・설죽도──수운(岫雲) 류덕장(柳德章 :

1694~1774). 진주 사람. 대나무 그림이 뛰어났었다.

차선(釵仙)도·송죽도——능호관(凌壺觀) 이인상(李麟祥 : 1710
~1760). 전주 사람. 시·서·화의 삼절이라고 불렸다.

난죽도·묵죽도——표암(豹菴) 강세황(姜世晃 : 1713~1791)

추강만범(秋江晚泛)도——연객(烟客) 허필(許佖 : 1709~ ?)

이상 열여섯 명의 성명과 화제를 달아 주었던 것이며, 그 으
뜸인 자리에 충암 김정을 내세웠다.

기묘 명현으로서 빠뜨릴 수 없는 분이 또 한 사람 있는데 곧
자암(自菴) 김구(金絿 : 1488~1534)였다. 자암의 자는 대유(大柔)
이고 본관은 광산이었다. 그는 생원·진사·문과에 장원하고 홍문
관 정자(正字)부터 시작하여 부제학에 이르렀다.

이른바 신무문(神武門)의 옥사가 발생하자 조광조·김정과 더불
어 추모자로 몰려 하옥되고 심한 국문을 받고서 남해(南海)에 유배
되었지만 건강한 육체와 강인한 정신을 가졌음인지 섬 생활 10년
만에 드디어 풀려났다.

〈화전별곡〉은 이때의 작품인데, 그는 서가로서 인수체(仁壽體)
의 창시자이다.

《근역서화징(槿域書畵徵)》에 의하면 자암은 필력이 경건(勁健 :
굳세다)하고 종요·왕희지 서체를 본떴으나 스스로 인수체를 고안
했다. 이것은 그가 한양의 인수방에서 살아 생긴 이름이다. 이 글
씨가 소문이 나서 화인들이 다투듯이 구입하여 가져갔고 국내에선
거의 전하지 않게 되었다.

원교(圓嶠) 이광사(李匡師 : 1705~1777)도 그의 《서결후편》에서
말했다.

'자암의 진서(해서)는 민간에 없어 보인다. 다만 대행(大行)과 초서를 볼 수 있는데 매우 웅위(雄偉)하며 필력이 좀 느슨하고 굼떠 보이나 일찍이 류홍산(柳鴻山)은 세상의 서가로서 모범이 된다 했으며, 특히 대폭(大幅)에서 절세라고 했다.'

원교는 앞으로도 자주 나오겠지만 어딘지 평에 있어 인색한 데가 있다. 홍양호(洪良浩 : 1724~1802)의 《이계집(耳溪集)》은 솔직한 데가 있어 비전문가로선 오히려 호감이 간다. 다음은 《이계집》에 실려 있는 내용이다.

'자암 김선생은 도학에 절행(節行)이 있었고 그 진퇴가 분명했으며, 문장 한묵과 그밖의 일로서도 이름이 높았지만 필법이 가장 예스런 데가 있었다. 당시 위진(魏晉)의 풍이라 일컫는 게 있었지만, 양호는 소시적에 공이 쓰신 '北海暮蒼梧一絶(북쪽 바다 푸르른 저녁 어스름이 찾아드는데 오동나무 한 그루가 절색이더라)'의 대초(大草)를 얻어 본 일이 있었다. 웅위하고도 기이했었다. 크면서도 필력이 있었다.'

원교가 그랬다는 것은 아니지만 소위 전문가로서의 평은 일부러 어려운 말을 쓰거나 태를 부리기 좋아한다. 특히 글씨에선 그런 게 있을 수 없었다.

《이계집》은 계속한다.

'백하 윤순(尹淳 : 1680~1740. 원교의 스승)은 일찍이 그 글씨를 보자 흠모하였고 그 필법을 본뜨고자 했지만, 붓을 잡고 얼마 되지 않아 탄식하며 그만두었다고 한다.

그러나 선생은 영해(남해)로 유배되어 수명도 길지 못하셨다. 때문에 글씨로는 세상에 전하는 게 매우 적다. 근년에 김사척(金思坧)이 연산(충청도) 현감으로 있을 때 한 도둑을 그 소굴에

서 잡았는데 서첩을 가지고 있었으며 곧 자암의 글이었다. 시
30여 편이 베껴져 있었거니와, 공이 소일삼아 때때로 적은 것이
라 그 뜻을 다했다고는 할 수 없었지만 방정하고도 씩씩하며 날
카로운 가운데 균형이 잡혀 있던 심획(心畫 : 마음속으로 쓴 글씨)
을 보는 것만 같았다…….'

자암은 남해에서 풀려나자 만년은 예산에서 보냈고, 예산에 있
는 이겸인(李謙仁)의 비문은 자암의 글씨이다.

번암의 이야기는 넓고도 깊었다. 정희는 문득 물었다.

"할아버지는 월성위 증조부님의 글씨를 보셨어요?"

"아, 그것 말이냐? 정양재께서는 글씨를 잘 쓰셨다. 그런데 나
와는 꽤 친밀하셨지만 글씨만은 좀처럼 보여 주시지를 않았어.
변변치 않다든가 아직 배우는 중이라 하시면서……."

"왜 그러셨을까요?"

정희는 물었지만 번암은 빙그레 웃었다.

"그거야 나도 알 수 없지."

정희는 고개를 갸우뚱한다. 번암은 그런 정희의 궁금증이 안스
럽게 보였든지 덧붙였다.

"그런데 그것이 계유년(영조 29 : 1753)이던가. 몹시 무덥던 여름
이라고 기억되는구나. 이때 상감께서는 육상궁께 추가로 화경
(和敬)이라는 시호를 내리셨고 원(園 : 능 다음으로 희빈이나 왕자
의 무덤을 이름)으로 봉하게 하셨다. 육상궁이 누구신지 알겠
니? 영묘의 생모님으로 그만큼 영묘는 효성이 지극하셨다."

"네."

"그때 부마이신 월성위께 도사(圖寫 : 신주를 모실 때 그것을 옮겨

쓰는 일)를 명하셨다. 그만하면 너의 정양재 할아버지께서 글씨
를 어느 정도 쓰셨는지 알겠지?"

정희는 그제야 고개를 크게 끄덕였다.

(육상궁은 앞에서도 나왔지만, 원래는 영조가 그 생모 숙빈 최
씨의 넋을 기리기 위해 세운 사당이다. 그런데 뒷날 편의적으로 일
곱 희빈이 합사(合祀 : 정확하게는 한 구역 안에 모았음)되고 그 중에
는 장희빈도 끼어 있어 사이가 나쁜 숙빈과 장희빈은 귀신이 되고
서도 싸우는 소리가 들렸다는 이야기가 있다. 물론 속설이다.)

"그 무렵 나는 세자 시강원(侍講院)의 사서(司書 : 정 6 품)로 옮
긴 뒤였지만, 마침내 월성위의 글씨를 구경할 수 있었다."

"……"

"큰 글씨로 '홍유심(興惟深)'이라는 글자였는데 정말 감탄했다.
이것은 임금님께서 돌아가신 생모님을 '사모하는 마음이 오로지
깊어지기만 한다'는 뜻인데 쓰는 사람의 정성이 담겨 있었다."

정희는 조금 사이를 두고서 물었다.

"증조고는 어떤 글씨체를 쓰셨나요?"

"처음엔 송설체(松雪體)를 쓰셨다고 하셨지."

"송설체를요?"

"송설체란 일명 촉체(蜀體)라고도 한다. 왜란 이전에는 우리나
라에서 많이 썼다. 이것은 원나라 때의 사람으로 조맹부(趙孟
頫 : 1264~1332)라는 분이 계셨는데 이분의 아호가 송설도인
(松雪道人)이라 송설체라는 이름이 생겼다. 그것을 촉체라 하는
까닭은 잘 모르겠다."

"……"

"다음에 월성위는 왕희지(王羲之 : 321~379)체를 즐겨 쓰셨지만

다시 석봉체(石峯體 : 한호, 1543~1605)로 옮기셨다. 어째서인지 까닭을 짐작할 수 있겠니?"

"글씨체가 마음에 드시지 않았겠지요."

"그렇다. 사람마다 좋아하는 글씨체가 있게 마련이다. 그런 변화가 없다면 글씨의 발달도 없겠지?"

"네."

"너도 글을 배우고 장차는 시도 짓겠구나. 글이란 곧 그 사람의 마음이다. 다시 말해서 성격이 나타난다. 글씨도 같다. 옛사람은 말했다. 글씨는 마음이요, 마음이 바르다면 글씨도 바로 쓸 수 있다고. 내 말을 알아듣겠니?"

"네에."

하고 정희는 눈을 빛냈다.

채제공의 말은 정희로서도 어려운 게 하나도 없었다.

"그런데 글씨는 하늘이 주는 것이다. 그것을 천분(天分)이라고 하지. 네 '입춘대길'은 참으로 잘 썼다. 그러나 잘 썼다는 것뿐이다. 너는 월성위 할아버지의 필적을 핏줄로 이어받아 글씨 솜씨가 참으로 희한하구나. 그런데 그것뿐이다."

번암은 같은 말을 되풀이했다. 정희도 아버지처럼 조금 당혹하는 눈빛이다. 그러나 까닭을 급히 묻거나 하지 않는다. 조용히 기다리고 있다. 그 점이 번암의 마음에 들었다.

"우리 태조(이성계)께서 나라를 여신 뒤로 얼마나 많은 명필・능필(能筆)이 있었는지 모르겠구나. 너무도 그런 분들이 많아 머리마저 혼란스럽구나."

유당은 번암이 비로소 아들의 글씨 평을 한다싶어 긴장했다. 번암은 담담하게 말을 이어나간다. 이미 그것은 70 노옹과 신동

(神童)의 글씨 문답이었다.

"그런 훌륭한 분들의 글씨를 너도 자주 보게 되겠구나. 그런 분들은 모두 글씨를 뛰어나게 잘 쓰셨다. 그러나 그것뿐이다."

정희는 아직도 되묻거나 하지 않았다. 말 한마디라도 놓치려고 하지 않는다.

"한석봉에 대해선 너도 어른들로부터 들어 알고 있겠지?"

정희는 고개를 끄덕였다.

석봉은 호이고 한호(韓濩)가 이름이며 본관은 청주(淸州)이다. 송도(개성)에서 태어나고 신희남(愼喜男)에게 글씨를 배웠다. 집이 가난하여 어머니가 떡장수를 하며 석봉을 가르쳤다 함은 유명한 이야기다.

"이분은 안평대군(安平大君) 이용(李瑢), 인수체를 창시한 자암 김구, 그리고 봉래(蓬萊) 양사언(楊士彦)과 더불어 사대가로 꼽는다. 왜란이 일어나자 호종을 하여 의주까지 갔었고. 그리하여 당시의 첫째 가는 문장가로 알려진 오산(五山) 차천락(車天輅: 1556~1615)이 시를 짓자 그것을 받아 병풍에 일필휘지(一筆揮之)했는데 이때 석봉은 세상에 널리 알려졌단다."

"......"

"이여송, 마귀(麻貴)는 그때 우리나라에 왔었던 명나라 장군이다. 다른 사람들은 돌아갈 때 금이나 인삼 같은 것을 달라고 했지만 이들은 석봉의 글씨를 탐냈다. 석봉의 글씨가 옛날의 왕희지·안진경(顔眞卿)과 겨루는 명필이란 소문이 중국에까지 알려지고, 연경에서 석봉의 글씨라면 사람들이 수백 금을 아깝다 않고 사기 때문이었겠지만, 그것만은 아니었지. 대체 무슨 까닭이었다고 생각되니?"

"......"

"대답하지 않아도 좋다. 명나라 사람으로선 명나라엔 한석봉의 글씨가 없다고 알기 때문이다. 알겠니?"

하고 번암은 빙그레 웃었다.

정희도 '네에' 하고 대답했다. 번암의 말이 이해되었던 것이다.

"한석봉의 글씨가 명나라에 없음은 당연하지. 그 없는 게 뭐지? 명필이냐?"

"아닙니다. 한석봉체입니다."

"됐다!"

번암은 무릎을 쳤다.

"한석봉은 내 것을 가졌다. 남의 글씨체를 흉내내지 않은 내 글씨를 말이다. 그것이 그 사람만이 갖는 독특한 글씨체이다."

"네에."

"그러나 그런 글씨체를 갖자면 길은 멀고도 험한 법이야. 하지만 그것도 아직은 그리 서두를 필요는 없다. 다만 천분은 하늘이 준 보배. 그렇다고 안심을 해서는 안된다."

"네, 알고 있습니다."

"알았다면, 그만 나가거라. 나가서 마음껏 뛰어노는 것도 좋으니까."

번암은 눈을 감고, 정희가 절을 하는 것도 쳐다보지 않았다.

정희가 나가자 유당은 너무도 기뻐 번암에게 고맙다는 말을 하려다가 입을 다물었다. 번암이 돌부처처럼 침묵을 지키고 있었기 때문이다.

번암과 유당 사이에 침묵이 감돈다. 밖에서 덕보와 억만이의 거침없는 말소리가 조용한 사랑방에까지 들린다.

"이젠 배도 불렀니?"

하는 억만이의 목소리. 약간은 소리가 낮고 잘 들리지를 않는다.

"실컷 먹었네. 그리 넉넉지는 않으신 것 같은데 인심은 후하셔.

난 밥을 두 사발이나 먹었지. 이젠 꼼짝도 하기 싫어."

하는 덕보의 목소리는 컸다.

"넌 역시 멍텅구리야."

"뭐가?"

"배가 불렀다면 그걸로 태평이니까."

"그것 말고 또 뭣이 있어?"

덕보의 되묻는 소리에 억만이의 대꾸는 작아서 들리질 않았다.

덕보의 목소리만 거침없다.

"나로선 밥 다음엔 술이지. 그러니까 막걸리, 약주를 떠낸 진국

을 이 댁의 젊으신 아씨께서 몸소 양푼으로 내다주실 때에는 너

무도 황송했어."

"그 다음엔?"

"그건 담배지. 너만 피우지 말고 한 대 달라구."

담배——담바고(淡婆古)는 광해 무오년(1618)에 들어왔다고 한

다. 통신사로 오윤겸(吳允謙 : 1559~1636) 일행이 그 전년인 정사

년에 왜국으로 갔었다. 실학자의 한 사람인 혜풍(惠風) 류득공

(柳得恭 : 1749~1807)은 《고운당필기(古芸堂筆記)》에서 이렇게

썼다.

'왜국에선 연기를 담바고라고 한다. 따라서 담바고는 왜말을 우

리가 그대로 쓴 것이다. 지금의 사람들이 담바고를 망녕되게 해

석하여 담바고는 곧 담파괴(膽破塊)라고 하지만, 이는 연기의

성질이 담(가래)을 없애주기 때문에 그러하다.'

좀더 뒤에 가선 남초(南草)라 했고, 담배가 한약재로 사용되면서 남령초(南靈草)로 바뀌더니 횟배앓이에 잘 듣는다 하여 할아버지가 손자를 귀여워한 나머지 서너 살부터 피우게 했다. 그리하여 열 살 안팎이면 벌써 인이 박여 아이들이 모였다 하면 담배를 뻐끔뻐끔 빨아댔었다.

담배를 남초라고 했음은 알고 보면 그것이 왜국의 토산은 아니고 남양(南洋)에서 왔다고 알려졌기 때문이었다. 이때 왜국에선 도쿠가와 막부〔德川幕府 : 막부는 왜국에선 무사 정권을 말하지만, 우리나라에선 군영(軍營)을 가리켰다. 예컨대 세종 때의 최윤덕(崔潤德)은 야인을 토벌할 때 막부를 두었다고 했음〕가 엄격한 '쇄국 정책'을 펴면서 오로지 나가사키(長崎)에만 무역 창구를 두고 명나라와 화란에만 교역을 허락했다. 화란인은 곧 중국에서 말하는 남만(南蠻)·홍모인(紅毛人)이고 그들의 식민지가 자바나 대만에 있었다.

그런 왜국도 처음엔 담파꼬(우리는 된소리를 싫어하므로 담바고로 바뀐다)라 부르면서 내력을 몰랐었는데 중국에선 연초(煙草)라 했으므로 그것을 공용 명칭으로 쓰게 된다.

병자호란이 있고 그 해 심양엔 10만 남짓의 이름 없는 서민들도 잡혀 가 있었다. 요동·요서의 땅은 넓고 개간이 거의 되지 않았지만 인구가 적었다. 그래서 그들보다 앞선 농경법을 아는 고려인은 여진족에게는 요긴한 존재였었다. 여진의 속담으로,

'열 명의 한인을 붙들기보다는 한 명의 고려인을 붙들어라. 열 명의 고려인을 붙들기보다는 한 명의 몽골인을 붙들어라.'

하며 말했다던가. 이 속담은 여진족으로서 본 노예(종)의 효용성(效用性)이었다.

끌려간 이름 없는 10만의 조선족들. 노예를 팔고 사는 장도 심양 성내에선 정기적으로 있었다. 극소수의 가족들이——경제적 이유로——무명이나 담배를 등에 지고 가서 몸값을 치르고 이들을 데려왔다.

이리하여 돌아온 사람이 과연 얼마나 되었을까?

이런 원한은 백 년, 아니 수백 년은 간다. 여진은 이미 오랑캐 정도가 아니었다. 오랑캐=되놈인데 여기에 글자가 하나 더 붙어 똥되놈이 된다.

6·25 사변 때, 서울 시민은 석 달 동안 워낙 혼이 났기 때문에 1·4 후퇴 때에는 거의 죽어가는 노인을 제외하고선 모두 남으로 강을 건넜다. 이때의 사람들 심리엔 중공군=되놈이라는 관념이 있고 온갖 유언이 난무했기 때문에 더욱 더 사람들의 공포심을 돋우었다.

"이 사람, 그만 빨고 담뱃대나 넘기라니까.."

덕보의 재촉에 억만이는 대꾸한다.

"얻어 피우는 주제에 무슨 소리여. 내 것이니까 내 마음대로다."

덕보의 대꾸가 들리지 않는다. 억만이의 핀잔에 찍소리도 못하며 눈만 흘기고 있는 것일까. 억만이의 말이 이어진다.

"넌 눈치가 없는 놈이여. 눈치가 빨라야 절에 가서도 젓국을 얻어먹을 수 있다고 했잖아?"

"젓국과 담배가 무슨 관계가 있지?"

"있지."

"어떻게?"

"그것은 한마디로 말하기가 어렵네. 더욱이 너 같은 돌대가리한테는."

"비싸게 노는군, 체!"

"성질만 내지 말라구. 사람이 한평생을 사는 데 그리 간단하겠어. 마찬가지로 세상 살아가는 이치는 그리 쉬운 것은 아니여."

"흥! 제가 무슨 대감마님이나 된 것처럼 나한테 훈계야."

"또 성질이여. 멍텅구리에 성질까지 겹치면 어떻게 되지?"

번암은 하인들의 지껄임을 귓가로 흘리면서 월성위와의 만남을 회상했다. 여기서의 만남은 불교에서 말하는 인연이었다.

임신년(영조 28 : 1752) 3월에 왕세손이 승하했고, 9월엔 그 슬픔을 가셔주듯 왕손(뒤의 정조)이 태어났다. 그런데 섣달의 북악산 바람만큼이나 매서운 상감의 비상교(非常敎)가 떨어졌다. 장헌세자에게 주어졌던 대리 청정이 취소되고 다시 친정 체제가 된 것이다.

이 무렵의 영상은 지수재(知守齋) 유척기(兪拓基 : 1691~1767)이고 좌상은 귀록(歸鹿) 조현명(趙顯命 : 1691~1752)이었다. 이들은 노론파이다.

원래 노론은 영조 초기에 된서리를 맞았지만 어느덧 다시 요직을 차지하기 시작했다. 특히 급류정 김흥경의 뒤를 이은 청사(晴沙) 김재로(金在魯 : 1682~1759)가 영상이 되면서 다시 노론 천하가 되었다. 청사는 청풍(淸風) 김씨로 그 아우 약로(若魯)·상로(尙魯)가 모두 정승에 오른다.

청사는 이때 70세가 되면서 기사(耆社)에 들고 있었지만, 여전히 막후의 실력자로서 정권을 움직였다.

그런데 장헌세자는 성격이 괴팍하다 했을 만큼 좀 별난 데가 있었다. 그리하여 노론파와 사사건건 충돌했다.

혜경궁 홍씨의 《한중록》은 세자의 비극을 담은 것인데, 당시 아직도 20세 전의 세자로서 대권 환수라는 상처가 그의 인생을 크게 빗나가게 하고 말았다.

"모든 자들이 나의 적이다. 그놈들이 아바마마께 중상하여 비상교를 내리게 한 것이다."

공평하게 생각할 때 세자의 행동에는 그의 처가, 장인 홍봉한(洪鳳漢)·인한(麟漢) 형제마저 등을 돌린 것을 보면 보통 일이 아니었다. 이때 홍계희(洪啓禧)는 풍산 홍씨가 아닌 남양 홍씨였으나 균역청(均役廳)을 만들어 노비로서 이리저리 빠져나가는 구멍투성이의 부역을 공평하게 만들었고, 또 실학파 학자로서 《삼운성휘(三韻聲彙)》를 짓기도 한다. 세자는 이 홍계희를 병적이다 싶게 증오했다.

한마디로 세자의 적이 아니다 싶은 사람이 거의 없었던 것이다.

이래서 세자는 더욱 빗나갔다. 심지어는 대궐의 담을 밤중에 뛰어넘어 색주가에 드나들었고 그런 곳의 불량배와도 어울렸다.

영조는 이런 사실을 모르고 있었지만 새로 태어난 왕손에게는 기대를 걸었다. 저 순암 안정복은 처음부터 벼슬은 않고 따라서 과거도 보지 않았지만, 그 명성은 저술을 통해 왕의 귀에도 들리고 있었으리라.

갑술년(영조 30 : 1754)에 왕은 당시 43세이던 순암에게 참봉이라는 일종의 별정직을 주며 불렀다. 장차 세손의 교육을 맡길 생각이었던 것이다.

다음해인 을해년 봄, 또 한 번 나라 안이 매우 시끄러웠다. 까닭인즉 나주 감영에 놀라운 방문이 붙여졌다. 그 내용은 영조의 왕위를 들먹거리는 것이었다. 범인으로 윤지(尹志) 등이 잡혀 처형되지만, 그 배후에 소론파의 조태구·김일경의 망령이 다시 살아나 그들의 무덤이 파헤쳐지고 시신의 목이 잘리는 소동이 벌어졌다.

원래 유교에는 주군에 대한 충성은 없었다. 저 관중(管仲)이 죽고 백 년쯤 지났을 때 제(齊)나라의 재상은 안영(晏嬰)이었다. 그는 공자도 평가한 인물로 키가 다섯 자(당시의 1척은 25cm 정도)도 못되는 단신인데 원래는 내이(萊夷 : 산동 반도에 있음)의 족장 출신이었다. 그러나 절검(節儉)과 역행(力行 : 힘써 노력)의 사람으로 알려졌고, 재상이 되고 나서도 식사시 고기는 한 종류이고 소실에게도 비단을 입지 못하도록 했다.

그는 제의 영공(靈公)·장공(莊公)·경공(景公)의 3대를 섬긴 명재상이었다.

당시 제나라에 최저(崔杼)라는 권신이 있었다. 그는 동료의 부인으로 과부가 된 절세의 미녀를 아내로 맞았는데, 이 여자는 평소 제장공과 간통을 하였다.

최저가 이것을 알고 병을 핑계로 조정에 나오지를 않자, 장공은 병문안을 핑계로 최저의 집에 갔다. 그리고 최저의 아내에게 자기가 왔다는 것을 알렸지만, 여인은 겁내고 나타나지를 않는다.

그래도 생각이 간절한 장공은 객전의 기둥을 끌어안고 노래를 불렀다.

마침내 최저의 부하들이 무기를 손에 잡고 장공의 객전을 포위했다. 그제서야 장공은 자기의 행동이 좀 지나쳤음을 깨달았다.

"잘못했다. 너희들 주군과 화해하고 싶으니 그 뜻을 전해 다오."

"안됩니다."

"맹세하겠다. 앞으로는 절대로 이런 짓을 않겠다."
"안됩니다."
"그렇다면 내 스스로 종묘에 가서 자결토록 허락해 다오."
그래도 최저의 부하들은 저마다 외쳤다.
"우리의 군주이신 제군(齊君)의 신하인 최저는 지금 중병이라서
군명(君命)을 들을 수가 없다. 우리들 배신(陪臣 : 신하의 가신)은
주인 최저의 명을 받아 음탕한 자를 치려는 것이다. 우리는 주
인의 명령만 따를 뿐이다."
이리하여 마침내 최저의 부하들은 장공을 죽였다. 안영은 이 소
식을 듣고 달려와서 굳게 닫힌 최저의 집 문 밖에서 외쳤다.
"우리의 군주께서 공적(公的)인 일로 나라를 위해 돌아갔다면 나
도 마땅히 따르며 함께 죽으리라. 나라를 위해 망명하셨다면 나
도 마땅히 뒤따라 망명하리라. 하지만 사사로운 욕심을 위해 돌
아가셨다면, 또는 도망을 치셨다면 누가 그를 따르겠는가!"
그리하여 문이 열리자 안에 들어가 장공의 시신을 베개에 베게
하고서 곡을 하였고 용(踊 : 곡하고서 발을 들었다 내리는 예)을 한 뒤
물러갔다.
부하들이 최저에게 말했다.
"안영을 죽여 버려야 합니다."
"그에겐 인망이 있다. 더욱이 그는 장공이 죽은 진상을 알았을
게 아닌가."
최저는 이윽고 장공의 아우로 군주를 추대했는데, 그가 경공이
다. 제의 사관(史官)은 이 사실을 이렇게 기록했다.
'최저가 주군을 시역했다.'
최저는 그 사관을 죽여 버렸다. 그러나 후임 사관도 같은 말을

썼다. 최저는 그도 죽였다. 세 번째 사관도 똑같이 썼지만, 최저는
죽이지 않았다. 죽여 봐도 소용이 없음을 알았기 때문이다(기원전
599쯤).

정(鄭)의 재상으로 자산(子産)은 여러 공자들이 토지 문제로 싸
우는 것을 중재하고, 이때 합의된 약속을 정(鼎)에 명문(銘文)으로
새겼다. 이것이 최초의 성문법(成文法) 성립이라고 한다(기원전
536).

《좌전》을 보면 이 자산이 빈번하게 등장한다. 자산은 정성공
(鄭成公 : 재위 기원전 585~571)의 막내로 인품이 어질고도 덕이
있으며 사람들을 사랑했고 군주에게 충후(忠厚)했었다. 자산이
죽었을 때(기원전 519) 공자는 울면서 말했다.

"옛 유애(遺愛)가 있었다."

일찍이 공자가 방랑중 정나라에 갔을 때 자산과는 형제처럼 교
제했다고 한다. 공자는 그것을 회상하며 자산에겐 옛사람의 인애
(仁愛) 정신이 남아있었다며 자사에게 가르쳤던 것이다.

《좌전》에는 또한 백적(白狄)이니 적적(赤狄)이니 하며 침입했다
는 기사가 나온다. 이것은 구이로서 들고 있는 백이(白夷) · 적이
(赤夷)를 연상케 한다. 같은 부족을 이렇게 표현했는지도 모를 일
이다.

노애공(魯哀公) 14년(기원전 481) 봄, 서쪽인 대야(大野)의 사냥
에서 숙손씨(叔孫氏)의 수레 담당자의 아들 서상(鉏商)이 괴상한
짐승을 잡았는데 중니(공자)는 이를 찬찬히 보고 나서 말했다.

"린(麟)이다."

그리하여 비로소 그 가치가 알려졌다.

공자의 《춘추》는 이 구절 서수획린(西狩獲麟)으로써 붓을 놓았다

고 《공양춘추》 등은 전한다. 우리나라에서도 실제로 그렇게 알았던 모양인데, 하지만 《좌전》은 그뒤 27년까지 기록되고 있다.

이는 매우 미묘한 문제로, 린의 출현은 고대의 전설로 성왕의 시대나 나타나는 조짐이었다.

《공양춘추》는 청대에 이르러 당시의 고증파 학자들에 의해 주목되고, 그 내용 중 혁명 사상이 들어있어 우리나라에선 이를 기피했던 것이다.

물론 린(기린이 아님. 상상의 동물)과 혁명 사상은 아무런 관계가 없는 일이다. 그것보다 《좌전》의 결미(結尾)는 구체적인 이야기로 끝내고 있다. 진(晉)의 지백(知伯)이 정나라를 공격했고, 정인은,

"지백은 성격이 괴팍하고 남한테 지기 싫어하므로 이쪽에서 순순히 항복하면 빨리 물러가리라."

하고 일찌감치 성 밖 남리(南里)에 수비대를 두고서 진의 군대를 기다렸다.

지백은 남리까지 진격하여 '결질지문(桔柣之門)'까지 몰려오자 초맹(趙孟)을 돌아보며 말했다.

"당신이 먼저 들어가시오."

"대장이 계신데 왜 내가 먼저 들어갑니까?"

"생기기도 못생겼는데 용기도 없다. 어째서 이런 사나이를 조간자(趙簡子)가 후사로 삼았을까?"

그러자 조맹은 대답했다.

"나는 수치를 참고 견딜 수 있으므로 조씨의 종가를 망하게 하는 일은 없겠지요."

그러나 지백은 자기 말이 지나쳤다고 사과하지 않았다. 이런 까닭으로 초양자(趙襄子)는 지백을 증오하고 마침내는 멸했던 것이

다(기원전 453). 지백은 또한 욕심이 많고 성격이 괴팍했기 때문에 한씨(韓氏)·위씨(魏氏)가 그를 배반하고 조양자를 도와 지백을 죽였던 것이었다.

《좌전》의 이 이야기는 매우 중요하다. 춘추시대 다음에 오는 전국시대(戰國時代)의 특징은 신하가 그 주군을 죽이는 하극상(下剋上)의 일들이 식은 죽 먹듯이 자행되고 제후가 왕을 자칭한다. 그러나 보다 중요한 것은 한족(漢族)이던 조씨·한씨·위씨가 주족(周族)의 후예 지백을 죽이고 그 영토를 셋으로 나눠 가졌다는 사실이다. 그래서 전국시대가 이때 시작된 셈이다.

동쪽의 제나라에서도 전상(田常)이 그 주군 간공(簡公)을 죽이고 동생 평공(平公)을 세운다(기원전 481). 최저도 주군을 죽였지만, 전상의 그것은 별다른 이유가 설명되지 않고 있다. 그리하여 공자는 그 2년 뒤 졸(卒)한다. 공자는 《춘추》말고도 《시경》을 엮었는데 《논어》는 그 제자들이 엮은 것이다.

공자는 73세의 고령으로 기원전 479년의 이른 봄 어느 날, 세상을 떠났다. 공자의 서거는 제자들에게,

"태산이 하루 사이에 무너지고 내 집의 대들보가 갑자기 꺾이리라."

했던 스승의 예언처럼 여겨졌다.

공자의 제자는 3천 명이라 했고 혹은 72명의 고제(高弟)가 있었다 하지만, 《사기》에선 35명의 이름을 들고 간단한 약력을 적었다. 후대의 유교에선 선후배 관계가 엄격한데, 공자의 제자로서 저명한 인물은 열 손가락으로 꼽고도 남는다.

즉 선배(선진)로서 호용무쌍(豪勇無雙)이던 자로(子路), 일찍 젊어서 죽어 공자로 하여금 하늘이 나를 망하게 했다고 탄식한 안연

(顔淵), 웅변가로서 재능이 뛰어났었던 자공(子貢)이 선진 그룹이
었다.

그리하여 공자가 서거할 당시 아직 젊었던 후진의 제자는 자유
(子游)·자하(子夏)·증삼(曾參)·자장(子張)이었고 이들이 스승의
가르침을 이어받고 발전시켰다. 특히 증삼은 하루에 세 번 반성했
다는 말로 유명하고 《효경(孝經)》을 저술했다고 전한다.

공자의 사상에 대해선 새삼 설명할 것도 없지만, 자유가 효란 무
엇입니까 했을 때 공자는 이렇게 대답했다.

"지금의 세상에선 효행(孝行)이라 하면 단지 어버이를 부양하는
의무를 다하는 것을 가리키고 있다. 짐승인 말이나 개라도 그
어버이를 부양하고 있는 것이므로 부모에 대한 공경이 결여되어
있다면 효가 아니다."(《논어》〈위정편〉 子游問孝. 子曰 今之孝者 是
以能養. 至於犬馬 皆能有養. 不敬何以別乎)

또 자하는 매우 장수했던 사람으로 위문후(魏文侯)의 초청을
받아 유교를 서쪽으로 진출시켰다. 진(晉)에서 갈라진 한족의
조·위·한 세 나라는 이 무렵 서쪽의 강국 진(秦)과 대립하고 있
었는데, 말하자면 이때 유교가 한족에게 전해진 셈이다. 또한 조
선조 시대 역사로서 선비들이 배운 《자치통감》은 이런 조·위·한
이 제후로서 주왕(周王)으로부터 인정된 기원전 403년부터 시작되
고 있다. 《자치통감》은 송(宋)의 사마광(司馬光 : 1019~1086)이 지
은 것으로 《춘추》나 《사기》와는 달리 중화사상을 바탕으로 씌어
져 왜곡된 부분이 많고 특히 동이를 무시했다는 데 지탄을 받고
있다.

당파의 뿌리

을해년(영조 31 : 1755)은 나주 '괘서(掛書)의 변'이 있었던 해로 이 해 섣달, 전라도 함평(咸平)에 이국인 여덟 명이 표류해 왔다. 이국인이 우리나라에 표류한 것은 당시 왜국이 나가사키에 개항장(開港場)을 두고 화란과 교역을 하여 종종 발생했던 일이다.

유명한 것은 무진년(인조 6 : 1627)에 화란인 존 웬테브레가 동료 2명과 더불어 제주도에 표착했는데, 웬테브레는 우리나라에 귀화하여 박연(朴淵)이라는 성명까지 받았고 조선 여인과 결혼하여 1남 1녀의 자녀까지 두었다.

박연은 특히 화포(홍이포)를 제조했고, 그 동료 2명은 청군과 싸워 전사했지만 자손을 남겼다.

이어 계사년(효종 4 : 1653)에 역시 화란인 하멜 등 36명이 표류해 왔고 그들은 나중에 송환되어 《하멜 표류기》를 서양에 소개했으며, 박연은 이때까지 생존하여 그들과의 통역을 맡았었다.

번암은 을해년에 그런 표착 이국인의 이야기를 화제삼아 정양재와 대화를 나눴다.

"번암, 나의 고조고(高祖考) 학주(鶴洲) 홍(弘)자, 욱(郁)자 어른은 상촌의 8대손이시고 처음으로 상촌의 행장(行狀 : 전기)을 쓰셨던 분입니다. 이분의 형님은 홍(弘)자, 익(翼)자로서 호란 때 남한산성에서 전사하셨던 터라 남달리 청에 대해 적개심이 있었을 것이오. 그렇건만 황해 감사로 계실 때 강빈(姜嬪)의 사사(賜死)를 신원(伸寃)코자 상서했다가 금부도사에 잡혀 올라오셨고 마침내 장살(杖殺)되셨던 겁니다. 어째서였을까요? 당시 조야(朝野)를 덮고 있던 되놈이란 엄청난 시류(時流) 속에서 진실을 얻었기에 강빈의 억울함을 주장했던 거지요."

정양재의 목소리는 잔잔했으나 그속에서는 불길이 활활 타고 있었다.

앞서 나온 십청헌 김세필은 상촌의 4대손이 된다. 학주 김홍욱의 직계 할아버지는 김연(金堧)으로 상촌의 5대손이었다. 양반의 가계는 복잡한데, 그것은 서로 양자(養子)가 오가기 때문이고 자손도 번창하면 자꾸 가지를 치는 까닭이다. 그런 것을 해결한 것이 세계적으로 주목되는 과학적 분류법인 '족보'의 존재이다.

김연은 무과 급제를 하여 안주 목사(安州牧使)까지 지냈는데, 이분의 대에 이르러 처음으로 가야산 서쪽 해미(海美)의 한다리[현 충남 서산군(瑞山郡) 음암면(音岩面) 대교리(大橋里)]에 터를 잡고 대대로 살게 된다.

김연의 장손 김적(金積)은 광해주 때의 인물로 폐모론이 일어나자 고향 해미의 한다리로 내려갔으며, 인조반정이 발생하자 조정에서 다시 불렀으나 복직하지 않았었다. 이 김적의 아드님이 학주 김홍욱이다.

정양재는 말을 잇는다.

"흔히들 광해주는 폭군이라고 하는데 춘추필법으로 따져서 과연 그럴까요? 또 만주 팔기를 조직한 누르하치는 예사로운 인물일까요? 그리고 청태종은?"

누르하치는 칸(汗)이 되자 맨 먼저 무순(撫順)을 공격했다. 무순은 심양(瀋陽) 동쪽에 있는데, 뒷날 석탄의 노천(露天) 대산지로 알려진다. 당시는 여진족이 명나라와 교역하는 중심지였었다.

이때 왜란 당시 우리나라에도 왔었던 양호(楊鎬)는 심양에 사령부를 두고 누르하치를 토벌하는 사로군(四路軍)을 편성한다. 그 중의 남로군(南路軍)은 요양(遼陽)의 총병(總兵)이던 유정(劉綎)이 지휘하고 강홍립의 조선병은 유격대로서 남로군에 속했었다.

그리하여 명군은 혼하(渾河)에 이르렀지만, 이것이 조선측 기록에 나오는 심하(深河)로 문자 그대로 물이 깊고 급류라서 배나 뗏목 사용도 힘들었다.

이때 명군은 여진족을 얕보았고, 더욱이 산해관(山海關) 총병이던 두송(杜松)이 공을 다툰 나머지 불과 5백의 적에게 대패한다.

"적을 얕보았기 때문에 명군은 서전에서 대패했던 것입니다. 두송을 비롯하여 이성량의 여송·여백 형제를 제외한 여매·여정·여계·여재·여남·여오·여장의 일곱 아들이 이때 모두 전사했다고 합니다."

"명나라의 명운(命運)이 기울어졌던 탓이겠지요."

"그렇습니다. 두송의 1만 군세가 5백의 적에게 풍비박산이 되고 있을 때 도하 지점인 심하의 부거(富車)에서도 격전이 벌어지고 있었지요. 이때 유정과 강홍립 장군은 강을 건너와 있었는데, 이들은 홍다시(洪多時 : 청태종을 가리킴. 발음을 한자로 표기한 것)의 정예 부대 기습을 받았습니다. 그리하여 몇몇 명나라 장수는 달아났고 유정마저 화살을 맞아 전사했습니다."

"그때 강홍립이 항복했다는 것이겠군요?"

"그렇습니다. 강홍립은 광해주의 내명(內命)을 받고 있어 침착
히 관망하고 있다가 조선 군사를 고스란히 데리고서 항복했던
겁니다. 물론 희생자도 있었어요. 순절신(殉節臣)으로 선천 부
사(宣川府使) 김응하(金應河) 이하 8명이 반정 후 표창되고 있습
니다. 김응하는 얼굴이 괴위(魁偉)하고 장사로서 큰 황소의 넓
적다리 하나를 거뜬히 먹어 치웠다고 합니다. 활쏘기나 말달리
기가 또한 뛰어났었는데 달리는 말에서 뛰어내리거나 오르거나
했었지요. 그리고 순절자로 이례적인 표창을 받은 김철현(金鐵
賢)은 선천 고을의 통인(通引 : 사또의 심부름꾼)이건만 군사가 모
두 항복하고 흩어졌는데도 김응하 곁을 떠나지 않고 사또가 쏘
는 화살의 뒷바라지를 하였으며 화살이 떨어지자 달아나라는 주
인의 말에도 불구하고 함께 죽었던 겁니다."

"장하군요."

"사람이란 저마다의 삶, 걸어갈 길이라는 게 있지요. 아무튼 누
르하치는 부거의 승전 여세를 몰아 심양 북쪽에 있는 철령(鐵
嶺)·개천(開川)을 점령했지요. 이 철령은 고려와도 관계가 깊
습니다. 국초(國初)에 《고려사》는 여러 번 뜯어고치는 바람에 아
리송해지고 말았지만, 몽골이 이 철령으로부터 압록강을 건너
평양 남쪽의 자비령(慈悲嶺)까지 그들의 직할지로 삼았음은 분
명합니다. 따라서 이곳엔 적어도 고구려·발해의 유민들이 많았
음을 증명하는 것이라고 생각되지요. 어쨌든 명나라에선 패전의
책임을 물어 양호를 체포·하옥하는 한편 도망쳤던 장수들을 군
중이 보는 앞에서 목을 베고 군기를 세우려고 했지만, 번암의
말처럼 한 번 기울어진 국운은 일으켜 세우기가 어려웠습니다.
더욱이 기미년(광해 11 : 1619)엔 설상가상(雪上加霜)이라고, 명

의 만력제(萬曆帝)가 죽었고 뒤를 이은 태창제(泰昌帝)마저도 곧
죽었습니다.”

만력제는 곧 신종(神宗)인데, 수은(水銀) 중독으로 사망했다. 사
가는 명 멸망의 원인을 2차에 걸친 조선 출병으로 국고가 바닥 난
결과라고 했지만, 여기엔 만력제의 쾌락 추구도 한몫 거들었던 것
이다.

진주는 바다에서 난다고 생각되기 쉽지만 옛날부터 고구려 땅이
던 숭가리 유역에서 산출된 것이며, 이런 진주가 정력제로 알려져
희귀하게 여겨졌다. 값도 엄청났으며 이를 분말[산(散)이라고 함]
상태로 복용했었다.

명나라 역시 당파 싸움이 심했다. 《채근담(菜根譚)》은 명나라 말
기 홍자성(洪自誠)이 지은 것이라고 알려졌지만 사실은 저자에 대
해서도 이설(異說)이 있고 확실한 연대도 불명이다. 확실한 것은
당쟁의 폐해를 벗어나 유유자적의 생활을 하고자 한 수양서였다.

그것이야 어쨌든 태자 책봉을 둘러싼 후궁들의 암투, 여기에 환
관의 권력 투쟁까지 겹쳐 태창제는 그런 음모의 소용돌이 속에서
홍환(紅丸)을 먹고 급사한다. 홍환 역시 이름처럼 정력제의 일종이
었다고 생각된다.

“누르하치는 그뒤 조선에 두 번이나 국서를 보내왔소. 광해주로
선 화친하고 싶었겠지만 대신들의 반대도 있어 평안 감사이던
박엽(朴燁 : 1570~1623)에게 밀명을 내렸던 것입니다. 박엽은
광해주와 동서간으로 용맹뿐 아니라 선견지명이 있었지요. 또
그의 청치기로 박상의(朴象義)라는 인물이 있었는데 그는 이른
바 벼슬을 시키지 않는 서북인(평안도 사람)이고 기인(奇人)이었
지요. 일찍이 여진병이 국경을 침범한 일이 있었는데 박엽은 박

상의 의견을 받아들여 그들과는 충돌을 피하고 음식을 대접했다
고 합니다. 그때 상의는 꼬챙이에 고기를 꿰어 구운 산적을 만
들어, 이를 여진병에게 하나씩 나눠 주었는데 더도 덜도 안 되
게끔 정확히 분배되자 적장 용골대는 감탄했다고 합니다.

지금, 박엽이 광해주의 뜻을 받들어 누르하치에게 보낸 국서
내용은 알 길이 없지만, 아마도 그는 조선을 대표하여 장차 반
드시 화친할 것이니 안심하라고 좋은 말로 써서 보냈다고 생각
됩니다. 그렇지 않고선 이듬해인 경신년(광해 12 : 1620), 누르하
치가 항복했던 조선 군사 전부를 고스란히 돌려보내 줄 리가
만무였었지요.”

“그리하여 강홍립도 함께 돌아왔습니까?”

“돌아왔지요. 그에게 물론 상은 없었지만 처벌을 받거나 하지
도 않았습니다. 다만 살아 돌아온 강홍립에게 깊은 곡절이 있
음을 모르고 죄를 주자고 주장하거나 욕하는 사람은 많았을
겁니다. 《광해주 실록》 13년조를 보면, 왕이 신하의 대언(大
言)·오국(誤國)을 꾸짖었다고 했습니다. 젊은 신하로서 혈기
왕성한 사람들이 오랑캐니 되놈이니 하면서 누르하치의 금(金)
을 치자고 주장하는 것을 나무란 것입니다. 외교는 감정만으로
되는 것도 아니고, 실력 없이 전쟁을 할 수가 있겠어요? 강홍
립을 편드는 것 같지만, 그는 자기의 불우함을 한탄하고 너무도
비좁은 생각들인 사람을 우물 안 개구리라고 자위(自慰)하면서
술로 세월을 보냈을 거예요. 그나마 우물 안 개구리라면 차라리
낫고 야랑자대(夜郎自大)였다면 참으로 위태로운 생각이었
지요.”

하고 말하는 정양재의 눈빛은 어두웠다.

정저지와(井底之蛙)며 야랑자대는 모두 중국에서 온 말로 뜻은 비슷하다고 여겨지는데, 사실은 엄청난 차이가 있다. 야랑은 지명이고 현재의 광서성(廣西省) 산악 지대로 미얀마(버마)와의 국경 지대였던 것 같다.

야랑의 사람들은 사방을 높은 산들로 둘러싸인 천험만 믿고, 자기들의 조그마한 분지가 세계의 전부라고 생각했었다. 그러므로 한(漢)의 사신이 왔을 때 '한이 대체 어디에 있소? 우리 야랑보다 크오'라고 물었다. 그리하여 야랑자대란 말이 생겼지만, 이는 차라리 우리 속담 '하룻강아지 범 무서운 줄 모른다'와도 가까우리라. 야랑은 결국 한무제에게 멸망되지만, 단지 시야가 좁고 몽매하다는 뜻만은 아닌 것이다.

인조반정은 광해주 15년(1623) 3월, 김유(金瑬: 1571~1648), 이귀(李貴: 1541~1607) 등 서인이 광해주의 조카뻘인 능양군(陵陽君)을 추대한 것이며, 대의 명분으로선 서궁에 갇혀 있는 인목대비의 구출이었다.

반정에는 은밀한 공작이 있었다. 그런 지모(智謀)는 모두 김자점(金自點: ?~1651)의 머리에서 나왔다고 한다. 김자점은 본관이 안동이고 호는 낙서(洛西)이다. 낙서의 아우로 김자겸(金自兼)이 있었는데 이귀의 딸과 결혼했다.

이귀는 명문 연안 이씨로 호는 묵재(默齋)이며 율곡의 제자였다. 그런데 자겸이 일찍 죽는 바람에 묵재의 딸은 꽃다운 나이에 과부가 된다. 그녀는 인생의 무상함을 한탄하고 불사에 자주 드나들었다. 이것이 비난의 대상이 되었다.

이능화의 《조선여속고》에 의하면, 고려 말년에 처음으로 여성의

재가(再嫁)를 금지했다고 한다. 남송의 주희(朱熹)로 대표되는 성
리학(性理學)의 도입과 궤(軌)를 같이 한다고 하겠다.

성리는 성명(性命)과 같은데, 성명이란 '하늘로부터 부여된 인
간의 본성(本性)' 좀더 자세히 풀이하면 하늘이 주는 게 명이고,
주어져 나에게 있음이 성이며, 그런 본성을 좇는 것을 도(道)·이
(理)라고 한다. 성리학의 근본 출발점은 그런 데 있었다.

다시 이수광(李睟光 : 1563~1628)은 그의 《지봉유설(芝峰類說)》
에서,

'개가한 여자의 자손은 벼슬아치로 등용하지 않는다는 법은 성
종(成宗 : 재위 1470~1494) 때 시작된 것이고, 이때부터 사대부의
수치로 여기며 비록 청춘과부라도 절대로 개가하는 자가 없
었다.'

라고 썼다. 지봉은 덧붙여, 이런 법이 강제적이면 곤란하다고 은
근히 반대하면서도, 왜란을 겪으면서 여성이 스스로 정절을 지키
고 무지한 천민의 여자일망정 수절한 것은 유학의 교화 덕분이 아
니겠느냐고 하였다.

우리나라 사림(유림)의 종조(宗祖)로선 점필재(佔畢齋) 김종직
(金宗直 : 1431~1492)을 꼽는다. 점필재는 본관이 선산(善山)으로
밀양(密陽) 태생인데, 이 때문에 사림을 일명 영남학파(嶺南學派)
라 했던 것이며 고려 충신 야은(冶隱) 길재(吉再)의 학통(學統)과
학풍을 계승한다고 한다. 또 그로 인하여 '무오사화'가 발생되고
문인 김굉필(金宏弼)·정여창(鄭汝昌)·조위(曺偉)·남효온(南孝
溫) 등이 화를 입는다. 정암 조광조는 한훤당 김굉필에게 배웠으므
로 사림의 학통은 그에게 이어졌던 것이며, 유림은 이 무렵부터 재
야에 있더라도 정치에 막대한 영향을 미쳤다.

한편 당연한 일이지만, 유생이라 하여 모두 군자는 아니고 도덕적 규탄을 받는 사람도 나타난다. 이런 사람을 소인이라 했는데, 대체로 그 기준을 당인(黨人)이라고 하고 싶다.

또 여색(女色)을 밝히는 사람도 비난의 대상이었다. 류몽인(柳夢寅 : 1559~1623)의 《어우야담》에 이런 이야기가 소개된다.

'시골의 유생이 과거를 보고자 한양에 왔었는데 밤중에 숙소를 빠져나와 혼자 총각 근처를 방황했다. 그러자 네댓 명의 괴한이 나타나 몽둥이로 머리를 때리는 바람에 정신을 잃었다. 괴한들은 유생을 가죽 부대 안에 집어넣고 둘러메자 바람 같이 골목을 누벼가며 달린다. 유생이 문득 깨닫고 보니 이불 속에 알몸으로 누워 있고 옆에는 묘령의 여자가 있지를 않는가!

이리하여 그는 새벽 닭이 울 때까지 꿈결과도 같은 달콤한 시간을 보냈는데 다시 부대에 담겨져 종각까지 운반되고 놓아졌다……. '

이런 사회에서 묵재의 딸은 비난의 대상이 아닐 수 없었다.

"이때 이과부는 금군(禁軍)에 잡혀갔지만, 김자점은 미리 김개똥이라는 노상궁에 손을 써 두었다고 하오. 개똥이는 대궐 밖에 정부가 있었고 여자로서 어떤 약점을 쥐고 있었는지, 광해주와 후궁의 동침마저도 마음대로 정했다니 참으로 해괴한 노릇이오. 이과부는 개똥이의 주선으로 광해주의 후궁이 되었지요. 그리하여 상감은 이 여자한테 빠져 헤어나지를 못했다는 겁니다."

이때 북인으로 퇴우정(退憂亭) 박승종(朴承宗 : 1562~1623)은 영의정이었는데 훈련대장 이흥립(李興立)과는 사돈간이었다.

흥립이 하루는 은밀하게 반정 의사를 나타내며 가담할 것을 권하자, 깜짝 놀란 퇴우정은 하인을 시켜 그를 광 속에 거꾸로 매달고 일당의 명단과 계획을 알아냈다. 그리하여 퇴우정은 급히 달려가서 이 사실을 알리려고 했지만, 광해주는 이 과부와 더불어 술잔치를 벌이고 개똥이 또한 별일이 아니라며 영상의 입궐을 막았다.

이래서 반정이 성공되자 먼저 광해주를 체포하여 감금하고 정인홍, 이이첨 등 대북파는 처형되었으며 퇴우정은 아들과 더불어 선산에 가서 자결한다.

광해군도 죽이자는 말이 많았지만, 결국 강화도로 보내졌다가 다시 제주도로 보내져 몇년을 더 살았다. 그러나 이는 죽음보다도 더한 치욕과 비참함이었을 터이다.

문제는 논공행상(論功行賞).

"이괄(李适 : 1584~1624)은 당시로선 명장이었지만, 본디 김유와는 사이가 나빴었지요. '난 일등 공신도 시원찮은데 고작 늙고 여우 같은 김유의 아들 녀석 경징(慶徵)과 동렬(同列)이라니!' 이런 불만을 품었던 겁니다.

이괄은 누르하치를 대비하는 평안도의 도원수 장만(張晩 : 1566~1626) 아래서 부원수가 되고 병사를 겸하게 됩니다. 장만의 전임자는 류천(柳川) 한준겸(韓浚謙 : 1557~1627)인데 반정이 성공하자 인조의 밀명을 받아 관찰사 박엽을 체포하여 이유도 제대로 설명치 않고 목을 옭아 매어 죽였습니다. 태조 이래로 병권(兵權)을 가진 장수(將帥)를 죽일 때는 선전관이 느닷없이 들이닥쳐 어명이오 하면서 증거로 변호의 기회도 주지 않고 주살하는 게 보통이었지만요."

본디 평안 병사의 부임지는 영변(寧邊)이고 1만 남짓의 병력을 휘하에 두었다. 김유는 이 무렵 우의정으로 이괄이 병력을 가지고 있어 경계를 게을리하지 않았다.

그리하여 마침 이괄의 아들이 사람들과 편지 왕래를 하며 역모를 꾸민다는 고변이 있자 연루자를 잡아들였다. 이때 체포되어 집안이 결딴난 분으로 만전당(晩全堂) 기자헌(奇自獻)이 있었다. 이런 옥사가 이괄에게 알려지자, 갑자년(인조 2 : 1624) 1월 22일 그는 반란을 일으켜 질풍신뢰(疾風迅雷)처럼 행동한다.

영변에서 서쪽으로 가면 청천강을 끼고 안주(安州)가 있는데, 의주(義州)로 가는 요충이었다.

이곳의 방어사는 정충신(鄭忠信 : 1571~1636)이었다. 이름부터가 좀 별나다.

충신의 아버지는 전라도 나주의 아전이었다. 아전은 양반은 아니지만 세력을 쓰는 자리였고 세습이었다.

원래 충신의 조상은 고려의 무인이었는데 나라가 멸망하자 남쪽으로 내려와 아전이 된 것이다.

충신이 16세 때 임진왜란이 일어났고, 그는 나주 목사 권율(權慄)의 통인이었다. 왜군의 진격이 빨라 전라도에 피난민이 쏟아져 들어왔고 한양도 점령되었다는 소식에 권목사는 불안했다.

'상감의 가마가 서도로 향했다는 데 그뒤 어떻게 되었는지?'

그리하여 권목사는 장계(감사가 올리는 보고서)를 충신에게 맡겨 적중 돌파를 명했던 것이다.

나주에서 한양까지 당시의 기록으로 7백42리, 한양부터 의주까지는 다시 1천1백86리. 그것도 반 이상은 이미 왜군이 점령한 지역이고 주검이 널린 곳이라 먹을 것도 제대로 없었으리라.

그러나 충신은 의주까지 갔다. 당시 그곳엔 권율의 사위이며 선조의 어가를 호종(모셨다는 뜻)한 백사 이항복이 있었다. 백사는 장

한 임무를 완수한 소년에게 충신이란 이름을 지어주었고 선조도
그를 특채했다.

이괄은 이런 정충신이 지키는 안주를 피하여 곧바로 청천강을
건너 개천(价川)으로 빠졌고 순천(順川)에서 다시 장만의 부대를
따돌리고서 강동(江東)으로 달렸다. 장만·정충신의 군사는 이괄
군을 뒤쫓아왔지만 황주(黃州)·신교(新橋)란 곳에서 이괄에게 패
했다. 그리하여 관군(정부군)은 다시 평산(平山)의 동쪽 25리에 있
는 저탄(猪灘 : 멧돼지 여울)에서 이괄을 막으려고 했다.

멧돼지 여울은 이름 그대로 물이 깊고 물살이 빠른 곳이었다.

그러나 역시 이괄은 명장의 소질이 있어 별동대를 시켜 여울의
얕은 곳을 건너게 하여 배후에서 기습하자, 관군은 또 패했다.

그리하여 방어사 이중로(李重老) 등이 전사하거나 붙잡혀 목이
잘린다.

"이렇게 해서 놀란 주상(인조)은 공주(公州)로 피난했고 세자와
희빈들은 강화로 갔던 겁니다. 이괄은 뒤쫓아온 장만과 정충신
과 길마재에서 결전을 합니다. 아침부터 시작한 전투의 결과를
보고자 장안의 사람들은 근처의 금화산(金華山)에 올라 손에 땀
을 쥐어가며 구경했다고 합니다. 이괄은 많은 병력과 계속된 승
전으로 사기는 하늘을 찌를 듯이 높았습니다. 더욱이 그들에게
는 표독하기 이를 데 없는 왜병이 3백여 명이나 가담하고 있었
지요."

"왜병이라니요?"

어지간히 박식한 번암도 놀라며 되물었다.

"그들은 왜란 당시 투항했던 왜병 천여 명의 일부입니다. 나라
에선 그들을 네 군데에 분산시켜 살게 했지만 일부는 서북도에

보내진 겁니다. 처음엔 우세했던 이괄군도 해거름이 되면서 전세가 역전되어 이괄은 도망치다가 부하들 손에 죽고 맙니다."

"그것보다 누르하치는?"

"바로 그 점입니다. 누르하치는 심하에서 이긴 뒤 심양과 요양을 점령하고 요하(遼河)를 건너 요서로 진격합니다. 그러나 영원성(寧遠城)을 포위했지만 원숭환(袁崇煥)이란 명장이 있어 더이상 서진하지 못하고 있었지요. 한편 요동에 처진 명군의 잔당은 모문룡(毛文龍)이 우두머리인데, 이 무리들이 국경을 침범하여 철산(鐵山)·선천 등지까지 들어와 행패를 부리고 있어 당시 광해주는 금군과 협력하여 이들을 내몰았고 철산 앞바다의 가도(椵島)에 고립시켰던 겁니다. 그런데 반정이 일어나자 모문룡은 다시 섬에서 나와 멀리 함흥까지 가서 농우(農牛)와 부녀자를 약탈했다는 기록이 있습니다."

"아아……."

하고 번암은 탄식했다.

"인조의 갑자년에 남한산성 수축을 시작하여 병인년(인조 4 : 1626)에 완성했다는 기록도 있습니다. 남한산성은 백제·신라 때부터 일장(日長 : 해돋이와 해넘이를 가장 일찍, 또는 가장 늦게까지 볼 수 있다 해서)산성이라 하여 흔적이 남아있었는데 광해주 신유년(광해 13 : 1621)에 '이곳은 나라를 보장(保障)할 땅'이라며 산성 수축을 처음으로 시작했던 것이고 인조께선 그 계속 공사로 이서(李曙 : 1580~1637)를 총융사(總戎使)로 임명하여 네 개의 성문과 돈대(墩臺 : 평지에 흙을 높이 쌓아올린 것)를 쌓았던 겁니다. 숙종 때도 남한은 끊임없이 확장되었고 지금의 상감께서도 외성(外城)을 쌓는 한편 포혈(砲穴)을 성벽에 뚫거나 하셨지요."

정양재는 잠시 쉬고 나서 또 말했다.

"영원성에서 저지되자 금군은 초조했습니다. 그러자 원숭환은
홍이포를 성 밖에 대고 성벽에서 쏘았습니다. 누르하치는 이때
파편을 맞고 그 상처가 도져 죽었던 것입니다〔인조 4 : 1626〕.

누르하치의 후계자는 제8남인 홍다시〔Khungtaiji : 皇太極이란
뜻. 이름은 Abahai 1592~1643〕, 곧 청태종입니다. 홍다시는 이때
요동에 와있던 강홍립의 의견을 물었다고 생각됩니다. 청태종의
생각으로선 명의 공격을 위해 아무래도 배후의 조선과 손을 잡
을 필요가 있었습니다. 그것은 병법으로 누구나 생각되는 일입
니다.

그러나 그것이 뜻대로 되지 않자 정묘년(인조 5 : 1627) 아민
(阿敏)을 대장으로 3만의 병력이 압록강을 건넜습니다. 이때 후
금(後金 : 청나라)의 별동대가 당시의 의주 부사 이완(李莞 : 이순
신 장군의 조카)을 공격하여 전사토록 했지만, 빨리 결말을 보자
는 생각이었습니다.

이리하여 철산에서 모문룡의 무리를 무찌르자 평양을 비키고
평산까지 단숨에 내려왔습니다. 조정에선 그제서야 그때까지의
강경 정책을 수정하고 강홍립의 숙부 강인(姜絪 : 1555~1634)을
보내어 그들의 참뜻을 묻게 했습니다.

강홍립은 이때 요동에 망명하고 있었는데 자기의 일족이 아
무런 피해 없이 무사하다는 것과 동계(桐溪) 정온(鄭蘊 : 1569~
1641), 상촌(象村) 신흠(申欽 : 1566~1628)과 같은 공명정대한
인물이 건재함을 알자 마음이 누그러져 중간에서 적극 화평을
주선했습니다. 조선과 금은 형제국이 될 것과 명과는 더 이상

내왕하지 않는다는 조건으로 금군은 돌아갔습니다. 강홍립은 그런 뒤 곧 병사했지요.”

그러나 조선측은 약속을 지키지 않았었다. 왜란 때 명나라가 우리를 구해 준 은의(恩義)를 잊지 않겠다는 주장이 있었기 때문이다.

그렇다면 멸망해가는 명의 실정과 솟아오르는 금의 실력을 너무도 몰랐던 것일까? 국호를 ‘금’이라 하고 있듯이 만주족은 옛날의 ‘금제국’을 장성 너머 화북에서 세울 것을 바라고 있었다.

당시의 조정에서 그런 역사적 배경을 조금이라도 알고 있었다면 병자호란의 수치도 없었을 터이다.

이때 명은 숭정제(崇禎帝)인데, 그는 측근의 썩어빠진 신하의 말만 믿고 명장 원숭환을 소환하여 처형하고 말았다(인조 8 : 1630). 원숭환은 그 전년 밀수업자로 타락한 모문룡을 잡아 죽였는데, 평소 그로부터 뇌물을 상납받고 있던 고관들이 원숭환을 모함한 것이었다.

이때부터 명은 급격히 기울어진다. 신미년(인조 9 : 1631)엔 역졸(驛卒) 출신의 이자성(李自成)이 산서성에서 반란을 일으켰고 왕을 자칭한다. 자성은 관군에게 밀려 한때 세력이 약해졌으나 사천성(四川省)에 들어가 다시 강대한 세력이 된다.

우리는 어떤가?

반정 후 같은 서인끼리 공서(功西)니 청서(淸西)니 하며 편을 갈랐다. 공서는 반정에 참가한 사람들이고 청서는 단지 서인일 뿐 반정엔 참가하지 않은 사람들이다. 정양재의 경주 김씨도 청서에 해당된다.

그리하여 이것이 또 노서와 소서(少西)로 바뀐다. 정책도 자연히 갈팡질팡하고 있다.

을해년(인조 13 : 1635) 12월, 한준겸의 딸인 인렬왕후(仁烈王后) 한씨가 승하했다. 그러자 이듬해 병자년 2월 용골대가 조문 사절로 왔다. 그는 약속을 지키지 않는 조선의 내정을 탐지하러 온 것이다.

그러던 어느 날, 용골대는 서강의 선유봉(仙遊峯 : 성산대교 건설로 폭파되어 지금은 없어짐)을 구경하고 싶다고 말했다. 접대를 맡은 호조판서 하담(荷潭) 김시양(金時讓 : 1582~1651)은 그의 속셈을 알아차리고 동대문 밖에 차일을 치고 기생과 술을 준비하는 한편 군졸을 늘어서게 했다.

용골대는 서대문을 향해 말을 달리다가 갑자기 말머리를 돌렸다. 그는 남한산성의 방비가 궁금했던 것이다. 그러나 하담이 미리 동대문 밖에 대기하고 있음을 보자 정찰을 단념했다.

당시 한양의 인심은 만주족에 대한 적개심으로 가득했다. 그리하여 삼사(三司), 곧 사간원·홍문관·사헌부엔 신진의 소년(젊은이란 뜻)들이 많았고 이들은 용골대를 죽이자는 강경한 입장이었다.

용골대는 생명의 위험을 느끼자 작별 인사도 않고서 숙소의 바람벽에 청(靑)자를 크게 써놓고 허겁지겁 달아났지만 누구도 그 뜻을 몰랐었다.

《택리지》의 저자 이중환은 이 '청'자가 12월을 뜻하는 말이었다고 풀이한다. 그러나 청(淸)과도 발음이 같다. 홍다시는 병자년 4월 국호를 청이라 하고 황제 즉위식을 올리고 있는 것이다. 그리하여 '회답사(回答使)'로서 나덕헌(羅德憲), 이곽(李廓) 두 사람이 식전에 참석했으며, 각국의 사절이 '황제 만세'를 부르고 절을 했으나 조선의 사신만은 배례하지 않았었다.

이는 조선의 기록이 아니고 청측의 기록이다. 나덕헌에 대해선 잘 알 수가 없으나 이곽(?~1665)은 종실(宗室)로서 무과에 급제하고 함경도 관찰사를 지냈다. 그리하여 회답사로 심양에 갔었는데, 국내엔 잘못 알려져 삼사 및 태학생들이 그를 죽이라고 연신 상소를 올렸다. 이때 그의 인격을 아는 청음(淸陰) 김상헌(金尙憲: 1570~1651)이 적극 변호하여 죽음만은 모면하고 선천에 유배되었으나 곧 풀렸다고 한다.

"병자년 섣달 초아흐레 저녁 때, 얼어붙은 압록강을 건넌 청군은 의주길을 피하여 오로지 말을 달리고, 14일 사시(巳時 : 오전 9~11시)엔 용골대의 선봉대가 홍제원에 다다랐던 겁니다. 조정은 발칵 뒤집히고 좀처럼 믿지를 않았지만 도원수 김자점의 장계가 도착하자 비로소 적의 침공을 믿었으며 어떤 얼빠진 대신은, 용골대가 남긴 청자는 이제 보니 섣달을 말하는구나 했다지만, 이것이 웃을 수 있는 일입니까? 이런 때 대궐 문 앞에 웬 거지가 나타나 대신을 마구 욕했다고 합니다. 그 거지는 박엽의 청지기 박상의로, 여느 때라면 당장 포청에 끌려가 맞아 죽었을 테지만 귀가 번쩍 뜨이는 소리가 들어 있었지요. '아, 시간이 금쪽 같다. 왜 멍텅구리 대신들은 용골대한테 가서 뭣 때문에 왔느냐고 따지지를 못하지? 병신 같은 자식들······.'

이런 말에 정신이 든 병조판서 최명길(崔鳴吉 : 1586~1647)은 쇠고기와 술을 급히 준비하여 홍제원으로 갔다는 겁니다. 그 사이 인묘는 시구문을 통해 배로 중량포(中梁浦)에 이르고 강을 건너 삼경(밤중, 오후 11시~새벽 1시)에 남한으로 들어갔던 것입니다. 한편 세자와 희빈들은 종묘의 위패를 모시고 선원(仙

源) 김상용(金尙容 : 1561~1637)이 호위하면서 강화도로 피했습니다."

홍제원은 홍제원(洪濟院)이라고도 표기되며 명의 사신이 이곳에서 나그네 길의 먼지 따위로 더럽혀진 옷을 갈아 입는 곳이었다. 인조반정 때 혁명군이 이곳에 집결하여 최후 점검을 하기도 했었다. 시구문은 수구문(水口門)인데, 옛날엔 시체를 이곳으로 내보내어 시구문(屍口門)이라고 한 것 같다. 지금의 광희문(光熙門)이 그것이고 당시는 그 바깥에 공동묘지가 있었으며 짚가리처럼 나무를 얼기설기 얽은 것에 시체를 걸치고 이엉으로 가렸었다. 그리하여 부패하고 뼈만 남으면 면례하듯이 베로 싸고서 고향의 선산으로 이장했다. 물론 가난한 사람이 그런 편법을 썼으리라.

앞에서도 말했지만 한양의 지형은 서고동저(西高東低)로 북악·인왕은 물론이고 목멱산에서 흘러내리는 물이 청계천에 모여 동류하지만, 청계천은 인공적으로 곧게 뚫은 것이며 이런 하천은 모두 개천(開川)이라 했다.

한말(韓末)의 사진을 보면 성안에 야산들이 있고 논밭도 있었음을 알 수 있다. 모화관(慕華館) 서쪽의 서지(西池)와 남대문 밖의 남지(南池), 그리고 현재의 대학로 서쪽에 천연의 못이 있었으며 연지동(蓮池洞)이라는 이름으로 그것을 알 수 있다. 또 동(洞)은 동굴을 뜻하는데 어째서 동네를 가리키는지 모르겠다며, 다산 정약용도 지적했다.

이밖에 '오간수 다리' 못미처 청계천과 종로 5가 사이는 현재 집들이 빽빽이 들어차서 옛모습을 찾아볼 수 없지만, 이곳은 해마다 장마철에 쌓이는 흙모래를 파내어 어느덧 둔덕을 이루었고 가산(假山)이라 불렀다. 중랑포는 오늘날 글자도 다르게 중랑천(中浪

川)이 되었지만 수구문으로부터 15리 지점이고 한강과의 합류 지점이며 포구였었다.

홍다시는 용골대보다 하루 늦게 도착했고 곧 남한으로 향했다. 용골대는 별동대로 김포·통진으로 갔으며, 미리 연구를 해두었던지 뗏목을 만들어 갑곳으로부터 단숨에 건너갔다.

"청태종은 열엿새날 남한을 겹겹이 에우고 있었지요. 남한엔 좌익문(동문)·우익문(서문)·지화문(至和門:남문)·전승문(全勝門:북문)의 네 문이 있는데 이시백(李時白:1592~1660)·신경진(申景禛:1575~1643)·구굉(具宏:1577~1642)·이서(李曙:1580~1637)가 분담하여 지켰고 이기축(李起築:1589~1645)은 별장으로서 유격을 맡았습니다. 특히 이서는 이때 쉰여섯으로 백발이 성성했고, 효령군의 후손으로 이기축과는 육촌간이었습니다. 신경진은 임란 때 순절한 신립(申砬) 장군의 아드님이고 이시백은 이귀의 아들입니다. 그런데 남한산성의 군은 지킴도 강화섬이 어이없게 함락되자 인묘께선 눈물을 머금고 항복의 치욕을 맛보았던 겁니다."

강화는 우리의 역사와는 인연이 깊다. 섬이면서 산이 많고 골이 깊으며 마니산(摩尼山)·전등산(傳燈山)이 알려졌지만 고을의 진산(주산)은 고려산이고 땅이 검은 것이 기름지며 1년 농사에 3년 먹을 양식을 생산한다고 하였다. 또 본토와는 좁은 갯벌로 분리되어 있지만 오로지 승천포(昇天浦)와 갑곶진(甲串津)만이 배로 왕래할 수 있으며 한강과 임진강의 하구를 지키는 꼴이었다.

몽골군이 침입하자 고려의 고종(高宗)은 이곳으로 천도하여 (1232) 27년간 버텼으며 따라서 고종의 능과 이규보(李奎報:1168~1241)의 묘소도 여기에 있다.

한양에선 해마다 10월 20일쯤이면 손돌이 추위라는 매서운 한파가 찾아왔었다고 함은 현재는 기후마저도 변조(變調)를 보여 변덕스럽기 때문이다. 전하는 말에 의하면 왜란 때 배를 타고 강화로 피난가던 어떤 양반이 한강 하구의 좁고 암초가 많은 부분을 지나면서 사공이 조심스럽게 노를 젓는 것을 더디다며 목을 베었는데 그 사공의 이름이 손돌이며 원한이 되어 매서운 추위를 가져온다는 것이다. 그러고 보니 강화섬엔 왜병도 발을 들여놓지 못했다. 그런 천험만 믿었던 오만이었을까?

《택리지》에 의하면 이때 강화의 방어사는 김유의 아들 김경징이고 그는 부장(副將) 이민구(李敏求)와 더불어 술이나 마시고 기생이나 끼고 있거나 장기를 두고 있었다. 이리하여 용골대의 기습을 받아 '원로 대신 김상용은 화약고에 불을 지르고 스스로 불속에 몸을 던졌으며 사대부의 부녀로 수절한 이가 많았었다. 혹은 바다에 달려가 몸을 던졌는데 머리칼이 어지러운 구름처럼 얽히고 물 위에 떠올랐으며 누구네 집 사람인지 알 수 없었다. 난리가 평정된 뒤에 간혹 붙잡혀 간 사람을, 순절했다 하여 정문(旌門)을 세워준 사람도 있었다.'

《택리지》의 저자 이중환은 오인(午人)으로 이는 남인적 시각에서 전하는 말을 기록한 것일까?

이때 죽은 여성들은 '수정순절녀(守貞殉節女)'라 하여 수십 명이 표창된다.

《문헌비고》를 보면 이때의 영의정 김유의 처 류씨(柳氏)·첩 신씨(申氏), 김경징의 처 박씨(朴氏)·첩 권씨·김진표(金震標 : 김유의 손자)의 처 정씨 등이 목매어 순절했다고 하였다. 다만 김유의 첩 신씨로 기록된 여인은 김유의 아버지 김여물(金汝岉 : 1548~

1592)의 측실로 잘못 기록된 것이며, 그 정문인 삼세 충렬문이 현재
도 시흥군 수암면(秀岩面) 와리란 곳에 보존되고 있다.

이밖에 미촌(美村) 윤선거(尹宣擧 : 1610~1669)의 처 이씨(李氏),
한준겸의 첩 등이 나온다. 표창에는 차별이 없고 소실은 물론이며
노비에 이르기까지 순절한 사람은 모두 기록에 올랐다.

그런데 미촌의 부인 이씨의 순절이 당쟁의 새로운 씨앗이 된다.

"강도 함락이 스무이틀이고 그믐에는 인묘께서 성을 나와 삼전
도(三田渡)에서 굴욕의 무릎을 꿇었습니다. 이때의 굴욕이 그대
로 뒷날의 역사와 이어집니다."

하고 정양재는 말을 끊고 그 이상은 말하지 않았다.

호병은 2월 초이틀에 벌써 물러간다. 그리하여 병자호란이란 고
작 보름 남짓의 사이에 일어난 대사건이었다.

그러나 그것이 그뒤의 역사에 미친 영향이란 엄청나다.

우선은 극렬한 민족적 감정이 도도히 흐르게 되었다. 그러기에
정양재는 입을 다물었던 것이다.

역사란 개개인의 행동이 모아져 윤곽을 형성한다. 그리하여 개
개인의 호오(好惡)나 행동이 규탄되고 매도된다. 하나 대국(大局)
에서 볼 때——민족과 국가 생존이라는 현실로서 볼 때——집권
세력인 서인과는 반대 입장이던 번암은 정양재의 그때 심정을 헤
아려 본다.

그렇지만 지금, 정양재는 이미 가고 없었다.

"좀 이상하지 않니?"

거의 타 버린 담뱃대를 넘겨주며 억만이가 말했다.

"뭐가?"

"남자 종이란 한 녀석도 안 보여. 집은 큰 데 주인 아씨와 이미
할멈이 된 여종, 그리고 아직도 어린 간난인지 뭔지 하는 아이
뿐이니까."

"글쎄, 어디 심부름이라도 보냈을 테지."

"아니야. 아까 내가 부엌을 넌지시 들여다보았는데 땔나무도 없
지 뭐야."

"흥, 그렇게 걱정된다면 네가 대감께 부탁드려 이 집에 남아있
으렴."

"그것은 내가 하고 싶은 말이다. 넌 아까부터 이 댁 인심이 후하
다고 했잖아. 그리고 간난이라는 이 집 여종, 아직은 어리지만
아주 야무지더라. 얼굴도 반반하고."

"난 싫다."

"간난이가 싫다는 거니?"

하고 억만이는 싱글벙글 웃는다.

"넌 한양에 돌아가 봤자 별것 아니잖니? 그렇지만 이 댁이라면
남자종도 없고 너만 잘한다면 누가 알겠어? 간난이는 네 것이
된다."

"글쎄, 난 시골이 싫어. 그리고 언제까지 기다려야 하지? 아직
젖비린내가 나는데……."

억만이는 눈을 찡긋했다.

"이 친구야, 그것도 너하기에 달린 거야. 앞으로 길게 잡아야 3
년…… 그러면 다 그럴 수 있는 게 아니겠어."

"다 그럴 수 있다구?"

"정말 답답하구나. 너는 내가 구멍까지 찾아주어야 할 녀석이라
니까."

억만이는 히히 웃었지만, 덕보는 억만이의 말이 장난인 줄도 모르고 고개를 갸우뚱하였다.

한편 사랑방에선 돌부처처럼 눈을 감고 꼼짝도 않던 번암이 비로소 입을 열었다.

"주인장."

"예."

아들의 장래에 대해서 곰곰이 생각하고 있던 유당은 놀란 듯이 대답했다.

"유당에게 부탁할 것이 꼭 한 가지 있소이다."

"예, 무엇이든 제가 할 수 있는 일이라면 사양치 마시고 분부하십시오."

"지금의 말을 들으셨소?"

"지금의 말이라뇨?"

"바깥에서 실없이 지껄이는 두 하인의 말을."

"아, 하지만 저는 조금 다른 생각에 팔려 있었습니다만."

유당은 번암의 말뜻을 몰라 어리둥절했다.

"자세히 듣지 않으셨다면 오히려 잘 되었는지도 모르오. 어차피 별것도 아닌 수작들이니까."

"예? 예."

"부탁이란 다름이 아니오. 난 돌아가신 월성위께 이루 말할 수 없는 은혜를 입었소. 귀한 책들을 마음껏 빌려 볼 수 있었을 뿐 아니라 참으로 좋은 이야기들을 들었지요. 지금 생각하면…… 역시 사람이란 그 일생에 좋은 분을 만나는 것이 제일가는 행운이오."

"……"

"그래서 말인데, 내 하인 가운데 한 녀석은 좀 엉큼한 데가 있기는 하지만 차분한 성격이고 우리 선비가 잘 모르는 재용(財用 : 재산 운영)이라는 것을 아는 듯싶소. 또 한 녀석은 사람은 좋지만 어리숙하고 경솔하오."

"그렇다 하시면……?"

"그래서 억만이를 유당한테 두고 갈까 하오."

유당은 너무도 뜻밖의 제의라서 갈피를 잡을 수 없었다.

"뭐 깊이 생각할 것도 없지요. 붓과 벼루를 빌려 주신다면 당장 종문서를 만들어 드리겠소."

"하지만……."

"아니요. 사양할 것 없소. 그저 월성위 사당 주변의 풀이라도 뽑게 하고 산에 가서 나무라도 해 오라고 하시구려."

그제야 유당은 번암의 호의를 알고서 고개를 숙였다.

"하인을 주신다면 고맙게 받겠습니다만……."

"고맙기는요. 나로서는 큰 짐을 벗었소. 나도 이제부터 출발하리다."

"예? 이미 땅거미가 내리고 덕산의 가마꾼도 보내시지 않았습니까?"

"핫핫핫…… 가까이에 절이 있다고 들었소. 화암사(華岩寺)라든가……."

번암이 사랑방을 나서자 덕보는 싱글벙글했고 억만이는 풀이 죽어 있었다. 번암은 억만이를 힐끗 보더니 한마디 던졌다.

"너무 언짢게 생각지 마라. 내가 알아서 네가 있을 만한 곳을 정해준 것이니까."

"예, 대감마님."

"그리고 네가 잘하는 말이 있더라. 사람은 자기 하기에 달렸다고…… 으흣흣."

그리고서 번암은 덕보를 데리고 뒤도 돌아보지 않은 채 이미 어둑해진 황혼 속으로 사라졌다.

정희는 그날 밤 조금 흥분이 되어 잠을 설쳤다. 방에는 아버지, 어머니, 그리고 정희보다 세 살 아래인 동생 명희(命喜)가 있었다. 막내 동생 상희(相喜)는 이보다 1년 뒤 갑인년(정조 18 : 1794)에 태어난다.

아버지 유당 김노경은 아직 아무런 벼슬도 없는 유생이다.

"오늘 뜻밖에도 번암 채공께서 오셨다 가셨소. 그래서 하는 말인데……."

접시에 들기름을 부은 심지가 까맣게 타 들어가는 등잔불이 깜박거린다.

부인 유씨는 잠이 든 명희 옆에서 다소곳이 귀를 기울인다. 부인은 남편보다 두 살 아래인 24세. 이것이 당시로선 좀 이례적이었을까? 남편보다는 부인이 으레 몇살 많을 거라는 선입관을 경계해야 한다.

"그래서 정희를 한양 큰형님한테 보내기로 결심했소. 물론 부인께서도 섭섭하겠지만 우린 명희도 있고 아직 젊지 않소."

정희는 긴장했다. 큰아버지한테 양자로 간다는 말은 전부터 들었던 일이다. 하지만 아버지가 오늘 저녁에 갑자기 결심하셨다니 긴장된다……

유씨 부인은 조용히 대답했다.

"저야 당신의 뜻을 좇겠어요."

"부인, 나 혼자 결단을 내려 미안하오. 그러나 아버님이나 형님
도 깊이 생각하시고 꼭 정희를 달라고 말씀이 계셨으며 종가의
종손(宗孫)이 됨은 고생스럽긴 하지만……."

"저도 알고 있습니다."

김노경은 4형제의 막내였다. 아버지 옥포(玉圃) 김이주(金頤柱 :
1730~1797)아래 노영(魯永)・노성(魯成)・노명(魯明)・노경의 순
서이다.

연보를 보면 정희가 다섯 살 때인 경술년(정조 14 : 1790)에 조부
김이주는 형조판서였고 김노영은 호조참판을 거쳐 대사헌(大司
憲)이었으며, 임자년(정조 16 : 1792) 9월엔 형조참판으로 전임한
다. 그런데 《남한지》를 보면 김노영은 임자년 12월부터 이듬해
정월까지 광주 유수(留守)로 있었다.

광주 유수가 인조의 '삼전도' 이후 얼마나 중요한 자리인지 설
명할 필요가 없다. 인조부터 시작하여 효종(孝宗), 숙종, 영조, 정
조에 이르기까지 남한은 계속적으로 수축(확대)되고 강화되고 있
는 것이다. 유수의 명칭도 처음엔 '방어사'였다가 부윤(府尹)을 거
쳐 경오년(영조 26 : 1750)에 비로소 유수로 바뀐다.

유수의 전신인 부윤은 토포사(討捕使)까지 겸하여 금천(衿川 :
안산)・과천(果川)・양주(楊州)・포천(抱川)・영평(永平 : 포천군의
일부 및 철원군 일부)・양근(楊根)・지평(砥平) 등의 이른바 사법권
을 가졌었다.

병진년(정조 20 : 1796)에 수원성이 완성되어 종래의 여주부・이
천부의 병권은 수원부로 넘겨지고 있지만 남한의 중요성은 여전
했었다.

《남한지》에 의하면 유수는 정2품 이상의 관원으로 정원은 두

명. 이것이 실제는 한 명이고 법대로는 잘 시행되지 않았다고 하지만, 광주엔 한양의 한다하는 양반들의 선산이 많았기 때문에 그들의 행패를 찍어 누르기 위해 이런 막강한 권한을 주었으리라. 그리고 국방의 요지로서——여차할 때 임금이 피난하여 싸운다는 의미가 컸지만——어쨌든 성안에는 대량의 미곡·간장·소금·숯·포목 등이 비축되고 무기류도 대포를 비롯하여 대나무·능철(菱鐵 : 마름쇠)·황랍(黃蠟 : 화약 원료) 등도 대량으로 저장했다.

숯은 취사용이라 생각되지만 숯가루는 화약의 원료이고, 소금은 주로 군마용(軍馬用)이었다고 추정된다. 능철은 마름모 모양의 쇳조각으로 적의 기마대 침입을 막는 데 쓰여졌고, 대나무는 활촉 등 다방면에 사용된다.

김이주 역시 계사년(영조 49 : 1773) 3월부터 이듬해 정월까지 유수를 지냈으며, 체(遞)라고 기록된다.

관원의 인사 이동은 체 아니면 파(罷)로서 기록도 간결하다. 체는 교대(전임)이고 파는 파직(면직)이지만 김노영은 선파(旋罷) 곧 갑자스런 파직이었다. 내막은 불명하지만, 정조의 신임을 잃은 것만은 분명하다. 외척으로서의 경김을 멀리했던 것 같다.

"나도 정희가 똑똑하니 아쉬운 마음이야 없겠소만은……."

"……"

"번암 어른의 말을 듣고 보니 마음이 정해지는구려. 역시 정희는 한양에 보내는 것이 아이 장래를 위해서도 백 번 낫다고 말이오. 번암은 그가 부리던 하인 하나를 갑자기 두고 가셨소. 그분 말씀은 월성위 할아버지 사당의 풀이라도 뽑게 해주라고 했지만, 반드시 그것만은 아니라고 생각되오. 억만인지 하는 그 젊

은이는 재용(財用)에 밝다고 합디다. 재산도 지위도 없는 나에
게 재용이 무슨 당찮은 이야기요? 그렇다면……?"
하고 노경은 천장을 응시한다. 김노경도 예사 시골 선비는 아닌 듯
싶었다.

출계(出系)──장남의 집에 자손이 없다면 누군가 아들 있는 집
에서 아들 하나를 주어 제사를 받들게 한다.

이것은 절대적 의무였다.

그 반대의 경우도 물론 있다. 장남이 아니라도 자손이 없다면 이
것도 당연히 출계하여 제사를 모시고 그 집을 이어나간다.

노경의 아버지 김이주 역시 월성위 김한신에게 출계했었다. 월
성위의 아버지 급류정 김홍견은 한정·한좌·한우·한신 4형제를
두었다. 김한정은 다시 태주(泰柱)·항주(恒柱)·이주·건주(建
柱) 4형제를 슬하에 두었지만 그 셋째 아들이 자손 없는 월성위한
테 출계하여 정희까지 내려온 것이다.

이런 양자 상속은 어느 가문이나 있는 일이고 더러 절손(絶孫)되
는 일이 있지만, 우리나라는 중국보다도 오히려 철저했었다.

유씨 부인이 물었다.

"그래 언제 보내려고 하십니까?"

"글쎄, 날이 풀리고 나서겠지만, 그것은 당신이 결정하시구려."

"그렇다면 3월쯤 보내는 게 어떻겠어요? 아무래도 정희에게 바
지 저고리와 두루마기를 새로 해 입혔으면 해서요."

"그것 좋은 생각이구려. 그런데 날짜는 나한테 맡겨요. 그래야
형님한테 편지를 쓸 수 있을 테니."

"물론이지요."

라며 유씨는 희미하게 미소를 짓는다. 부인의 의견이라면 이 정도

였었다.

유당이 일단 부인한테 달을 정하게 하고, 날짜는 자기가 결정하겠다고 했음은 길일(吉日)을 택하기 위해서였다.

우리의 선인들은 한학에 얼마쯤 숙달했다면, 간단한 의술과 점복(占卜)도 할 수 있었다. 이는 오히려 기본적 지식이라 하겠고, 그 방법은 《역경(易經 : 주역)》을 이용하는 것이었다. 심지어는 하루의 생활을 아침에 일어났을 때의 맑은 정신으로, 경건히 단좌(端座)하고 상중하의 세 괘를 세우고서 그날의 행동을 결정했었다.

김노경은 이어 정희에게 말했다.

"너도 잘 들었겠지? 아버지와 어머니는 너를 큰아버님한테 보내기로 정했다."

"네에."

"네가 한양으로 감은 단지 집을 떠난다는 것만은 아니다. 큰집엔 할아버지도 할머니도 계시다. 그리고 큰아버지와 큰어머니. 이제부터는 너의 아버지와 어머니가 되신다. 그밖에 대소가의 친척들, 많은 아랫것들(종들)도 있을 테지. 첫째로 어른들에겐 공손히 예를 지키고 몸가짐을 바로 해야 한다."

"네."

"서울 가면 네가 좋아하는 공부도 여기보다는 많이 할 수 있고 월성위 할아버지께서 남기신 책들도 많아 좋을 거다. 그러나 꼭 좋은 일만 있지는 않을 거야. 그러면 어떻게 할래?"

"......"

"엉엉 울겠니?"

정희는 조금 생각하고서 대답했다.

"아뇨. 참겠어요."

"그렇지. 참아야지. 사람이 사는 데는 좋은 일보다 나쁜 일이 더 많다. 즐거운 일보다 고생스런 일이 더 많겠지. 출계했다가 잘 못하면 쫓겨나는 사람도 있다. 그래도 참겠니?"

"그런 일이 없도록 하겠어요."

"그래야지. 할아버지나 할머니가 계신데 너를 쫓아내는 일이야 없겠지만, 아랫것들이 너를 보고 손가락질하거나 은근히 비웃는 일도 있겠지? 그러면 어떻게 할래?"

정희도 이번엔 조금 오래 생각하고, 신중히 대답했다.

"그런 일이 없도록 하겠어요."

"덮어놓고?"

"저만 잘하면 됩니다. 저만 잘하면 부끄러울 게 없잖아요?"

"그렇지. 부끄러움을 아는 게 선비와 아랫것들의 다른 점이다. 이를테면 중시조이신 상촌 할아버지는 백이·숙제처럼 절조를 지키신 분이다. 그러나 그것 이상 효자로 알려졌다. 그러니까 우리는 효자 상촌의 자손임을 자랑할 수 있고 남들도 그것을 알 아 준다."

이야기는 잠시 중국 춘추 전국시대로 거슬러올라간다.

중국의 전국시대는 춘추시대에 320 남짓이나 되었던 제후가 정 리되고 그 초기엔 스물 남짓의 제후만 남았었다. 그리하여 그 중에 는 새로이 대두한 한족의 조·한·위가 포함되지만 아직은 후진이 고 문화의 선진 지역은 단연 동쪽에 있는 제(齊)나라였다. 제에선 전씨(田氏)가 강태공의 자손을 멸하고 정권을 잡았지만, 위왕(威 王：재위 기원전 357~320)·선왕(宣王：재위 기원전 319~300)·민 왕(湣王：재위 기원전 300~284) 시대에 가장 번영했다.

또한 이때 제자백가(諸子百家)라 하여 유가(儒家)·도가(道家)·묵가(墨家)·법가(法家)·명가(名家 : 논리학)·종횡가(縱橫家)·병가(兵家)·잡가(雜家)·농가(農家) 등이 나타난다.

유가는 바로 유교 학파인데, 공자가 죽은 뒤에 역시 노나라에서 묵적(墨翟)이라는 천민 출신의 인물이 나타났다.

묵적의 묵은 성씨가 아니고 고대의 범죄자는 그 전과자의 표시로 이마에 묵(문신)을 했던 것이며, 그런 묵적과 그 제자들을 묵가라 했던 것인데, 그들은 머리를 중처럼 밀고 맨발에 샌들 비슷한 것을 신고 집단으로 방랑을 했었다.

묵적의 주장으로는 상현(尙賢)·겸애(兼愛)·비전(非戰)이 두드러지는데 그들은 유가와 논쟁을 벌였다.

먼저 상현은 신분·문벌의 차별을 따지지 않고 그 사람에게 재능만 있다면 등용해야 한다는 주장이었다.

공자는 말과 행동의 일치를 강조했다. 인의 덕(행동 실천)은 이론만이 아닌 실천에 의해 터득되고 완성된다고 가르쳤다.

묵자는 실천에 보다 중점을 두었다.

"인덕 있는 사람이 해야 할 일은 무엇보다도 천하의 이익을 일으키고 천하의 해악을 없애야 한다."

"현재의 시점에서 무엇이 제거해야 할 최대의 사회악일까요?"라는 질문에 묵자는 대답했다.

"큰 나라가 작은 나라를 침략하고 큰 씨족이 작은 씨족을 집어삼키며, 힘있는 자가 힘없는 자를 위협하고 군중이 개인을 압박하며, 사기꾼이 어리석은 백성을 현혹하고 신분이 높은 귀족이 천민을 멸시하는 일이다.

이와 같은 사회악은 어디서 비롯되는가? 남을 사랑하고 남에

게 이익을 주기보다는 남을 미워하고 남에게 해를 주겠다는 데
서 생긴다. 즉 이기주의가 있기 때문에 이런 사회악이 발생하는
것이다."

여기서 묵자의 겸애(박애)설이 주장된다.

"남의 의견에 반대하는 자는 이것에 대체되는 의견을 가져야 한
다. 만일 타인에게 반대하는 자가 대체되는 의견이 없다면, 이
를테면 물로써 홍수를 막고 화재를 불로써 막으려는 것과 같
다.…… 그러므로 겸애로 이기주의를 막아야 한다."

이리하여 묵자의 비전설(非戰說)이 성립된다.

"겸애주의의 생각을 가지고 다른 나라를 위해서 하는 것은 자기
나라를 위해서 하는 것과 똑같다고 생각한다. 만일 그와 같이
생각한다면 자기 나라의 군사로 남의 나라를 침략하는 일은 필
요가 없게 된다……."

묵자는 이렇듯 상현·겸애·비전을 주장했지만, 그들은 생존을
위해 쉴 새 없이 벌어지고 있는 전쟁의 기술자로서 살았다. 이를테
면 운제(雲梯 : 높은 성벽을 공격하는 사다리)·땅굴 전술은 그들의
발명이었다.

이런 제자백가들은 당시 중국 제일의 도시라고 일컬어진 제나라
의 도읍 임치(臨淄)에 모여들었다. 백만의 인구를 가졌고 앞서의
위왕·선왕이 학자들을 우대했기 때문이었다. 제왕은 학자들을 위
해 요즘의 말로 학문의 단지를 만들었으며 대신급 녹봉을 주며 자
유로운 학문 연구를 장려했던 것이다.

이들 학자는 가까운 성문의 이름을 따서 직하(稷下)의 학사라 불
렸다. 직하의 학사로 순우곤(淳于髡)이라는 자가 있었다. 복성(複

姓 : 복성은 한족이 아님을 나타냄)인 순우는 성인데, 곤은 이름이 아닌 별명이었다. 그는 키가 난쟁이였고 용모도 괴이하게 생겨 누구라도 그를 보면 웃지 않을 수 없었다. 집이 가난하여 어려서 종으로 팔렸고 역시 종인 여자와 결혼했는데 재능이 있어 학사가 된 것이다.

이것을 보면 묵가의 상현설은 당시 널리 퍼져 있었음을 알 수 있다. 그는 유가도 묵가도 아닌데 상대편의 표정을 보아 그 마음을 읽고 재치있는 말로 상대를 감동시키는 재능을 갖고 있었다.

종횡가는 일종의 외교관으로서 웅변술로 군주들 사이를 왕래하며 흥정을 붙이는 세객(說客)이었다. 오늘날도 선거할 때 유세(遊說)를 한다는 말이 있지만, 세객은 말로써 한몫 보는 나그네란 뜻이 된다.

순우곤에게는 이런 이야기가 전한다. 초나라와 위나라가 동맹하여 제나라를 공격하려고 했다. 제왕은 순우곤을 불러 황금 백 근과 수레 열 대에 갖가지 상품을 싣게 하고서 조나라에 가 구원을 청하라고 명했다.

그랬더니 순우곤은 하늘을 우러르며 웃었다. 왕은 이상히 여기고 물었다.

"선생은 이것이 적다는 것입니까?"

"아닙니다. 어찌 감히 그런 생각을……."

"그렇다면 왜 웃는 것입니까?"

"임금님, 저는 방금 왕궁에 오는 도중 밭두렁에서 농부가 돼지 족발 하나와 막걸리 한 사발을 토지신께 바치면서 내년에도 풍년이 들게 해 달라고 비는 것을 보았습니다."

"그래서?"

"너무도 빈약한 제물로 너무도 큰 소원을 빌고 있구나 하는 생각을 했습니다. 지금 문득 그것이 생각나서 웃음이 나왔지요."

이것을 보면 순우곤도 종횡가의 한 사람이었다고 짐작된다. 아니면 직업의 전문화가 아직은 되어 있지 않아 겸하는 경우도 있었으리라.

여기서 순우곤이 원조를 청하는 왕의 선물이 너무 적다고 곧이곧대로 말한다면 어떻게 될까?

인간이란 감정의 동물이고 또한 별별 사람이 다 있어 마음도 갖가지이다. 그런 인간에게 직접 적다고 한다면 화부터 내는 인간도 있을 것이고, 무지하게 죽여 버리는 경우도 있을 수 있다.

세객이란 말로 상대를 감동시키는 재능의 소유자이다.

먼저 자기편도 설득시키지 못한다면 상대편도 설득할 수 없다는 게 한족의 지혜였다.

제왕은 이 점을 깨닫고 곧 황금 천 근, 백옥 열 쌍, 수레 백 승(수레의 단위)을 준비토록 해주었다. 순우곤은 그것을 가지고서 조나라에 갔고 임무를 완수했다.

아직 정치가라는 말은 없었지만, 정치가도 군주를 잘 조종하며, 전국시대라는 약육강식의 세계에서 살아남기 위해 부국강병(富國强兵)의 길을 찾는 능력의 소유자라고 하겠다.

추기(鄒忌)는 순우곤과는 달리 6척 장신의 미남자로 당당한 체격을 가졌는데 아직 말단의 관리에 지나지 않았다.

그는 어느 날, 위왕이 금(琴)을 타고 있는 것을 옆방에서 듣고 비평했다.

"아, 오랜만에 금의 연주다운 참된 음악을 들었다. 감동되어 눈물마저 나온다."

명군이란 숱한 신하들의 능력을 식별하고 적재적소(適材適所)에 쓰는 데 있다고 한다. 그것과 마찬가지로 아부하는 자도 식별할 능력이 있어야 한다.

위왕은 추기의 말이 아첨하는 것으로 들렸다. 왕은 눈을 부릅뜨고 칼에 손을 가져가며 호통을 쳤다.

"엉터리 수작 말아라! 내가 연주하는 모습도 보지 않고서 어떻게 명연주라고 알 수 있느냐?"

"음악의 소리입니다. 저음의 현(弦 : 금의 줄)이 흐릿하니 봄의 따뜻함을 전해주는 소리는 군주의 덕을 나타내고 있습니다. 고음의 현이 날카롭고 맑기만 한 것은 재상의 덕을 나타내는 것입니다. 절묘하게 어우러진 고음과 저음이 서로 상대편 소리를 도와 각각 다른 곡(곡조)을 나타내면서 조금도 귀에 거슬리지 않는 것은 사철(4계절)의 운행을 나타내고 있습니다. 그러므로 소리를 듣고서도 알 수가 있는 것이지요."

위왕은 무릎을 치고서 곧 추기를 재상으로 발탁했다.

공자는 예악(禮樂)이 정치의 기본이라고 강조했다. 예악은 예의와 음악이다.

좋은 음악은 사람의 마음을 정화(淨化)시키는 힘을 가졌고 옛사람은 그것이 신령스런 힘이라고 생각했다.

공자가 말하는 예는 높은 산이나 깊은 물, 또는 조상신을 공경하는 마음으로 제사할 때의 형식·마음가짐 등을 가리킨다. 그런 제사에 음악은 필수적이었다. 공자를 동이계의 인물이라고 했지만 동이계의 민족이 음악에 뛰어난 재능을 가졌음을 《사기》를 비롯한 중국의 고전을 통해 엿볼 수가 있다.

이때부터 수백 년 뒤의 이야기지만 한무제는 이연년(李延年)이

라는 중산국(中山國) 출신의 악사를 총애했다. 그의 누이 이씨는
가무(歌舞)의 명수로 역시 무제의 총애를 받았지만 일찍 죽는다.

가무는 노래와 춤이고 이것도 음악의 변형이다. 이백(李白)은 그
의 시 〈고려무(高麗舞)〉에서 고려 여인의 춤을 절찬하고 있고, 이
연년은 또한 악부(樂府)라는 한시(漢詩)의 원형을 수없이 작곡
했다.

시 또한 음악에서 출발되고 있음은 알려진 일이다.

무제 당시 50현의 금이 있었는데, 이것은 악기로서 현이 많아 음
이 복잡하고 잘 조화되지 않았던 모양으로 그 반인 25현으로 줄이
고, 다시 15현·13현·7현으로 변화된다. 이렇게 변화되는 데는 수
천 년의 세월이 필요하다.

우리나라의 현금·가야금을 마치 중국에서 온 것처럼 생각하는
사람도 있으나, 금은 동이계의 음악이었다고 추정된다.

진시황을 암살하려던 차객(암살자로 번역되나 중국에선 壯士라고
함) 형가(荊軻)의 친구로 축(筑)의 명인 고점리(高漸離)는 고구려
사람이었다. 축은 역시 금의 일종으로 금보다는 더 오랜 악기라고
추정되는데, 명나라 때 만들어진 〈삼재도회(三才圖會)〉의 그림을
보면 12~13현으로 되어 있다.

음악 이야기가 길어졌는데, 추기의 일족인 추연(鄒衍)은 오행설
(五行說)의 발명자로 유명하다. 오행설에 대해선 뒤로 미루고, 추
기의 음악 비평에 그런 오행설의 싹을 볼 수가 있다. 봄·사철의
운행이 그것이었다.

오행설로의 봄은 동쪽이고 모든 자연·생명 활동의 원천으로 보
고 있는 것이다. 추연은 《주운편(主運篇)》이라는 저술이 있고 그것
은 이미 한무제 때도 전하지 않고 있었지만, 모든 중국 문화의 기

본이 되어 있다고 하겠다. 즉 인간의 일생도 우주·자연의 운행과 마찬가지로 봄·여름·가을·겨울의 사철과 같은 변화가 반드시 있다는 것이었다.

이것은 일종의 운명론(運命論) 같지만 꼭 그렇지만도 않다.

공자와 같은 시대 혹은 선배였다고 하는 노자는 수수께끼의 인물이다. 그러나 노자의 저술로《도덕경(道德經)》5천 어(자)가 전하고 있으며 공자와 더불어 노자 사상은 중국 문화의 2대 산맥이라 해도 과언이 아니다.

노자가 실제의 인물이든 아니든 중요한 점은, 사람들이 수백 년을 두고 계속되는 전쟁 속에서 어지러운 세상을 버리고 산속 깊이 들어가 조용히 평화롭게 살자는 마음을 갖게 됨은 당연한 이치였으리라.

노자 사상은 바로 여기서 출발한다. 노자 사상은 후한(後漢) 시대 이후 도교(道敎)라는 온갖 잡동사니를 모두 총집합시켰다 싶은 종교로 변화되지만, 원래는 노자가 도(道)라는 것을 강조했기 때문에 도가라 하는 것이다.

공자와 노자의 차이는 이런 이야기로 설명된다. 공자는 한때 그 가르침이 노나라에서 받아들여지지 않아 각국을 다니며 인을 강조하는 방랑을 했다.

공자는 어디를 가나 '상갓집(초상집) 개'처럼 귀찮게 여겨지고 귀를 기울이는 자가 없어 남쪽의 초나라로 갔다.

남쪽이래야 장강 이북이지만 초나라는 늪이나 강이 많았고 벼농사도 이곳에서 시작된다. 공자는 나루터를 찾아 마침 밭을 갈고 있는 두 농부 장저(長沮)와 걸익(傑溺)에게 가서 물어보라고 제자 자로(子路)를 시켰다.

자로는 장저에게 가서 공손히 나루터의 위치를 물었다. 그랬더니 장저는 오히려 되묻는다.

"저기 수레에 타고 있는 오만한 사내는 대체 누구요?"

"저희 스승님 공구(孔丘)입니다."

"그러면 노나라의?"

"그렇습니다."

"공구와 같은 뭐든지 아는 선생이라면 나루터의 위치 따위는 묻지 않아도 알 것이 아니오."

그리고서 상대도 하지 않는다.

자로는 할 수 없이 걸익에게 가서 공손히 물었다. 그랬더니 걸익도 되묻는다.

"당신은 대체 누구요?"

"나는 중유(仲由 : 자로의 자)입니다."

참고로 글자에 맹(孟)자가 붙으면 장자이고 중(仲)자가 붙었다면 중간, 계(季)자가 붙으면 막내이다. 중국 고전에는 이런 이름이 많이 나온다. 당시는 자녀를 많이 낳는 게 보통인데 서민은 어려운 한자로 이름을 짓는 게 귀찮아, 쉽게 지었다. 예를 들어 왕오(王五)라고 하면 왕서방의 다섯째 아들이란 뜻이다. 우리도 첫째, 둘째, 셋째라는 식으로 부르는 경우가 있지만 이것도 따지고 보면 같은 발상이다.

"흥, 그렇다면 노나라 공구의 제자이겠군."

"그렇습니다."

"그렇다면 네 스승에게 가서 내 말을 전해라. 천하를 아무리 둘러보아도 주먹 센 놈이 큰소리치는 난세이다. 누가 왕이 되든

별수 없다. 그러니 지금 세상에 인이니 덕이니 해보았자 들어
줄 사람이 있겠나? 너는 일찌감치 그런 스승을 떠나 우리처럼
시끄러운 세상을 벗어나서 먹고 싶으면 먹고 자고 싶으면 잠자
는 생활을 하는 게 어떤가?"

하며 다시 거들떠보지도 않았다.

자로의 보고를 들은 공자는 탄식했다.

"저 사람들처럼 새·짐승을 벗삼아 산림(山林)에서 살 수 있다면
얼마나 좋으랴. 하지만 나는 천하의 사람들과 부딪쳐야 할 몸이
다(그들을 계몽할 의무가 있다). 만일 천하가 평화롭다면 내가 굳
이 정치에 손을 댈 필요도 없겠지만, 난세이니까 도리가 없다
〔《논어》〈미자편〉〕."

노자와 공자의 사명이 다르다는 것을 비유한 이야기지만, 이와
비슷한 예는 많다. 다음은 《열자(列子)》라는 책 속에 들어있는 일
편이다.

임류(林類)는 이미 백 살 가까운 노인이었다. 봄이건만 아직도
털옷을 입고 밭두렁에서 콧노래를 불러가며 이삭을 줍고 있다.

때마침 위나라로 가던 공자가 그런 모습을 보고서 제자인 자공
(子貢)을 시켜 가서 묻도록 했다.

자공은 가까이 가서 물었다.

"노인께서는 만년에 자식도 없이 외롭게 살며 이삭줍기 따위를
하셔야 하는데 무엇이 즐거워 콧노래를 부르십니까? 자신의 신
세가 비참하다고 생각되지 않으십니까?"

그러나 임류는 거들떠보지도 않는다. 자공이 두 번 세 번 묻자
겨우 얼굴을 들면서 되묻는다.

"무엇이 비참하다는 것인가?"

"젊었을 때 글을 열심히 읽었으면 좋았을 텐데, 출세의 방법을 찾았으면 되었을 텐데, 혹은 처자라도 있다면 좋을 텐데…… 하고 후회되지 않으십니까? 이미 인생도 저물어가고 있는데 무엇이 즐거워 콧노래이십니까?"

임류는 껄껄 웃었다.

"예사 사람은 그렇게 생각하겠지. 그러나 그렇지가 않아. 네 말처럼 나는 젊어서 공부하지 않았다. 장성하고서도 출세의 방법 따위는 생각지도 않았다. 덕분에 이와 같이 오래 살 수도 있는 거다. 나이 먹어 처자도 없고 죽을 날도 멀지 않다. 그러니까 즐거운 것이다."

"하지만 노인장, 누구라도 오래 살고 싶어하며 죽음을 무서워합니다. 그런데 노인께선 죽는 게 오히려 즐겁다고 하시니 대체 무슨 까닭입니까?"

"인간은 저승과 이승을 왔다갔다하는 법이다(死之與生 一往一反 : 마치 불교의 윤회 사상 비슷하다). 지금 죽은 자는 다음의 세상에서 다시 태어난다. 그러니까 어느 쪽이 좋은지 아무도 모른다. 악착같이 오래 살려고 버둥거리는 것도 혹(惑 : 미혹, 의심한다는 뜻)이다. 지금 이러고 있다가 죽는 일이 지금보다는 오히려 행복할지 누가 알겠는가?"

자공으로선 그 의미를 몰랐으나 공자는 보고를 듣더니 평했다.

"그 말이 옳기는 하지만 인생을 완전히 알았다고는 할 수 없다."

《열자》의 이 이야기는 공자와 노자를 대비(對比)시킨 것이지만, 그것만도 아니다. 이로부터 수백 년 뒤 불교가 비로소 중국에 전래되고, 그것이 정착되려면 다시 2백 년 이상이 걸리지만 초기의 번역자들은 불경을 번역함에 있어 노자·장자의 말 등을 많이 응용했기 때문에 비슷하게 느껴진다.

또한 중국의 고전이라는 것은 한 사람의 저술이 아니고, 어떤 것은 후세의 위작(僞作)도 섞여 있다. 따라서 《열자》의 이 이야기는 후대의 위작처럼 생각되기도 하지만, 노자의 사상에 가까운 것도 사실이다.

예를 들어 혹(惑)이란 글자는 불교 용어로 미혹(迷惑)이라고 번역되었다. 미혹을 설명하자면 원고지 몇장이라도 부족하겠지만, 불교의 그것은 한마디로 이 세상에 대한 번뇌를 뜻한다고 하겠다.

한족은 옛날부터 혹이라는 말을 썼다. 점 복(卜)자는 작대기에 점이 하나 붙어 있다. 이것도 혹이다. 점을 중심으로 위로 갈까 아래로 갈까 사람이 망설일 때 초자연의 힘·신에게 물어보는 게 점이므로 이런 글자가 만들어졌다. 점(占)은 卜+口로서 신의 대리자인 무당을 통해 입으로 신의(神意)가 전달되므로 생긴 글자이다.

마찬가지로 미혹의 미(迷)는 미아·미로(迷路)에서도 알 수 있듯이 길을 찾지 못한다는 뜻이다.

아무튼 공자의 가르침을 현실 참여라고 한다면, 노자의 그것은 현실 도피에 있었다(수천 년 전의 중국 이야기를 여기서 삽입하는 까닭은 인간의 마음이란 천 년 아닌 만 년이라도 쉽게 변하지 않기 때문이다. 그런 인간의 마음 또는 성격을 알려면 좀더 참으며 읽어주기 바란다).

노자 사상을 '현실 도피'라고 했지만 그렇게 단순한 것은 아니다. 현존의 노자 《도덕경》은 도편이 전반이고 덕편이 후반인데 최근의 발굴로 한대(漢代)에는 덕편이 앞이고 도편이 뒤였다는 게 밝혀졌다. 여기서 비약한다면 《도덕경》은 두 사람의 저작이 합쳐진 것인지도 모른다.

어쨌든 중국에는 철학이 없다고 말하는 서양물을 먹은 학자도 일부 있지만, 노자의 도편 첫머리는 훌륭한 형이상학(形而上學)이다. 《도덕경》과 필적하는 유교의 《역경》도 심오한 진리가 담겨져 있어 그리 간단히 논할 수는 없지만 여기선 다만 노자 사상의 특징만 설명할 필요가 있어 그 맛을 일부 전하겠다.

'도의 도라 할 수 있는 것은 상도가 아니다. 명(말)의 명이라 할 수 있는 것은 상명이 아니다. 무를 천지의 시작이라 이름짓고 유를 만물의 어머니라고 이름짓는다. 그러므로 무는 늘 묘로써 그것을 보이고자 하고, 유는 늘 교로써 그것을 보이고자 한다. 이 두 가지는 같은 곳에서 비롯된 것이고 말만 다를 뿐이다. 같은 것을 현이라 하며, 현의 또한 현을 온갖 묘의 문이라 한다(道可道 非常道. 名可名 非常名. 無名天地之始, 有名萬物之母. 故常無欲以觀其妙, 常有欲以觀所徼. 此兩者同出而異名. 同謂之玄, 玄之又玄 衆妙之門). '

글자로는 59자이고 《도덕경》의 제 1 장(이런 분류는 애당초 없었다)으로 되어 있지만, 이것이 노자 《도덕경》 5천 자의 에센스라고 해도 지나친 말은 아니다.

먼저 점을 찍은 한자를 정리하고 나가겠다.

여기서 일반적으로 도(道)를 진리(혹은 원리)라 해석하고 명(名)을 말(이름 개념)이라고 본다. 도를 쉽게 길이라 생각하고, 길은 사람으로서 마땅히 걷는 길이므로 기본적 인간의 도덕이라고 해석되기도 했다.

그런 도나 명도 상도·상명은 아니라 했으므로, 상(常 : 늘상 줄곧)을 불변의 뜻으로 보고 영구불변의 것은 도(진리)나 명(말)도 없다고 해석한다.

이것도 불교에서 말하는, 인간의 육체라도 하나의 물질이므로 이윽고 파괴되며 언젠가는 죽음을 맞는다는 생사필멸(生死必滅) 사상을 염두에 둔다면 수긍되는 해석이다.

그리하여 노자의 무(없음)가 곧 천지(우주)의 시작이고 유(있음)는 만물(물질)의 어머니라는 말도 쉽게 풀린다. 그런데 그 다음에 나오는 말 묘(妙)와 교(徼)가 어렵다.

그러나 이것을 불교적 또는 철학의 개념으로 풀이하려고 하니까 어렵지 사실은 쉬운 말이다.

애당초 노자는 불교가 없던 시대에 산 인물이다. 그런 노자에게 불교적 사고방식을 적용하는 게 잘못이다.

열쇠는 앞의 어구에 있다.

묘(妙)는 불가사의한 것, 신령스런 것을 의미하고 교(徼)는 순환·변화를 뜻한다. 그리하여 묘는 도를 설명하는 말이고 교는 말을 설명하는 글자에 불과했던 것이다.

따라서 천지의 시작을 무(없음)라고 함은 눈에 보이지 않았다는 것이고, 유(있음)는 눈에 보이는 것을 가리켰다고 생각된다. 그러므로 눈에 보이지 않음은 묘와 통한다. 명을 말로 볼 때 늘 바뀌는 것이라 교라 했듯이——.

천지의 시작은 누구도 모르는 어둠의 상태〔현(玄)〕이고 현의 현은 그것을 더욱 강조하면서 충묘의 문, 이를테면 노자의 말로 표현된 곡신(谷神)·생명이 탄생하는 신비한 자궁(子宮)으로 여겼던 것이었다.

그런데 후대의 지자(知者)는 그야말로 명(인간이 만든 속된 것)의 함정에 빠져 미로에서 헤맸던 게 아닐까?

노자 사상으로 전하는 무위자연도 고찰하면 단순한 도식(圖式)

이다.

'이리하여 성인은 일에 있어 무위에 머무르고 불언의 가르침을
실천했다(是以聖人處無爲之事 行不言之敎).'

여기서 말하는 무위는 적극적으로 하는 의지를 버리고 자연의
움직임에 내맡긴다는 것이며, 불언 역시 변화 자체가 무언의 가르
침이라는 의미였다. 노자의 정치론으로선,

'백성으로 하여금 늘 무지·무욕토록 한다면 저 지자로서 감히
어떻게 하지를 못한다. 무위하면 곧 다스려지지 않는 일이란 없
는 것이다.'

여기서 노자는 얼핏 보아 우민정책(愚民政策)을 주장하고 유가
나 묵가의 상현설(尙賢說)을 정면으로 반대하는 것 같지만, 백성의
무지·무욕이란 역시 적극적으로 알려고 하거나 욕심도 지나치지
말아야 한다는 뜻으로 해석된다.

노자는 아는 체하는 인간[지자]을 특히 경계했던 것이다.

노자와 병칭(並稱)되는 장자(莊子)는 그의 〈천하편(天下篇)〉에서
노자의 '무위'를 구체적으로 설명한다.

'속세로부터의 번거로움이 없고 겉모습을 꾸미지 않으며 타인에
게도 간섭을 하지 않는다. 대중을 굳이 거슬리지 않고 오로지
천하의 안녕(安寧)·백성의 생활이 풍요해지기를 바라고 타인도
나도 영양이 풍부한 식생활을 할 수 있도록 바라는 소망만으로
가득하다. 이와 같이 하여 마음을 깨끗이 한다.'

그래서 일체를 평등하게 보고 차별을 인정치 않는다. 그러기 위
해선 이성(理性)을 버리고 자아(自我)를 떠나고 자연의 움직임에
일체를 맡긴다.

'밀리면 걷기 시작하고 끌면 나아간다. 마치 회오리바람이 되돌

아오고 깃털이 돌면서 빠지며 숫돌이 회전되는 것과도 마찬가지다. 몸을 온전케 하므로 과실이 없고 행동에 실수가 없으므로 일찍이 형벌에 걸린 적도 없다. 어째서냐고 묻는 사람이 있다. 이것은 참으로 물체처럼 지각(知覺)이 없어 자기의 생각을 내세울 염려도 없으며, 머리를 활동시킬 걱정도 필요없고 행동은 모두 이치에 맞는 데다가 죽기까지 이름을 내지 않겠다는 방침이기 때문이다.' 《장자》〈천하편〉

이것은 무슨 말인가?

장자는 노자의 연장선상에서 지자가 되기보다는 우자(愚者)인 편이 훨씬 마음 편하다고 주장했던 것이다. 무위에서 더 나아가 무력(無力)이 즐겁다는 생각이다.

《사기》는 장주(莊周)의 전기를 이렇게 전한다.

'초위왕(楚威王)이 사자에게 천금(千金)의 돈을 들려 보내며 재상으로 와달라고 청했다. 장자는 미소를 지으며 그 사자에게 말했다.

"천금이라 하면 참으로 큰 돈입니다. 대신·재상이라 하면 고관이지요. 탐내거나 되고 싶어 소원하는 사람이 세상에는 얼마나 많은지 모릅니다. 그러나 당신은 천제의 제사 때 희생이 되는 소를 보신 적이 있습니까? 그 소는 수년 동안 쌀죽까지 쑤어 배불리 먹이고 위함을 받던 소이지요. 그리고 이 제삿날, 비단의 덕석(소의 등을 가려주는 것)까지 입혀지고 사(社)로 끌려나갔을 때 아뿔싸 나는 농사꾼 집의 돼지로 태어났다면 이런 희생으로 죽임을 당하지는 않을 텐데 하며 후회해도 이미 때는 늦습니다. 그러니까 부디 어서 돌아가 주십시오. 당신의 얼굴을 쳐다보고 이야기만 해도 무언가 불결한 독기

(毒氣)가 옮는 듯한 느낌이 드니까요.

나는 당신의 눈으로 볼 때 더러운 개천 속에서 살고 있는 일이 가장 즐거운 것입니다. 무엇이 못 되어 나라를 가진 자들에게 속박을 받아가며 살겠소? 죽을 때까지 이런 시골에서 일생을 보내는 게 낙이라오.”'

그런데 세상은 넓은 법으로 쾌락 지상주의로 달리는 사람도 많았다. 앞에서 나온 임치에는 마치 현대의 그것처럼 골목마다 술집이 꽉 들어찼고 저녁이면 금(琴)소리와 여자들의 교성이 그치지 않았으며, 서민들은 서민들대로 도박에 열중하고 있었다. 닭싸움·경마·개경주도 성행되었다.

이 무렵 편작(扁鵲)이라는 명의가 있었다. 편작은 발해(勃海) 사람인데, 젊어서 장상군(張桑君)에게 의술을 배웠다고 《사기》는 전한다. 그리하여 편작은 장상군이 준 비약(秘藥)을 먹었는데, 그것은 담을 사이에 둔 바깥쪽의 사람을 볼 수 있는 효험을 가졌다.

그런 눈으로 환자를 보니까 보기만 하여도 오장의 울혈을 알고 병원(病源)의 소재까지 알 수 있었지만, 어쨌든 맥을 짚고서 병세를 안다는 것으로 해두었다(최초의 맥진법 발명자).

편작이 괵이라는 나라에 갔을 때의 일이다. 그때는 괵의 태자가 죽은 직후였다. 편작은 궁전의 문 있는 데에 가서 중서자(中庶子 : 관직명)로서 의술을 좋아하는 자에게 물었다.

“태자는 어떤 병환이셨습니까? 나라 안의 움직임을 보니 예사로운 일은 아닌 것 같습니다.”

“태자님 병환은 혈기(血氣)가 불규칙해지고 착란되어 정상으로 발산을 시키지 못한 결과, 그것이 밖으로 퍼져 체내에서 이상을 일으켰던 겁니다. 그러니까 정기(精氣)가 사기(邪氣)를 억누를 수 없게 되어 사기는 쌓이고 발산을 할 수 없게 된 것이며, 그 때문에 음양의 조화를 잃고 양기는 느슨해지고 음기는 급속해져 갑자기 거꾸로 치미는 바람에 돌아가시고 말았지요."

"사망하신 것은 언제쯤입니까?"

"새벽부터 시작하여 방금이었습니다."

"입관은 하셨습니까?"

"아직입니다."

"그렇다면 제가 태자를 소생케 해드리겠습니다."

그러나 중서자는 믿지를 않았고, 해가 저물자 편작은 하늘을 우러르며 탄식했다.

"당신의 의술은 대통을 통해 하늘을 보고 틈으로 세밀한 문양을 보는 것과 같아 도저히 전체를 내다볼 수 없는 것입니다. 그런데 나의 의술은 진맥하든가 안색을 살피든가 목소리를 듣든가 모습을 살필 것도 없이 병의 소재를 알아맞힐 수가 있지요. 병의 양(陽 : 허리 부위 이상 · 피부 · 육부는 양으로 분류됨)과 표(表 : 피부와 그에 접한 얕은 부위)를 들으면 음(陰 : 복부 · 오장 등)의 이(裏 : 체내의 깊은 부위 전체)도 알며, 음을 들으면 양도 아는 것입니다. 병의 징후는 외부에 나타나는 것이므로 천 리 밖까지 가서 진찰하지 않더라도 정확한 진단을 내릴 수 있는 일이 매우 많으며, 숨길 수 있는 게 아닙니다. 내 말이 믿어지지 않는다면 궁전 안에 들어가서 태자를 진찰해 보십시오. 그 귀가 울고 콧구멍이 부푸는 소리를 들을 수 있으리다. 양쪽 사타구니를 쓰다듬어 내려가 음부에 스치면 아직도 따뜻하리다."

중서자는 편작의 말을 듣자 눈앞이 캄캄해지며 깜박이지도 못하

고 혀는 굳어져 놀릴 수가 없었다. 그리하여 궁전에 들어가 편작의
말을 괵군에게 보고했다. 괵군은 이 말을 듣자 크게 놀라고 중문까
지 몸소 나와 편작을 만났다.

"선생이 아니었다면 태자는 죽고 말았을 것입니다."

하며 흐느껴 울었다. 편작은 위로했다.

"태자님의 병은 이른바 시궐(기가 치밀어 가사 상태가 됨)이라는
겁니다. 애당초 양기는 내려가 음기 속에 들어가고 그것은 위
(胃)를 움직여 주며 경맥·낙맥(絡脈)을 돌고 난 뒤 갈라져 삼초
(三焦 : 상초·중초·하초. 음식물의 통로)의 하초인 방광으로 내려
갑니다. 그러므로 양맥은 아래로 내려가고 음맥은 위로 향하고
자 싸우지만 팔회(八會 : 체내의 기가 모이는 여덟 곳)의 기는 막혀
서 통하지 않게 되지요. 그리하여 음기는 위로 내내 올라가고
양기는 내(內 : 내장인데 특히 소화 기관)를 돌고 아래로 내려간 양
기는 신체의 하부에서 고동은 하지만 위로 가지 않습니다. 이렇
게 되면 위로 올라간 음기는 내내 머물러 있어 소임을 다하지 못
합니다. 이리하여 위에는 양기가 끊긴 낙맥이 있게 되고 아래엔
음기가 패한 경맥이 있게 되어 안색이 희어지면서 맥은 난조(亂
調)가 되고 그 때문에 몸은 움직여지지 않아 죽은 것처럼 되는
것이지요. 태자는 아직 죽지는 않았습니다. 양기가 음기에 들어
가서 오장을 지탱하는 자는 살지만, 음기가 양기에 들어가 오장
을 지탱하게 되면 죽는 것입니다."

이리하여 편작은 제차인 자양(子陽)에게 분부하여 침을 숫돌에
갈게 하고 태자의 몸 외(내의 대칭, 외부에 있다는 뜻)면에 있는 삼양
(三陽 : 팔다리에 각각 있는 양혈)·오회(五會 : 오장과 통하는 혈)에 침
을 놓았다.

이윽고 태자는 소생했으며 제자 자표(子豹)에게 분부하여 오푼(五分)의 위(熨 : 알맞은 온도의 고약)를 만들고 그것을 팔감제(여덟 가지 약품을 조제한)로 달이게 하고서 태자의 안쪽 겨드랑이 아래에 번갈아 붙였다.

태자는 일어나 앉을 수 있게 되었다. 그래서 다시 음양을 조절했고 탕약을 20일 동안 복용시켰을 뿐인데 전과 같이 건강해졌다.

세상 사람들은 모두 편작이 죽은 사람을 살릴 수 있다고 했다. 그러나 편작은 말했다.

"나는 죽은 사람을 살려낼 수 있는 것은 아니다. 그는 스스로 당연히 살아날 사람으로, 나는 단지 그것을 도와주었을 뿐이다."

이것은 편작의 치료 예를 하나 소개했을 뿐인데, 2천 년 이상이 지난 20세기에 편작의 비밀이 밝혀졌다.

1970년대 중국에서 '문화대혁명'이 일어나고 비공비림(批孔批林)의 구호 아래 공자의 묘나 유적들이 닥치는 대로 파괴되었다. 이때 다수의 한묘(漢墓)도 파괴되었는데 고분의 벽화 중 편작의 모습이 나타났다. 그것을 보면 편작은 저 고구려 고분에 나타나는 머리에 꿩의 깃털을 꽂고 각지를 방랑하며 침술로써 병을 고쳐주는 샤먼이었다. 그것도 한 개인이 아닌 여럿이었던 것이다.

돌침이 동쪽에서 중국으로 전해졌다는 기록은 옛날부터 있었으나 편작이 고구려계의 명의였음은 이제야 증명된 셈이다.

그와 더불어 불로장생에 얽힌 신선도(神仙道) 역시 동방이 근원이었다는 게 확실해졌다.

《사기》의 기록은 약간의 틀림은 있지만 대체로 정확한 것이고 고대에는 동이계의 문화가 압도적으로 우세했던 것이다.

사람의 운명(運命)

"아버지의 가르침은 이것뿐이다."

하고 유당은 정희에게 말했다.

밤은 말없이 깊어만 가는데 바람소리가 거셌다.

역시 옛날의 갯벌이었던 곳이라 봄바람도 세찬 것일까? 그때 유씨 부인은 말했다.

"정희를 한양 큰댁에 보낸다면 오늘부터 있게 된 억만인가 하는 하인도⋯⋯."

"그럴 생각이오. 생각하면 번암 어른은 무서운 분이오. 미리 그렇게 될 것을 아시고 하인을 하나 주고 가셨으니."

"저는 거기까지는 모르지만, 하인을 딸려 보내는 김에 간난이도 함께 보냈으면 해요."

"간난이를!"

유당은 놀란다. 유씨는 미소짓는다. 유당은 이윽고 말했다.

"당신 좋을 대로지만, 그러면 부인이 불편하시지 않겠소?"

"그러는 편이 정희도 덜 외롭고 좋을 거예요. 이곳의 살림은 간난이가 없더라도 김제집이 있으니까 걱정없어요."

그제야 노경도 고개를 끄덕였다.

김제집은 아내가 시집올 때 데리고 온 종이었다. 김제가 고향이
므로 김제집이라고 한다.

사대부 집에선 호칭에도 구별이 있었다. 유씨 부인 역시 김제에
서 태어났다면 부를 때 김제댁이 된다. 종과 사대부 부녀의 차이는
집과 댁으로 구분되는 셈이었다.

한자를 이용한다면 유씨 부인은 남편의 성을 따서 김실(金室)이
된다. 이것은 친정 쪽에서 딸을 가리켜 부를 때 쓴다. 이런 때 지
체가 낮은 서민의 가문이라면 김집이라고 하리라.

김제집은 성도 없고 거기서 태어나 역시 종이던 ○서방을 만나
아이도 낳고 살았지만, 어느 해 돌림병으로 남편과 자식을 잃은 가
엾은 여자였었다. 그리하여 어렸을 때에는 유씨 부인을 업어 주기
도 한 다정한 사이였다. 그래서 유씨가 출가할 때 친정 어머님이
김제집을 딸려 주었던 것이다. 시집살이를 조금이라도 덜어 주려
는 부모의 마음에서.

"그럼, 그렇게 하시구려."

"네에."

그녀로선 자기의 어린 자식을 아무리 큰집 작은집 사이라도 떠
나 보낸다는 것은 여자가 부모 곁을 떠나 시집가는 것과 같다고 생
각했던 것이다. 그래서 한 편이 되어 줄 간난이를 보내고 싶었으리
라. 아직 어린 정희는 그런 어머니의 자애(慈愛)를 알았을까?

유당은 다시 정희에게 말했다.

"그럼, 너는 먼저 나가서 자도록 해라. 아버지는 어머니와 좀더
의논할 일이 있다."

"네에."

정희는 인사를 하고 사랑방으로 나왔다. 달이 밝았다.

정희 역시 한양으로 간다 생각하니, 그것도 부모님 슬하를 떠나 큰집으로 간다고 생각하니 잠이 좀처럼 오지 않았다.

같은 무렵——.

자기들도 모르는 사이에 운명이 정해진 두 개의 별도 지껄이고 있었다. 그들은 물론 정희처럼, 적어도 두 달쯤 뒤의 일을 모른다. 아니, 내일의 일도 몰랐다.

억만이는 저녁 때 대감마님으로부터 월성위 고택에 남아 있으라는 말을 들었을 때 그만 멍청해졌다. 덕보를 놀려댄 말이 현실로 자기에게 나타나다니!

그러나 억만이는 곧 체념했다. 상전의 말이 절대임은 어려서부터 몸에 밴 터이다. 저녁밥은 부엌 한구석에서 먹었다. 억만이는 김제집에게 물었다.

"내 잠자리는요?"

"그걸 내가 어찌 안당가. 행랑채나 찾아보소."

마음은 순박했으나 억만이로선 사투리가 뚝뚝하게 느껴졌다. 황개비에 불을 당겨 행랑채 방을 들여다보았다. 거기는 벌써 몇년은 사용하지 않았는지 구들장이 빠져 있었다.

"젠장할, 이럴 줄 알았으면 환했을 때 집을 잘 살펴둘 걸 그랬는데."

하지만 그는 본능적으로 잠자리를 발견했다. 한때는 외양간으로 사용했던 곳인 듯싶다. 물론 소는 매어져 있지 않다. 그곳엔 짚단이 쌓여 있었다. 그래서 억만이는 짚단을 몇개 풀어헤치고 그 속으로 기어들어갔다. 짚단을 헐고 보니 그곳 벽에는 구멍이 뚫려 있었고 갈라진 틈도 있어 달빛이 드리워진다.

음력 정월은 아직도 춥다. 게다가 바람까지 분다.

"젠장할…… 추워 잠이 와야지. 그러나 저러나 대감마님이 어째서 머저리 같은 덕보놈을 데려가시고 나를 이곳에다 떨어뜨렸을까?"

어지간한 그였지만 도무지 짐작이 가질 않는다.

"역시 대감마님은 내가 지껄인 말을 고스란히 들으셨던 거야. 그것밖에는 짚이는 데가 없다."

그때 어디선지 쥐가 찍찍거리며 우는 소리가 들렸다. 억만이는 무서웠다. 퇴락했다고는 하지만 월성위의 고택은 한양의 채대감 집보다도 훨씬 규모가 큰 것이다. 사람이나 많다면 또 몰라도 식구는 적고 생전 처음인 곳에서 첫밤을 보내는 것이다.

다행히도 달빛이 밝아 망정이지, 아니면 억만이는 그대로 뛰쳐나가 어디론지 달아났을지도 모른다. 그때 갑자기 웃음소리가 들려왔다.

"귀신이냐? 귀신이라면 제발 물러가라구."

웃음소리가 커졌다. 억만이의 말소리는 떨렸다.

"귀신도 사람처럼 웃는가베. 물러가지 않으려면 모습이라도 보일 것이지."

그러자 그늘져 달빛이 가려진 어둠 속에 박꽃과 같은 쬐끄마한 얼굴이 떠올랐다.

"아이고 사람 살려, 정말 귀신이 나타났다."

"히히히."

"그러고 보니 넌……."

간난이였다. 작은 여자종은 달빛이 비추는 곳으로 한 발짝 내딛는다.

"어떻게 이곳을 알았지?"

하고 억만이는 한숨을 내쉬었다.

"어디서 자나 하고 걱정이 되어 와보는 거유."

"그런데 사람을 놀라게 해?"

간난이는 조금 가까이 다가왔다. 그러나 일정한 거리를 두며 접근하지는 않는다.

억만이는 낮에 잠깐 보았던 간난이의 모습과 지금 달빛 속에서 보는 여자종의 모습을 마음속으로 포개어 가면서 말했다.

"내가 걱정되었단 말이지. 우리 친해 보자꾸나."

"처음 보았는데?"

"그래도 이제부터는 한 집에서 살 사람이다. 그러니까 서로 잘 알 필요가 있어."

간난이는 그 말에 이끌리듯 한 발짝 내딛었다. 자기도 모르게.

"좀더 가까이 오렴."

"싫어유."

"왜?"

"댁은 남자고 난 여자잖아유."

억만이는 웃음이 나왔지만 참았다. 이 집에서 살려면 아무래도 서로 친해져야 한다. 억만이는 방법을 바꾸었다.

"김제집은 네 어머니냐?"

간난이는 선뜻 대답을 하지 않는다. 경계심이 계속되고 있다.

"김제집은 늘 뚝뚝하니?"

"아니에유."

"하지만 나한테는 퉁명스럽던데."

"아줌마는 처음 보는 사람이니까 그랬을 거예유. 보통 때는 마음이 착해유."

"너도 그러니?"

"예."

"핫핫핫."

하고 억만이는 웃었다.

"왜 웃지유?"

억만이는 얼버무렸다.

"네가 똑똑해서지."

간난이는 또 다가왔다. 성격은 야무진 데가 있지만, 칭찬을 듣자 경계심을 풀었던 모양이다.

"아줌마라는 걸 보니 네 어머닌 아니로구나. 그럼 네 어머닌 어디 있니? 이 집엔 남자종이 정말 없니? 그리고 주인 나리와 아씨는?"

"왜 그런 것을 꼬치꼬치 캐물어유? 댁하고는 아무런 상관도 없는데?"

"달이 밝구나. 보름달처럼 둥글잖아."

외양간의 뚫린 구멍 사이로 정말 둥근 달이 보였다. 간난이는 대꾸를 하지 않았지만 억만이의 시선을 따라 달을 보는 모양이었다.

"그러니까, 너한테 자꾸 묻는 것은 친해지려는 거야."

간난이는 둘러대기 잘하는 억만이의 말에 넘어가고 있었다.

"지금은 달님이 환하지. 달이 없다면 하늘엔 별이 총총할 거다. 그리하여 냇가의 모래알처럼 많은 별들 중엔 너와 나의 별도 있을 거고."

"거짓말!"

"아냐, 종이라도 별은 있어."

"정말?"

"정말이다. 사람이 죽으면 그런 별도 떨어진다고 난 어머니한테 들었거든."

간난이는 조심스럽게 외양간 입구까지 와서 쭈그리고 앉았다. 그리고 묻는다.

"댁은 어머니가 있어유?"

간난이는 묻기는 했지만, 그 대답을 기다리지 않고 자기 말부터 해 버린다.

"난 갓 났을 때 한다리에서 이곳에 왔대유. 어머니도 몰라유. 그런 나를 김제집이 키워 주었대유. 그리고——아까 물었지만 이 댁의 종은 아줌마와 나뿐이지유. 하지만 주인 아씨가 식구처럼 대해 주셔서 얼마나 좋은지 몰라유."

억만이로선 간난이를 통해 이 집의 내막을 얼추 안 셈이었다. 종으로 살아 나가자면 상전의 성격부터 파악해야 한다. 그것이 억만이의 처세술이었다.

덕보처럼 그저 살아 숨쉬고 있으니까 산다는 식은 아니었다. 적어도 그는 그런 덕보를 경멸했고, 자기의 방법이 옳다고 여겼다.

"그러니? 엄마 얼굴도 모른다니 안되었구나. 하기야 나도 너하고 비슷하긴 하지만……."

"……."

"그런데 좀더 가까이 오렴. 우린 같은 종이니까 친해져야 할 텐데…… 네 목소리가 나한테는 잘 들리지를 않아."

억만이는 다른 생각이 있어서가 아니다. 간난이와 주고받는 말을 다른 사람이 들을까 경계했기 때문이다. 덕보를 놀려주려던 말이 귀가 먼 줄로만 안 대감마님에게 들려 지금의 요모양 요꼴이 되었지 않았는가.

그랬더니 간난이는 앉은 채로 훨씬 가까이 왔다.

"친해지는 게 뭐지유?"

억만이의 목소리는 상대적으로 거의 속삭임처럼 작아졌다.

"첫째, 나를 함부로 부르면 안돼."

"그럼 뭐라고 하지유? 댁도 종이고 나도 종인데유."

"그건 그렇지만, 넌 아직 아이고 난 어른이야. 그러니까 말하자
면 나를 오라버니라고 하면 어때?"

"히히히."

하고 갓난이는 뾰족한 덧니를 드러내며 또 웃었다.

"종이 종한테 오빠라고 하는 말은 처음 들었네유. 우스워라."

그러고 보니 억만이로서도 그런 것 같다. 하지만 여기서 분명히
해두어야 한다.

"웃지 마. 이 기집애야!"

"뭐, 뭐라고 했지유?"

"망할 기집애라고 했다."

"이 자식!"

간난이는 별안간 억만이의 팔목을 물었다. 쥐가 물은 것처럼 아
팠다.

"요것이!"

억만이가 주먹을 쳐들자 간난이는 벌써 도망치고 있었다.

"가지 마!"

억만이는 당황했다. 예기치 않은 일이었기 때문이다.

"가지 마라. 너 한양 이야길 듣고 싶지 않니?"

"싫어유. 거짓말쟁이."

"내가?"

하고 억만이는 되물었지만 이유를 알 수 없었다. 간난이 자신도 모
르게 발끈하여 내뱉은 소리인지 모른다.

억만이는 말을 이었다.

"그래, 내가 잘못했다. 그러니……."

"싫어유."

"그럼 한 가지만 가르쳐 주겠니?"

"뭔데유?"

간난이는 외양간에서 몇 걸음 멀어지고 있었지만 멈춰 섰다.

"뒷산은 이 댁 것이니?"

간난이로선 뚱딴지 같은 질문으로 들린다.

"그것은 왜 알고 싶지유?"

"그저 알고 싶어서란다."

"동네 뒷산이 모두 나리네 것이에유."

"고맙다."

"참 이상한 사람이네유."

간난이는 고개를 갸우뚱했지만 그대로 가 버렸다.

억만이로선 필요가 있어 물었던 것이다. 하지만 간난이한테 팔
뚝을 물렸다고 생각하니 화가 났다. 시골의 조그마한 계집애라고
얕보았는데 보기좋게 당했다.

"오늘은 내 머리통이 어떻게 된 것 아냐?"

그는 자기의 머리에 알밤을 매겼다. 그러나 그는 어둠 속에서 히
죽 웃었다.

"흥, 두고 보라지. 아직은 시작이야. 그까짓 생쥐 같은 기집애
하나 휘어잡지 못한다면 차라리 뜨물통에 코라도 처박아 죽는
게 낫지."

그는 짚 속에 기어들어가자 잠을 청했다.

월성위의 고택은 어둠 속에서 조용하기만 했다. 너무도 조용한 탓인지…… 정적이 지나쳐 고가(古家) 특유의 이상한 소리가 여기저기서 들렸다.

정희는 아직도 잠을 이루지 못하고 있다.

그는 이 무렵까지 어떤 공부를 하고 있었을까? 아버지한테서 《천자문》과 《소학》을 배우고 있었다. 소학은 남송의 주희(朱熹 : 1130~1200)가 편찬한 것인데, 우리나라에선 《소학집주》라 하여 영조대왕이 아이들에게 알기쉽도록 언해(諺解)한 것이 전한다. 그리하여 《소학집주》는 보통 8세부터 꼭 읽어야 한다고, 서문을 쓴 이덕성(李德成)은 강조했다.

다른 집 아이도 비슷했지만, 정희는 이런 기초적 한문 공부말고도 조상에 대한 이야기를 틈틈이 아버지한테 들었다. 글공부 못지 않게 조상을 아는 일도 중요했었다.

병자호란 당시 심양에 볼모로 갔었던 소현세자(昭顯世子)는 어떻게 되었을까? 소현세자 그는 총명했고 진보적 사고의 소유자였다. 세자빈은 금천(지금의 시흥) 강씨(姜氏)이고 우의정을 지낸 석기(碩基)의 따님이었다.

소현세자는 삼전도의 굴욕이 있은 뒤 봉림(鳳林), 인평(麟坪) 등 두 대군과 함께 심양으로 끌려간다.

세자는 어려서 오리 이원익, 계곡 장유의 훈도(薰陶)를 받았다.

계곡은 강도 함락시 스스로 불속에 몸을 던진 안김 김상용의 사위이고 효종비 인선왕후(仁宣王后)의 아버지였다. 12년간 매골[현 시흥군 진자면 장곡리(長谷里) 응곡(鷹谷)]에 들어박혀 학문을 익혔다는 이야기로 유명하다.

세자는 이미 신미년(인조 9 : 1631) 정두원(鄭斗源)이 명나라에 갔다가 가져온 천리경(망원경)·대포·자명종 시계·자목화(柴木花) 등에 흥미를 가졌었다.

그러다가 심양에 간 것인데 볼모로선 당당히 지냈던 것 같다. 판서 남이웅(南以雄 : 1579~1648)을 비롯한 수행원이 3백 명, 그들이 있는 곳은 '심양 관소(館所)'라고 불렸다. 일종의 대사관으로 청측에서도 조선 정부를 대리하는 기관으로 인정했다.

사실 청태종은 몽골인을 형제처럼 가장 신임했고, 다음이 조선족이며 한족은 경계 대상이었다. 또 한림원을 홍문관으로 명칭을 바꾸는 등 초기엔 조선의 제도를 많이 본받았다.

신사년(인조 19 : 1641)엔 인평대군을 귀국시켰고 금주(錦州) 공격을 재개한다. 이 전투엔 소현세자도 참가했었다. 조선에서도 상장군 임경업(林慶業 : 1594~1646)을 요서에 보냈다.

임경업의 호는 고송(孤松)으로 충주 달천평에서 태어났다. '이괄의 난' 당시 공을 세웠으며, 이때는 평안 감사였다. 임장군의 사적에 대해선 앞뒤가 모호하다.

당시 청태종은 눈엣가시 같던 영원성을 점령했지만 장성을 넘기에는 아직도 길이 멀었다. 당면 목표는 금주였다. 금주 서쪽에 호로도(胡蘆島)가 있고, 이곳은 발해 최대의 항구였다.

심양에서 연경으로 가자면 금주 못미처 금령사(金嶺寺)·조양(朝陽)·승덕(承德 : 당시는 아직 없었음. 청대의 熱河임)을 거치는 길이 이 당시의 본래 길이었다.

그러니까 금주로부터 내려와 호로도에 이르고 배로 중국에 가는 바닷길이 고구려·발해 때는 있었지만, 당시 해안을 따라가며 장성의 산해관(山海關)에 이르는 길은 아직 없었다고 여겨진다. 이 일대는 원래 갈대가 우거진 소택(沼澤)과 황무지로서 산적들이 횡행하고 나그네도 피하는 길이었다.

그렇건만 청태종은 후한말 오환족(烏桓族)의 땅이었던 이 길을 새로이 개척하며 서진하려 했다.

그의 금주 공격은 그것을 노린 것이라고 생각된다. 앞서 임경업 장군은 경진년(인조 18 : 1640)에 조선의 수군을 늦게 동원했다는 이유로 청태종의 질책을 받았고 청태종은 이때 조선에도 항의를 한 적이 있다. 고송의 이런 행동은 강홍립에 대한 광해주의 밀명처럼 인조의 밀명이 있었던 것 같다.

《연려실기술》을 보면 가도의 모문룡을 칠 때 대장 류림(柳琳 : ? ~1643) 아래의 부장군으로 공을 세웠고, 이 때문에 청태종의 칭찬을 받고 한족 2백여 명을 노비로 부리라는 상을 받았지만 그들과 호란 때 잡혀간 조선 사람을 바꾸고 돌아온 일도 있었다.

을해년에 한준겸의 따님 인열왕후 한씨(소현·효종·인평·용성대군의 생모)가 승하했으며, 왕은 무인년(인조 16 : 1638)에 조창원(趙昌遠 : 본관 양주)의 따님으로 왕비를 삼는다.

당시 인조는 청에 대해 철저한 증오심을 품고 있었다. 병자년에 수많은 사람들이 죽고 또한 수많은 사람들이 잡혀갔기 때문에 당연한 인간적 감정이라 하겠으나 그 책임은 왕에게 있는 것이다.

역사는 사실을 밝힘과 동시에 그것을 거울로 삼는 데 있다. 그러나 인조의 과실은 손톱만큼의 기록이 없고 하다못해 반성의 기사도 보이지 않는다. 봉건 체제의 왕 중심의 기술이라 하더라도 이는 너무했다. 조카 단종을 죽인 세조는 불경을 적극적으로 송포하기 위해 언해(諺解)까지 했으며 영조·정조는 당신들 치정에 대한 반성의 흔적이 곳곳에서 발견되고 있다.

조선의 근대(近代)를 연 이때 인조·숙종과 같은 왕이 재위했음은 민족의 불행이었다.

그러면서 인조는 소심(小心)했다. 소심한 사람은 의심도 많다. 새 왕비를 맞았을 무렵 창안에선 '딱따구리 귀신' 소동이 벌어지고 있다.

어째서 딱따구리 귀신이라고 했을까? 그 정체는 없는 것이다. 소문이 그렇게 만들어 냈을 뿐이다.

어쩌면 밤중에 바람이 불면서 문이 떨거덕거렸으리라. 마치 귀신이 와서 문을 똑똑 두드리는 것처럼 착각되었을지도 모른다.

이것이 소문으로 번졌다.

그러자 장안의 사람들은 울부짖고,

"또 되놈들이 몰려왔다더라."

하는 말로 바뀌었다.

병자년에 워낙 혼이 났던 것이다. 청태종은 앞에서 말했지만 불과 수만의 병력으로 질풍처럼 달려왔다. 그리고 겨우 보름만에 물러갔다.

이 수만 명의 적을 결사적으로 싸우며 막지는 못했던 것일까? 역사적 사실은 여진족이 통틀어 30만밖에 되지 않았음을 전한다. 그들이 전부 왔다 해도 죽음으로써 싸우려고 했다면 이들을 물리칠 수도 있었으리라……

아무튼 딱따구리 귀신 소동이 벌어지자 사람들은 징이며 꽹과리며 소리나는 것이라면 무엇이든 시끄럽게 울렸다.

귀신에 대한 생각도 민족마다 다르다. 우리 겨레는 어디서 근거한 것인지, 굿판에서 보면 알 수 있듯 두들겨대고 연신 비는 것이

귀신을 달래는 방법이었다.

한족은 어떤가? 그들은 말을 좋아하는 민족이다. 그들은 귀신이 바람보다도 더 빨리 곧장 달리는 능력을 가졌지만, 꼬불꼬불한 길에선 갈팡질팡한다고 믿었다. 그래서 다리도 곡수교(曲水橋)라는 것을 놓는다. 곡수교는 직각으로 꼬부라진 다리이다. 귀신은 직진하는 성질이 있으므로 다리를 건너오지 못한다는 논리(論理)였다.

어쨌든 시끄럽게 울려대니까 사람들은 더욱 불안해졌다. 이런 불안에 무인들도 감염되어 융복(군복)으로 갈아 입고 무기를 들고 대궐로 달려왔다.

그러나 아무런 일도 없어 비로소 안심한다⋯⋯.

이런 상태였던만큼 소현세자가 청태종의 금주 공격에 가담했다는 소식은 왕의 마음을 상하게 만들었다.

그러나 이는 모순이었다.

세자는 자의(自意)가 아니다. 병자년에 항복한 만큼 청과의 굴종은 아니더라도 협력은 불가피한 일이었다. 《연려실기술》에 청의 마부대(馬夫大)가 와서 조선의 장정을 칭병하여 데려갔다는 기사가 보인다. 마부대는 잉굴다이(Inggüldai, 1556~1648)가 원이름이고 마복탑(馬福塔)・용골대와 혼동하여 표기되고 있지만 전혀 다른 인물이다. 그는 주로 외교면에서 활약했다.

그리하여 류림은 청과 협력하고 싶지는 않았지만 거듭되는 왕명에 부득이 요동에 갔던 것이며, 가고 나서도 병을 구실로 비협력적이었다. 심지어는 조선 군사에게 소총의 총알을 빼고 빈총을 쏘라고 명했을 정도이다.

청태종은 처음에는 이것을 몰랐으나 나중에서야 알고 엄중히 항의했으며 결국 하급 책임자 한 사람을 처형하는 데 그쳤다.

청태종이 이런 관용을 베푼 이유가 무엇일까? 조선족에 대해 형제와 같은 호감을 가지고 있었거나 자기들의 숫자가 적다는 치명적 결점을 안고 있어 일을 확대하고 싶지 않아 사건을 조기에 마무리한 것 중의 하나였다.

그리고 민족적 감정으로선 후자였다고 생각되기 쉽지만 사실은 전자에 가깝다는 증거가 발견된다.

청제국 건설의 기간(基幹)은 만주 8기라고 했지만, 원래는 사기(四旗)였고 홍기(붉은색)·남기(쪽빛)·황기(누른빛)·백기(흰색)의 깃발을 가지고 있었다. 이것을 갑절인 홍·남·황·백기에 각각 테두리를 달게 하여 구별했다. 현대의 연대기·사단기라고 생각하면 이해가 빠르다.

다만 한마디로 만주족이라 해도 깃발에 따라 부족(씨족)이 달랐던 것이며 그런 깃발이 곧 우리말의 본관(本貫)과 같았다. 그런데 《팔기통지(八旗通志)》에 의하면 기의 기본 단위인 닐로서 만주·몽골계가 308, 순수한 몽골계가 76, 한족계가 16 있었다고 한다.

1닐이 3백 명이므로 도합 4백 닐이라도 12만의 병력에 불과하다.

조선족의 닐은 없었던 셈인데, 이것은 류림·임경업 장군의 파견군으로 알 수 있듯이 비록 대등하지는 않더라도 독립된 군대로서 참전했다는 사실이다. 물론 소수의 조선계가 만주·몽골계의 닐에 참가한 예는 있었겠지만, 그들은 별 존재가 아니었다. 오히려 문신으로서 참가한 선비 몇몇이 두각을 나타내어 청조에서 대신으로 승진하고 활약한다.

참고로 만주 8기는 북경을 점령한 뒤 협력하는 한족으로서, 따로 8기가 또 창설되어 당시로선 외국이나 다름없는 티베트·신강

성, 또는 서역이라 불린 중앙 아시아까지 판도를 넓혀 중국 역사상 최대의 대제국이 되는 것이다.

원인은 생각지 않고 결과만 가지고 따진다. 이것이 우리 민족의 병폐가 아닐까?

소현세자가 조선을 대표하여 조선의 독립된 군대를 지휘했으므로, 청태종은 그 해에 심양에 억류되어 있던 우리나라 백성을 송환했다. 실록에는 이런 사실을 빼 버리고 다음해인 임오년(인조 20 : 1642) 정월 김상헌 등을 돌려보냈다고만 적었다.

청태종은 임오년 봄에 완강한 저항을 했던 금주성을 함락시켰고 이어 송산(松山)으로 나아간다. 여기에는 조선군의 활약도 컸으리라. 청태종은 기뻐하며 소현세자를 초대하여 축하의 술도 함께 마셨다. 그런 며칠 뒤 뜻밖의 사건이 발생했다. 청태종의 태도가 별안간 냉담해졌던 것이다. 세자는 물론 영문을 몰랐다. 그러나 청태종에게는 움직일 수 없는 정보가 입수되어 있었다.

"아니, 이럴 수가?"
하고 그는 분을 삭이지 못했다.

조선의 왕이 청에게 협력을 하는 한편, 내막적으로는 명나라와 왕래하고 있었다고 하는 배신감이었다.

이런 정보는 당시 북경에 있는 명나라 조정에서 입수되었다. 명은 멸망 직전으로 다수의 한족이 청과 내통하고 있었던 것이다.

이미 몇년 전의 일이었다. 가도에서 해적질을 하던 모문룡 밑에 붙은 조선 사람 이규(李珪)라는 자가 있었다. 가도가 평정되면서 이규는 당시 평안 병사이던 임경업에게 붙잡혔다. 임장군은 부역자를 처단할 권한이 없어 이규를 당시 평양 감사이던 양파(陽坡)

정태화(鄭太和 : 1602~1672)에게 보냈다.

이규는 아마 구변이 좋았고, 한어도 유창하게 지껄였던 것 같다. 양파는 그를 심문하자 곧,

'이는 내가 찾고 있던 사람이다.'

하며 기뻐했다. 양파는 평양 감사로서 명나라와 비밀히 연락할 밀사를 찾으라는 인조의 밀명을 받고 있었다.

이리하여 양파는 이규를 풀어 주고 별실에 모시다시피 하면서, 급히 장계를 임금에게 올렸다. 인조도 기뻐하고 명의 숭정제(崇禎帝)에게 보내는 국서를 보내왔다.

이규는 이 국서를 가지고 승려로 변장하고서 북경까지 가는 데 성공했다.

《청사(淸史)》에 의하면 여진족은 비록 소수 민족이었으나 만주 8기는 용감한 정예였다. 이때 청에는 맹장이 두 사람 있었다. 한 사람은 아지개(누르하치의 12남, 1605~1651)이고, 또 한 사람은 도르곤(누르하치의 14남, 1612~1650)이었다. 이들은 형제로 청태종과는 생모가 달랐다. 이미 수년 전에 아지개는 거용관(居庸關)을 돌파하여 북경을 우회하고서 보정(保定)까지 진격했으며 포로 18만을 잡아 철수했다. 한편 도르곤은 밀운(密雲 : 북경 서북)으로부터 장성을 넘어 역시 북경은 비끼고 산동 반도까지 진격했으나 포로 46만을 얻고 철수하고 있다.

요컨대 청은 중원에 진출하겠다는 확실한 계획은 없었고 요동·요서 일대에 여진족의 나라를 건설하려 했다는 흔적이 있다.

이 당시 명나라의 조정은 부패할 대로 부패하여 이자성(李自成)이 그 무리 수십만을 거느리며 스스로 황제라 일컬었고, 황제는 우

유부단하여 곧 쓰러질 운명에 있었다.

그런데 청군의 앞길에는 새외(塞外 : 장성 밖) 4성이라 하여 금주·송산·행산(杏山)·탑산(塔山)이 병법에서 말하는 이른바 기각지세(掎角之勢)로 버티고 있었다. 그리고 이 네 성의 총병이며 계요(薊遼 : 계주와 요서, 옛 연나라 땅) 총독으로 홍승도(洪承疇)가 지키고 있었다. 홍승도의 참모로 나중에 이름이 알려지는 오삼계(吳三桂)가 있다.

홍승도는 기각지세의 한 귀퉁이 금주가 함락되자 송산에 대군을 집결시킨다. 그는 성질이 급하고 신경질을 잘 내는 인물이었다고 전한다.

청태종이 송산에서 이 홍승도의 군을 무찔렀고 홍승도는 청에 항복한다. 그런데 이 명군 속에 이규가 있었고 그가 체포되어 조선과 명과의 왕래가 발각되었던 것이다.

청태종은 마부대를 보내어 강력히 항의한다. 이번만은 순조롭게 넘어갈 것 같지 않았다. 더구나 눈치 빠르게도 임경업은 송산 전투가 있은 뒤 슬그머니 행방을 감추어 조선에 돌아왔고 왕에게 그 사실을 보고하고 있었던 것이다.

"청에서 책임을 묻고 상감을 내놓으라면 어떻게 할 것인가?"

이때 조정은 벌집을 쑤셔 놓은 것처럼 소란했고 《연려실기술》의 표현을 빌린다면 임금 앞에서 언쟁까지 벌이는 상태였다. 이때 단호한 태도로 나선 분이 지천(遲川) 최명길(崔鳴吉)이었다.

"내가 가서 청태종한테 해명하겠소."

지천은 이규를 명나라에 밀사로 보낼 때의 영의정이었다. 이때는 은퇴하고 양파가 영상이었으나 그가 책임을 지겠다고 나선 것이다.

일설에 의하면 이 문제가 터지자 조사 위원회 같은 것이 설치되고 대책이 의논되었다. 그 자리에서 다수의 의견으로 이런 해결책이 제시되었다.

"모든 책임은 임경업에게 있소. 이규를 중으로 변장시키고 배를 주선하여 북경에 보낸 것도 경업이 한 짓이오. 우리가 선수를 써서 경업을 함거에 태우고 요동에 보내는 것이오."

그때 지천은 단호히 말했다.

"어찌 임경업 한 사람에게 책임을 떠넘길 수 있단 말이오."

이리하여 지천은 체포된 고송과 함께 요동으로 가게 되었는데, 고송은 무인답지 않게 고양(高陽)에서 도망을 쳤다. 그래서 지천 혼자서 요동에 갔으며 청태종의 심문을 받게 된다. 임오년 동짓달의 일로 다음달에는 다시 악전당(樂全堂) 신익성(申翊聖 : 1588∼1644) 등 다섯 사람이 잡혀간다.

지천은 끝까지 버텼다.

그런데 여기서 결론부터 말한다면 조선에 대한 청태종의 태도였다. 그가 보다 적대적이라면 지천을 비롯한 조선의 신하들을 죽이지 않고 풀어 주는 일이 있었을까? 명태조 주원장이었다면 어림도 없다. 조선을 괴롭히고 금과 여인과 말을 빼앗아간 인물이 주원장이다. 역사가 증명하는 일이다.

그런데 청태종은 조선 사람을 직접 죽였다는 사실은 없다. 물론 많은 사람이 끌려갔고 수모를 당했다. 그러나 이민족간의 전쟁이 있었다는 사실을 전제하면 의문이 남는다.

그는 조선의 여인을 요구하지 않았다. 《연려실기술》을 보면 십여 명에 그치고 있다. 이런 것은 숫자로 볼 때 미미하다. 그것도 의녀(醫女)나 기녀를 양갓집 여인과 대체시키고 있다.

조선의 명신(名臣)들이 그 동안 다소의 고역과 수모는 당했지만, 이듬해인 계미년(인조 21 : 1643) 2월에 먼저 악전당 이하 다섯 사람을 풀어 주고 다시 4월에는 끝까지 버텼던 지천과 청음 김상헌(그는 재차 잡혀갔음)도 풀어 준다. 조선이 한 일로선 도망쳤던 고송 임경업을 잡아 청에게 넘겨준 일뿐이었다.

그리고 이 해 7월 청태종은 갑자기 죽는다. 52세, 병없이 죽었다고 하므로 뇌일혈이나 심장마비였던 것 같다.

누르하치의 아들로 구성된 가족 회의가 열렸고 다이샨(청태종의 동복 형)이 의장으로서 청태종의 장남 호게(1609~1648)를 지명했으나 왠지 그는 사양했다. 호게는 당시의 실력자인 도르곤과 맞지 않았기 때문이었다는 설이 있다. 다이샨도 입장이 곤란해져 의장을 사임했고, 도르곤이 의장을 맡게 되었는데 이때 6세이던 후링을 지명했고 가결되어 순치제라고 불린다. 호게와의 연령차로 보아 생모가 달랐던 것 같다.

순치제의 나이가 어려 도르곤은 섭정이 되었다. 그리하여 그는 중원에 대한 진출을 비로소 결정했다고 하지만, 이것도 추측에 불과하다.

청세조(淸世祖)가 즉위하자 이 해 12월 소현세자는 강빈과 청국에서 일시 귀국했다. 7년만의 귀국으로 장인 강석기가 서거했으므로 그 장례에 참석하기 위해서였다. 세자는 3년 전에 한 번 왔다 갔지만 강빈은 7년만이었다. 그런데 인조는 세자빈을 만나 보려하지도 않았고, 심양에서 태어난 두 왕손이라서 그랬을까? 손자들과의 상면도 하지 않았었다.

그리하여 갑신년(인조 22 : 1644) 2월, 세자 일행은 무거운 마음으로 심양에 다시 돌아갔는데 3월엔 좌의정이던 심기원이 광주

부윤(廣州府尹)이던 권억(權憶)과 더불어 역모를 꾸며 주살된다.

현임 대신이 역모를 꾸몄다니 예사로운 일이 아니다. 역모는 왕 타도를 꾸몄다는 것이지만, 일단 고변(告變)되어 혐의가 두어지면 고문부터 가해져 절대로 살아나지 못한다.

물론 증거는 필요하다. 그런데 그 증거라는 것도 수상쩍다.

유일한 증거는 추대될 예정이던 왕손이다. 조선조를 통해 숱한 왕손들이 억울한 죽음을 당했고, 천덕꾸러기가 된 까닭 역시 이런 데서도 원인이 있으리라.

사람들이 도의심을 잃고 왜란과 호란을 겪으면서 살벌해진 민심 의 반영이었을까? 왕손의 수난은 조선조 후기가 될수록 심해진 다……

이들 왕손들은 종친부에 의해 엄격히 관리되고 얼마간의 녹미 (祿米)라는 것을 받았지만 형편없이 가난하여 자제들 글공부마저 도 시키지 못했었다. 그리하여 더러는 아주 몰락하여 서민이 되고 예의 강화도령처럼 되기도 하는 것이었다.

이때도 심기원 등이 회은군(懷恩君)을 추대하며 역모를 꾸몄다 고 했으나 이유가 분명치 않다. 도대체 회은군이 어느 대왕의 왕손 인지 선원보(왕가의 족보)를 찾아봐도 나오질 않는다. 수정되고 말 소되어 흔적을 찾기가 힘든 것이다.

심기원은 왕과 어떤 의견 충돌이 있었던 것일까? 혹은 세자가 떠나기 전에 일어난 일이었을까? 인조가 심기원의 신체만은 염습 (殮襲)을 하게 했다는 것은 무슨 의미인가?

무언가 실록에 나타나지 않은 일들이 있었던 게 분명하다.

이리하여 안김 김자점이 좌의정이 되고 정부의 실권자가 된다. 낙서 김자점은 친청파(親淸派)로서 청측에 고자질하여 체포된 임경업을 넘겨주었다고 한다. 즉 낙서에겐 온갖 악명(惡名)이 뒤집어 쓰워졌다고 생각되는 점이 많은데, 이때 명은 이미 멸망 직전이며 낙서는 친청파라기보다 현실적 정치가였다고 판단된다.

명의 마지막 황제는 숭정제이다. 숭정제는 청과의 전쟁 경비를 염출하기 위해 역참제(驛站制)를 폐지했다. 이때 실업한 대량의 역졸·마부들 수만 명이 폭동을 일으키고 이자성이 그 우두머리가 되었던 것이다.

이리하여 이자성은 갑신년에 서안(西安)에서 자칭 황제가 되었으며 3월엔 북경까지 침입했다. 심기원의 역모 소동이 벌어진 바로 그 무렵이었다.

이자성이 연경에 나타나자 명의 신하들은 항복하거나 달아났다. 그리하여 황제 측근에는 '수염 없고 몸이 뚱뚱하며 30세가 넘으면 벌써 노쇠 현상을 나타내는' 내시만이 우왕좌왕할 뿐이었다.

북경은 외성과 내성이 있고 내성 안에 다시 자금성(紫禁城) 곧 궁궐이 있다. 이자성의 50만 폭도들은 이미 외성과 내성도 점령해 버리고 일부는 자금성에도 들어왔다.

"끝났다. 짐은 사직(社稷)과 함께 죽으리라."

하고 숭정제는 외치며 눈물을 흘렸다.

황제는 자금성 북쪽의 경산(景山)에 올라가 시내를 덮고 있는 검은 연기를 굽어보며 하염없이 눈물을 뿌렸다. 경산은 일명 만수산(萬壽山)이고 현재 공원으로 개방되고 있지만, 쿠빌라이가 땔감을 비축하기 위해 석탄을 쌓아올리고 흙을 덮은 인공의 산이다. 남한산성에 숯을 비축했다는 것과도 궤(軌)를 같이 한다.

현재의 자금성은 청나라 때의 것이 그대로 전해지고 장안가(長安街)라는 동서로 달리는 대로를 향해 천안문(天安門)이 있으며,

그 북문은 지안문(地安門). 북문 밖에 경산이 있다.

그리하여 자금성(현 고궁 박물관) 서쪽에 북해(北海)·서해(西海) 등이 있지만, 이는 바다가 아닌 인공의 호수이며 현대 중국의 요인들은 엄중히 경비된 북해 지구에 사는 것이다.

숭정제가 경산에서 내려와 보니 주황후는 이미 목을 매고 있었다. 그는 세 아들에게 평복을 입히고,

"아무쪼록 살아남아 조상의 제사를 받들라. 살아남으려면 말투를 고치고 행동을 겸손히 해야 한다. 노인을 보면 반드시 절하여 옹(翁)이라 부르고 장년의 사람에겐 백(伯) 또는 숙(叔)이라고 불러라."

하며 간곡히 타이른 뒤 탈출시켰다. 이어 15세인 장평공주(長平公主)를 보자,

"너는 무슨 죄로 우리집에 태어났는가!"

하며 뽑아 든 칼로 내리쳤다. 이어 그는 6세인 소인공주(昭仁公主)를 죽였다.

그런데 장평공주는 중상은 입었지만 죽지는 않았다. 궁녀들의 도움으로 공주도 탈출했고 이듬해 불문에 귀의하겠다며 자수했지만, 청에선 그녀를 보호하여 보통의 여성처럼 짝을 맞추어 준다.

숭정제는 마지막으로 경산에 올라가 스스로 목을 맸다. 황제의 죽음을 지켜본 것은 환관이던 왕승은(王承恩) 한 사람이었고 순사(殉死)한 것도 그 하나뿐이었다.

이자성은 연경에 들어온 다음달, 연경의 남쪽 산해관에서 청군과 싸우다가 패주한다. 소현세자가 청군을 따라 연경에 입성한 것은 갑신년 4월이었다. 이 무렵 숭정제의 아들은 남경에서 즉위하

여 청과의 항전을 계속했다.

을유년(인조 23 : 1645) 2월, 세자는 선교사 탕약망(湯若望 : 1591
~1666, J. Adam Schall, 독일 사람)이 준 서교(기독교) 관계의 책들·
지구본·천주상(天主像)을 가지고 귀국한다.

중국에서의 기독교는 처음에 통상과 병행하여 전도되었다. 그
최초의 서구인은 포르투갈 사람이었다. 1498년, 바스코 다 가마가
희망봉을 우회하는 항로를 개척하여 인도의 말라바르(Malabar) 해
안에 도착한 이래, 고아를 공략하여 근거지로 만들고 말래카, 자
바를 점령했다.

동지나해로 진출한 포르투갈은 1515년 비로소 중국에 나타났고,
그 사절단은 명무종(明武宗 : 정덕제)을 알현했다. 이리하여 영파
(寧波)·하관(廈門 : 아모이)에 상관(商館)을 개설하고 통상을 했으
며 이곳을 근거지로 하여 일본에도 진출하는 등 동지나해의 무역
을 독점했다.

스페인도 뒤이어 마젤란이 남아메리카 남단을 돌아 태평양을 횡
단하고 필리핀 제도를 점령한다. 그들 또한 마닐라를 근거지로 하
여 만력제에 사신을 보내어 통상을 모색했지만, 포르투갈의 방해
로 뜻을 이루지 못한다.

바로 그 무렵, 마틴 루터에 의해 시작된 '종교개혁'에 의해 로마
교황의 권위도 점차로 약해졌다. 이를 만회코자 스페인의 데 로욜
라(de Loyola, Ignatius : 1491~1556)가 신교에 대항하여 구교를 내부
로부터 개혁하기 위한 예수회를 조직했고 새로이 발견된 세계 각
지에 기독교를 포교하기 시작했다(1540).

이런 제수이트파의 성도로서 프란시스코 자비엘(1506~1552)은
일본에서 포교하여 성공을 거두자 다시 염원의 중국으로 향하다가

좌절한다. 대만에서 발행된 양삼부(楊森富)의 《중국기독교사》에 의하면, 당시 명은 외국인의 왕래를 엄금하고 있었는데 자비엘은 1552년 광동의 상천도(上川島)에서 입국 기회를 엿보던 중 8월에 발병한다. 그는 광동 연안의 포교만이라도 희망했지만 거부되자 마침내 병까지 나고 의약 및 식료품의 결핍 속에서 동년 12월 3일 천주의 부름을 받는다.

그 3년 뒤 바레토(Barreto, Melchior Numer)는 일본으로 가는 배를 탔는데, 표류중이던 세 명의 포르투갈인을 구조한다. 이들의 주선으로 그는 광주(廣州)에서 두 달 남짓 머무르는 기회를 얻었으며, 중국 내륙 지방에 들어간 첫번째 선교사가 되었다.

하지만 중국의 선교 문은 좀처럼 열리지 않았다. 1578년 중국명 범예안(范禮安 : Alexandre Valignani)이 아모이에 10개월 남짓 머무르며 내륙 지방 진출을 시도했으나 번번이 실패한다. 그래서 그는 수도원의 창문으로 멀리 내륙 지방을 바라보며 외쳤다.

"바위여, 바위여, 너는 어느 때 가서야 열릴 것인가!"

이 범예안에 의해 유명한 마테오 리치(Matteo Ricci : 1552~1610)가 카파스(Capace, Ferrante)와 더불어 1580년 아모이에 오게 된다. 그들도 처음에는 무역 상인의 신분으로 입국했고 마테오 리치는 한어를 배우고서 리마두(利瑪竇)라는 이름을 가졌다. 그리하여 만력제의 인가 아래 포교를 시작한다.

리마두는 수학·천문학·역학(歷學)·지리학에도 깊은 지식을 가졌고 이런 자연 과학 계통의 학문으로 황제는 물론이고 조정 대관들의 신임을 얻었다. 당시의 학자로서 서광계(徐光啓)가 입신했지만, 리마두 자신도 한족에게 기독교를 이해시키기 위해 사서·오경을 읽었으며 주자학을 도입하여 독특한 기독교 철학을 전개시킨 것으로 유명하다.

《열하일기》〈혹정필담(鵠汀筆談 : 혹정은 왕민호의 호)〉에서도 혹정의 말로 리마두가 소개되고 있다. 이것은 왕민호(王民暉)의 말이면서 연암의 생각도 들어있다 생각되며 당시의 기독교관을 엿볼 수 있는 참고가 된다.

"야소(예수)란, 중국에서 현인을 군자라 하고 서장(티베트)에서 중을 라마라 하는 것과 같습니다. 야소는 오로지 하늘을 공경하고 팔방에 포교하여 33세 때 극형을 당하고 말았습니다만, 그 모임에 든 자는 반드시 체읍(눈물 흘리며 우는 것)하고 비통해하며 천주를 잊지 않습니다. 천주는, 어려서부터 네 항목의 맹세를 하여 색념(色念)을 끊고 벼슬 욕심도 끊고서 팔방으로 포교를 하였고, 고국에 돌아가고자 하는 미련이 없음을 소원했습니다. 명목상 불교를 배척합니다만 윤회를 깊이 믿고 있습니다.

명의 만력 연간에 서양의 사방제(沙方濟 : 곧 자비엘)라는 자가 광동에 와서 죽었습니다. 이어 리마두 등의 사람들이 있었습니다. 그 행하는 포교 내용은 사리(事理)의 선양이 주요한 것이고, 인격의 향상을 요체로 하여 충효나 자애를 과제로 삼으며 힘써 선(善)으로 나아가되 허물을 고치는 것이 입신의 조건이며 생사에 관련되는 큰 일도 대비가 있다면 걱정이 없다 하는[곧 유비무환] 것을 궁극으로 삼고 있습니다. 서방의 여러 나라는 천주의 가르침을 신앙한 지가 천여 년, 크게 안정되고 오랫동안 다스려지고 있습니다. 그 하는 말엔 과장이 많고 한인은 믿는 자가 없습니다."

"만력 9년(1581) 리마두가 중국에 들어와서 경사(京師 : 연경의 높임말)에 29년 동안 머물렀습니다. 그 설(주장)에 의하면 한애제

(漢哀帝 : 재위 기원전 25~기원후 1)의 원수 2년(기원전) 야소는 대
진국(大秦國)에서 태어나고 사해(四海 : 세계란 뜻으로도 쓰이나 중
국 이외란 뜻)의 밖으로 교의를 보급했습니다. 한의 원수로부터
명의 만력까지 1천5백여 년, 이른바 야소의 두 글자는 중국의 서
적에는 보이지 않습니다. 야소는 배도 갈 수 없는 큰 바다의 밖
으로 나가서 중국의 사람들은 이를 들은 적이 없었던 것입니
까? 오래 전부터 듣고는 있었지만, 그것이 이단(異端)이라서
사관(史官)이 쓰지 않았던 것일까요? 대진국은 일명 불림(拂
菻 : 대진국은 로마 제국을 말하며 불림은 동로마)이라고 합니다. 이
른바 구주(歐州)는 서양의 총명(總名)입니까? 홍무 4년(홍무는
명태조의 연호. 1371), 날고륜(捏古倫)이 대진국으로부터 중국에
들어오고 고황제(주원장)를 알현했습니다만 야소의 가르침을 말
하지 않은 것은 어째서입니까? 대진국에는 처음부터 야소의 교
의는 없었는데 리마두가 비로소 천신(天神)을 가탁(假託)하여
중국을 현혹한 것입니까? 윤회를 독신(篤信)하여 천국·지옥설
을 말하면서 불교를 비난·배척하고 원수처럼 공격하는 것은 어
째서입니까?

《시경》에서 '하늘이 백성을 낳자, 만물이 있고 법칙이 있다(天
生蒸民 有物有則)'고 합니다. 불교의 교의로선 형체·그릇을 환
망(幻妄)하다 하고 있으므로 백성은 물질이 없고 규칙이 없는 게
됩니다. 지금 야소의 가르침은 이(理)를 기수(氣數)라 하고 있습
니다. 《시경》에서, '상천의 일은 소리도 없고 냄새도 없다(上天
之載 無聲無臭)'고 합니다. 그런데 지금은 말을 바꾸고 꾸며서
상천으로 청각·후각이 있다고 주장합니다. 이 두 가지의 교의
는 어느 쪽이 뛰어난 것입니까?"

"서양의 학문으로 어찌 불교를 그릇된 것이라고 논의할 수 있겠습니까? 불교는 고상(高尙)하기는 합니다만, 많은 비유가 끝에 이르러 낙착(落着)되는 데가 없고 그 중의 약간만이 깨달음을 얻었을 때 겨우 환(幻)이라는 한마디인 것입니다. 저 야소의 가르침은 본래 불교의 조박(糟粕 : 술찌끼. 영향이란 뜻)을 얻은 모양입니다. 중국에 들어오고 나서 중국의 글과 글자를 배우고, 비로소 중국이 불교를 배척한 것을 보고 거꾸로 중국을 본받아 불교를 배척했으며, 중국의 글과 글자 속에서 상제·주재(主宰) 등의 말을 찾아내어 우리나라의 유가에 부화(附和)했습니다. 그렇지만 그 본령(本領)은 본디 명물도수(名物度數 : 동식물학 천문수학)의 범위를 벗어나지 못합니다. 우리 유교의 제이의(第二義)로 떨어져 있는 데다가 그들도 이(理)에 관해 견해가 없는 것은 아닙니다. 이가 기(氣)를 이기지 못한다는 일은 오래입니다. 요(堯) 때의 장우(長雨)·탕(湯) 때의 가뭄은 기수가 그와 같이 만들었다고 생각합니다〔하략〕."

이 곡정이라는 사람의 경력은 나와있지 않지만 역사·자연과학·물리에 대해서도 연암과 더불어 광범하게 논하고 있다. 기독교에 대한 지식도 당시로선 상당한 수준에 이르고 있음은 문답에서 본 대로이다.

연암은 이 필담을 나눈 뒤 천주당을 참관했는데 사천주(四天主)라는 말을 쓴다. 연경의 사방에 천주당이 하나씩 있다는 뜻인데, 청에서는 유교는 물론이고 불교·도교에도 고르게 배려한 듯 그 위치를 정하고 있었다.

연암은 '서천주'라고 기록했지만 이것은 남당(南堂)의 오기(誤記)인 듯싶고, 남당은 마테오 리치가 1601년 명신종(만력제)을 알현하고 서양의 문물(文物)을 바친 대가로 선무문(宣武門) 동쪽 머리에 저택을 하사받았으며, 이듬해 저택 옆의 정지(淨地)에 헌당되었다. 동당(東堂)은 동안문(東安門 : 자금성의) 밖에 있으며 순치제의 신임을 받은 탕약망의 집터라고 전한다. 북당(北堂)은 프랑스 선교사 홍약한(洪若翰 : Jeames de Fontaney, 1687~1710 . 청국 체류)이 강희제로부터 서안문(西安門) 밖에 부지가 하사되어 1703년에 준공되었다. 서당(西堂)이 가장 늦고 라잘리스트파의 베드리니가 1723년 옹정제(雍正帝)의 인가를 받고 건립된다.

소현세자는 바로 탕약망과 가까웠으며 당시 있었던 명나라 때부터의 남당을 자주 찾았던 셈인데, 그 동기는 역시 새로운 학문에 있었을 터이다. 입신 여부는 기록되지 않아 불명이지만, 강빈과 세 왕손도 남당을 찾았는지도 모른다. 특히 왕손들은 세례를 받았을 가능성이 있다.

이 당시 특별한 금령(禁令)이 내려져 있던 것도 아니며, 세자로선 꺼림칙한 일도 없었을 것이다. 공식적인 기록은 없지만 천주교는 명말부터 청초에 걸쳐 극소수나마 신자가 있었을 것으로 추정된다.

그리하여 왜란 때 일본으로 끌려간 많은 사람들이 입신했던 사실은 이미 알려진 일이다. 까닭인즉 이때의 왜장(倭將) 가운데 고니시 유키나가[小西行長 : ?~1600, 세례명 아우구스티노]를 비롯한 다수의 신자가 있었던 것이다.

일본에서의 천주교 시초도 1549년 자비엘이 사쓰마의 가고시마[鹿兒島]에 상륙함으로써 시작된다. 자비엘은 2년간 선교하고 중국으로 갔지만, 용어로선 불교어를 교묘히 이용하였고 교의 자체는 타협하지 않았다고 한다. 이리하여 신자가 급속히 늘었으며 다이묘[大名 : 봉건 영주]로서 입신자가 생기고 큐슈의 오토모 소린[大友宗麟 : 1530~1587]이 그 대표적 인물이었다.

고니시는 당시의 자유 무역 도시 사카이[堺]의 약종상 아들로 태어났고, 최초의 패권을 잡은 오다 노부나가[織田信長 : 1534~1582]도 이런 사카이를 통한 무역, 특히 소총과 화약에 관심을 가졌다. 그리하여 선교사와도 만나게 되었으며 《일본사》를 저술한 예수회의 루이스 플로이스(1532~1597)는 1569년 노부나가를 만나보고 그 인상기를 남겼다.

노부나가는 잔인한 성격으로 많은 승려·불교 신자를 죽였는데, 그 후계자가 성씨도 없는 천민의 아들 도요토미 히데요시[豊臣秀吉 : 1535~1598]였다. 고니시는 이런 히데요시의 시동(侍童)이 되고 가토 기요마사[加藤淸正 : 1562~1611]와 출세를 다투었으며 응추가 된다. 이것이 히데요시의 조선 침략에도 그대로 나타난다.

히데요시는 1587년에 갑자기 선교사의 추방령을 공표했는데, 일본인 사가의 설명에 의하면 일본의 무력 통일도 거의 완성되어 가고 있어 선교사와 그 배후의 무기상인 포르투갈의 세력 침투를 막기 위해서였다고 한다. 동시에 대량으로 발생한 실업 사무라이들의 새로운 영지로서 조선 침략을 이 무렵부터 계획했다는 것이다.

왜란에 대해선 설명할 필요도 없지만 1592년 3월, 9개 군단 15만 8천7백 명이 바다를 건넜다. 그 선봉이 고니시와 가토였고, 5월 3일 그들은 벌써 한양을 점령했으며 거기서 두 갈래로 갈라진다. 평안도 방면으로 나간 고니시는 6월 15일 대동강을 건너 평양을 점령했지만, 여기선 한 발짝도 더 나가지 못했다. 왜군은 초기에 기습 작전과 신무기였던 소총(그들은 화승총을 모방·

자급했다)의 위력을 빌린 것이었으나, 충무공 이순신(李舜臣)에
의해 보급로가 차단되고 각지에서 의병이 궐기했기 때문이다. 앞
에서도 잠깐 언급했지만 이때의 선비들은 부패하지 않고 순수한
정신으로서 의병을 지도했으며 독이 오른 왜군은 선비를 보기만
해도 죽였던 것이다.

고니시의 강화 공작은 이런 상황 아래서 시작되고 휴전이 성립
되었으나 곧 깨질 성질의 것이었고, 정유년(선조 30 : 1597)에 다시
전쟁은 일어났다. 그러나 왜군은 남쪽 일부 지역에서 득세했을
뿐이며 고니시는 남원성을 함락시키는 등 남해 일대의 피해가
컸었다. 이때도 많은 사람들이 끌려갔으며 그 수는 수십만에 이
르렀다. 사쓰마 한 곳만도 3만 7백 명이 있었다 하므로 추측되고
도 남는다. 이들은 그 많은 남녀와 어린이를 노예로 부려먹기
위해 끌고 갔지만, 이때 유학·활자·서적·미술품과 도공·칠
공(漆工)·주판과 계산법·길쌈·염색·목공·주조·대장 기술자
등도 싹쓸이 하다시피 주로 삼남(三南 : 경상·전라·충청도)에서 주
민들을 끌고 갔다.

《일본 기리시탄 종문사〔日本切支丹宗門史 : 1598~1651의 기록. 레
옹 파제스 지음〕》에 의하면 히데요시가 죽은 뒤 기독교는 빠르게 부
흥되고 있다. 추방되거나 숨어 있던 선교사들이 속속 모습을 드러
냈고 나가사키〔長崎〕·오무라〔大村〕·아리마〔有馬 : 세 곳 다 큐슈〕
가 그 선교 중심지였다.

그런데 1599년 초에 나가사키의 신임 부교〔奉行 : 특별 지역 행정
관〕 데라사와〔寺澤〕는 원래 신자였으나 시류에 편승하여 신자를 은
밀히 박해했다. 그래서 고니시의 영지인 아마쿠사〔天草 : 현 나가사
키현〕의 섬으로 선교사 등이 옮겨갔고 동년 3월부터 9월까지 4만

명의 사람에게 세례를 베풀었다.

1600년에는 이른바 세키가와라 전투가 벌어지고 기리시탄 다이묘(大名)가 가담한 서군(西軍)이 패하고 도쿠가와 이에야스(德川家康 : 1541~1616)가 실권자로 등장한다. 고니시는 이때 포로가 되었으나 자살은 하지 않고 처형되었다. 당시 고니시의 영지 히고(肥後 : 구마모토 일대)는 아마쿠사를 포함해서 10만의 신자가 있었지만 가장 비참했었다. 고니시와는 옹추인 가토가 히고의 태수로 임명되고 가차없는 탄압을 시작했기 때문이다.

고니시의 부인 마리아는 두 명의 조선 소년을 시동으로 부렸었는데, 그녀는 이들을 동정하여 노예에서 해방시키고 신학교의 학생으로 보냈다. 빈센트 강(姜)이 그 이름으로 1603년 세례를 받고 전도사가 된다. 빈센트가 33세일 때 예수회는 그를 조선의 전도사로 보내려고 했으나 당시 일본에서의 박해가 심하여 계획을 단념했다고 한다. 또 한 소년은 어떻게 되었는지 불명이다.

1614년 12월, 교토의 기리시탄 명부를 조사하라는 명령이 있었고 같은 명령은 후시미(伏見)·오사카 및 사카이의 부교에게도 내려졌다. 이 명부엔 이국인뿐 아니라 토착의 사람들도 포함되고 있었으며 이들도 함께 추방된다는 것이었다.

1615년 3월에는 더 가혹한 명령이 내려졌다. 각 태수들은 영내의 신자를 남김없이 나가사키에 보내고, 그들이 출발한 뒤에는 천주당을 파괴하고 기교(棄敎)에 응하지 않는 신자는 모두 죽음으로써 처리하라는 것이었다.

부교는 주민에게 위협적인 명령을 공표하고서 이렇게 말했다. "기리시탄은 순교자로서 존경되기 때문에 오히려 죽음을 희망한다. 그들을 처형함은 누구도 바라지 않는 일로서 잔학한 박해와 견디 내기 어려운 간난 속에서 그들의 목숨이 오래 붙어 있기를 바란다. 이러한 시련 중에서 부녀자를 쓰라린 일에 종사토록 하고 특히 용모가 아름다운 자는 도읍에 보내어 창녀로 만들어야 한다. 만일 사람들이 예수 그리스도의 가르침을 버린다면 연공(年貢 : 토지세)과 부역을 면케 해줄 것이다."

그러자 주민들은 말했다.

"죽는 데 수고가 따른다면 기리시탄은 더욱 공을 세우고 하늘의 보상을 받습니다. 아내나 딸들은 면목을 잃기는커녕 시련에 의해 더욱 더 광채를 더하리다."

아리마의 어른과 이장은 관아에 출두하여 부교의 물음에 당당히 대답했다(연좌제가 있었다). 그곳은 아리마의 돈 요하네(신자였던 영주)에 의해 세워지고 배교자인 그 아들 돈 미카엘에 의해 폐기된 예수회의 학림(學林 : 학교)과 교구의 천주당이 있던 곳이었다. 1천명의 군졸이 주위를 지키고 있었다. 중앙엔 한 다발의 새끼줄을 준비한 스무 명의 군졸이 있었다. 기리시탄들이 들어오자 쇠갈퀴로 머리털이나 귀가 눌려졌고 끌려가서 구타되고 알몸뚱이로 만들자 발목을 묶었으며 흙투성이 짚신으로 얼굴까지 짓밟혔다. 이것은 일본의 관습으로선 가장 심한 모욕이었다. 이 동안 그들은 소리 높이 찬송과 기도를 하고 있었다. 그들은 강제로 입이 다물어졌다.

70명이 끝내 신앙을 지켰다. 밤엔 성 아랫거리의 초소에서 감시병이 지켰다. 아침이 되자 그들은 결박되어 구경거리로 시내를 끌려 다닌 뒤 새로운 고문이 가해졌다. 34명은 양발을 판자 사이에 끼어져 단단히 죄어졌고, 위로부터 짓밟혔다. 몇명은 뼈가 으스러졌다. 어떤 자는 약해져 신앙을 버렸다. 동시에 부녀자는 알몸으로 만들고 어린이는 밟아 죽이겠다고 협박했다.

단 한 명의 순교자도 만들지 않겠다며 선언했는데도 신앙이 굳은 자 17명이 선정되고 참수되었다.

그들 중에 미카엘 니시시치로에몽이 있었고, 그는 결박된 다른 기리시탄의 벌거벗은 모습을 보고서 함께 굴욕을 받기 위해 옷을 벗었다. 그리고 외쳤다.

"형제들이여, 정신을 똑바로 차리시오. 당신의 피는 당신을 위해서 있는 피를 모두 흘리신 천주님의 도움이 되리다."

이들 중에 조선 사람도 있었다. 1619년 오무라에서 페드르 유소〔有造〕가 그 집에서 참수되었다. 그는 조선 사람으로 모 다이묘의 부하로 부려졌고 에도〔江戸 : 지금의 도쿄〕에서 성프란시스코의 시중을 들었으며, 또한 하옥된 신자를 위해 정성을 기울인 일이 있어 이에 이르렀던 것이다. 다만 동인의 하인인 토머스 코사쿠도 함께 참수되었다.

그런데 같은 사람에 대해 파제스는 아래와 같이 썼다.

'오무라의 페트로 유소, 옥중의 선교사들에게 과일이나 참외를 선물한 것이 발각되어 체포되고 자택에서 하인 고사쿠〔小作〕와 함께 참형되다.'〔吳允台・《日韓기독교 교류사》 참조〕

1619년 나가사키의 복자(福者) 코스마 타케야이치메이몽〔竹谷一名門〕은 가부(家夫)를 지내고 부유한 까닭에 많은 선교사를 숙박케 할 수가 있었다. 칼로로 스피놀라 신부와 같은 날 체포되고 1622년 11월 18일 나가사키에서 레오나드 키무라와 함께 분살(화형)되다 (파제스・종문사).

같은 사실을 《선혈유서》에선 복자 코스마 다케오(그는 조선 사람으로 도미니칸 신부의 宿主)는 화형에 처해졌다고 되어 있다.

요컨대 이름이 일본식으로 되어 있어 자세한 경력을 모르는 일이 있으며, 이것은 두 가지 자료로써 사실이 밝혀진 셈이었다 (1612~1647까지 순교자는 27만 명).

에도 막부는 정권 기초가 굳어지고 3대 쇼군 도쿠가와 이에미스 〔德川家光 : 1603~1651〕 시대였다. 아마쿠사의 영주는 나가사키 부교였던 데라사와였다. 그가 영주로 오면서 박해는 그치지 않았지만 1629년에는 새로운 방법을 썼다. 기교(棄敎)하지 않는 자의 아내를 산중에 감금하는 방법이었다. 그 수가 어느덧 213명이나 되었다.

데라사와는 부하인 도베를 시켜 뙤약볕이 내리쬐는 밭 가운데 대로 엮은 오두막을 세웠다. 그 건물 안은 너무 낮아서 서있을 수가 없고 늘 무릎꿇고 있어야 했다. 그리고 집안은 가시나무로 가득했다.

빈약한 식사나 물을 남편이 가져다 줄 수는 있었지만, 아내와 젖먹이는 따로 수용되었다.

하루에 한 번씩 음식을 갖다 줄 수 있고, 또 남편이 보는 앞에서 고문을 받았다.

"기교하겠어요!"
라고 한마디만 하면 즉시 석방되었는데 7~8일이 지나도록 누구 하나 신앙을 버리겠다고 하지 않는 것이다.

그래서 굴복하지 않자 남편들도 가두었다. 그리고 마지막 방법을 쓸 참이었다.

이 근처엔 운센〔雲仙〕이라는 화산이 있고 곳곳에 유독성 유황을 분출하며 부글부글 끓는 용암 구덩이가 있었다.

데라사와는 도베를 시켜,

"마지막 방법을 써라."

하고 명했다.

몇명의 여자들이 가시집에서 끌려 나왔다. 사내들은 곧 달려들어 누더기와도 같은 옷을 하나도 남기지 않고 벗겼으며 그들이 서로 격려하지 못하도록 분리시켰다. 그리고 두 팔에 한 가닥씩, 발목은 한 가닥 새끼줄로 묶었다. 또 무거운 돌을 목에 매달았다.

그리고 등에 온천물을 통으로 떠다가 쏟아부었다. 이것은 유황이 섞인 유독성이므로 뜨거운 물로 화상을 입은 곳은 금방 문드러지고 썩는다.

고문은 낮에만 하는 게 아니고 밤에도 계속되었다.

며칠이 안 가서 여인들은 그 고통이 너무나도 심하여 한둘만 남기고서,

"버리겠어요, 천주를 버리겠어요!"

하고 말했다. 그런데 조선 여자인 이차벨만은 끝내 굴복하지 않았다[파제스·종문사에서 명기됨].

"네 남편은 이미 굴복했다."

"그래도 저는 하늘에 영원한 남편을 가지고 있습니다. 그러므로 구원받는 일로선 이 세상의 남편을 따를 수가 없습니다."

도베는 그녀를 웅덩이로 끌고 갔다. 주위엔 6백 명 남짓의 구경꾼이 있었다. 이때 하늘이 갑자기 어두워지고 끓고 있는 물이 뿜어오르면서 구경꾼들 머리 위로 뿌려졌다.

군중은 그것을 피하려고 우왕좌왕했지만, 광채도 찬란한 아름답게 생긴 세 살 가량의 사내아이가 열탕 위에 나타나는 것을 분명히 보았다.

'대체 그 아이가 누구일까?'

다음날 이자벨은 운센의 화구(火口)가로 끌려갔다. 도베는 먼저
그녀의 목에 무거운 돌을 매달고 머리에도 돌을 이게 했을 뿐 아니
라 입안에도 돌멩이를 물렸다.

"돌이 하나라도 떨어지면 네가 기교한 표시가 된다!"

그녀는 되도록 또렷하게 대답했다.

"아녜요, 스스로 넘어져도(넘어짐·구름이라 하여 기교를 뜻함) 저
는 마음을 바꾸지 않겠어요. 왜냐하면 돌이 머리 위에서 떨어지
지 않도록 함은 제 힘으로는 할 수 없는 일이니까요."

그녀는 2시간 이상이나 버텼고 돌도 떨어지지 않았다. 이자벨이
나중에 말했지만 목의 돌 무게마저 느끼지 못했다.

그녀는 밤을 새며 기도를 계속했다. 그리하여 구경꾼들이 보았
던 것과 똑같은 아름다운 아이의 모습을 보고 위안을 받았다. 이리
하여 이 성스러운 위안자는 그녀의 신앙을 깨끗하게 해주었다.

이튿날 아침 그녀는 다시 고문을 받았다. 그녀는 알몸에 손발이
묶인 채 끓는 물이 끼얹어졌다.

그래도 이자벨은 굴복하지 않고 계속하기를 기다리고 있어 형리
들을 낙담시켰다.

"좋다, 우리는 10년이든 20년이든 계속할 거다."

"10년 20년은 잠깐이죠. 만일 백 년을 살려 주신다면 저는 천주
님의 뜻에 어긋나지 않도록, 쉬지 않고 이 똑같은 괴로움을 견
디도록 그런 세월을 쓸 수 있음을 행복하게 여기겠어요."

고문한 지 13일째 되는 날 그녀는 성 아랫거리로 끌려갔다. 그녀
는 그 동안 먹지 않고 자지 않고 산에서 버텼던 것이다. 이자벨은
서지도 못하고 온몸은 상처투성이였다.

그녀는 부교 앞에 끌려나갔다. 꽤나 애를 먹어 가며, 그녀의 손

으로 기교한다는 손도장을 억지로 찍게 만들었다. 그리고는 한마디도 못하게 하고서 집에 돌아가도록 해준다…….

1637년쯤 되자 다수의 선교사도 순교한다. 그 일부를 적는다면, 1637년 9월 27일 살아남은 사람들은 형장으로 끌려갔다. 그들은 결박되고 재갈이 물렸으며 안장 없는 말에 태워졌다. 선두는 문둥병(나병) 환자인 일본인이었다. 둘째 번이 혼혈아 로렌시오, 다음이 빈센시오 데 라 쿠르스 신부, 이어 글리엘모 신부. 그는 몸이 여위고 쇠약해 있었지만 마음은 흔들림이 없어 눈과 마음은 하늘로 향해 있었다. 마지막으로 미카엘 신부가 따랐다. 이 미카엘은 재갈이 물려 말을 못하므로 머리를 숙여 포르투갈 사람에게 인사를 했다. 포르투갈인들은 다윗의 첫 시편 '복 있는 사람(Beatus vir)'을 노래불러 그것에 답했다.

순교자들은 머리의 반쪽이 밀어졌고, 얼굴의 왼쪽은 철단(鐵丹 : 안료의 일종)으로 칠해져 있었다.

카톨릭 사회에서 가장 유명한 장소의 하나인 성산(聖山)에 구덩이가 준비되어 있었다. 순교자는 그곳에 거꾸로 매달렸고 그날 하루 내내, 또한 이튿날도 천주의 찬송가를 부르며 서로 라틴어나 에스파냐어로 격려하면서 보냈다. 이틀 뒤 관원들은 그 장소를 떠나고 싶어져 희생자의 목을 베어 처형을 끝내도록 명했다.

페레일러 신부의 배교(背敎)가 유럽에 알려지자 이는 예수회와 그밖의 수도회 내부에 엄청난 고통을 주었다. 예수회의 수도사들은 자기들의 피로써 수도사의 죄를 씻기 위해 모두 다투어 가며 일본에 보내질 것을 바랐다. 1635년 예수회의 신부 34명이 리스본에서 승선했다. 그들의 인솔자로서 마르셀로·프란시스코·마스트릴리(1603년, 나폴리 태생)가 임명됐다. 긴 항해 끝에 이들은 인도의

고아에 도착했다. 고아 체재중 이들은 전년(1634)에 있었던 예수회
의 수도자 24명의 순교 소식을 들었다.

마스트릴리 신부는 더욱 쉽게 일본에 건너갈 수 있다는 희망을
품고 고아에서 마카오로 갔으며…… 7월(1636)에야 도착했다. 필리
핀 총독은 그를 환대하며 일본으로 건너가게 해주겠다고 약속했
다. 여러 곡절이 있은 뒤 일행은 1637년 2월 마카오를 출발한다.

도중 폭풍을 만나 대만으로 떠밀렸고, 다시 출발하여 8월 3일 유
구(琉球) 섬을 발견했다. 이곳에서 배를 구하는 데 시간을 보냈고
9월 19일 사쓰마에 상륙한다. 다른 동료는 배를 타고 연안을 따라
북상했다. 그리하여 그들은 곧 체포되고 프란시스코회의 수도사가
함께 왔음을 자백한다.

이리하여 마스트릴리도 체포되어 나가사키로 연행되고 10월 5일
부교 앞에 섰다. 그는 여러 방법으로 심문받았다. 심문에 대해 신
부는 사도(使徒)답게 답변했다.

"나는 황제(쇼군을 뜻함)께 말씀드릴 것이 있어 왔습니다. 아직
   살아계시다면 건강토록 해드리기 위해, 또 예수 그리스도의 신
   앙을 전하기 위해서."

라고 덧붙였다. 왜냐하면 그는 그의 영광스런 신부 성프란시스코
라베리오의 대사로서 보내졌기 때문이다.

"성프란시스코 라베리오란 누구인가?"

"그분은 일본에 최초로 오신 신부님으로서 붕고[豊後 : 후쿠오카
   일대]의 태수 돈 프란시스코[오토모 소린]를 그 가신 전부와 함께
   예수 그리스도에 개종시킨 분입니다."

"하지만 그가 오래 전에 이미 죽었다고 한다면, 그 사람이 어떻
   게 당신을 대사로 보냈는가?"

"아니오, 그는 이 세상에선 돌아가셨지만 하늘에선 영원히 살고
계십니다. 더욱이 내가 그것을 단언하는 증거로선 그는 나폴리
에서 나를 소생케 했던 것입니다."

부교는 그의 태도와 말에 감탄했으며 또한 자기도 성인을 존경
한다고 말했다. 그러나 직책상 부득이하다며 물고문을 명했다. 마
스트릴리는 두 가지 고문을 이틀 동안 당했다. 한 가지는 거꾸로
매달려 큰 통의 물 속에 콧구멍만 남기고서 담그는 것이고, 또 한
가지는 사다리를 세우고 그것에 거꾸로 몸을 고정시켜 묶은 뒤 긴
대롱 따위를 이용하여 술과 물을 섞은 것을 입으로 흘러 들어가게
하는 고문이었다. 이 사다리 고문은 물고문보다 더한 것이며 폐가
부풀고 가슴의 혈관이 파열되는 경우도 있었다고 한다.

신부는 이 시련으로 까무러쳤다. 그는 정신이 들자 형리에게 말
했다.

"내가 정신을 잃었다고 해서 놀라선 안된다. 나는 수도사이다.
따라서 살아서 갈 수 있는 즐거움은 나로선 별로 좋을 것도 없
다. 그럼에도 나는 인간에 대해 자연스런 심정이 생긴다. 그리
고 정신은 언제라도 날카롭고, 온갖 고통, 아니 죽음마저 견디
기 위해 영혼은 변하지 않는다."

옥사에 돌아와서 그는 동료들의 기교를 알았다. 그들 가운데 단
한 사람만 최후까지 버텼다. 안멜레야 코테다로 구덩이 안에서 죽
었다. 마스트릴리는 눈물을 뚝뚝 떨어뜨리며 이 사람들이 목숨을
희생시켜 속죄하도록 소원했다.

3일째 되는 날 부교는 신(神)의 종인 그에게 무서운 협박을 하
며, 그가 총독으로부터 파견되어 마닐라에서 왔느냐고 물었다.

"고문을 쉬지 않고 더욱 심하게 해주십시오. 천주님은 저에게

잘 견디는 힘을 주시겠지요. 나는 마닐라에서 왔지만, 총독의
명령은 아니고 쇼군을 개종시키며 가능하다면 그것에 의해 전
일본을 개종하려는 계획으로 온 자입니다. 나는 모름지기 세상
에서 가장 숭고하고 천주님이 가장 기뻐하실 이 계획에 목숨을
바치고자 온 자입니다."

"그대가 그토록 죽음을 바란다면 과연 그와 같이 해주겠다. 그
런데 쇼군님께 건강과 정기(精氣)를 주겠다는 약이라 함은 대체
무엇인가?"

"그것은 제왕초(帝王草)라 하여 효험이 있는 약입니다(그가 고아
에서 가져온 자비엘의 유물로서, 이것을 분말로 만들어 환약에 섞은
것이라고 한다. 복자인 성인에게 대한 그의 신뢰는 이토록 철저했던
것이다). 만일 이 약이 마음에 드시지 않는다면, 당신들의 쇼군
께 우리의 복자이신 순례자(자비엘)의 화상(초상화)을 가져가 주
십시오! 그리하여 만일 당신네들이 그것을 당신네 절에 두면
갖가지의 기적을 볼 수 있겠지요."

"바보 같은 소리 작작해라!"

부교는 그렇게 말하고 신부를 다른 형장으로 끌고 가게 했다. 그
는 발가숭이가 되고 시뻘겋게 달군 쇠인두로 음부가 지글지글 불
태워졌다. 그는 수치심에 모욕감마저 더해지자 장황한 호소를 입
에 올렸다.

"내 조물주를 사랑하는 까닭에 내 몸의 전부를 고통에 바치고 있
습니다. 어떠한 괴로움도 마다하지 않겠습니다. 그러나 나의 몸
팔다리만으로 아직 모자란다는 겁니까. 관원님, 인간의 수치심
과는 반대인 이 불결한 형벌을 중지해 주시지 않겠소? 아무리
야만이라도 이렇게까지 하는 거요?"

부교는 난처해져 이 고문을 중지시켰다. ……그는 옥사에 연행되어 사형 선고를 받았다. 그는 이 사자를 천사로 받아들였고 다만 구덩이라는 말만으로 성스런 속죄주의 말을 되풀이했다.

'정신은 뛰어나지만 육체는 약하다.'

10월 14일, 신부는 형장에 연행되었다. 그는 설교를 못하도록 예리한 못을 박은 철판이 입에 물려졌고 머리의 우측은 깎였으며 일본인의 눈으로선 심한 치욕의 곳인 좌측이 철단으로 칠해졌다. 그는 밧줄과 사슬로 번쩍거릴 만큼 묶였고 수도복, 곧 예수회의 수도자가 인도에서 입는 것과 비슷하나 무릎에서 잘려 있어 다리를 그대로 몽땅 드러낸 옷을 입고 어깨에서부터 죄목을 기록한 작은 기를 나부끼며 말에 태워지고 있었다.

이리하여 천사나 공중의 구경거리가 되어, 그는 모욕감을 느끼는 일도 없이 이교도 앞을 지났으며 포르투갈 사람들만 많이 살고, 여섯 척의 배 승무원이 있었던 엔도라는 곳에 도착했다. 신부의 소망인 구덩이 옆에 이르자, 그는 겨드랑이까지 꽉 묶여 있었지만 언제라도 숨은 쉴 수 있게끔 입의 재갈이 풀렸다.

그는 여전히 부드러운 표정으로, 그 자리에 있는 부교에게 감사했다.

"세뇰, 이제 곧 당신들은 우리들이 예배하는 천주님이 얼마나 위대하신지, 우리들이 바라는 천국이 얼마나 거룩한 것인지 아시리다."

그는 구덩이 속에 거꾸로 매달리고 발목까지 내려졌다. 그러나 그는 바위처럼 움직이지 않았다.

형리들은 그가 죽었는지 확인해 보려고 물었다. 순교자는 그들에게 말했다.

"나는 아무것도 원치 않소. 나는 천국에 있습니다."

물이 필요하냐고 물어도 그는 사양했다. 다만 정중히 이렇게 말할 뿐이었다.

"나는 물도 아무것도 필요하지 않다. 다만 천국의 영광, 영광뿐이다."

그는 이 고통 속에서 꼬박 4일간, 즉 10월 14일 수요일 오전 11시부터 17일 토요일 오후 3시까지 그대로 있었다. 피는 보통 심하게 내려가 버리므로 빨리 죽지 않도록 죄인의 이마로부터 피를 내는 법이 있다.

부교는 이 기적에 대해 듣고, 이튿날 올려야 할 우상의 축제 때문에 그의 참수를 명했다. 그는 구덩이에서 끌어올려졌을 때 아직도 원기가 있었다. 그는 석방되는 게 아닐까 염려하고 형리에게 왜 끌어올렸느냐고 물었다.

그러자 사람들이 그에게 선고문을 알렸다.

"좋아, 이렇게 하여 빨리 끝나도록."

이때 신부는 온몸이 뒤흔들리고 거꾸로 매달렸다가, 창자가 정상으로 되돌아가도록 세워져 있는 일에 심한 고통을 느꼈다. 그는 무릎 꿇고서 성프란시스코 자베리오 신부에게 가호를 기도했다.. 와락 내리친 일격으로선 상처도 나지 않았다. 제2격으로는 약간의 상처가 났을 뿐이다. 그러자 형리는 무서워져 칼을 내던졌다.

순교자는 그에게 말했다.

"내 아들이여, 명령을 달성하십시오."

그리하여 형리는 다시 칼을 고쳐잡고, 이번에는 한번에 목을 베었다.

비슷한 무렵, 나가사키에서 멀지 않은 같은 하늘 아래서 끔찍한 일이 벌어졌다. 일본의 사가는 1637년 10월, 아마쿠사에서 폭동이 일어났다고 적는다.

이미 말했듯이 그곳엔 기리시탄 신자들이 많았었다. 불교도도 있었고 중심 마을들에선 전원이 참가한, 엄격한 지배에 반대하여 농민이 궐기했던 것이다. 절망의 군중에겐 기적이 일어나고 구원이 있기를 바라는 법이지만, 16세의 소년 아마쿠사 시로〔天草四郎〕의 출현은 그런 기적이나 같았다.

이윽고 3만 7천의 기리시탄이 하라성〔原城〕에 집결했고 에도 막부의 사무라이 12만 4천의 대군에게 포위되었다. 그리하여 최후까지 항전하고 단 한 사람의 배신자를 제외하고는 남녀노유 할 것 없이 모두 살육되었다. 무기도 제대로 없는 그들이었으나 신앙으로 뭉친 이들의 저항은 너무도 강력하여 막부군은 화란의 군함까지 요청하여 해상에서 포격을 가했을 정도이다.

또다른 하늘 아래, 조선이었다.

소현세자는 서양의 문물을 가지고 돌아왔다. 그런데 임금과 세자는 미묘한 관계에 있었다.

임경업 사건도 있어, 인조는 세자와 그 뒤에 있는 청의 세력을 의식했던 게 아닐까?

'세자를 돌려보내고 그 대신 나를 심양으로 불러들일 속셈이 아닐까?'

이는 충분히 가능성이 있다. 고려말의 왕들은 실제, 원나라에 소환되고 있는 것이다.

'세자한테 왕위를 물려주라 강요하고 나한테는 허울 좋은 상왕 (上王)이 되라고 한다면……?'

이 무렵 인조는 조씨라는 희빈을 총애하고 있어 그녀의 베개밑 공사도 있었다. 조귀인은 숭선군(崇善君) · 낙선군(樂善君)의 두 왕 자와 옹주 하나를 낳고 있어 강빈에게 남다른 적대감을 가졌었다. 그리하여 왕은 영상이던 백강(白江) 이경여(李敬輿 : 1585~1657)의 말에 발끈 화를 냈다. 백강은 세종의 제5남 밀성군(密城君) 침 (琛)의 후손이다.

"세자께서 돌아오셨는데 상면을 미루시면 안됩니다. 그리고 세 자님의 무사하신 귀국을 축하하는 백관들의 하례(賀禮)를 받도 록 하셔야 합니다."

이는 세자인 이상 당연한 절차였다.

"영상마저 그런 소리를 하시오? 그는 되놈이 되어 돌아왔소!"

"아닙니다. 세자마마의 마음은 조금도 변하지 않았습니다."

"듣기 싫소. 도대체 그런 마음을 가졌다면, 오랑캐가 주는 선물 을 보란 듯이 마소에 싣고 돌아온단 말이오?"

백강은 한숨을 쉬었을 터이다.

의심을 하게 되면 혹도 백이라 할 수 있는 것이다. 백강은 물러 서지 않고 강조했다.

"우선 부자분의 상면이라도 하셔야 합니다. 만일 그것도 하시지 않는다면 인류(人倫)의 대도(大道)가……."

인조도 이 말에는 세자와의 상면을 거절할 수가 없었다.

부자가 서로 원수처럼 상면도 않는다는 것은 유교 도덕의 부정 이기 때문이다. 이것은 감정을 초월하는 것이다. 이리하여 부자 상면이 이루어진다.

일설에는 어색한 부자 대면이 끝나자 세자는 청에 대한 자신의 인상을 솔직히 말했다고 한다. 그러자 격분한 인조는 문안(文案 :

책상)에 놓인 벼룻돌을 집어던졌고 이것이 세자의 이마에 맞아 치명상이 되었다던가.

또 일설에는 세자가 학질을 앓았는데 의관 이형익(李馨益)이 침을 잘못 놓았고, 그 때문에 세자가 승하했다고 한다.

깊은 대궐 안에서 발생한 일이고 비밀 누설은 곧 죽음을 의미하므로 진상은 영원한 수수께끼이다. 뒤의 설은 《인조실록》에 세자가 '학질이 발병한 지 사흘만에 승하했다'는 기사에서 연유되었지만, 앞의 설이 진실에 보다 가까우리라.

학질로 이형익이 침을 잘못 놓았다는 설은 갖가지의 소문이 꼬리를 물었다는 것이 된다. 즉 이형익은 조귀인의 친정집에 단골로 드나드는 의원이었다는 말을 낳게 했다. 그리고 비록 과실이라도 의관은 당연히 금부(禁府)에 넘겨져 엄한 조사를 받아야 할 텐데 인조는 끝까지 의관의 처벌은커녕 그를 두둔했다.

더욱이 세자는 적어도 한 달 정도의 장례 기일을 두고 애도하는 게 관례인데, 강빈의 입회도 금하고 종실 몇몇이 염습하여 겨우 사흘만에 장사를 치르게 했다는 것이다. 그리하여 물론 나중의 일이지만 시신을 염한 종실 한 사람의 말로, 세자의 몸은 마치 먹빛과도 같이 시커멓게 변색되어 있고 입·코·항문 등에서 검은 피가 흘러나오고 있었다고 한다. 이는 약사발을 받고 죽은 사람만이 나타내는 현상인데, 그렇다면 세자는 독살되었다는 것일까?

세자의 승하는 을유년 4월, 귀국하고 두 달만의 일이었다. 이 무렵 청군은 양주(揚州)를 함락시킨다. 왕수초(王秀楚)의 《양주십일기(揚州十日記)》는 이때 청군이 다른 한족에게 본보기를 보이기 위해 80만의 주민을 모두 죽였다는 참상이 내용인데, 이는 그뒤 우리나라에 수입되어 사대부에게 많이 애독된다.

청군은 뒤이어 윤6월 남경을 함락시켜 복왕을 사로잡지만, 명의 신하들은 다시 다른 왕자를 복주(福州)에서 추대하여 당왕(唐王)이라고 일컫는다. 조선에서도 윤6월에 봉림대군을 세자로 책봉한다. 백강은 이때도 죽음을 각오하고 임금에게 간(諫)했다.

"안됩니다. 세자가 불행히 승하하셨다면 마땅히 세손(世孫)으로 세자를 책봉하시는 게 예로부터의 관례입니다. 법대로 하셔야 합니다."

인조는 듣지 않는다. 실록처럼 소현세자가 학질로 죽었다면 마땅히 그 소생으로 세손을 봉하는 게 순리(順理)였다. 그런데 그렇게 하지 않았다.

소현세자는 강빈과의 사이에 석철(石鐵)·석린(石麟)·석견(石堅)의 세 왕자가 있었다. 물론 아직 어렸다.

백강은 이 때문에 파면되어 진도(珍島)로 유배되고 3년만에 풀려난다. 그리하여 낙서 김자점은 영상이 되고 청음도 이때 우상이 되고 있다.

이듬해인 병술년(인조 24 : 1646) 3월, 강빈에게 사약이 내려졌다. 조귀인을 저주하는 무고(巫蠱)가 있었다는 이유이다.

은허(殷墟)가 발굴되었을 때 무덤엔 무장한 병사와 개가 순장되어 있었다. 유교적 사고방식으로 이는 곧 고라는 귀신의 침입을 막기 위해 산 채로 매장된 것이라고 해석되었다.

주대(周代)에 이르러 나그네가 먼 길을 떠날 때는 발(犮)이라는 예방법을 썼다. 이 글자를 분해하면 개(犬)한테 칼을 가하는 모양이다. 개는 귀신을 볼 수 있고, 따라서 죽음의 신인 고를 쫓기 위해 개를 죽이고(대용물로) 그것을 문에 걸어 두었다. 춘추 무렵에는 수레로 개를 치어 죽이고 길을 떠나기도 했다.

하지만 무고라는 말은 발견되지 않는다. 무고는 한무제가 그 만년에 미친 듯이 사람을 죽일 때 황후이던 위자부(衛子夫)와 태자 유철(劉澈)·딸들과 관련자인 무당들을 죽였을 때 비로소 생긴 말이다.

그러고 보면 이때쯤 유가들이 득세하고 있다. 따라서 무고란 말은 유교와 관계가 있음직하다. 그러나 원래의 유교는 이런 것이 아니었다. 상대편을 헐뜯고 당파 곧 떼거리로 벌떼처럼 왕왕 떠들며 제 영화를 위해 상대는 죽든 말든 양심의 가책마저 느끼지 않는, 그런 게 아니었다.

누구나 아다시피 맹자(孟子 : 기원전 372∼289)는 유교를 유학으로 끌어올린 인물로 인의(仁義)를 강조했다. 그는 공자의 손자로서 《중용》을 지은 자사(子思)한테 배웠다고 전하지만, 공자 사상인 인에 의를 덧붙임으로써 인 사상을 발전시켰다고 이해된다.

'춘추에 의전(義戰)이란 없다.'

이 말은 문자 그대로가 아닌, 비록 공자설로 전해지는 것이라도 의문으로 느껴지는 것은 과감하게 비판하는 정신이었다. 데카르트는 '정신이 곧 인간의 조건'이라고 규정지었지만, 맹자의 의는 정의(正義)·정기(正氣)를 의미했다.

그는 당시의 유행이던 묵자·양주(楊朱), 그리고 노장의 사상도 비판하고 있다.

'양자(양주)는 이기주의를 취하여 단 한 올의 터럭을 뽑음으로써 사회에 도움된다 알아도 자기를 위한 게 아니면 하지 않는다. 묵자는 겸애설(박애주의)을 취하여 세상을 위한다고 여겨지면 머리를 밀어 노예가 되어 다리를 절굿공이처럼 닳도록 일하여 마지않는다. 자막(子莫)은 중간쯤 곧 치우치지 않음을 주장한다.

중간을 취함은 공자의 도에 가깝다면 가깝지만, 중간을 취할 뿐
으로서 권(權) 곧 시세에 따르는 변화를 모른다면 한쪽으로 치
우치는 것과 마찬가지이다. 한쪽에 치우침을 나쁘다 하는 것은
그 도(원리, 진리)를 해치기 때문이다. 하나를 끄집어내기 위해
백 가지를 버리기 때문이다. '(《맹자》 〈진심편〉)

맹자하면 양혜왕(위문후)을 방문했을 때의 문답이 유명하다. 필
자는 한족이 이 무렵 벌써 문화가 발달했다는 점에 대해선 의문을
느끼고 있지만, 모든 고전에 그렇게 나와 있으므로 따를 수밖에 없
다. 양혜왕은 말한다.

"노선생께서 천 리를 멀다 않고 아득한 동방에서(맹자는 노나라
근처 추라는 소국 출신) 찾아주셔서 참으로 고맙습니다. 가르쳐
주실 일은 역시 무언가 우리나라의 이익이 되는 안을 들려주실
것으로 생각합니다만."

"임금님, 저는 귀국의 이익이 되는 것을 말씀드리러 온 것이 아
닙니다. 다만 인의를 말씀드릴 뿐입니다."(《맹자》 〈양혜왕편〉)

맹자의 이 말은 상식을 뒤엎는 말이었다. 누구라도 현인의 현책
(賢策)을 듣고 그것을 시행하여 국민과 국가의 이익이 되기를 바라
는 것은 상식이었다.

"임금께서 무엇이 우리나라에 이익이 되느냐고 하신다면, 대부
는 무엇이 내 집의 이익이 되느냐 할 것이고, 보통의 사(士)도
백성도 무엇이 내 몸의 이익이 되느냐고 하겠지요. 그리하여 위
아래의 사람들이 모두 이익을 챙기려고 든다면 그것은 국가의
위기가 되고 맙니다. 만 승의 병거(兵車 : 셋이 타는 전투용 수레.
수레 1대당 30명의 보병이 따른다. 따라서 병거의 보유는 국력의 기준
이 되었다)를 낼 수 있는 대국의 주군을 죽이는 자가 있다면, 그

것은 반드시 천 승의 병거를 내는 대부의 집이 되겠지요. 천 승의 병거를 낼 정도의 소국 주군을 죽이는 자가 있다면, 그것은 백 승의 병거를 낼 수 있는 바로 부장의 집입니다. 천으로서 만을 뺏고 백으로서 천을 뺏으려면 그 신하의 녹봉도 적지가 않을 터입니다. 만일 의를 뒤로 하고 이익을 앞세운다면, 주군의 것을 뺏지 않고선 만족할 수 없게 되는 것입니다. 인덕을 갖춘 자로서 그 어버이를 잊는 자란 없고 의를 분별하는 자는 주군을 뒤로 하는 자가 없습니다. 그러므로 왕께선 다만 인의를 말씀하셔야 합니다. 어찌 이익을 말하실 수 있겠습니까?"(《맹자》〈양혜왕편〉)

맹자는 이런 양혜왕에게 실망하고 제선왕에게로 간다. 제선왕과의 문답에서 맹자는 매우 대담한 주장을 한다. 그러나 이것도 인의를 전제로 한다면 당연한 결론이었다.

선왕은 묻는다.

"은(殷)의 시조 탕(湯 : 성인으로 여겨진다)은 주인이던 걸왕(桀王)을 내몰고, 주무왕(周武王 : 역시 성인으로 되어 있다)도 주군인 주왕(紂王)을 쳤다고 하는데 그것은 사실입니까?"

"예, 옛날의 글에 그와 같이 씌어져 있습니다."

"신하의 신분으로 왕을 시해할 수 있다는 것입니까?"

"인애(仁愛)를 해치는 자를 적(賊 : 도적, 역적)이라 하고 도의를 해치는 자를 잔(殘 : 잔인, 잔혹)이라 합니다. 이런 잔적을 범하는 악인은 천자라 해도 천자가 아니고 한낱 인간에 지나지 않습니다. 한낱 인간에 지나지 않는 주를 죽였다고는 듣고 있지만 임금인 주왕을 시역했다고는 듣지 못했습니다."(《맹자》〈양혜왕편〉)

맹자의 이 말을 가지고서 그가 혁명 사상을 가졌다고 생각하는
것은 비약이다. 물론 그런 요소가 있는 것처럼 보이지만 잔·적이
라는 글자를 분석하면 역시 인의와 연관되며 유교의 기본 정신 인
에서 벗어나고 있지 않다.

적을 도적·역적이니 하는 알기쉬운 말로 숙어를 만들었지만,
인간의 욕심이 남의 것을 뺏거나 훔치는 것이다. 잔 역시 인간으로
서의 인애, 공자가 강조한 나 아닌 타인의 입장에서 생각하라는 정
신에서 비롯된 말이다. 즉 잔인·잔혹한 자는 상대방에 대한 인간
성 또는 동정심이란 눈꼽만치도 없는 것이다. 그리하여 남을 죽이
거나 하며 기뻐하는 자라도 자기 몸은 귀하게 여기어 작은 상처만
나도 아프다고 울부짖는 게 악인이었다.

잔은 맹자의 유명한 성선설(性善說)과 직결된다.

'인간에겐 사람으로서 차마 보고 그대로 지나칠 수 없는 동정심
(측은지심)이 있다. 옛날의 성왕은 이런 사람의 측은지심을 바탕
으로 하여 정치를 하였다.'

그럼 측은지심이란 무엇일까?

'사람으로서 누구나 측은지심이 있다 하는 까닭은, 지금 이곳에
아장아장 걷는 아이가 들의 우물에 빠지려는 것을 보았다고 하
자. 누구라도 가만히 있을 수만 없어 구하고자 달려갈 것이 분
명하다. 그것은 어린이의 부모와 친해지고 싶다는 속셈으로서도
아니고 마을의 같은 또래로부터 칭찬을 받고 싶어서도 아니며
구해 주지 않으면 욕을 먹기 때문도 아니다. 이로 미루어 보아
이런 측은지심(동정심)이 없는 자는 사람이 아니고, 부끄러움이
없는 자는 사람이 아니며, 겸손하고 양보할 마음이 없는 자도
사람은 아니고, 옳고 그름을 가리는 분별이 없는 자도 사람이

아니다. 그리하여 동정심은 인의 실마리(시작)이고, 수치심은 의의 실마리이고, 겸양심은 예(禮)의 실마리이고, 분별심은 지(智 : 지혜)의 실마리이다.'(《맹자》〈공손축편〉)

여기서 인의예지(仁義禮智)라는 말이 비로소 강조되고, 인간의 마음은 본디 착하다는 성선설(性善說)이 생겼다.

이런 성선설에 공도자(公都子)라는 제자가 의문을 제기했다.

"고자(告子 : 묵자 학파)는 인간의 본성은 선도 아니고 악도 아니라고 합니다. 어떤 사람은 또 본성이란 착한 일도 할 수 있고 악한 짓도 할 수 있다고 합니다. 지금 선생은 인간의 본성이란 착하다고 하셨습니다. 대체 어느 말이 옳습니까?"

맹자는 이런 의문에 대답했다.

"사람의 타고난 정(情 : 마음, 감정)으로 말하면 확실히 선이라고 할 수 있다. 그것이 내가 말하는 인성(人性)은 착하다는 뜻이다. 악을 행하는 자가 있더라도 그것은 소질의 탓은 아니다. …… 인의예지는 외부로부터 주어진 게 아니고, 자기가 본디부터 가졌으면서 다만 자각하지 못하기 때문에 악을 행하게 되는 것이다. 그래서 '구하면 손에 넣을 수 있지만 버려두면 없어진다.'고 하잖는가."

맹자는 이밖에도 정신을 함양하고 성선을 완성하기 위해선 외물(外物 : 마음 밖의 대상)에 끌리지 않도록 과욕(寡欲 : 욕심을 줄이는 것)이 중요하다고 주장했다. 또한 정신을 안정시키기 위해 **호연지기**(浩然之氣)를 키워야 한다고도 했다. 호연지기란,

'말로선 표현하기가 곤란하다. 그 기는 매우 크며, 강직하며 잘만 키워서 해치지 않는다면 천지(우주)에 가득해진다.'
는 것을 말한다.

어쨌든 무고란 여자들이 상대편을 저주하기 위해 피묻은 허수아
비 따위에 못질을 하거나 상대편 침실의 마루방 밑에 파묻는다는
식이었다.

조귀인을 저주하는 무고가 발생하자 두 명의 궁녀가 용의자로
체포되고, 처절한 고문이 가해졌다. 더욱이 용의자의 하나는 최상
궁으로 강빈의 궁녀였다.

음모의 냄새가 물씬 풍긴다.

이래서 강빈은 감금되고 사사(賜死)된 것이다. 그리고 다음해인
정해년(인조 25 : 1647) 5월, 소현세자의 세 아들은 제주도로 보내
졌는데 가엾은 왕손들은 도중에서 교살되고 바다에 던져졌다.

기축년(인조 27 : 1649), 인조는 재위 27년에 춘추 55세로 승하한
다. 봉림대군이 뒤를 이어 효종이 된다. 그리고 신묘년(효종 2 :
1651) 섣달에 김자점은 역모를 하였다 하여 능치처참되고 시신은
남대문에 거꾸로 매달렸다. 이때 조귀인에게도 사약이 내려졌
다. 인묘의 3년상이 끝나기를 기다려 강빈의 원한은 갚아졌던
셈이다. 낙서의 모반도 조귀인 소생의 숭선군을 추대하려 했다
는 것이다.

《연려실기술》에도 김자점의 전기가 있었는데 내용은 삭제되
고 있다. 기술은 이보다 나중에 씌어진 것이지만 영조 때에 이
르러 삭제된 모양이다.

그리고 낙서의 이런 인물평이 《실록》에 전한다.

'용사일구 권문대개(用事日久 權門大開)'

한마디로 권력을 오래 잡아 부귀했다는 비난이다. 오인(午人)은
특히 낙서를 증오했다. 경향 각지에 그의 전장(田莊)이 많았고 권
세를 부렸다는 이야기로──.

인조반정의 밀모는 낙서의 두뇌에서 나왔다는 게 정평(定評)이지만, 재능은 있더라도 인덕은 없었던 것 같다.

일설에 온돌의 발명은 낙서의 고안이라고 한다. 한양은 당시 나무들이 울창하고 산불이 잦았다. 낙서가 이런 산불 예방으로 민간의 온돌방 설치를 장려하고 솔가리를 긁어다가 때도록 했다.

이것이 산불의 예방은 되었지만 산림을 황폐하게 만들고 국민을 나약하게 만든 진범이었다는 설도 유포된다.

《오주연문》 제10권에 온돌토갱 변증설이 있다. 그것을 보면 온돌의 역사는 길며 《당서》 〈고려전(고구려)〉에 그 나라 사람이 동절이면 온돌을 설치하고 사용했다는 기사가 있음을 인용했다. 그리고 오주는 또한,

　'지금으로부터 백 년 전만 하더라도 온돌은 장안의 공경·척택(외척의 집)에 한두 칸 있고 노인이나 환자용으로 사용되었을 뿐이다.'

라고 했다. 그리하여 신축년(현종 2 : 1661)에 백강(白江 : 白軒의 오기) 이경석(李景奭 : 1595~1671)이 이런 온돌방의 유행이 젊은이의 기풍마저 나약하게 만든다고 상주한 사실을 덧붙였다. 낙서의 이름은 역신이므로 그랬는지는 몰라도 언급이 없다.

실제 지금도 창덕궁(인조 25년, 정릉의 경운궁에서 신축 이전)에 가보면 마루방이 남아있고 우리 민족의 강인하고도 소박한 생활력을 엿보게 해준다.

그러나 전기의 백헌 이경석의 상주로도 알 수 있듯이 인조 이후에 이런 온돌방이 급속하게 유행되었다. 그런데 온돌방의 효용(效用)은 해로움도 있었으나 이익도 있었다. 오주도 지적했지만 탐라에도 온돌의 유풍이 있었고, 이는 아궁이에 불을 때고 긴 구들을

통해 연기를 충만케 함으로서 인축에 해를 끼치는 쥐를 몰아내는 데 효과가 있었다는 것이다.

여기서 맹자의 '인의'에 대해 생각해 본다. 한족은 예로부터 이익 곧 상술(商術)에 능했고 우리는 상대적으로 그런 것을 훨씬 후대에 이르기까지 몰랐다.

그런 한족은 맹자의 인의를 우리와는 다른 방향으로 해석했다. 물론 그것이 전부는 아니지만 하나의 중요한 그들의 민족성이 되었다.

한족은 상고 시대부터 불구대천의 원수라 하여 반드시 복수하는 민족이다. 강한 자 앞에선 어디까지나 비굴하고 최대 한도까지 참지만, 결코 복수심마저 버리는 것은 아니다.

비록 모욕을 받은 본인이 죽더라도 그 복수심은 아들·손자까지 이어져 반드시 갚고야 만다.

제민왕(齊湣王 : 재위 기원전 300~284)은 맹자 시대에 살았던 인물이다. 민왕은 폭군으로 도읍 임치의 외성(중국의 성구로는 3중, 외성은 서민 지역) 주민으로 장사꾼이라 여겨지는 고고훤(孤孤喧)이 왕의 압정을 아마도 술집 같은 곳에서 비난하자 즉시 체포되어 외성의 광장에서 처형되었다.

이어 민왕은 종실의 직언자를 처형했고 병가(兵家 : 시간 엄수를 강조했고 법가로부터 갈라졌다)의 창시자로 알려진 사마양저(司馬穰苴 : 사마는 사령관인데 이것이 성씨로 된다)를 파면했으며 민심을 잃었다. 그러자 같은 동이계의 연나라 명장 악의(樂毅)가 공격해 왔고 제는 도읍 임치를 비롯한 70개의 성 가운데 겨우 두 개만 남기고 모두 점령된다. 이때 전단(田單)이라는 인물이 남은 두 성 가운데 하나인 거(莒)를 끝까지 사수하고 적이 물러가는 계기가 된다.

초왕은 장군 도치(淖齒)를 보내주어 제는 멸망 직전에서 살아난다. 그런 도치가 주둔군 사령관으로서 민왕을 힐문했다. 도치가 묻는다.

"제나라의 천 승(병거, 그 수가 많을수록 부유하다), 땅, 박창(博昌)의 수백 리에 걸쳐 하늘에서 피가 내려 옷이 끈끈해졌다는 나쁜 징조가 있었는데 왕은 알고 계셨소?"

"아니, 조금도 몰랐소."

"영과 박이란 지방에서 큰 지진이 생겨 땅이 크게 갈라지고 뜨거운 물을 뿜었다는 소식은 들었습니까?"

"아니, 처음 듣는 소리요."

"왕궁 앞에서 곡하는 여인이 있었는데 아무리 찾아보아도 모습을 발견하지 못했소. 왕은 이런 일이 있었음을 아시오?"

"모르오."

"하늘·땅·사람[천지인]의 세 가지 경고가 있었던 것입니다. 그런데도 반성할 줄을 모르는 당신은 왕의 자격을 잃었다고 생각되오."

도치는 이렇게 선언하고 민왕을 제나라 종묘로 끌고 가서 목졸라 죽였다.

제나라 사람들 중 이것에 항의하는 자도 없었다. 이때 민왕에게 총애받던 왕손가(王孫賈)라는 소년이 있었다. 중국에선 남색(南色)을 용양(龍陽)이라고 한다. 이런 남색은 나라가 망국할 때쯤 유행된다고 한다. 우리나라에서도 고려의 공민왕 때 그런 사실이 있었고 조선조에선 철종(哲宗) 때 이것이 유행된다.

그런 왕손가는 집에 숨어 있었는데 그 어머니가 말했다.

"너는 임금님이 살해되었는데 총애를 받은 몸으로서 분하지도 않느냐?"

이리하여 왕손가는 시장으로 달려가서 큰 목소리로 외쳤다.

"딴나라의 장군 도치가 우리나라 내정에 간섭하여 함부로 우리의 국왕을 죽였다. 어찌 이를 보고만 있을 수 있겠는가! 나는 이제부터 원수를 갚으러 갈 참인데 내 뜻에 찬성하는 분은 오른쪽 어깨를 드러내고[右祖] 맹세하기 바라오."

그러자 대부분의 시장 상인들이 이에 공명하고 그 수가 4백 명이나 되었다. 이들은 초나라의 군영에 몰려가 마침내 도치를 죽이고 왕자를 찾아내어 군주로 추대한다.

왕손가의 이러한 행동을 의로운 짓, 곧 협(俠)이라고 한다. 맹자의 인의에서 파생된 협도(俠道)라는 것으로 그뒤의 역사에 중요한 영향을 미친다.

당시 제나라는 제자백가로도 알 수 있듯이 문화의 선진 지역이고 그 나라 사람들은 소맷부리가 넓은 도포(조선조 때 관복의 겉옷) 비슷한 것을 걸치고 상투를 땋았으며 모자를 쓰고 있었다.

한족은 본디 그 풍속으로 창발(상투를 매지 않고 뒤로 늘어뜨림)이며 옷은 내리닫이로 되었는데, 여름엔 홑옷이고 겨울엔 겹옷을 입었다. 귀족들은 갖옷을 입는다. 그런데 이들은 속옷이 없었다. 남녀 모두 그러했지만 그 결과는 설명할 필요가 없으며 음란했음은 《사기》에서 증명된다.

한족의 나라인 조(趙)나라는 이 당시 문화가 가장 후진이고 그 영역은 현재의 산서 및 섬서성의 북부이며 황토 고원도 포함된다. 중국 공산당의 근거지였던 유명한 연안(延安)은 이 황토 고원의 북쪽 가장자리에 위치한다.

이곳은 현재도 혈거(穴居)하는 사람들이 있지만, 이들은 토굴 안에 긴 구들을 놓고 보온을 했다. 중국어로 온돌은 캉(炕)이고 굴뚝은 옌통(烟筒)이라 한다. 따라서 온돌은 추운 지방에 옛날부터 있었던 셈이다.

조무령왕(趙武靈王 : 재위 기원전 326~295)은 호복기사(胡服騎射)로 알려진다. 그는 즉위 19년(기원전 307)에 백관을 소집하고 선언했다.

"지금 중산(中山)은 우리의 심복(心腹)에 있고 북에는 연이 있으며 동쪽엔 호(胡 : 동호, 곧 동이계)가 있다. 그리고 서쪽엔 임호(林胡)·누번(樓煩 : 북적의 하나)·진(秦)·한(韓)과 국경을 접한다. 그렇건만 유력한 원군을 기대하지도 못한다. 이렇다면 사직(나라)을 잃고 말리라. 어찌해야 좋단 말인가? 도대체 당대로 명성이 높은 자는 반드시 종래의 풍속·습관을 버렸다는 비난을 면하지 못하지만, 나는 호인(胡人)의 복장을 할까 한다."

호인의 복장(호복)이란 무엇인가?

다름아닌 바지였다.

한족은 속옷이 없기 때문에 말을 타고서 장시간 싸울 수가 없었다. 당시는 안장도 없었겠지만, 말잔등에 신체의 예민한 부분이 스쳐 아프고 견디지를 못하는 것이다. 그러나 바지는 그렇지가 않다. 비록 얇은 천일망정 속옷을 입고 있어 성기(性器)를 보호하는 구실을 한다.

따라서 몽골계와 퉁구스계(동이를 서양에선 퉁구스라 함)의 민족은 예로부터 바지를 입었고 바람처럼 빠른 기동성을 가진 기마 군단으로 한족을 공격했다.

이때 부분적으로 장성은 있었지만 지금의 만리장성처럼 연결된

것은 아니었다. 전투용 수레로 병거는 있었지만 이것은 두 마리의
말이 끌며, 산서성과 같은 산악 지대에선 소용이 없다.

그래서 무령왕은 번번이 호군에게 패했는데 나라와 종족을 지키
기 위해 바지를 입겠다고 선언한 셈이다.

무령왕은 아울러 동방의 민족이 말을 달리면서 쏘는 궁술, 곧 기
사(騎射)도 군사들에게 배우도록 했다.

이(夷)라는 것은 동쪽이란 뜻이고 활을 잘 쏜다는 의미다. 오랑
캐라는 뜻은 아마도 육조 시대의 한족이 발명했다고 추정된다.

무령왕은 호복기사함으로써 숙적(宿敵)인 중산국을 자주 공격할
힘을 길렀고 연(燕)·대(代 : 탁현의 서북쪽)에 이르렀으며 운중(雲
中)·구원(九原 : 현재의 내몽골로, 황하가 남류하기 시작하는 곳)까지
이른다. 국력이 그만큼 신장된 셈인데 호복에 반대하는 보수 세력
도 강했고, 그 세력의 압력을 받아 기원전 299년 왕위를 아들에게
물려주고 주보(主父 : 주군의 아버지란 뜻)라고 불린다.

그리고 마침내 반대파의 공격을 받아 굶어 죽었다(중산국의 멸망
은 기원전 293년).

낙서 김자점의 몰락은 청서(淸西)라고 불린 당시의 신진 세력
이던 우암(尤菴) 송시열(宋時烈 : 1607~1669), 동춘당(同春堂) 송준
길(宋浚吉 : 1602~1672) 등이 낙서를 탄핵하고 조귀인의 죄를 논
함으로써 비롯되었다. 이것엔 오인(남인)도 합세했다.

효종은 북벌론(北伐論)으로 알려졌지만, 그러자면 실력의 양성
이 중요하다.

따라서 너무 과격한 우암 등은 대가 세다고 경원(敬遠)했다. 그
리하여 우암과 동춘당은 곧 벼슬을 버리고 물러갔으며 강력한 재

야 세력이 된다.

그런데 추사의 조상 학주 김홍욱은 갑오년(효종 5 : 1654)에 황해 관찰사로서 강빈의 신원(伸寃)을 상소했다가 장살된다. 학주의 행동은 맹자가 말하는 인의였으나, 때를 잘못 선택했다.

'또야! 이미 김자점과 조귀인을 죽였는데, 강빈까지 신원시키
라니!'

하고 효종은 생각했을지도 모른다.

왜냐하면 강빈 문제를 더 확대하고 파헤치면 당신의 아버지 인
묘의 잘못도 건드리게 된다. 그리고 또 너무 시끄럽고 찍어 누르려
고 덤비는 우암 등의 세력에도 반감을 느꼈으리라.

《상촌집》에 의하면 정유년(효종 8 : 1657), 우암 등의 상소로 학
주의 명예는 회복된다.

조상의 뼈

정희는 이런 7대조(학주) 생각을 하면서 어느덧 잠이 들었다.

아침에 정희가 눈을 떴을 때 해는 이미 높았다. 그러자 간난이가 달려와서 참새처럼 재잘거린다.

"도련님, 도망갔어유."

"도망?"

정희는 눈을 비비면서 되묻는다. 평소의 간난이답지 않게 흥분하고 있다.

"역시 그럴 줄 알았시유. 틀림없다니까유."

"뭐가?"

간난이는 입을 뾰족하게 내밀었다.

"한양 대감님께서 떨어뜨리고 간 억만인지 뭔지 하는 하인 말이에유."

"그 하인이라면 저기 오고 있지 않아? 지게질이 서투른지 비틀거린다."

"예?"

간난이는 눈이 둥그레졌다. 도련님의 시선을 따라 대문 밖을 내다보았더니 억만이는 지게에 까치 둥지만한 나뭇단을 두 개 얹고서 비틀거리고 있었다. 억만이로선 이 집 식구들과 친하려면 역시 무언가 보여주어야겠다고 생각했던 것이다.

그때 안채에서 김노경이 나왔다. 가까이 온 억만이는 주인과 주인집 도령에게 인사를 했다.

"나리님, 그리고 도련님. 안녕히 주무셨습니까?"

"음, 자네도 아침부터 수고가 많네. 비틀거리고 있지 않아?"

"뭘요, 차츰 익숙해지겠지요."

억만이는 입으로는 큰소리를 쳤지만 높은 댓돌을 올라오지 못하고 털썩 주저앉고 말았다. 간난이는 그만 웃음을 터뜨린다. 유당 김노경은 그런 억만이는 모습에 웃지도 않고 점잖게 말했다.

"괜찮겠나?"

"네, 나리님."

"그럼, 내일 새벽 한양에 좀 갔다오게. 한양의 지리는 잘 알겠지? 적선방인데."

순간, 억만이는 기운이 났다.

"한양입니까? 한양이라면 골목 하나하나에 이르기까지 알고 있습죠. 염려마십시오."

"그럼 되었네."

유당은 발걸음을 돌린다. 정희는 아버지를 불렀다.

"전 어젯밤 내내 7대조 할아버지를 생각했어요. 그분의 산소는 어디 있지요?"

"황해 관찰사를 지내셨던 분 말이냐?"

"네에."

"서산의 선영(先塋 : 선산)에 모셔지고 있지만, 그곳 서암서원(瑞巖書院)에도 모셔지고 있어 곧 가볼 날이 있을 게다."

"서원에요?"

"음. 서원은 고장의 명현(名賢)을 선비들이 받들며 기리는 곳이
다. 서암에는 고려말의 충신이던 류숙(柳淑)공과 너희 할아버님
만을 모시고 있다. 7대조의 호는 학주인데 나중에 서원 봉사(奉
祀)할 때 우암께서도 오셨다고 하더라. 나라에선 그때 이조판서
에 문정공(文貞公)이라는 시호를 내리셨다."

이 해는 '마른 장마'가 계속되어 무덥기만 하였다. 하늘은 잔뜩
찌푸리기만 하고 비는 좀처럼 내리지 않는 것이다. 가만히 앉아 있
어도 엉덩이는 물론이고 온몸이 물에 빠진 것처럼 땀에 젖어 있었
다. 그럼에도 그는 단정히 앉아 《통감(자치통감)》을 읽고 있었다.
이것은 중국의 역사였다. 하지만 비판할 단계는 못되었다.

옛날의 한문 공부는 뜻이야 알든 모르든 훈장을 따라 소리내어
읽는 게 보통이었다. 그렇게 하다 보면 뜻도 자연히 통하고 한문
실력도 는다고 믿어졌다.

이 방법이 다소의 효과는 있었다고 생각된다. 수백 년을 통해 내
려온 방법이니만큼.

때로는 글읽기에 싫증이 나는 일도 있었다. 생각에 팔리는 것이
다. 한양에 온 지도 1년 남짓. 그러나 아직도 여덟 살이다.

처음으로 한양에 올라올 때의 일이 어제만 같다. 억만이만은 신
바람이 났다.

"한양은 팔도의 사람이 모여 살지요. 그래서 인심도 고르지는
않지만, 그래도 역시 사람이란 대처(도시)에 살아야 합니다요."

이때 정희는 묵묵히 듣고만 있다. 그는 떠나온 고향 마을과 부모
님, 동생의 모습이 눈꺼풀 속에 아른거려 딴 생각이 끼어들 여지가

없었다. 정희가 잠자코 있자 간난이가 나섰다.

"하지만 한양 사람은 깍쟁이라고 하잖아유?"

"누가 그래?"

"누구한테 들었어유."

"그것은 나한테 하는 말 같은데."

간난이는 억만이의 말에 까르르 웃었다. 하지만 간난이도 곧 닥쳐올 환경에 불안한지 입이 무거워졌다.

그리하여 처음으로 적선방에 도착하고, 그날은 이미 날도 저물고 피로했기 때문에 그대로 잤다. 이튿날 아침 사당에 고사(告祀)하고 나자 조부모·양부모님과 상면했다.

이때 조부 김이주는 63세로 형조판서였다. 조모는 해평 윤씨(海平尹氏).

양부 김노영은 46세로 대사간(大司諫)이었다. 양모는 남양 홍씨.

조부님과 양부님과는 사당에서 첫상면의 인사를 올렸다. 그때 조부는 물었다.

"글은 어디까지 읽었니?"

매우 따뜻한 첫마디라고 느껴졌다. 정희는 그런 할아버지의 눈을 똑바로 쳐다보며 대답했었다.

"네, 《소학》을 떼었습니다."

할아버지는 고개를 끄덕이고 아드님을 건너다본다. 김노영은 공손히 대답했다.

"저는 조정에서의 일이 바쁘기 때문에 마땅한 사람으로 '독선생'을 앉히고 때때로 초정한테도 보낼까 합니다."

"초정이라면 검서(檢書)로 있는 박제가를 말하는가?"

"예, 지체(가문)는 저희보다 좀 떨어집니다만…… 예산의 편지로

서도 작년에 초정이 월성위 조부님 사당을 일부러 찾아주었다
했고, 연경에도 두 차례나 갔다온 당대의 신진입니다. 저도 몇
번 만나보고 남들 소문도 들어 알고 있습니다만, 박람강기(博覽
强記)로서 모르는 게 없다는 평판입니다."

자녀의 교육은 옛날이나 지금이나 중대한 문제였다.

조부는 조금 생각하더니 말했다.

"괜찮겠지. 예산서도 편지로 알려 왔고 무엇보다 네가 그렇게
말하니 박검서에게 때때로 보내는 것도 좋을 거다. 다만 독선생
은 신중히 고르되 관희(觀喜)도 함께 배우도록 하려무나."

"예, 아버님 분부대로 하겠습니다."

정희는 어른들의 이런 대화가 오가는 동안 정신을 바짝 차리며
귀를 기울였다. 조부도 양부도 정희의 글씨에 대해선 한마디도 묻
거나 하지 않았다.

그런데 어른들 말 가운데 초정이라는 아호가 나오자, 정희도 만
나 본 적이 있기 때문에 그 원만해 보이던 얼굴이 금방 떠올랐다.
번암보다는 훨씬 나이가 적었지만 그래도 아버지 김노경보다는 연
장이었다.

초정(楚亭) 박제가(朴齊家 : 1750~1805)는 밀양 박씨로 자는 차
수(次修)라 했으며 정몽(貞蒙)이라는 호도 썼다. 장령(掌令)을 지
낸 돈계 박률(朴栗)의 6대손이고, 아버지는 치치재(痴痴齋) 박평
(朴坪)이었다. 치치재 역시 승지를 지냈지만, 초정은 당시의 신분
사회에서 차별을 받는 서자였다. 족보를 보면 제도(齊道)가 계자
(양자)로 나와 있고 제가의 이름은 물론 보이지 않는다.

초정이 월성위의 고택을 방문한 것은 신해년(정조 15 : 1791)으로
42세 때이다.

유당은 처음에 초정을 별로 대수롭지 않게 생각했다. 그렇다고 오만하게 대한 것은 아니다.

월성위 사당에는 때때로 선비가 찾아와서 고사(告祀)를 하고 월성위의 유물을 참관하는 게 더러 있는 일이었기 때문이다. 이때 정희도 마침 사당 근처에서 놀고 있다가,

"방문객이 오셨으니 너도 함께 증조고·증조모이신 옹주마마께 절하도록 하라."

하는 아버지의 말로 사당에 들어갔었다. 사당에는 보통 나무로 된 신주가 모셔져 있고 유당의 의무는 하루에 한 번은 꼭 제하는 일이었다.

따라서 간단한 밤·대추·식혜는 언제나 준비되어 있고, 나그네가 왔다면 나무갑 속에 들어 있는 신주를 꺼내기 위해 뚜껑을 열고서 촛불에 불을 켜면 준비가 끝나는 셈이다.

참고로 공주·옹주가 민간에 시집왔다면 영대(永代)라 하여 그 신주를 영원히 모시도록 되어 있다.

유당이 그런 준비를 하는 동안 초정은 봇짐 속에서 제수(祭需)인 듯싶은 흰 종이에 싼 것과 봉서(封書) 한 통을 꺼냈다. 그리고 이렇게 말한다.

"실은 아까 통성명은 했습니다만, 안의(安義)까지 갔다가 부탁을 받고 심부름을 온 셈입니다."

"안의라면 저 경상도의?"

유당은 놀랐다. 그렇게 먼 곳에서 제수——어포와 산나물이었다——를 보내다니, 의아했던 것이다.

"예, 지리산 아래 함양(咸陽)과는 이웃 고을이지요. 어포와 산채도 모두 정성껏 손이 간 것이므로 그대로 올리셔도 됩니다."

"대체 어느 분이?"

"제 스승이신 밀양 박공 연암 선생께서 그곳 현감으로 계십니
다. 이 봉투 안의 것은 선생께서 지으신 제문이지요."

하고 건넨다.

유당은 제문을 꺼내 읽고 놀라움을 감추지 못했다. 그리고 태도
가 훨씬 달라지며 정중히 물었다.

"이 제문에는 금성위에 관해 쓰셨는데 대체 박지원은 금성위와
어떻게 되시는 분입니까?"

초정은 미소지었다. 시골 선비인 유당이 연암의 이름을 알 리가
없었다. 그러나 영조의 3녀 화평옹주에 상(尙)한 금성위 박명원(朴
明源)을 모를 리가 없었다. 연암은 전년의 3월에 서거한 금성위 이
야기를 하다가 돌아가는 길에 예산의 월성위 고택을 찾으라고 초
정에게 부탁했던 것이다.

"금성위와는 삼종간(팔촌)입니다. 이제껏 연암은 줄곧 고생만 하
셨는데 금년에 처음으로 안의 현감으로 나가셨지요."

"그랬었군요. 그런 줄도 모르고 결례가 많았습니다. 그리고 이
제문은 아무래도 박검서께서 읽으시는 게 좋겠습니다."

유당은 연암이 지은 제문을 초정에게 돌려준다. 그리고서 다시
말했다.

"그리고 잠깐만 기다려 주십시오. 금방이면 됩니다."

유당은 사당에 초정을 남기고서 급히 나갔다. 이때 초정은 문득
정희를 보고 물었던 것이다.

"몇살이니, 그리고 이름은?"

"여섯 살이에요. 이름은 바를 정, 기쁠 희자를 써요."

"음, 그렇다면 글씨도 쓸 줄 알겠구나?"

글씨라면, 물론 붓글씨였다.

"네에, 다섯 살부터 쓰기 시작했어요. 그런데 글씨가 몹시 어려워요."

"어떻게?"

하고 초정은 미소를 머금었다.

씩씩하고 명랑한 것이 마음에 들었다. 마음도 넓고 커야 글씨도 막힘이 없고 달필이 되는 것이다.

"글씨가 삐뚤어져요. 때로는 짝짝이가 되어 버려요."

"짝짝이라니?"

"글자의 한쪽이 크든가 작든가 하여 짝이 맞지 않는 거죠."

유당은 무엇을 하고 있는지 아직껏 돌아오지 않고 있다.

초정의 글씨는 잘 쓰는 편은 아니었다. 다만 초정은 글재주가 있었다. 네댓 살 때 7언시를 지어 신동이라는 소문이 났다.

그는 비록 서자로 태어났으나 집안 식구들의 귀염을 독차지 했다. 아버지 치치재는 양자로 봉제사를 했던만큼 초정이 오직 하나뿐인 친아들이었던 셈이다.

집안도 넉넉한 편이었다. 초정에게 시재(詩才)가 있음을 알자 치치재는 아낌없이 책을 사주었다.

정희가 갑자기 물었다.

"어른께서도 글씨를 쓰세요?"

"난 그저 보통으로 쓴다마는, 참 이 글씨를 보렴."

하고 초정은 연암이 지은 제문을 보여주었다. 연암의 글씨는 달필로서 정자(正字)로 씌어 있었다.

정희는 그 글씨를 들여다본다.

"글씨에 대해 알겠니?"

"전 이렇게 작은 글씨는 못 써요. 하지만 모든 글씨가 반듯하고 살아있는 것만 같네요."

"잘 보았다. 연암 선생이 정성껏 썼기 때문이다. 그래서 글씨가 일정하고 살아 있는 것처럼 느껴지는 것이다. 그런데 글자는 알 수 있니?"

"아는 글자보다 모르는 글자가 더 많아요."

그러면서 여전히 열심히 들여다보고 있었다. 초정은 고개를 끄덕인다.

"글자를 알고 글씨를 보게 되면 운치(韻致)를 알게 될 터이다."

"운치가 뭐예요?"

"품격, 글씨의 품위란다. 운치를 멋이라는 사람도 있겠지만 멋은 아니다. 글씨는 그 사람의 마음이니까 정성이 첫째겠지."

하고 뒷말은 혼잣말처럼 흘려 버렸다.

초정의 집은 북촌으로 현재의 재동(齋洞)이나 또는 현대 사옥이 들어선 옛 휘문 중학 근처였던 것 같다.

이웃에 아정(雅亭) 또는 청장관(靑莊館)이라고도 한 이덕무(李德懋 : 1742~1793)의 집이 있었다. 그는 정종(定宗)의 제11남 임성군(任城君)파로 자는 무관(懋官)이고 그의 손자가 《오주연문》을 저술한 이규경(李圭景)이었다.

초정으로선 아정이 큰형님뻘인데, 아정의 자당 박씨가 연암과는 같은 항열이고 그 노부인이 초정을 귀여워했다. 박씨 부인이 또한 문장을 알고 있어 초정의 글재주를 사랑했던 것이다.

회상에 빠져 있는 초정에게 정희가 갑자기 물었다.

"어른께서는 월성위 할아버지를 알고 계세요?"

"생전에 뵈올 기회는 없었다. 월성위가 돌아가시던 해인 무인년

(영조 34 : 1758)에 나는 아홉 살이었단다. 그러나 그때의 일은 지금껏 잊지를 않고 있다."

"어째서죠?"

"서른아홉이라는 한창 나이에 아깝게도 돌아가셨다고 북촌 일대에서 어른들이 모이면 그런 이야기뿐이었는데, 이번에는 옹주님이 꼬박 열나흘 동안 물 한 모금 드시지 않다가 부군을 따르셨으니 장안의 큰 화제가 되었단다."

"……"

"열녀라는 소문이 났었다. 사실 이곳에 홍살문의 정문(旌門)까지 세우셨다 했는데 오늘 오다 보니 그 홍살문은 보이지 않더구나."

월성위처럼 영조의 사랑을 받은 부마도 없었다. 때문에 정빈 이씨가 돌아가자 그 유산 대부분은 월성위 궁으로 돌아왔고 그 돈으로 동문 밖 금호동(현 금호동 장충단 너머)에 별장을 두고 또 예산의 용산인 오석산 일대에 향제(시골집)도 마련했던 것이다.

영조는 정축년(영조 33 : 1757) 2월 15일 '조강지처'라 할 정성왕후(貞聖王后) 서씨를 잃었다. 춘추 66세로 자녀는 없었다. 이어 왕대비인 숙종 계비 인원왕후(仁元王后) 김씨(경김·김수신 따님)도 춘추 71세로 승하했다. 이분도 자녀는 없었다. 그리고 이어 월성위 부부의 죽음…… 왕실의 불행이 겹쳤던 것이다.

그때 유당이 땀방울이 이마에 맺힌 얼굴로 나타났다.

"늦어서 죄송합니다. 모처럼의 귀한 분이 멀리서 오셨기에 이것을 찾느라 시간이 지체되었습니다."

정희가 보니 두 개의 두루마리였다. 월성위와 화순옹주의 초상을 그린 것인데, 정희로서도 처음 보는 것이었다.

사당의 제가 무사히 끝나자 유당과 초정은 연령을 떠나 마치 십
년 지기나 된 듯, 밤이 이슥하도록 이야기를 나누었다. 정희도 그
이야기를 들었지만 곧 졸음이 와서 꿈나라로 갔었다.

그런 일이 있어 유당은 형님 김노영에게 편지로 자세히 초정을
추천했던 모양이다. 조부는 정희를 건너다보면서 턱수염을 쓰다듬
는다.

"그럼 나가도록 하라. 네 방은 작은 사랑이고 오늘 하루는 쉬되
내일은 광화방(廣化坊) 참판댁부터 시작하여 대소가에 인사도
다녀야 한다."

"네에."

하고 정희가 머뭇거리자, 양부 노영이 덧붙였다.

"내당에 올라가서 할머님과 어머님께도 인사드려라."

"네에."

정희는 자리에서 일어섰다.

예산을 떠나던 날 아침 아버지가 미리 가르쳐 준 일이 생각났기
때문이었다.

"출계란 어린 너로서 매우 힘들고 때로는 울고 싶을 때도 있을
거다. 더욱이 분가(分家)도 아니고 종가로 들어간다는 것은……
그러나 우선은 이 한 가지만 명심하면 된다. 집안에서도 예절은
꼭 지켜야 한다는 것……. 할아버지와 아버님이 함께 계실 때에
는 반드시 조부님이 너한테 어떻게 하라고 분부를 내리실 터이
므로, 그대로 따르면 된다. 하지만 임기응변(臨機應變)이란 것
도 있다. 말하자면 조부님의 분부가 계셨다 하더라도 네 생각에
무언가 모자란다 생각되면 조금 머뭇거리는 것이다……."

정희는 지금 그런 임기응변을 한 셈이었다. 조부님과 양부님께 첫인사를 올렸다면 시키지 않더라도 조모님과 양모님께 첫인사를 올리는 게 순리…… 이 점이 미묘한 것으로 어른의 분부가 있을 때 비로소 하는 게 예절이다. 자발적으로 하는 게 재치처럼 생각될지 모르지만, 우선은 그렇게 하는 게 무난하다.

내당에 올라가자 과연 조모님과 양모님이 준비하고 기다린다. 그 방에는 두 분밖에 없었지만 문틈으로 엿보는 안잠자기나 여종들의 시선이 따갑게 느껴졌다.

'잘해야 한다. 여기서 잘못하면 웃음을 사고…… 시골의 어머님 흉을 볼 테지.'

그리하여 정희는 매우 의젓하게 할머니와 남양 홍씨의 차례로 큰절을 하였다. 할머니 해평 윤씨는 이때 64세. 절하고 나서도 잠시 아무런 말이 없었다. 양어머니 홍씨는 이때 45세. 정희의 행동을 관찰하고 있었다.

정희로선 시골의 부모님에 비해 훨씬 연장이라 위압감마저 느껴졌다. 그러나 정희는 절을 하고 조금 뒤로 물러나 무릎 꿇고 앉자, 할머니의 얼굴을 역시 똑바로 쳐다본다. 할머니가 비로소 입을 열었다.

"편히 앉도록 하라. 잠은 잘 잤니?"

"네에."

"문안 인사는……."

하고 할머니는 느닷없이 말하고서 말을 끊었다. 네가 그것을 아느냐 하는 듯이.

정희는 이때 생긋이 웃었다. 그러자 할머니도 금새 미소를 짓고 목소리가 부드러워졌다.

"문안 인사는 아침 저녁으로 꼭 올려야 한다. 겨울엔 진시(辰時 : 오전 8시), 여름엔 묘시(卯時 : 오전 6시)까지 끝내야 한다. 할 수 있겠니?"

대답은 하지 않았다.

말을 헤프게 하는 것도 꾸지람의 대상이다. 눈빛으로, 태도로 충분히 나타낼 수 있기 때문이다.

"저녁 문안은 겨울이면 유시(酉時 : 오후 6시), 여름이라면 술시(戌時 : 오후 8시)까지 하면 된다. 그러자면 일찍 자고 일찍 일어나면 될 테지."

"...... "

"무엇이든 처음이 중요하고 습관이 되면 된다. 그리고 정성이 있다면 어려울 게 없다. 그밖의 것은 네 어머니가 틈틈이 가르쳐 줄 것이다. 할미로선 너한테 일러 줄 말이 이것으로 전부다."

"네, 할머니. 알았습니다."

정희는 조금 크게 씩씩하니 대답했다. 할머니도 시골의 아버지와 비슷한 말을 한다 싶어, 이 조모님이 좋아질 것 같았다.

조모는 그런 대답을 듣자 주름살도 별로 없는 얼굴이었지만, 온 얼굴이 주름 잡히면서 더욱 부드럽게 말했다.

"오냐, 되었다. 이 아이에게 약과(藥菓)라도 주어라."

"네에, 큰마님."

하고 문 밖에서 크고 명랑한 대답 소리가 들렸다.

조모는 정희에게 말했다.

"너는 이 할미 옆으로, 그래 네 어머니와 나 사이로 가깝게 와서 앉아라."

정희는 시키는 대로 했다. 그와 동시에 대청 쪽의 미닫이 문이 열리면서 안잠자기와 여종들이 대여섯이나 들어왔다.

안잠자기는 대갓집의 찬모(饌母)·침모(針母)·유모(乳母) 등인데 대개는 먼 친척이 되는 여인들이다. 아이들도 딸려 있고, 그 중에는 정희보다도 큰 아이가 있는 여인도 있었다.

"마님, 축하드려요."

"참 똑똑하고 의젓한 도련님이네요."

정희로선 이런 일이 처음 겪는 경험이었다. 조모는 그런 여인들의 수다에 눈썹 하나 움직이지 않는다. 조금 생각하더니 이렇게 말한다.

"아직 정희는 관례(冠禮) 전이니까 해미집 등과는 맞절을 하고 그밖의 사람들은 도련님으로서 절을 올리도록 하라. 정희로선 가볍게 고개짓을 할 정도이면 된다."

이 말은 정희에게 일러주는 것임과 동시에 이 집에서의 정희의 위상을 결정하는 권위의 말이었다.

정희는 조모님의 말처럼 안잠자기들과는 맞절을 하면서 상체를 가볍게 수그리며 답례를 했다. 조모는 소개되는 여인들을 일일이 촌수까지 들어가며 알려준다.

여종까지도 얼굴 보이기를 마쳤을 때 정희는 한숨 돌렸지만, 그때 간난이가 들어왔다. 정희로선 역시 긴장이 된다. 넓은 방 안에 안잠자기와 그 아이들, 여종까지 둘러앉아 지켜보고 있는 것이다.

간난이는 아마 누가 시켰겠지만, 작은 상에 약과 접시와 수정과를 대접에 담아 받쳐들고 들어왔다. 정희로서도 이것이 하나의 절차이고 태도를 보기 위한 시험처럼 느껴져, 숨을 죽였다.

간난이는 침착하면서도 조심스럽게 행동한다. 상을 정희 앞에 놓더니 물러서고 조모님, 양모님의 차례로 절을 했는데 이윽고 정희한테도 절을 하는 게 아닌가.

이것은, 정희로서는 미처 생각지 못한 간난이의 행동이었다.

이런 간난이의 태도에 조모도 양모님도 만족해한다는 것을 알자 정희는 자기 일처럼 마음이 놓였고, 기뻤다.

간난이가 윗목 한 구석에 물러나 쭈그리고 앉자 양모인 홍씨가 비로소 입을 열었다.

"이름이 뭐냐?"

"네, 아씨마님. 간난이라고 해유."

그러자 여종과 아이들은 웃었으나 양모는 조금도 표정을 바꾸지 않는다.

"그러냐. 너는 오늘부터 부엌에서 일을 하겠지만 작은대감님의 세숫물을 아침마다 떠올리도록 해라."

"네에."

대답 소리만은 야무지고 결코 주눅이 들어 있지 않았다.

"그리고……."

하며 양모의 목소리가 부드러워졌다.

"도련님은 무슨 반찬을 좋아하니?"

"무엇이든 잘 잡숩지만, 콩장을 좋아하셔유."

간난이의 대답은 거침이 없었다. 그래서 또 여종들이 웃었지만, 조모님이 매섭게 제지하는 바람에 조용해졌다.

"어째서 콩장을 좋아한다더냐?"

"쉰네가 언제인지 도련님께 여쭈어 보았지유. 그랬더니 콩장은 오래 씹을수록 맛이 나고 금방 넘길 수 없어 좋다며, 도련님은 말씀하셨지유."

정희는 자기를 두고 하는 말이라 쑥스럽기도 했지만, 조모님이 함박 웃는 것을 볼 수 있었다.

"그러니. 그렇다면 콩장을 많이 해드려야겠구나."

조모는 거기서 정희에게 말했다.

"자, 수정과와 약과를 먹도록 해라."

"네에."

"그리고 너희들도 음식을 가져다가 먹도록 해라. 오늘은 예산 도련님을 맞아 나도 기쁘구나."

이리하여 한동안 웃음소리가 그치질 않았었다.

정희가 내당에서 작은 사랑으로 나오자, 거기엔 한 젊은이가 기다리고 있었다. 갓을 쓰고 있는 것을 보니 이미 어른이었다. 정희가 어리둥절하자, 그 유생은 흰 이를 드러냈다.

"내가 관희야. 잘 왔다."

"그럼 사촌 형님이신······."

아버지는 노영·노성·노명·노경 4형제로, 숙부 노명은 일찍 돌아갔다는 말을 들은 일이 있었다. 더욱이 삼숙모 풍산 홍씨도 이미 세상을 떠나 그 소생인 관희 형님은 고아인 셈이었다.

관희는 정희보다 14년이나 연장이다. 삼숙모 풍산 홍씨와 양모 남양 홍씨는 이종간(姨從間)이었다. 우리말에 '돌아가신 어머니를 보고 싶다면 이모를 보라'는 말이 있다. 따라서 관희는 어려서부터 지금도 월성위 궁이라 불리는 이 집에 자주 드나들었다. 관희의 성격은 쾌활하고 남자다웠다.

"그럼, 절을 받으세요."

정희가 말하자 관희는 크게 웃었다.

"물론이지. 그러나 정희는 종가의 종손이니까 맞절을 하자구."

그런 스스럼없는 관희 형의 태도가 정희로선 단번에 친밀감을
느끼게 만들었다.

정희로선 지금 외로운 것이다.

우리 속담에 '칠촌에 양자를 빌듯이'란 것도 있다. 무리인 줄 알
면서 필사적으로 부탁할 때 사용된다.

양자의 조건은 가까울수록 좋다. 칠촌에게 양자를 달라고 한다
면, 할아버지 형제의 자손이 육촌이니까 먼 셈이었다.

양반의 의무란 제사를 잇는 것이다. 이것이 관직이나 재산보다
도 더 중요했었다. 그러나 현실로, 양자를 구하는 측이 벼슬을 하
거나 재산이 있다면 그래도 양자 후보가 많았을 테지만, 그렇지 않
다면 양자를 좀처럼 주지 않는다.

서민은 데릴사위를 한다. 그러나 이것은 사위가 성을 바꾸거나
하지 않으므로 가족 제도가 기본인 유교 정신으로선, 어긋남은 말
할 것도 없다.

그럼에도 정희로서 부모의 슬하를 떠나 큰아버지에게로 왔던만
큼 한 사람이라도 친밀하게 느껴지는 사람이 있다면 기쁜 일이었
다. 정희는 궁금한 것을 물었다.

"광화방 참판댁은 어느 분이세요?"

광화방은 한양의 '북부'로 창덕궁(昌德宮)이 있는 곳이라고 한
다. 그 옆이 창경궁(昌慶宮)이고 그 남쪽에 종묘가 있는데, 지금의
돈화문(敦化門) 앞과 원서동 원남동 일대인 듯싶다.

"지금의 대비님 생가이셔. 거북 귀(龜)자, 기둥 주(柱)자이신 종
조(從祖)께서 호조참판을 지내셨기 때문에."

"아, 대비(大妃)님의……."

학주 김홍욱의 아드님으로 정희의 6대조가 되는 세진(世珍)과 황

간(黃澗) 현감을 지낸 계진(季珍) 형제가 있었다.

세진은 4형제를 두었으며 그 장남이 두성(斗星 : 생원)이고, 이 분이 또 3형제를 두어 그 장남이 홍경(興慶)이었다. 급류정에 대해선 이미 나왔지만, 홍경의 숙부로 낭천(狼川) 현감을 지낸 두규(斗奎)의 자제 또한 3형제가 있고 그 막내인 순경(淳慶)이 있다. 즉 홍경과 순경은 사촌간이다.

한편 계진의 아드님은 두광(斗光)인데 역시 현감을 지냈고 운경(運慶)·선경(選慶)을 둔다. 이 형제는 급류정과는 육촌이 되는 셈이었다.

이리하여 급류정 김홍경은 4형제를 두었고 그 막내가 월성위 김한신이다. 한편 선경의 자제로 한구(漢耉)·한기(漢耆)·한로(漢老) 3형제가 있는데 이들은 월성위와 8촌간이었다.

옛날에는 '한 마당에서 팔촌이 난다'고 할 정도로 대가족제와 씨족 마을을 이루고 살았기 때문에 팔촌간이라면 아주 가까운 친척이다.

그러나 형제라도 멀리 떨어져 사는 경우가 있고 잘사는 친척이 있으면 못사는 친척이 있게 마련이었다.

전하는 말에 의하면 김한구는 몹시 가난했다고 한다. 《선원보》를 볼 때 정순(貞純)대비는 여주(驪州)에서 태어났고 무남독녀였다. 기묘년(영조 35 : 1759) 6월에 이런 가난하고 친척과도 외떨어져 사는 김한구의 따님으로 왕비를 삼는다.

이분이 곧 정순왕후(1745~1805)로 당시 14세, 아니 생월이 동짓달이므로 만 13세도 안된 나이였다.

왕비 간택은 중국과 같은 외척의 횡포를 막기 위해 가장 엄격하고 추천을 받은 여러 후보 중에서 선발되게 마련이다. 그리고 기준

이 있다면 그 형제나 친척이 많지 않을 것, 순박하며 때묻지 않은
것이 중요한 조건이었다.

그러나 당시 임금의 심정으로선 월성위에 대한 간절한 마음도
있어, 이 월성위의 채당칠녀를 왕비로 간택하는 데 다소의 영향이
있었을 터이다. 더욱이 정순왕후는 매우 총명했다는 이야기도 전
한다. 이리하여 김귀주(1743~1806?)가 한구의 양자가 되면서 권
세를 부리게 된다.

정희는 화제를 바꾸었다.

"형님은 초정 박제가 선생을 아세요?"

"알고말고. 이름난 분이시지."

"초정 어른은 작년에 예산집에 오셨기 때문에 저도 한 번 뵌 적
이 있어요."

관희는 빙그레 웃는다.

"정희를 똑똑하다고 칭찬해 주셨다는 말은 들었어."

정희는 얼굴이 조금 빨개졌다. 관희는 차근차근 알기쉽게 설명
해 준다.

"그러나 초정에 대해선 잘 모르겠지? 영묘께선 평생을 두고 학
문을 좋아하셨고 그 말년에 옛날의 서운관(書雲觀) 후신인 규장
각을 두셨지만(규장각은 정조가 설치) 지금의 상감께서 위에 오르
시자 검서라는 직책을 두셨다. 검서란 청에서 들어오는 책을 가
려내고 중요한 것은 발췌하거나 필사해야 하기 때문에 학문이
깊어야만 했지."

관희 형은 나이도 위였으나 정희에게 함부로 말을 하지 않았다.
이는 종손에 대한 예의였던 것이다.

"초정 선생은 연암 선생의 제자라면서요?"

이 물음에는 관희도 진정으로 놀랐다. 초정은 나이 10여 세에 앞서 나온 아정의 자당 박씨 부인의 주선으로 연암 박지원을 알게 되었다. 그래서 초정은 지금의 탑골 공원 북쪽(낙원동 일대)에 있는 연암의 집에도 자주 찾아가서 지도를 받았다. 이 연암의 집 근처에 이서구(李書九)·서상수(徐常修)·류득공(柳得恭)의 집도 있어 이들과도 알고 친해졌다.

《열하일기》를 보면 연암이 역사·시문 등에 깊은 지식을 가졌음을 알게 된다.

연암은 본이 반남(潘南)이고 자는 중미(仲美)였다. 자로 보아 둘째 아들이고 형님으로 희원(喜源)이 있으며 아버지는 사유(師愈)인데, 일찍 아버지를 여의었기 때문에 할아버지 필균(弼均)의 훈도를 받았다. 어머니는 이씨이다.

연암도 어려서는 장난꾸러기였던 것 같다. 그가 여덟 살 때 누님이 시집을 갔다. 그런 누님이 경대를 열고 열심히 화장을 하자 어린 연암은 방바닥에 누워,

"누나, 신랑이 좋아? 신랑이 말을 더듬거리던데……."
하고 놀렸다.

누님은 그만 부끄럽고 약이 올라 손이 떨렸는지 빗을 떨어뜨렸고 바로 아래에 있는 연암의 이마를 맞추었다.

그러고 난 뒤가 큰일이었다. 연암은 울고 욕하고 침을 뱉으면서 먹과 분을 반죽하여 경대에 칠했다. 누님은 달래다 못해 특별히 아끼는 옥압금봉(玉鴨金蜂)이라는 노리개를 주고서야 가까스로 동생의 심술을 진정시켰다.

연암 자신도 썼지만 어려서는 몸이 약하고 매우 감상적이며 눈

물도 많았다. 10여 세 때의 일인 듯싶다.

연암은 주변에서 볼 수 있는 여성들을 관찰하고 그들이 아침부터 밤늦게까지 가혹한 노동에 쫓기고 있음을 보았다.

어떤 젊은 새댁이 아기에게 젖을 물리면서 너무나 몸이 고달파 꾸벅꾸벅 조는 것도 보았다. 그러자 연암은 이때 가슴이 아파오는 것을 느꼈다.

실제로 심장이 약했던 모양이다.

'어머니가 저렇게 곤하다면 잠자면서 자기도 모르게 아기를 찍어 누르고, 아기는 숨이 막혀서 죽으면 어찌한담!'
하는 걱정이 생겼다는 것이다. 다정다감하고 극도로 예민한 신경이 아니고선 이런 생각이 연상되지는 않으리라.

열여섯 살 때 연암은 전주 이씨 계양파(桂陽派 : 세종의 아드님) 보천(輔天)의 따님에게 장가든다. 장인은 평범한 시골 선비였으나 처숙부이던 영목당(榮木堂) 양천(亮天)이 문과에 장원한 수재로서 승지까지 오른 인물이다. 연암은 이때 선비로서의 입신은 바라지 않고 소설이나 사서(史書), 특히 사마천의 《사기》를 애독하고 있었다. 영목당이 그것을 보고서 편잔을 주었다.

"자네는 처자식을 굶길 작정인가. 사대부의 자제라면 경학을 공부해야 하네."

연암은 이때 발분하고 경학을 열심히 배웠다고 한다. 반남 박씨는 이 무렵 대성(大姓)으로 그와는 3종간이던 금성위 박명원은 14세 때 화평옹주와 혼인했다. 금성위는 월성위가 죽고 나자 영조의 신임을 받아 이조판서로 오랫동안 재직한다.

정희의 조부 김이주는 월성위의 계자로 벼슬 한 자리 시켜 주지 않는다고 금성위를 원망했다고 한다. 그런데 옥포(玉圃 : 김이주의 호)는 생원과와 문과에 급제하고 있으며 예조판서가 추증되고 있다. 이 추증에도 기준은 있는 것이다.

그리고 또 월성위와 옥포는 10세밖에 연령 차이가 나지 않는다. 따라서 월성위가 돌아간 뒤 가족 회의로 옥포가 양자로 선정되고 영조의 승낙도 받았으리라고 여겨진다.

옥포는 충분한 자격이 있었다. 그는 영상을 지낸 급류정의 손자로 아버지 한정(漢楨 : 1701~1764)은 연안 부사를 지냈고 부인은 박사익(朴師益 : 1675~1736)의 따님이었다. 이 외가 또한 반남 박씨로 그 윗대에 분서(汾西) 박미(朴瀰 : 1592~1645)가 있고 선조의 정안(貞安)옹주에 상하여 금양위(錦陽尉)에 봉해졌다.

금양위는 선조·인조 때의 명신으로 백사 이항복·계곡 장유에게 배웠고 글씨로도 이름이 있었다. 도우(陶寓 : 한정의 호)는 박씨 부인과의 사이에 태주(泰柱)·환주(桓柱)·이주·건주(健柱) 4형제를 두었던 것이다.

옥포의 부인은 윤득화(尹得和 : 1688~1759)의 따님이다. 정희의 할머니 해평(海平) 윤씨의 가문 또한 명문가로 두수(斗壽)·근수(根壽)와 같은 명신이 있고 두수의 손자로 신지(新之 : 1582~1657)·순지(順之 : 1591~1666)의 종형제가 있었다. 현주(玄洲 : 신지의 호)는 선조의 제2녀 정혜옹주의 상주(尙主 : 공주·옹주의 남편)인 해숭위(海崇尉)로 영창대군에 얽힌 이야기로 이미 나왔었다.

윤신지도 송설체로 필명이 있었고 학자로 알려졌지만, 해숭위는 인조 때의 영상 윤방(尹昉)의 아드님이고 시·서·화를 모두 잘하여 삼절(三絶)이라 불렸다.

따라서 왕실의 인척으로서 옥포는 일종의 자부심이 있었고 불평도 많았으리라.

한편 연암은 4년간 영목당에게 글을 배웠는데 열아홉 살 때 처숙부가 죽는다. 그는 〈제영목당 이공문〉이라는 간절한 사모의 정을 나타낸 조사를 썼다. 을해년(영조 31 : 1755)의 일로 그의 조부는 공조참판이었고 당시 좌상이던 김약로(金若魯)의 미움을 받아 관직에서 물러났다가 곧 졸한다. 향년 76세로 장례를 겨우 치를 정도의 청빈한 생활이었다.

이것이 경진년(영조 36 : 1760)의 일로, 연암은 이듬해 20세가 되면서 창작욕이 샘솟듯 하였고 《열하일기》에 들어있는 것도 있지만 《양반전》《호질》《허생전》《마장전(馬駔傳)》《예덕선생전(穢德先生傳)》《김신선전》 등 모순된 사회와 껍데기만 남은 선비의 위선을 풍자하는 소설을 쓴다.

　　설날 아침 거울을 본다〔元朝對鏡〕
　이것, 수염이 몇 올 나지를 않았잖아/키는 도무지 자라지도 않았는데/거울 속의 얼굴은 세월따라 변하지만/마음의 어림은 작년 그대로야(忽然添得數莖鬚 全不加長六尺軀, 鏡裡容顔隨歲異 釋心猶自去年去).

청춘의 고뇌가 그대로 엿보인다. 조부님은 돌아가셨고 장가는 들었지만, 생활 능력도 없이 형님·형수의 신세를 지고 있다. 이런 자신에 대한 회의감은 현대에도 통용되는 것이며, 재능이 있더라도 기회를 얻지 못한 청년의 고뇌였다.

한편 신사년(영조 37 : 1761) 4월, 조선조 개국 이래의 전무후무한 일이 벌어졌다.

장헌세자가 왕궁을 몰래 빠져나가 평양에 간 것이다. 평양은 당시 선비 사회에서 색향으로 알려진 곳이었다. 괴팍한 세자는 보다 강렬한 자극을 위해 탈출을 시도했던 셈이다.

조선조에선 남녀의 건강한 사랑마저도 애써 외면하고 있었지만, 정작 그 이면에선 축첩 제도의 공인과 기녀와의 성관계를 풍류처럼 여겼다.

하기야 이런 것은 중국에서 온 것이고 공창(公娼) 제도는 없었지만 선비에게만은 관창(官娼)이라 할 기생이 있었다.

문인들 사이에 〈향렴시(香奩詩)〉라는 게 유행되었다. 향렴은 작은 향료 갑인데 문인들이 연지나 분 따위를 선물하면서 그 속에 시, 곧 연애 편지를 넣어 보내는 것이다.

문인들은 집에서의 여인보다 교방에서 가무를 훈련받고 시로써 응답해 주는, 이를테면 지적(知的)인 대화 상대를 찾았다.

예로부터 여인을 꽃이라 한다.

꽃은 그저 아름다울 뿐이다. 곧 싫증을 내고 다른 꽃을 찾는 나비를 붙들어 두려면 여성으로서도 갖가지의 기교가 필요했으리라.

당현종은 시문을 더불어 대화할 수 있고 쾌락도 제공하는 여인을 해어화(解語花)라고 불렀다. 직역하면 말을 할 줄 아는 꽃이지만 육체적 만족과 지적 만족도 채워 주는 여인을 의미했다. 이것이 기녀의 별명이 되었다.

고려 인종 때의 대표적 시인으로 김부식과 정지상(鄭知常)을 꼽는다.

김부식은 교방의 여자로 포곡가(布穀歌) 소리에 반하고 시를 써 보냈다. 포곡은 뻐꾸기로 일종의 은어(隱語)인데 그 실제적 의미까지는 모르겠다.

미인의 소리에 옛 노랫말이 있으니/뻐꾸기 날아와서 앉는 일
도 드무네./아지랑이 치마와 깃털 옷을 닮고 있어/당이 그리운
늙은이 눈물로 옷을 적시네.

(佳人猶唱舊歌詞 布穀飛來櫪樹稀 還似霓裳羽衣曲 開元(당현종 연
호) 遺老淚霑衣)

정지상은 〈서경(西京)〉이라는 제목으로 시를 지었다. 그는 고향
이 서경(평양)이고 승려 묘청(妙淸)과 함께 천진적인 도읍 이전을
주장했다.

봄바람에 푸른 잣나무 이슬비 내리니/가벼운 티끌도 꼼짝 않
고 실버들만 기울어진다./녹창주호(창가의 별명)에 피리와 노랫
소리 흐느끼니/이것이 곧 이원의 제자 집들이로세.

(紫陌春風細雨過 輕塵不動柳絲斜 綠窓朱戶笙歌咽 盡是梨園弟子
家)

고려 인종 때는 문신이 무신을 찍어누르고 김부식과 같은 사대
주의자가 숭송벌금(崇宋伐金)을 주장하던 때이다. 인조 때의 상황
과 어찌 그렇게도 닮았을까? 망해가는 남송을 사모하고 중원의
태반을 정복한 금(여진족)을 오랑캐라며 외면했다.

《고려사》는 여러 번 개정되어 진실을 찾기가 어렵다. 확실한 것
은 김부식이 재능과 문학에서 월등히 뛰어난 정지상을 시기하고
그를 암살했다는 사실이다. 위의 시를 보게 되면 김부식은 당나라
를 그리워하는 외래 문화 찬양자이고 정지상은 창가나 찾는 나약
한 문인처럼 비친다.

그러나 비록 야사라도 다음에 전하는 이야기는 정지상이 통이 크고 담력 또한 비상했음을 말해 준다. 즉 정지상이 측간에서 용변을 하며 쭈그리고 앉았는데 어둠 속에서 팔 하나가 뻗쳐지며 그의 불알을 꽉 움켜잡았다. 그러자 정지상은 귀신의 짓이라며 놀라거나 하지 않고 담력과 호통으로 이를 물리쳤다는 것이다.

단재(丹齋) 신채호(申采浩 : 1886~1936)는 '조선 역사상 1천년래의 대사건'으로 김부식의 평양 공격과 윤언이(尹彦頤)의 실패를 통탄하는 글을 썼다. 윤언이는 저 윤관(尹瓘 : 1050~1111)의 아들 5형제 중 제4남으로 당시 아직도 남아있던 화랑도(花郞徒)의 대표적 인물이고, 이때 좌절함으로써 화랑도는 사라지고 이들은 노비나 다름없는 신분이 되거나 산사람이 되었다는 것이다……. 단재는 말하지 않았지만 말만 내세우는 우리의 국민성을 찌르는 지적이었고, 이때 여진족도 토벌할 수 있는 기회를 놓치고 말았다는 것이 된다.

아무튼 정습명(鄭襲明)·이규보(李奎報)·안축(安軸)과 같은 이름난 유학자라도 이런 향렴시가 있고 기녀와의 로맨스가 전한다. 유교의 결점인 권위주의와 형식주의가 이런 데서 드러나고 있다.

조선조에선 고려의 제도인 여악(女樂)을 그대로 답습했다. 태종 11년(1401) 각 읍의 창기를 폐지하자는 논의가 있었지만 호정(浩亭) 하륜(河崙)이 맹반대하여 흐지부지되고 말았다. 그런데 성현(成俔)의《용재총화》를 보면 하륜은 예천(醴泉) 군사(군수)로 있을 때 고을의 관기를 모조리 범했다는 이야기가 나온다. 세종 때에도 창기를 폐지하자는 논의가 있었지만 허주(許稠 : 1369~1439)가 이를 비웃었다.

'누가 그따위 말을 꺼내는가? 남녀 관계는 인간의 대욕(大欲)

으로서 금지할 수가 없는 일이다. 다만 주읍의 창기는 모두 나라의 물건으로서 이를 취하여도 무방하나, 만일 이를 엄격히 금한다면 소년(젊은이)·사신으로 오는 자들이 모두 비의(非義)로써 사가의 부녀자를 강탈하는 일이 발생하리라. 그렇다면 영웅준걸로서 무고한 죄에 빠질 것이므로 이 개혁에 반대한다.'

그러나 신해년(세종 14 : 1431)에 세종은 허주를 불러 상의했다. 궁중 연회에서 음악을 연주하는 악사만은 남자로 바꿀 수 없겠느냐고. 다시 정축년(세조 3 : 1457)에 양성지(梁誠之 : 1415~1482)가 상소했다.

'중국의 악을 보게 되면 아악(雅樂)·속악(俗樂)·여악(女樂) 등이 있는데, 우리나라에선 추녀에 북을 걸고 이를 두들기는 한편 남자 동자가 피리 불고 기녀는 잡희(雜戱) 등을 할 뿐입니다. 그러니 앞으로는 공신을 위해 잔치를 마련하고 보름날이나 초하룻날 잔치에도 궁녀 몇 사람으로 하여금 주악케 하고 초대받은 자로 하여금 일어나 춤추게 함이 어떻겠습니까.'

왕은 기뻐하고 이를 윤허했다. 또 신해년(성종 22 : 1491)에 대사헌 김여석(金礪石) 등이 상소했다.

'잔치나 제례에 여악을 사용하고, 또한 뭇신하를 가까이서 보실 때 성색(聲色 : 소리하는 여자)을 옥좌 가까이 있게 하시니, 이는 외설스럽고 위엄이 없는 일입니다. 성색은 성탕(成湯 : 은나라 시조)도 가까이 하지 않고 여악은 부자(夫子 : 공자)도 없앤 것인데 하필이면 여악을 쓰셔서 군신 상열(相悅)의 악으로 삼으려 하십니까? 우리나라 조정에서 모든 것은 오로지 화제(華制 : 중국 제도)와 한 가지로 지키고 있는데 여악만은 유독 그렇지가 않으니 이를 성치(聖治)라 할 수 있겠습니까?'

여기서 상열이란 말이 나왔는데 직역한다면 서로 즐거워한다·
기뻐한다는 것이다. 그런데 우리나라만이 상열을 도덕에 어긋나는
일로 해석하고 있다. 예컨대 '남녀 상열'이라면 연애·성교섭을
의미했다. 한자도 우리나라에 들어와 수천 년이 지나면서 우리 식
으로 바뀐 것도 적지 않다.

각설하고 앞서의 사헌부 상주는 곧 중신 회의 의제로 회부되었
다. 그 결과는 노였다.

'사헌부의 말이 매우 옳기는 하나, 연향(宴享)에서 여악을 씀은
이미 오래된 일이고 중국의 문헌으로도 모두 우리나라를 예의치
국이라 일컬으며 칭찬하고 여악을 쓰는 게 나쁘다고 한 것을 들
어보지 못했다. 사방의 각국에 저마다 풍속이 있고 해롭지가 않
은 일이라면 부자라도 없애지 않을 것이며 향나(鄕儺 : 시골의 무
속)·엽교(獵較 : 사냥한 짐승의 수효를 비교하여 작은 자가 많은 자
의 것을 갖는 일) 등이 그와 같은 것이다. '

이 문제는 끊임없는 선비들의 논의 대상이 되었고 예컨대 기묘
년(중종 14 : 1519)에 대간(臺諫)이 여악을 폐지하자고 상주하자 예
조에서 이를 심의하며,

'여악의 쓰임은 3대 이상으로서 잘 알 수가 없지만, 옛문헌을 상
고해보니 궁중에서 사용되었다. 지금 내전의 여악은 폐지할 수
없는 일이고, 외방(外方)의 혁파는 상신해 보겠다. '

는 답변이었다. 양사가 거듭 경외(京外 : 한양과 지방)의 여악을 폐
지하라고 하자, 끝내 내전에서의 여악은 대체할 자가 없으므로 대
신도 이를 개혁하지 못한다는 것이었다.

무신년(명종 3 : 1548)에도 대사헌 구수담(具壽聃)이 상소한다.

'주부(州府)에 교방을 설치한 까닭은 재주를 키우되 풍청(豊呈 :

넉넉한 상납인데 기녀를 가리킴)에 대비코자 함이고 기녀를 선발하
여 음악을 습득케 하고서 상경토록 함이지만, 돌이켜보건대 그
성취가 지극히 어려울 뿐 아니라 일조일석에 배울 수 있는 것도
아닙니다. 더욱이 근년에 국휼(國恤 : 국상)이 연거푸 있어 음악
을 폐지하는 바람에 새로 배우는 기녀로서 성취하는 자가 없고
조금이나마 현가(絃歌)를 깨친 자도 극히 적습니다.'

요컨대 중앙에서 여악 요원을 보내라 독촉하는 데 대한 지방 실
정을 보고한 것이다. 여악이라면 멸시의 대상이었지만, 그것도 아
무나 할 수 있는 게 아니고 지방의 교방에서 양성하여 올려보냈음
을 알 수가 있다.

그리고 병오년(선조 39 : 1606)에는 왜란을 겪은 탓인지 내연(內
宴)에는 여전히 여악을 사용하되 외연(外宴)에는 남악(男樂)만 쓰
도록 하고 심각한 인력난을 반영하여 관현 맹인(管絃盲人)이란 게
나타난다.

임자년(광해 4 : 1612)에 사간원이 상주했다.

'평화시의 여악 쓰임은 부득이한 것이겠으나 병화를 겪은 이
기회에 굳이 재설치할 필요는 없습니다. 차라리 이 기회에 선
조(先朝) 때 있었던 일체의 여악을 폐지하시고, 근일 대례(大禮)
에 풍정된 외방(지방) 기생도 모두 돌려보냄이 옳습니다.'

그러자 광해군은 이렇게 대답했다.

'여악은 상께서 자모(慈母)가 계실 때 풍정을 올렸던 것인데 어
찌 이를 폐할 수 있겠는가. 그러니 그대로 놔두되 여염(민간)에
서의 잔치 등은 이를 금하고 돌려보내어 원망을 사는 일이 없도
록 하라.'

요컨대 여악 사용은 대비를 위한 효도라고 핑계를 댔던 것이며,

인조반정 초에 이성구(李聖求 : 1584~1643, 지봉 이수광의 아들)가 건의하여 여악을 일체 없애고 기생을 모두 고향에 돌려보내는 쾌거가 있었다.

그러나 장악원(掌樂院)에서는 계해년(인조 원년 : 1623)에 임금께 상주하여 각 도 기생을 머무르게 하여 음악을 가르쳤다. 그러자 조익(趙翼 : 1579~1655, 풍양 조씨, 호는 포저)이 상소했다.

'여악은 본디 나라에서 마땅히 축(蓄 : 둔다는 것)하는 것이나, 지금 민생(백성)이 곤궁하며 하늘의 경고(왜란과 호란)마저 있었습니다. 그러므로 기악(妓樂 : 용어가 바뀐다)을 익히게 함은 옳지 않습니다.'

그러자 이성구가 재차 상소했으므로 왕도 장악원에 명하여 각 도 기생을 돌려보내라고 명했는데, 이것이 얼마나 지켜졌는지는 불명이다. 계미년(인조 21 : 1643)에 이르러 장악원이 제도로서 좌방 악생 195명, 우방 악사 5명, 악공 441명의 정원을 정하고 잔치 때 기생 52명을 선발했다고 기록한다.

그런데 조선조 초기부터 의녀(醫女) · 침비(針婢)라는 게 또 있었다. 태종 때 제생원(濟生院)을 두면서 관비(官婢 : 관에 딸린 노비 · 기생)로서 의술에 소질 있는 자를 뽑아 올리도록 했는데, 이윽고 종의 딸로 똑똑한 아이를 제생원 소속으로 교육을 시켰다. 나중에 제생원은 혜민서(惠民署)라 이름이 바뀌었는데 그 교육이란 침구법(針灸法)이었다.

이런 의녀를 신분이 천하다 하여 양반이 내버려 두지를 않았고 어느덧 약방기생이라는 말이 생겼다. 침비는 바느질을 하는 여성으로 처음에 상의사(尙衣司)에 속했는데 그 운명은 의녀와 마찬가지로 상방기생이라 불렀던 것이다.

계묘년(세종 5 : 1423)에 왕이 예조에게 명했다.

'의녀로서 충청·경상·전라도의 계수관비(界首는 도의 경계인데 여기선 감영 소속 기생) 중에서 15세 이하 10세 이상 각 2명을 선발하여 올려보내도록 하라.'

세종은 이런 의녀 후보생에게 글자와 《효경》 등을 가르치게 하고서 침구술을 배우도록 조처했다. 《경국대전(經國大典)》에서 의학 생도로서 의녀는 매달 제조(提調 : 관장)가 점검하여 법정 정원을 초과하는 인원이 있다면 석 달치 녹을 주어 귀향시키고 그밖은 다모(茶母)로 임용했다는 기사가 있다. 처음에는 법이 엄정하여 후대와 같은 난잡한 일이 없었으며 규정된 월급이 있고 상당히 대접받는 직업이었다.

여기서 다모라고 함은 고려 때의 다도를 연상케 하지만, 얼마 전까지 동명이 남아있었던 다방골이 곧 색주가를 의미했다는 것을 볼 때 그 지위를 격하시켰음을 알 수 있다.

또 《경국대전》에 기녀 150명을 매년 선발케 하고 연화대(蓮花臺 : 내전의 연회장)에 10명을 배치하며 의녀 70명을 3년마다 선발토록 한다는 규정이 보인다.

장헌세자가 평양에 가서 한 달 이상을 놀고 돌아왔다는 보고는 영조를 격노케 만들었다. 과거의 역사를 보면 이런 예가 전혀 없었던 것도 아니다. 세종의 형님 양녕대군(讓寧大君)도 세상이 다 아는 풍류인으로 평양에도 갔었다. 다만 당시는 건국 초기이고 무식차가 횡행하던 시대이므로 있을 수 있는 일이라며 내부적으로 수습되고 세종에게 자리를 양보한다는 형식으로 해결된 듯싶다.

후세에 미담으로 각색되었지만 사실은 기록이 남겨지지 않아 모르는 것이다.

그러나 장헌세자의 경우는 달랐다. 워낙 괴팍한 세자이고 두둔하는 사람보다 비난하는 사람이 더 많았다. 《한중록》에서 풍기는 말 속에 숨겨진 혜경궁 홍씨의 한(恨)은 아버지 홍봉한·숙부 홍인한마저도 적극적으로 나서 주지 않았다는 뜻이 서려 있다.

물론 이 문제로 자결한 대신——당시의 좌의정 이후(李珝)가 있었으나, 그의 음독사는 세자를 동정해서가 아닌, 그런 것을 막지 못하고 또한 보고를 하지 않았다는, 임금에 대한 자책감에서였다.

이리하여 세자는 임오년(영조 38 : 1762) 윤5월 폐서인이 되고 뒤주 속에 감금되어 죽는다. 기록에 굶어 죽었다고 되어 있으나 윤5월이면 한창 무덥고 답답한 장마달이며 물 한 모금도 주는 것이 엄금된 상태라서 세자는 그야말로 지옥의 고통을 맛보며 죽어 갔으리라.

그럴 때 연암은 삼각산의 중흥사(重興寺)에 들어가 독서를 했다. 이것은 거울을 보고서 자탄했듯이 일종의 허무주의에 빠졌다고도 생각된다.

숙종 이후부터 일어나기 시작한 문제지만 노비 문제는 심각했다. 사회의 최하층에서 신음하는 사람들은 노비만이 아니다. 산사람·바닷사람(강촌 사람)도 있고 절머슴이라 불리는 노예도 있었다. 이것은 나중에 설명되겠지만, 진실을 보는 게 인간의 양심이었다. 연암은 사노(寺奴)의 비참한 생활을 보고 이렇게 생각했을지 모른다.

'나보다도 못한 사람이 있구나. 그렇다면 태어난 이 인생의 의미는 무엇일까?'

최근의 일본측 연구가로 연암의 사상을 명말의 학자 이탁오(李

卓吾 : 1527~1602)와 결부시키는 설이 있는데, 이는 절대로 아니다. 이탁오는 이단아로서 유교를 배척했을 뿐 아니라 완전히 방향을 잃고 만년에는 파계승 비슷하게 생활도 난잡했기 때문이다. 이탁오의 초기 사상인 동심(童心)설은 때묻지 않은 순수한 어린이의 마음이란 뜻에서 나쁠 것은 없지만, 사상과 실천의 괴리(乖離)란 점에서 배격되어 마땅하다.

사노를 보고서 불쌍히 여기는 마음은 곧 맹자의 측은지심이고 동정심이야말로 유교의 출발점이었다.

이 무렵 연암은 평생의 지우(知友)를 만났다. 담헌(湛軒) 홍대용(洪大容 : 1731~1786)이었다. 인간의 사귐이란 만나고 알게 되었다 해서 금방 그 사람의 전부를 아는 것은 아니다. 1737년생인 연암은 담헌을 만났을 때 그 침착하고 넓은 지식에 감탄했으며 형님으로 대접했다. 그리고,

'세상은 넓다. 숨은 인재들이 있구나. 그러니 이러고만 세월을
보내고 있을 수는 없잖은가 ! '

하는 자극도 받았다.

담헌을 통해 그의 친구인 정숙(正肅) 유언호(兪彦鎬 : 1730~1796)도 알게 된다.

한편 실록을 보면 계미년(영조 39 : 1763)에 흉년이 들어 호남의 이재민이 48만이라고 했다. 금성위 박명원이 이조판서로 발탁된 것은 이 무렵의 일이며 정희의 조부 옥포도 곧 벼슬길에 나아갔다고 여겨진다. 이어 갑신년(영조 40 : 1764) 2월, 장헌세자의 아드님으로 진종(정빈 이씨 소생)의 출계자가 됨을 확정짓는다. 이것으로 세자의 사건이 해결된 셈이며, 불안한 왕세손(정조)의 지위도 확고해진 것이다. 옥포는 비록 늦었지만 이때 월성위의 계자로 출

세 가도에 올랐으며 그의 10촌뻘이던 김귀주도 정계에 두각을 나타낸다. 가암(可庵) 김귀주는 이때 18세로 철부지라 해도 지나친 말은 아니다. 경김이 득세하는 것은 몇년이 더 지나야 한다.

"담헌 선생은 어떤 분입니까?"

정희의 질문에 관희 형은 자랑스럽다는 듯이 대답한다.

"우리와는 먼 인척뻘이지. 월성위의 재당질되는 분이 담헌한테 출가하셨거든."

정희가 눈을 깜박거리자 관희는 보충했다.

"종손의 백모님(양모) 재당숙이라 하면 더 빠르겠지."

담헌의 자는 덕보(德保)이고 대대로 청주에 살았으며 아버지 낙(樂)은 목사를 지냈다. 덕보 자신은 음사(蔭仕) 곧 조상의 음덕(蔭德)으로 특채되는 관직으로 참봉(參奉)부터 시작하여 현감·군수를 지내는 게 관례였다. 담헌도 돈녕부 참봉으로 있다가 태인·영천 군수를 지낸 뒤 노모의 봉양을 이유로 사직한다.

그는 음악과 천문학에 뛰어난 재능을 나타냈지만 국내보다 청나라 학자들이 더욱 존경했었다.

원(元)나라를 야만이라 여기고 그 영향을 짙게 받은 고려의 긍정적 일면도 말살되어 망각되었지만, 뛰어난 게 있었다. 예컨대 곽수경(郭守敬 : 1231~1280?)은 수시력(授時曆)이라는 365.42일을 1년으로 하는 뛰어난 역법을 고안했다. 세종대왕의 과학적 발명은 외국에서 만들어진 역서와 우리나라의 농사가 잘 맞지 않는 점을 개량코자 했던 것이다. 청도 인조 무자년(1648)에 시헌력(時憲曆)이라는 것을 보내온다. 조정에선 처음에 이를 무시했으나 그 우수성을 알고 사신이 연경에 갈 적마다 관상감(觀象監) 요원을 보내어

그 비밀을 알아냈다고도 한다. 연암은 담헌의 묘지명(墓誌銘)에서
이렇게 썼다.

'덕보가 돌아갔다. (중략) 조선의 박지원이 삼가 머리 조아려 중
국의 친구분께 알려 드립니다. 우리나라의 전 영천(영주) 군수…
… 덕보가 계묘년 시월 스무사흘 유시에 세상을 떠났습니다. 향
년 쉰셋이었습니다. 평소에 아무런 일이 없었는데 별안간 입이
굳어져 말을 할 수 없게 되고 깜빡할 사이 이렇게 되고 말았습니
다. 상주는 장례에 바빠 경황이 없고 제가 대신 소식을 전하게
되었습니다. 게다가 장강 이남은 통신의 수단이 없습니다. 부디
이 소식을 오중(吳中 : 오현)에 전해주시기 바랍니다. 천하의 지
기(知己) 여러분께서 그 돌아간 날을 유형무형(有形無形) 중이나
마 알아주신다면 더 바랄 것이 없습니다.

 손님을 배웅하고서 스스로 저 항주(杭州) 친구의 서화(書畵)·
서간·시문 등 도합 10권을 조사하고 유해 옆에 놓은 뒤, 관을
쓰다듬어가면서 통곡했습니다. 아, 덕보는 명민(明敏)하고도 겸
허했었습니다. 견식(見識)이 원대하고 분석은 정밀한 것이 세밀
했습니다. 특히 율력(律曆)에 조예가 있었습니다. 그가 만든 혼
의(渾儀)의 여러 가지는 깊은 생각을 쌓아올려 새로운 경지를 열
고 있었습니다.

 처음으로 태서(서양) 사람이 땅(지구)은 구체임을 밝혔지만,
땅이 회전한다고는 말하지 않았었습니다[지구의 자전]. 덕보는
일찍이 땅의 한 번 회전이 하루라는 것을 논했습니다. 그 설(說)
은 정치(精緻)하고 심원한 것이었으나 아직 책으로 발표되고는
있지 않습니다. 그렇지만 그 만년에 더욱 자신감을 갖고서 땅의
회전을 의심치 않았습니다. (중략)

일찍이 숙부이신 서장관[洪檍]의 연행(燕行)에 동행했을 제 육비(陸飛)·엄성(嚴誠)·번정균(藩庭筠)을 유리창(琉璃廠 : 연경의 책방 거리)에서 만났습니다. 세 사람은 모두 전당(錢塘 : 항주)에 집이 있고 문장을 사랑하며 기술(과학)을 이해하는 인사들이었습니다. 그들의 교유 상대는 당대의 저명 인사들이었습니다. 그렇지만 셋 다 덕보에게 감탄하여 대학자라고 인정했습니다. 서로 필담한 문자는 수만 어에 이르고 경서(經書)의 본디 뜻은 물론이요 천도(天道)와 인간계의 현상·사물, 성명(性命 : 성리) 및 고금을 통한 '출처진퇴(出處進退 : 벼슬에 나아가고 물러서는 때를 안다는 것)'의 대의(大義)를 논했습니다. (후략)'

"담헌은 연암보다 여섯 살이 많았어. 그러나 때로는 형님처럼 친구분처럼 막역한 사이였지. 사람이 이 세상에 태어나서 서로 뜻이 맞는 진정한 친구를 얻는다는 게 얼마나 좋은지 몰라."

정희는 눈을 빛내가며 듣고 있다. 친척이라도 그런 분이 있었다는 것은 자랑스럽다.

"어떻게 친구분이 되셨어요?"

"두 분은 10여 년을 교유(交遊)하셨지만, 어느 날 연암이 담헌의 집에 놀러갔더니 마침 철금(鐵琴)을 타고 있더라는 거야."

"철금?"

"서양금(西洋琴)이라는 것이지."

이때의 철금은 바이올린의 일종이었다고 한다.

담헌의 가계는 같은 남홍이라도 담와(淡窩) 홍계희와는 파가 다르고 저 3학사의 한 사람인 홍익한(洪翼漢 : 1586~1637)의 집안이다. 화포(花圃 : 홍익한의 호)의 아들 수원(晬元)도 강도 함락시 그 부부가 함께 자결했으므로 익형(翼亨)의 아들 응원(應元)이 그 계자가 된다. 화포의 묘는 평택 서정리에 있으므로 그 자손도 그곳에 살았다.

그리고 담헌의 집은 화포 이전에 갈라져 청주에 살았는데 참판을 지낸 숙(璹)이라는 분이 담헌의 증조부였다. 홍숙공에게는 인조(麟祚)・봉조(鳳祚)・구조(龜祚)・용조(龍祚) 4형제가 있었으나 그 막내인 금백(錦伯 : 용조의 호)이 대사간을 지냈고 담헌의 조부였다. 이 금백은 삭과 억(檍) 형제를 둔다.

삭은 곡재(穀齋)라고 했으며 나주 목사를 지냈고 청풍 김씨인 김방(金枋)의 따님이 부인으로 대용은 그 독자이다. 부인은 한산 이씨로 이홍중(李弘重)의 따님이고 슬하에 1남 3녀를 두게 된다. 한편 숙부 홍억은 병판까지 지내고 역시 독자인데 대응(大應)이라는 이름이다.

을유년(영조 41 : 1765)에 숙부 홍억이 서장관으로 연경에 갈 때 그도 동행했다. 그는 율력, 곧 천문 수학에 관심이 있었고 그러자면 무엇보다도 선교사와의 접촉이 지름길이었다. 이리하여 남당을 찾아가 독일인 선교사 하렐시타인(Augustinus Von Hallerstein, 한자명 劉松齡) 및 고가이슬(Antonius Gogiesl, 한자명 鮑友管)과도 만나 필담을 나누었다.

이들은 친절했고 유송령은 《역상고성(曆象考成)》 후편을 저술하고 포우관도 흠천감에서 일하고 있어 전혀 천문 수학에 문외한은 아니었다.

여러 차례 만났다고 생각되지만, 그러는 동안 친밀해지고 동당을 참관케 해주었다. 또 철현금을 연주해 보인다.

"당신네 나라 노래를 부르시오. 따라 연주할 테니."

그래서 담헌은 '아리랑' 등을 불렀고 선교사가 그것을 연주해
보더니,

"당신도 한번 해보시오."

하며 열심히 권했다.

처음에는 서툴렀겠지만 반복하여 연습하는 사이 제법 익숙해졌
으리라.

"마음에 드십니까? 아주 드릴 테니 틈틈이 연습을 하십시오."

또 이때 강남의 명사 육비·엄성·번정균을 유리창에서 만난다.

이들은 필담으로 서로 이해하였고, 만나는 횟수가 거듭될수록
우정이 싹텄다.

담헌의 한문 실력은 대단하여 막힘이 없었다.

드디어 작별할 때가 되자, 담헌은 눈시울마저 붉히며 말했다.

"이걸로써 영원한 작별이겠군요. 저 세상에서 만났을 때 부끄러
운 일이 없도록 맹세하겠습니다."

여기서 말한 부끄러운 일이란 무엇일까? 추측을 벗어나지 못하
지만, 인간으로서 부끄럽지 않게 살겠다는 다짐이 아니었을까?

인간은 한 치 앞의 일도 못본다고 한다. 아무리 혼탁한 세상이라
도 이런 조선의 선비가 아직은 많았던 것이다.

예를 들어 연경에서 물건을 잔뜩 사서 조선으로 가져오는 장삿
속의 자도 없지 않아 있었다.

순수한 배움의 목적으로 간 젊은이라도 어느덧 연경의 청루나
술집을 기웃거리는 짓도 있었을 터이다. 더욱이 우리의 물건은 청
인이 탐을 내어 비싸게 팔렸던 것이다.

담헌은 특히 엄성과 친했었다. 엄성은 담헌보다 몇살 아래였던

것 같다.

"엄형, 군자는 출사(出仕)와 은퇴에 각각 때가 있는 것이오. 또
한 출사만이 전부가 아니잖소?"

담헌의 이 말은 별목적이나 희망도 없이 해마다 수천 냥의 돈을
시골에서 부쳐오게 하며 무위도식하는 것을 넌지시 충고했던 것이
다. 엄성은 담헌의 충고에 눈물을 흘리면서 감사했다.

"담헌 선생의 충고대로 고향으로 가겠습니다. 그리고 수년 더
공부하고서 다시 올라오겠습니다."

이리하여 담헌은 돌아왔고 태인 현감을 거쳐 영천 군수를 지낸
다. 그런데 그 무렵 엄성은 복건 지방에 갔다가 병사한다.

번정균이 편지로 그의 사망을 담헌에게 알렸다. 조선과의 왕래
는 당시 동지사뿐 아니라 청국 상인의 왕래도 잦았던 것이다.

담헌은 곧 추도사를 짓고 향과 폐(종이돈)를 준비하여 즉시 삼하
(三河)에 있는 용주(蓉洲 : 청국인으로 담헌의 친구) 손우의(孫友義)
에게 보냈다. 용주는 다시 그것을 인편으로 전당에 보낸다.

추도사는 소상의 제를 올리는 저녁 무렵 도착했다. 소상의 참석
자는 서호(西湖) 주변의 몇몇 고을에서 모인 명사들이었다. 그런
때 조선에서 추도사와 제물이 도착했다는 소식에 사람들은 눈이
동그레졌다.

엄성의 형인 엄과(嚴果)가 곡을 하면서 향을 사르고 종이돈을 살
랐으며, 그 추도사를 읽었다.

참으로 정성이 담긴 글이고 회장자의 눈물을 자아내고도 남음이
있는 명문장이었다.

그뒤 엄성의 아들 엄앙(嚴昂)은 답례의 편지를 보냈는데 담헌을
가리켜 백부님이라고 썼다. 이것은 앞에서도 말했지만 한족의 관

습인 것이다. 엄앙은 편지와 더불어 철교(鐵橋 : 엄성의 호)의 유고
집도 보냈다. 그것이 여기저기서 지체되어 9년만에 도착했다.

반가운 마음으로 문집을 넘기자 그 속에 엄성이 몸소 그린 담헌
의 작은 초상화가 있었다.

엄앙은 편지에 이렇게 쓰고 있다.

'아버님이 복건에서 병이 나셨을 때 백부님이 선물하신 조선의
먹을 꺼내고 그 먹향기를 언제까지 맡고 계셨는데 이윽고 가슴
위에 놓자 운명하셨습니다. 그래서 먹은 고인의 관 속에 넣어
드렸지요…….'

기축년(영조 45 : 1769)에 반계(磻溪) 류형원(柳馨遠 : 1622~1673)
의 《반계수록》이 발간된다.

반계는 일생을 포의(布衣)로 보내면서 피폐된 농촌 생활을 일으
키는 데 전념했다.

반계는 또 유학 겸 경제학자로서 따로 일파를 수립한다. 그의 자
는 덕부(德夫)이고 본관은 문화(文化)이다.

그는 겨우 두 살에 송아지가 어미소를 그리워하며 우는 것을 보
고, 그 슬픔을 알고 쇠고기를 먹지 않았으며 서너 살이 되자 매일
만나게 되는 모든 사물의 쓰임을 꼬치꼬치 어른들한테 물었고, 초
목・금수・벌레에 이르기까지 차마 해칠 수가 없었다. 매우 섬세
한 신경의 소유자인 듯싶다.

5세에 셈수를 떼고 형님의 장인 이원진(李元鎭)・고모부 김세렴
(金世濂)에게 글을 배웠는데 한 번 읽게 되었다면 곧 암송했다고
한다. 그리고 7세에 우공(禹貢 : 서경의 편명・지리서)의 기주(冀州)
까지 읽고 나자 별안간 일어나 덩실덩실 춤을 추었다.

"무엇이 기뻐서 그러니?"

"부도(不圖 : 예기치 못한 것을 발견함), 그 글자의 소중함을 알았기 때문이지요."

부도는 《논어》 〈술이편〉에 나오는 말로 학문의 진매(眞味)를 깨달은 것도 된다. 사실 그는 나중에 《지리군서》《여지지(輿地誌)》를 저술한다. 지리의 중요성을 이때 이미 터득한 셈이다.

지리를 탐구하게 되면 역사도 알게 된다. 그의 역저 《동사강목 조례》는 역사 연구의 중요한 문헌이다.

10세에 경전과 제자 백가에도 통했는데 스승인 이공과 김공은 그 지식의 발달보다 편중을 걱정했다.

그러나 열두셋이 되자 성현의 학문을 흠모하며 그때까지 배웠던 지식을 모두 버린다. 경학에만 몰두한 셈이다.

병자호란이 일어나자 조부모·어머니와 두 고모를 모시고 피난길을 떠났는데, 조부는 이때 연로하여 가족을 지킬 남자란 그밖에 없었는데, 반계는 이 당시 경우 15세였다.

때마침 강도가 골짝길을 막고 가진 물건을 내놓으라고 했지만, 그는 두려워하는 빛도 없이 앞으로 나가서 말했다.

"사람은 누구라도 부모가 있을 것이니 부디 놀라게만 하지 말라. 가진 것은 몽땅 가져가도 좋으니!"

이 말에 강도들은 감동하고 슬금슬금 흩어져 자취를 감추었다.

스물한 살에 스스로 반성하는 글을 지었다. 선비로서 뜻을 세우지 못한다면 이는 오로지 스스로가 게으른 탓이라면서. 그것이 곧 〈자경문(自警文)〉으로 네 가지 격언으로 되어 있었다.

이 소문이 알려지자 그의 이름이 장안에 높아졌고 당시의 명사들이 앞을 다투며 교제를 청하여 〈자경문〉을 보여달라 했지만, 보여주려고 쓴 것이 아니니 보여줄 수 없다며 거절한다. 이때부터 면학에 침식을 잊었고 마상에서 사색하면서 말이 딴 길로 가는 것도 모를 정도였다.

갑신년(인조 22 : 1644) 이후 연거푸 상을 당하여 남으로 돌아가 부안(扶安) 우반동(愚磻洞)에서 살았다. 그리고 더욱 학문에 전념했는데 밤이면 머리맡에 이상한 글자가 매일 나타났다. 그리하여 밤이면 서너 번씩 촛불을 켜들고 일어나 찾았지만 너무도 빠른 글씨라 정체를 알 수가 없었다. 그래서 매일 해가 저물면 오늘도 허탕이겠다 싶었다.

그러나 문득 깨달았다.

'글의 이치는 무궁인데 시간은 한정되어 있다. 옛날의 사람은 무슨 정성과 노력으로 그와 같이 성취했던 것일까.'

하고 깨닫자 매일 캄캄할 때 일어나 세수하고 의관을 갖춘 후 사당부터 찾아뵙고서 서실(書室 : 서재)에 앉아 꼼짝도 하지 않았다. 그리고 그 거처하는 곳은 반드시 소나무 둔덕 아래 대숲 안에 있게 하고 만 권 서적을 비치하고 있었는데 낮에는 노루나 사슴이 사립문을 드나들 정도였다. 그제야 그는 이를 즐겁게 여기고,

'옛사람이 말한 조용함이란 먼저 마음이 평안하고 그런 뒤 생각할 수 있는 것을 말하는구나.'

하며 달관(達觀)했다. 그리하여 달밤이면 으레 탄금(彈琴)하고 노래를 했는데 그것은 책에서 나오는 고사(高士)의 모습 그대로였다.

정미년(현종 8 : 1667)에 당선(唐船 : 중국배)이 탐라에 표류해 왔는데 모두 복건인(福建人)이었고 변발(辮髮 : 머리를 땋아 뒤로 늘어뜨린 것. 여진의 풍속. 우리는 돼지꼬리라고 비웃음)을 하지 않았었다. 이때 95명의 한인이 표착했는데, 반계는 한양까지 압송된 이들을

일부러 보러 갔던 모양이다.

소현세자가 변사한 저 을유년(인조 23 : 1645) 5월, 명은 만력제의 손자 복왕(福王)을 추대하여 홍광(弘光)이라는 연호를 쓴다. 이어 9월에 청은 도읍을 북경에 정하고 이름을 옛날의 연경(燕京)으로 바꾼다. 이곳이 옛날 연나라 땅이었기 때문이다.

섭정 도르곤은 명의 총사령관이던 홍승도(洪承疇)를 고문으로 임명하고 중원 통치의 전략을 세웠다. 일설에 홍승도는 호색(好色)이라는 약점이 있어 미녀를 옥중에 넣어주고 인삼즙을 공급했다고 한다. 정력제에 미녀까지 제공되니 그도 진정한 복종을 맹세했다는 것이다.

청은 처음에 연경을 점령했지만, 당시의 민중은 '황제 일족을 죽인 도둑 이자성을 치고 원수를 갚아준 해방군'이라고 환영했다. 겸하여 도르곤은 연경에 입성하자 숭정제의 장례를 치러준다. 사가법(史可法 : 1601~1645)은 명조의 마지막 충신인데 그는 이 문제에 대해선 몹시 감격했다. 그리하여 도르곤에게 서한을 보냈는데 도르곤 역시 답서를 보낸다.

열렬한 민족주의자(민족주의와 중화사상은 구분된다)인 사가법의 이 왕복 서한집은 명말의 지식인, 곧 유생들이 애독한 책이며, 틀림없이 우리나라에 들어와 일부의 사람이 읽었으리라. 오랑캐인 줄로만 알았던 청의 태도에 지식인들은 감탄했던 것이다. 참고로 이 서한집에서 사가법의 말로 '광복구물(光復舊物)'이란 말이 처음으로 사용되었다. 이것이 나중에 장병린(章炳麟)의 혁명 단체 광복회의 명칭이 되고 우리나라도 일제로부터의 해방을 광복이라 했음은 말할 것도 없다.

사가법은 이와 같은 애국자인데, 복왕을 옹립한 마사영(馬士英)·완대성(阮大鋮) 등은 간신으로, 암군(暗君)을 둘러싼 내시들과 결탁하여 사가법을 몰아냈다.

이른바 당파 싸움의 연장이었고 사가법은 강북의 양주(楊州) 수비 대장으로 좌천되었다. 복왕 등은 청이 옛날의 금국처럼 화북 일대만 장악하고 강남은 침략하지 않을 거라고 굳게 믿었던 것이다.

양주를 공격한 것은 도르곤의 아우 도트였다. 청군이 다가오자 양주의 이름있는 자들은 성을 탈출하여 잇따라 청에 항복했지만, 사가법은 끝까지 항전하여 청에게 많은 출혈을 강요했다.

이리하여 10일간의 혈전 끝에 성은 함락되고 사가법은 생포되었지만, 그는 정중한 귀순 권고를 거절하고 처형당한다.

을유년(인조 23 : 1645) 4월 23일의 일로 도트는 본보기로 주민의 대학살을 명령한다.

여기서 문제의 《양주십일기》인데, 그 저자 왕수초(王秀楚)는 경력이 불명이고 유생이었다는 추정을 할 뿐이다.

그리고 그것을 자세히 읽어보면 선입감으로 알고 있는 지식과 좀 다르다.

'을유년 4월 14일, 독진(督鎭) 사가법은 백양하(白洋河)가 함락되고서 비틀거리듯이 양주에 도망쳐오자 성문을 닫고 24일이 되었다.'

고 《양주십일기》는 시작된다.

'성이 함락하기 이전 금문(禁門) 안에는 저마다 군졸이 지키고 있었다. 우리집이 있는 신성(新城 : 양주엔 신성, 구성이 있었다)은 동쪽인데…… 우리집엔 군졸이 두 명이나 숙식하고 좌우의 이웃집도 마찬가지였다. 군사들은 집안을 마구 짓밟았고 게다가 입히든가 먹이든가 하는 데 매일 천 전 이상이 들었다. ……25일 아침 독진의 방문이 전해졌다. 그 중에 "모든 책임은 나 혼자 지겠다. 일반 서민에겐 누를 끼치지 않겠다"는 말이 있어, 듣는 자로 감격의 울음을 터뜨리지 않는 자가 없었다. ……돌연 수십 기가 북에서 남쪽으로 허둥거리며 물결이 이는 것만 같은 기세로 달려갔다. ……또 갑자기 일기(一騎)가 남에서 북으로 고삐를 놓아버리고 말을 천천히 몰면서 하늘을 우러르며 소리내어 울었고 두 명의 군졸이 그 말의 재갈을 잡고서 언제까지나 이별을 아쉬워하고 있었다.

오후가 되면서 문을 심하게 두드리는 소리가 들렸다. 이웃 사람들이 함께 왕사(王師 : 청군)를 마중하고 무저항의 뜻을 나타내기 위해 탁자를 마련하고 향을 피우자며 권하러 왔던 것이었다. 나는 이미 이렇게 되고서는 어쩔 도리가 없다고 생각했지만, 사람들의 의견에 거스를 수도 없어 "좋습니다"고 대답하고서 옷을 갈아 입고 기다렸다. 그런데 얼마쯤 지나도 오는 낌새가 없다. 그래서 나는 뒤창의 곳에 가서 성벽 위를 살폈는데…… 여자를 데리고 걷는 모습이 보였다. 그 여자의 복장이 모두 양주의 풍속인 것이다. 나는 비로소 크게 놀라고 아내에게 말했다.

"적병이 성에 들어왔소. 만일에 무슨 일이 있다면 당신은 자결하시오."

"알고 있습니다. 돈은 이것뿐인데 간직해 두세요. 저는 이제 새삼 더 살겠다는 생각도 없습니다."

그때 밖에서 왔다는 외침에 달려나가 보았더니 북쪽에서 몇몇 기마병이 천천히 오고 있었다. 그들은 칼로 다소 위협은 했지만 사람을 해칠 뜻은 별로 보이지 않았다. 마침내 우리집에 이르렀

다. 그러자 한 사람이 나를 가리키며 뒤따르는 자를 부르고,

"야, 이 남빛 옷의 사나이 몸을 조사해 보아라."

했고 명을 받은 종자가 말에서 내리려 했는데, 나는 도망쳤다. 그러나 그들은 나를 쫓는 것을 단념했는지 그대로 가버렸다.

동생도 왔고 형도 왔으므로 의논했다. 이곳은 부유한 상인들이 사는 곳이므로 그놈도 내가 부자인 줄 알고 잡으려 했을 거라는 의견의 일치를 보아, 비가 오는 가운데 맏형에게 부탁하여 여자들을 중형(仲兄)집에 배웅해 달라 했다. 중형의 집 동네는 빈민굴이었다. 나만이 혼자 남아 상황을 보려고 했는데, 이윽고 맏형이 다시 돌아와서,

"큰 길은 피의 내를 이루고 있다. 여기에 남아있어 어쩔 작정이냐. 우리들 형제가 함께 죽는다면 여한도 없을 게 아니겠는가.'"

《양주십일기》는 이렇듯 담담하니 사실 그대로 써나가고 있다. 청군의 학살은 처음에 숨어있는 명병을 찾아내고 그들부터 죽였던 모양이다.

26일에는 성안에 큰 화재가 발생했고 주인공은 도망치는 도중 처자와 헤어지게 된다. 27일에는 여자들에 대한 겁탈, 살육도 심해졌고 시체가 산더미처럼 쌓인다. 주인공은 그런 지옥 속을 용케도 피하며 저녁 해질 무렵 가족이 다시 만나고 공포의 하룻밤을 지낸다.

28일에는 홍의(紅衣)의 청군 병사에게 발각되었고 돈을 주어 위기를 모면했는데 임신중의 아내마저 요구하자 가까스로 도망친다. 그리고 여자들이 다수 숨어있는 곳에 이르렀는데, 그만은 그곳에 끼여주지를 않아 다른 곳에 갔다가 29일 아침에 가보니까 여자들

은 피를 온몸에 바르고 똥으로 그 머리털을 이겨붙이고 있었다. 그
리고 29일 맏형이 병사에게 잡힐 뻔 했으나 힘으로 뿌리쳤고 왕수
초의 가족만은 희생자가 없었다.

29일은 하루 종일 지옥과 같은 연속이 있었으나,

'그때 갑자기 홍의를 걸치고 검을 찼으며 머리엔 만주모자를 쓴
검은 가죽 장화를 신은 한 인물이 나타났다. 나이는 서른이 못
되었을 것이지만 모습이나 태도며 늠름한 인물이었다. 황색의
갑옷을 입은 한 명의 종자를 거느리고 있었는데 이 또한 당당한
용모였다. 그리고 그뒤로 양주 사람 몇몇이 따르고 있었다.
홍의의 사람은 나의 얼굴을 유심히 보더니 말했다.

"아무래도 너는 이 자들과는 다른 것 같다. 누구인지 솔직히
  말해라."

나는 생각했다. 때로는 독서인(선비)이었기 때문에 사면된 자
도 있으나, 독서인이라서 즉시 살해된 자도 있다. 그래서 나는
사실을 말하지 않고 요령껏 말하여 속였다. 그 사람은 또 아내
와 아이를 가리켜 누구냐고 물었으므로, 이번에는 사실대로 대
답했다. 그러자 홍의의 사람은,

"내일 예친왕(豫親王 : 도트. 황자를 말함)께서 명을 내리셔 칼
  을 쓰는 일이 금지될 것이다. 너희들은 목숨을 건진 셈이다."
하고 종자에게 명하여 옷 몇 벌과 황금 일정(一錠 : 열 냥)을 꺼
내게 하고서,

"너희들은 며칠 굶었느냐?"
라고 물었다. 내가 닷새 동안이라고 대답하자 자기를 따라오라
고 명했다. 나와 아내는 반신반의했으나 따라가지 않을 수 없었
다. 그리하여 어떤 저택에 가보았더니 숱한 물자가 저장되어 있

고 쌀과 물고기 등속이 사방에 넘쳐 있었다. 그는 한 부인에게,

"이 네 명에게 잘 대접하도록."

하며 나와 헤어져 가버렸다.'

이 《양주십일기》는 5, 6페이지 정도의 수기로 학살 현장을 직접 당한 이야기는 하나도 나오지 않고 들었다는 형식으로 되어 있다. 아무튼 이것이 엄청난 대학살의 증거로서 알려졌고 조선에도 전해 져 읽은 사람이 있었다.

그리고 학살은 25일부터 시작하여 29일(그믐) 야반까지 계속되어 만 5일간이 정확하다. 또 80만이 학살되었다고 했으나 과장된 느 낌이 있다. 실제 왕수초의 가족처럼 전원이 살아남은 예가 있는 것 이다. 그리고 청은 이때 악명 높은 '변발령'을 강요했다.

'머리털을 잘라 변발을 하겠는가, 아니면 죽겠는가(留頭人不留 髮 留髮人不留頭)!'

청은 이런 글귀를 철패(鐵牌)로 찍어내어 각 성문에 걸고 군졸이 지키는 가운데 변발을 강요했다. 변발은 머리의 앞부분은 면도로 밀어버리고 후반의 머리털로 댕기머리를 땋아 늘이는 것이다. 우 리도 갑오경장 때 상투를 자르는 단발령이 있었다. 그래서 성난 군 중이 대신을 때려 죽인다.

왜인이 시켰다는 선입감도 있었지만, 신체의 모든 부분은 부모 가 물려주었다는 유교의 가르침이 있었기 때문이다.

일제는 거기에 그치지 않고 민족의 얼 그 자체인 말을 빼앗고 마 침내는 성씨마저 빼앗는 창씨개명까지 강요했다.

이러한 발상은 청의 이런 제도를 본떴던 모양인데, 이것은 관습 이나 전통이 무엇인지 모르는 무지(無知)였다.

그리고 청은 일본과 달랐다.

주원장은 몽골족의 원을 멸망시켰을 때 원나라 왕족의 여자들을 모조리 창가에 넘겨 창녀로 만들었다. 무예와 건강하던 민족이 타락한 것은 라마교 때문이라 선전했고 지금도 그것이 믿어지고 있지만, 반드시 사실만도 아니다. 또 주원장은 몽골족에게 매독을 퍼뜨려 그 인구를 감소시켰고 마침내 세계를 정복했던 몽골족으로 하여금 오늘날까지 약소 민족으로 전락시킨다.

몽골족에도 결점은 있다. 그것은 폭주를 한다는 것이었다. 술을 좋아한다는 점은 우리도 비슷하나 몽골인은 그 도가 지나쳤다.

양주가 함락됨으로써 청군도 장강을 건넜다. 복왕은 달아났지만 배신자에 의해 청군에게 넘겨졌고, 청은 이를 죽이지 않았으며 응분의 대접을 했다. 명군을 공격하는 데 한족의 장군이 가담했고 한족의 군사가 싸웠다.

그 대표적 인물이 오삼계(吳三桂 : 1612~1678)이다. 그는 자를 장백(長伯)이라 하며 양주의 위쪽에 있는 고우(高郵 : 현 강소성) 사람이다. 고우는 주원장의 고향으로 알려졌다. 오삼계의 아버지 오양(吳襄)은 장군 출신으로 이자성이 북경에 몰려왔을 때 그들의 포로가 되고 아들한테 항복을 권하는 편지를 써보냈다. 당시 오삼계는 영원(寧遠)의 군사 50만을 이끌고 북경을 구하러 오는 도중이었다. 그러나 북경이 이자성의 손에 이미 들어갔다는 소식에 난주(欒州)란 곳에 머물러 있었는데, 아버지의 편지를 가져온 하인에게 물어보았더니 자기의 사랑하는 소실 진씨(陳氏)를 자성의 부하 유종민(劉宗敏)이 빼앗아 갔다는 이야기를 듣자 격분했다. 진씨는 소주 여자로 원원(円円)이라는 기녀였던 모양이다. 오삼계는 곧 청군에게 항복하고 이자성의 군을 공격한다. 그리하여 남경이 함락된 을

유년 9월, 이자성은 오삼계에게 몰려 스스로 목을 맨다.

오위업(吳偉業)이라는 시인이 오삼계와 원원의 로맨스를 각색하여 〈원원곡〉이라는 연극을 만들었는데 경극(京劇)의 대히트작이 된다. 극 중에서 오양은 이자성의 협박으로 아들의 항복을 권하는 편지를 쓴다. 그 편지를 받아본 오삼계(배우)는 이런 대사를 지껄인다.

"역적놈이 아버지를 도마에 올린 잉어처럼 배를 가르거나 펄펄 끓는 솥에 던진들 내 알 바 아니다. 왜냐하면 역적한테 항복한 자는 충신이 아니고 그런 아버지의 죽음도 불사하는 나는 불효자가 아니다(실제 오삼계의 가족은 전멸된다)."

이 장면에서 관중들은 박수하고 갈채를 보냈었다.

복왕이 생포되자 명나라의 유신들은 노왕(魯王)을 절강(浙江 : 항주 일대)에서, 당왕(唐王)을 복건에서 추대하여 항전한다.

병술년(인조 24 : 1646) 2월 청은 비로소 과거를 실시한다. 이것도 나쁘게 말하면 한족의 지식인을 회유하려는 정책이었다. 명말의 학자인 모기령(毛奇齡 : 1623~1716), 전겸익(錢謙益 : 1582~1664) 등은 이에 협력했다. 그리하여 이들과 이때 급제한 사람들이 가장 완벽하고도 공평한 《명사(明史)》를 편찬했던 것이다. 청조의 학문 발달은 이들에게서 이루어졌다 하여도 과언은 아니다.

한편 오삼계는 청군을 선도하여 강주(江州 : 구강)에서 당왕을 생포했고 사천성(촉)에 들어가 장헌충의 무리를 평정한다.

그러나 명의 유신들은 다시 계왕(桂王)을 추대했고 영력(永曆)이라는 연호를 쓴다. 조선에선 명의 연호를 비밀히 쓰고 있었다.

경인년(효종 원년 : 1650) 3월, 청사(淸使)가 와서 도르곤의 비(妃)를 요구했다. 효종은 종실의 여자를 선발하여 의순(義順)공주라 일컫고서 요동에 보냈다. 도르곤은 조선에 대해 늘 호의적이었다. 청의 초기 제도는 조선을 본받은 것이었다. 그런 것이 지금은 기록이 전혀 남겨지지 않아 망각 속에 사라졌지만, 그것은 조선측이 그런 것을 수치로 생각했기 때문이고 청 역시 한족이 정치·학문 등 분야에서 세력을 잡아 다시 한화(漢化)되고 말았던 탓이다.

의순공주는 과연 행복했을까? 과거에 조선 여인으로서 중국의 황비(皇妃)가 된 여인도 몇몇 있었다.

의순공주의 경우, 경인년에 갑자기 도르곤이 죽음으로써 몇달의 신혼 생활로 끝나버렸다. 더욱이 도르곤은 그가 죽은 뒤 제위(帝位)을 찬탈하려 했다는 모함을 받아 관작이 추탈되고 도트까지 포함해서 그 일족이 처형된다.

신묘년(효종 2 : 1651) 정월, 순치제는 이때 13세에 지나지 않았지만 친정(親政)을 선언하고 있다. 이 무렵 대만은 청의 영토가 아니었고 명나라 장군 정지룡(鄭芝龍)과 일본 여인 사이에서 난 정성공(鄭成功)이 그 일부 지역을 점령하고 있었다.

원래 이들은 해적 출신이었던 것이다.

임인년(현종 3 : 1662)에 이르러 계왕은 지금의 미얀마까지 달아났지만 오삼계에게 붙잡혀 곤명(昆明)으로 연행되었고 거기서 참주되어 명은 완전히 멸망했다.

반계는 일부러 표류 한인들을 찾아가 한어로 중국의 사정을 물었다. 그러나 그 중에서 글을 아는 정희(鄭喜)·증승(曾勝) 등이 눈물을 흘려가며,

"지금 영력제께서 남방의 네 성(省)을 통치하고 계시며 지금은 바로 영력 21년입니다."

하고 말하는 게 아닌가?

반계는 깜짝 놀랐다. 명나라는 분명히 5년 전에 멸망했지 않은 가? 그러나 그들은 아니라고 한다. 그러면서 책력까지 꺼내 보였 는데 과연 그와 같이 씌어 있었다. 당시 조선 선비들의 심정을 말 해주는 에피소드이다.

이때 청에선 신축년(현종 2 : 1661)에 순치제가 재위 18년에 24세 라는 나이로 죽고 그 3남 현엽(玄燁)이 즉위한다.

순치제는 여러 황자들의 세력 다툼, 또 그들을 둘러싼 대신들의 음모를 경계했다. 그래서 밀건법(密建法)이라는 독특한 방식을 썼 다. 밀건법은 태자를 정하지 않는 것이다. 여러 후궁의 몸에서 낳 은 황자들은 어려서 차별없이 공평하게 생활한다. 강아지처럼 서 로 뒹굴고 옷도 결코 비단옷을 입히지 않으며 음식도 검소했다.

따라서 대신들도 누가 황태자가 될지 모르므로 아부하거나 갈라 져서 싸울 필요도 없다.

황제만이 마음속으로 태자를 점찍어 두고 옥좌 뒤의 공명정대 (公明正大)라는 액자 뒤에 밀봉서를 숨겨두었다.

대신들은 그 소재(所在)를 알고 있다. 그러나 누구든 몰래 보는 자가 있다면 그 일족은 모두 죽인다. 또 일단 마음으로 결정된 태 자라도 성장 과정에서 지켜보다가 적당치 못하다고 생각되면 언제 라도 밀봉서를 꺼내서 다시 고칠 수도 있는 것이다. 따라서 무리하 게 훔쳐보더라도 의미가 없다. 이리하여 현엽이 선정되었는데, 이 사람이 바로 명군 강희제(康熙帝)였다.

강희제의 즉위 당시 아직 청의 지위는 확고한 것은 아니었다. 명 을 멸함에 있어 큰 공을 세운 운남의 오삼계, 광동의 상가희(尙可 喜), 복건의 경계무(耿繼武)는 각각 왕으로 봉해져 삼번(三藩)이라 불렸다. 이들은 한족으로서 언제 배반하더라도 이상한 일이 아니다. 그러므로 어린 강희제는 남다른 지혜와 능력이 필요했다.

그런 강희제가 조선을 칭찬하고 있다.

"조선은 의리가 있는 나라이다. 멸망한 명나라의 연호를 20년 가까이나 쓰고 있었으니."

아무튼 반계는 《무경사서(武經四書)》《기효신서절요(紀效新書節要)》와 같은 국방 관계 저술도 남겼다. 임진왜란 이전에는 소설 《삼국지》도 금서였다. 그곳엔 영웅호걸들이 나타나 나라를 찬탈하는 일이 들어 있기 때문이었다.

그러나 왜란을 겪고 나자 대신들의 사고방식도 달라졌다. 《기효신서》는 명나라의 척계광(戚繼光 : 1528~1587)이 지은 무술 교본으로 반계가 그것을 해설하고 요점을 발췌한 것이다. 《삼국지》도 해금되었을 뿐 아니라 《임진록》《유충렬전》《조웅전》《곽재우전》 등 군담소설도 유행된다.

담와 홍계희가 지은 전기에 의하면 반계는 집에서 가까운 해변에 큰 배를 늘 두게 하고 사오제(四五制)로서 사용하기 편리하도록 했으며, 하루에 4백 리를 가는 준마도 키웠다. 또한 집에서 부리는 젊은이나 마을 사람에게 활쏘기 및 조총 사격도 훈련시켰다.

대표작 《반계수록》은 주로 전제(田制)를 논한 것이지만, 정사년(영조 13 : 1737)에 손자 류훈(柳薰)이 이를 간행했고 연암을 비롯한 실학파에 감명을 준다. 정유년(정조 1 : 1777)에 연암이 금천의 연암협(燕巖峽)에 들어간 것도 이것에 자극을 받았기 때문이었다.

관희 형을 만난 며칠 뒤, 정희는 중부(仲父) 노성의 집에 갔다. 중부의 집은 회동(會洞)에 있었다. 회동은 숭례문 안, 목멱산 쪽

성벽 아래의 비탈진 일대에 집들이 다닥다닥 붙은 곳이었다.

회동 옆에 회현방이 김정호(金正浩)의 《대동여지도》에도 나와 있지만, 회동 역시 원래는 회현방에 딸렸던 것이라고 여겨진다.

방과 동은 어떻게 다른가?

정희의 시대에는 이런 구별은 없었다. 다산의 《아언각비》에 의하면 동은 동굴이고, 따라서 그윽하고 조용한 곳이며 장안의 백운동(白雲洞)·삼청동(三淸洞)처럼 경치가 빼어나고 인적도 드문 유현(幽玄)한 곳이 동이었다.

(그런데 지금의 사람은 동을 동리라고 하며 한양의 5부 동네 모두를 동이라고 부르니 한탄스럽다)

"도련님은 이제부터 어디를 가시든 쇤네가 모시도록 되어 있습지요."

적선방에서 곧장 내려와 야조현(夜照峴)를 넘으며 억만이는 자랑이 많았다.

"길만 알게 되면 나 혼자 다닐 수도 있다."

"그것은 안됩니다."

"왜?"

"텃세라는 것이 있지요. 개구쟁이 녀석들은 상대가 어리다고 보면 떼로 몰려와서 짓궂게 굽니다. 지금은 장안에서 어른까지 나서며 석천하는 일은 없어졌지만 아이들은 달라요."

정희는 잠자코 있었다. 그 동안 대소가를 찾아다니며 인사하느라고 바빴었다.

억만이는 잠자코 있는 정희를 동정하듯 말했다.

"심심하시지요?"

"뭐가?"

"시골에 계실 때에는 팽이치기, 연날리기, 제기차기, 그리고 또 뭐가 있더라…… 마음껏 뛰어노실 수 있었을 텐데 여기선 갇혀 있는 새처럼 답답하실 거예요."

"나는 괜찮아. 너는 어떠니? 다른 하인들과 사이좋게 지내고 있니?"

억만이는 씨익 웃었다.

"염려마십시오, 도련님. 전 이래뵈도 한양 토박이입지요. 눈치로 오늘까지 살아왔습지요."

"알겠다, 그만하면. 네가 염려 없다면 간난이가 걱정되는구나."

"간난이가 말입니까?"

"왜, 무슨 일이 있었니?"

"아뇨. 간난이는 어디에 갖다 놓더라도 살 수 있는 아이예요. 나 같은 것은 뺨치도록 야무지니까요."

"정말?"

정희는 물론 아직 몰랐을 테지만 인간은 어느 세계이고 투쟁인 것이다.

종은 종대로의 투쟁이 있다. 전부터 있었던 종과 나중에 나타난 신출내기 종과는 알력이 있게 마련이다.

그리고 종으로서 하는 일에도 기득권처럼 분담이 있다. 하인은 바깥주인이 단속하지만, 여종은 안주인의 소관이었다.

"그래 지금 무엇을 하고 있지?"

"예사 아이라면 부엌데기, 그것도 맨 하치의 아궁이 당번이나 물을 길어대는 힘든 일만 하고, 구박을 받으면서 찔찔 울고나 있을 텐데 그렇지 않아요."

억만이는 진정 간난이에 대해서 감탄하는 눈치였다. 사실 그는

월성위 궁에 오고서 기존의 하인들과 사귀기 위해 꽁꽁 감춰 두었
던 엽전을 몇닢 써가며 술과 고기를 사고 그들의 환심을 샀던 것이
다. 억만이로선 자기보다 못한 녀석들에게 돈을 쓴다는 것은 자기
살점을 도려내듯 가슴이 아팠고 아까웠다.

"그렇다면 다행이구나. 부엌데기 노릇은 면했다는 것이냐?"

"물론 얼마 되지 않았으니까 부엌일은 하죠. 그러나 시키는 일
에 고분고분 말을 잘 듣고 약아서인지 작은대감님께 아침마다
세숫물을 떠다바치는 일을 하고 있어요. 대단한 출세죠."

"으음."

하고 정희는 놀랐다. 그렇듯 수다스럽던 간난이가 힘든 일에도 불
평없이 열심히 일한다는 데 우선 놀랐던 것이다.

'역시 사람은 불평이 많기보다는 열심히 노력할 때 보답이 있
다. 공부도 같은 게 아닐까?'

"아버님께 세숫물을 떠다드리는 게 간난이로서는 출세니?"

"그러믄요!"

"어째서지?"

"우선 대감님이나 아씨의 귀염을 받을 수 있잖아요. 그리고 귀
염을 받는다면 허드렛일이 아닌 내당의 일도 하게 되고…… 그
러면 자기 한몸도 편해질 수 있으니까요."

"종으로서 몸이 편하다는 게 출세란 말이지?"

"그러믄요! 물론 남자종과 여자종은 다르죠."

"그거야 그럴 테지. 그런데 억만이 네 소원은 뭐니?"

억만이는 이 말에 대답하지 않았다. 야조개를 넘으면 여경방(餘
慶坊)이다. 이어 황화방, 소정동(小貞洞)으로 이어진다. 여경방은
'서부'에 딸리고 봉상시(奉常寺)가 있었다.

봉상시는 나라의 제사를 집행하고 시호(諡號)를 심의하며 동적
전(東籍田)이니 서적전(西籍田)이니 하는 것을 관리했다. 시는 당
나라 때 쓰던 관아 이름이고, 적전은 임금이 백성에게 모범을 보이
기 위해 몸소 갈던 밭이었다.

중부님은 마침 집에 안계셨다. 중부는 동궁 익위사(翊衛司)에 나
가고 있는데 마침 번(근무)드는 날이라고 한다. 정희는 이곳에서도
교희(教喜)라는 6세 연장의 종형과 맞절을 하고서 상면했다.

중모님은 연일 정씨(延日鄭氏)로 상냥하고 키가 자그마한 분인
데 정희를 반갑게 맞아주었다.

"정말 잘 왔어. 그렇지 않아도 교희가 함께 공부하게 된다며 중
부님께서도 몹시 기뻐하고 계셨는데."

"저도 종형님과 공부하게 되어 기쁩니다. 빨리 아버님께서 독선
생을 구해 주셨으면 합니다."

정희도 처음엔 양부 노영을 아버님이라고 부르기가 어색했지만,
이제는 자연히 익숙해져 술술 나왔다.

중모 정씨는 환하게 웃고, 말했다.

"천천히 놀다가 점심을 들고 가도록 해. 그 동안 교희와 즐겁게
애기나 하고."

"네, 고맙습니다."

교희 형은 관희 형보다 나이차가 훨씬 적어서인지 정희는 스스
럼이 적었다. 교희는 정희와 단 둘이 있게 되자 대뜸 말했다.

"지금 무슨 공부를 하고 있지?"

"《소학집주》를 다 떼어 《통감》을 시작하려고 합니다."

자연히 글읽기에 대해서 대화를 나누었다. 첫상면이라 두 사람
은 공통 화제도 없는 것이다.

이윽고 화제가 바뀌었다.

"이곳 회동은 남촌에서도 가난한 사람이 많아. 하기야 집만은 한양에서 첫손 꼽는 게 있지만."

"집이 커요. 적선방의 집보다도."

예산의 집은 쉰세 칸이나 되어 크다고들 한다. 서울의 월성위 궁은 그보다도 커서 육, 칠십 칸은 되었다.

"응, 종손도 오면서 큰 은행나무가 있는 집을 보았을 테지?"

정희는 고개를 끄덕였다.

"회동 정씨집인데 삼백 칸은 될 거야."

"삼백 칸이나?"

정희는 눈이 동그래졌다.

그는 시골에서 아버지에게 들은 이야기가 있다.

아곡(莪谷) 박수량(朴守良 : 1491~1554)은 전남 장성의 하남리(河南里)에서 평민의 아들로 태어난다. 그는 어려서 신동이란 소문이 높았는데 나이 스물셋에 진사로 급제하여 벼슬이 전라 감사까지 올랐었다.

감사까지 오르는 데 38년이나 걸렸고 그 동안 청렴결백한 관리로 임금께 보고되었다.

명종께선 그런 보고를 받아 보자 정말인가 싶어 암행어사를 보내어 엄밀히 뒷조사를 하도록 했었다. 어사가 돌아와 보고했다.

"아직도 다 쓰러져가는 오두막에 살며 늙으신 어머님을 봉양하고 있습니다."

명종은 감탄하고 아곡을 한성 판윤에 임명했으며 하남에 99칸의 집을 지어주었다. 그리고 그 집에 청백당(淸白堂)이라는 현판까지 내려준다.

청백리(淸白吏)는 조선의 국초부터 있었던 제도이다. 태조 때의 청백리로선 안성(安省)·우현보(禹玄寶)·길재(吉再)와 같은 분들의 이름이 보인다.

또 호당(湖堂)이라는 게 있었다. 세종 때 집현전을 두고 장래성 있는 신하에게 휴가를 주어 마음껏 독서를 하도록 했던 것이며 성삼문·박팽년은 물론이고 신숙주·이석형(李石亨)이 선발된다. 호당은 뒷날의 규장각이 되지만, 벼슬아치로서 청백리나 호당에 오르는 것은 다시 없는 명예였다.

아무튼 아곡으로 한성 판윤을 임명하고 한두 해 있다가 왕은 서해에서 얻은 돌로 비석을 세우게 했다. 더욱 유명한 것은 아곡의 청백을 기리기 위해 아무런 글씨가 씌어 있지 않은 백비(白碑)를 세웠던 것이다.

그리하여 어떤 법이 있는 것은 아니지만, 신하로서의 주택은 백 칸을 넘지 않는다는 속신(俗信)이 있었다.

"집은 크지만, 우린 도깨비집이라고 불러."

정희는 왠지 안심이 되어 물었다.

"그럼 사람이 살지 않겠네요?"

"아냐, 진짜로 도깨비집이야. 그런데도 후손들은 지금껏 살고 있거든."

"형은 날 놀리는 것이지요?"

"아니라니까…… 중종 임금 때의 문익공 정광필(鄭光弼 : 1462~1538)은 호가 수천(守天)인데, 이분이 그 집에 사셨던 거래. 문익공의 손자로 선조 때의 명신 임당(林塘) 정유길(鄭惟吉 : 1515~1588)은 문장도 능하고 글씨도 잘 쓰셨기 때문에 종장(宗匠)이라고 불렸대. 그리고 다시 5대손으로 정태화·치화 형제는 인조·효종 때의 영상이고."

"그럼 은행나무는 그때부터?"

"나무가 사람처럼 말할 수 있다면 본 것을 모두 전해 주겠지."

교희 형은 싱긋 웃더니 말을 잇는다. 교희는 동네 자랑도 은근히 곁들이고 있었다.

"그뿐만도 아니야. 호란 때 순절한 선원 김상용, 청음 김상헌도 그 집에서 낳으셨대. 이 두 분이 임당의 외손자였던 거야."

"그럼 도깨비집이 아니라 집터가 좋지 않아요?"

"풍수로선 그런 셈이지. 그 집은 원래 문익공의 셋째 아드님 집으로 '싸리문 댁'이라 불렸는데 밤마다 도깨비의 소동이 이만저만 아니었다. 그 도깨비의 소굴이 은행나무였는데, 문익공이 이집에 살면서는 도깨비들 장난이 뚝 그쳤던 거야."

"도깨비가 어떻게 장난을 해요?"

"이를테면 밤중에 흙모래를 쫙쫙 뿌린다든가 아침에 나와 보면 솥뚜껑이 솥 속에 들어가 있다든가."

"참, 이상하네. 어째서 문익공이 살면서 도깨비들이 잠잠해졌을까요?"

"도깨비 우두머리가 나타나서 문익공께 말씀드렸다는 거야. 정공께선 장차 나라의 영상이 되실 분이니까 저희는 송구스러워 물러간다고."

"하하하."

정희는 별안간 웃었다.

"왜 웃는 게야? 아직 이야기도 끝나지 않았는데. 내 말이 믿어지질 않는다는 거로군."

"아녜요. 재미있어요."

"내가 하고 싶은 말은 그런 집이 백 년 이백 년 지난 오늘까지 남아있다는 거야. 그리하여 앞으로 또 몇백 년이고 전해진다는 것이지."

정희도 이 말에는 고개를 크게 끄덕였다. 정희는 이때 자기들이 배우는 《십팔사략(十八史略)》이니 《자치통감》이 사실은 남의 나라 청사(靑史)라고만 의식한 것은 아니었으나, 역사를 배우는 의미는 이런 데 있다고 생각했다.

박제가(朴齊家)

순황(荀況)은 맹자보다 약 50년 뒤에 태어났다고 여겨진다. 그는 당시의 후진국이던 조(趙)에서 태어났으며 자를 경(卿)이라고 했다. 순경의 사적으로서 가장 확실한 것은 제양왕(齊襄王 : 재위 기원전 283~265)에 의해 재건된 직하(稷下)의 아카데미에서 제주(祭酒), 곧 학장으로 천거된 일이었다. 그의 제자로선 한비(韓非)와 이사(李斯)가 있었다.

순경은 특히 제자백가의 제학설(諸學說)을 비판하면서 그 정수(精髓)를 섭취하고 중국의 고대 사상을 종합하여 하나의 철학 체계를 완성했다는 데 가치가 있다.

'물불이 기(氣)는 갖고 있지만 생명은 없다. 초목은 생명은 있지만 지각(知覺)이 없다. 동물엔 지각은 있지만 의(분별, 판단)가 없다. 인간만이 기도 생명도 지각도 있고 게다가 시비를 가리는 의를 가졌다. 이것이 세계에서 인간이 가장 고귀한 이유이다. 인간은 힘으로서 소만 못하고, 달리는 속도로서 말만 못하련만 어째서 마소는 인간에게 부림을 당하는 것일까? 그것은 인간이 무리를 이루며, 즉 집단 생활을 하기 때문이고 마소는 사회 생활을 하지 못하기 때문이다.

사람이 어째서 사회 생활을 할 수 있느냐 하면 분(分), 곧 구별이 있기 때문이다. 분은 어째서 가능해지는가, 의가 있기 때문이다. 의에 의해 구별하면 화(和)가 이루어진다. 사람이 서로 화합하면 일체(一體)가 된다. 일체가 되면 힘이 붙고 강해진다. 강해지면 외물(外物)을 이길 수가 있다.

사람은 태어났을 적부터 집단 생활을 한다. 그러나 집단에 구별이 없다면 다툼이나 혼란이 발생한다. 그래서 인간이 뿔뿔이 갈라지면 약해지고 외물을 이길 수가 없게 된다.

그러므로 인간은 한시라도 예의를 잊어선 안되는 것이다.

어버이를 잘 섬기는 걸 효라 하고, 형을 받드는 걸 제(悌)라 하며, 윗사람에게 공손한 걸 순(順)이라 한다. 부하를 잘 부리는 걸 군주라고 한다. 군주란 인간을 떼지어 살게 하는 자이다.'

(《순자》〈왕제편〉)

순경은 또 인간이 집단 생활을 영위하는 원동력이라 할 성(性), 곧 성질을 소박한 형태로 가지고 있지만, 이것에 위(僞 : 인위적 형식)를 덧붙이고 성과 위를 합쳐 예를 낳게 한 것을 도덕적으로 완전한 인격을 갖춘 성인이었다고 주장한다.

'인간은 태어나면서 욕망을 갖는다. 욕망이 충족되지 않으면 요구하게 된다. 요구에 미리 한계가 없다면 다툼이 일어난다. 다툼이 있다면 난(亂)이 일어난다. 난이 일어난다면 큰일이다. 옛날의 성왕은 난을 싫어했으므로 예의를 제정하여 구별을 만들고 인간의 욕망을 충족시키면서 욕망이 물자를 무제한으로 씨를 말리고 물질이 욕망에 져서 전멸되는 일이 없도록 오래오래 양자가 조화할 수 있게 만들었다. 그것이 예의 시작이다.'(《순자》〈예편〉)

그리고 예론의 근저(根柢)에는,

'인간의 성은 태어나면서 악이고 선인 것은 위(僞)이다. 즉 성인은 후천적으로 예로써…… 인위적으로 만들어진 것…… 사람의 성을 교식(矯飾)했던 것이다.'《순자》〈성악편〉

이것이 유명한 순자의 '성악설'이고 맹자의 '성선설'과는 정면으로 대립되는 것처럼 보인다. 그러나 대립되면서 모순되지는 않는다.

다만 순자가 발명한 위(僞)는 오늘날 나쁜 이미지로 받아들여진다. 예를 들어 거짓이란 뜻으로 진짜 아닌 가짜의 의미로 위선·위조 등이 그것이다.

그러나 여기서는 그 문제를 논외(論外)로 하고 인간의 본성+위=예라는 순자설에 주목할 필요가 있다.

그것만 짚고 넘어가면 된다.

예는 구속력을 가진 것으로서 법(法)과 통한다. 유교 사회에서 예를 통치 이념으로 삼았지만, 이런 예가 법으로 바뀌었다고 해도 틀린 말은 아니다.

즉 순자의 예를 법으로 대체시킨 것이 그의 제자 한비였다.

그보다 앞서 맹자의 인의는 어떻게 발전되었는가?

전국 시대 말기 식객(食客)이 많기로 맹상군(孟嘗君)·평원군(平原君)·춘신군(春申君)·신릉군(信陵君)의 이름이 보인다.

맹상군은 제선왕의 배다른 동생이므로 맹자보다는 늦겠지만 네 명 가운데 가장 앞선 인물이다. 맹상군은 설(薛) 땅에 살았는데 사방에서 모여드는 자들을, 죄를 지은 도망자에 이르기까지 전재산을 내던져 후하게 대접했으므로 그 식객은 수천 명이나 되었다.

진소왕(秦昭王)이 맹상군의 명성을 듣고 재상으로 임명하려고
했다. 진족(秦族)은 한족이 아니며 매우 배타적 부족이었다.

"맹상군은 현명하기는 하지만 제왕의 일족입니다. 우리나라 재
상으로 임명하더라도 제를 먼저 생각하고 진은 나중에 생각하겠
지요."

진소왕은 고개를 끄덕이고 마침 와있는 맹상군을 연금하고 죽이
려고 했다.

소왕의 애첩이 있었는데 맹상군은 이 여자를 통해 탈출 방법을
모색했다. 그러나 여자는 대가로 호백구(狐白裘)를 요구했다. 호백
구는 백여우의 겨드랑이 털만으로 만든 갖옷이다. 백여우도 귀한
데 수천 마리를 잡아야 가능한 옷이므로 천하의 보물이다.

맹상군은 호백구를 하나 가지고 있었는데 이미 진소왕에게 바친
뒤였다. 맹상군의 식객 중 밤도둑의 명인이 있었는데, 그가 평소
의 은의, 곧 의리를 갚기 위해 왕의 창고에 침입하여 호백구를 훔
쳐냈다. 맹상군이 호백구를 여자에게 주자, 여자는 왕에게 아양을
떨며 이들의 석방을 주선했다.

"대왕님, 전문(맹상군의 이름)은 덕이 높다고 해요. 그런 사람을
죽이면 대왕님 소문이 나빠질 거예요. 그런 동쪽 사람은 내버리
세요."

"좋아, 좋아."

이리하여 맹상군 일행은 왕의 통행증을 입수하여 밤을 낮삼아
달렸다. 언제 진왕의 마음이 변할지 모른다. 진소왕은 첩의 교태
와 술에 흠뻑 취하여 이튿날 해가 높아서야 일어났는데, 전문을 놓
아준 것을 후회했다. 곧 호위대장을 불러 추격하고 모두 죽이라고
명했다.

맹상군 일행은 24시간 계속해서 달렸으며 진나라 동쪽 관문인 함곡관(函谷關)에 이르렀을 때는 밤중도 지난 시간이었다. 관문이란 유사시 적을 막는 요새가 되고 평시엔 나그네를 조사하는 검문소이다. 맹상군은 추격대가 반드시 따라올 것을 알고 있었다. 관문이 열리기를 기다리다가는 잡혀 죽는다.

그러나 식객 중에 닭 울음소리를 잘 흉내내는 자가 있었다. 이자가 한 번 수탉 울음소리를 흉내내자 사방 10리의 수탉들이 모두 따라 울었다.

관문의 군졸들은 눈을 비벼가며,

"벌써 새벽이야?"

하고 관문을 열어주었다. 진은 당시 법이 엄격한 나라로 첫닭이 울면 관문을 열고 해가 지면 관문을 닫는다는 규정이 있었던 것이다.

맹상군은 통행증을 보이고 무사히 통과했다. 이것이 계명구도(鷄鳴狗盜)의 고사(故事)인데, 유가에선 계명구도지웅(鷄鳴狗盜之雄 : 좀도둑이나 잡스런 재주꾼의 우두머리)이라며 경멸하고 있다. 어쨌든 이것이 주인과 식객 사이의 인의라는 것이었다.

맹상군은 귀국 도중 조(趙)에 들렀고 평원군을 만났다. 평원군 조승(趙勝) 역시 조왕의 아우로 식객이 수천 명이었다.

평원군의 저택은 물가에 있고 다락마루(누각)가 딸린 훌륭한 집이었다.

조승의 첩들은 비단옷에 짙은 화장을 하고 다락마루에서 길을 굽어보며 웃고 지껄이는 게 일과였다.

그런데 아침 저녁 다리를 절룩거리는 사내가 그 집 앞을 지나 강물로 내려가서 물을 긷고 있었다. 여자들은 무거운 물통을 운반하는 이 신체 장애자의 몸놀림이 우습다면서 놀려대고 비웃었다. 그러자 장애자는 평원군의 집에 와서 항의했다.

"저는 공자(公子 : 왕의 아들이나 동생)님이 선비를 대접한다고 들었습니다. 각 처의 선비들이 천리 길을 멀다 않고 모여드는 것은 공자님의 인의 때문입니다. 저는 불행히도 곱사등이에 다리마저 절고 있습니다. 그런데 공자님의 후궁 여자들이 저를 높은 다락마루에서 굽어보고 비웃었습니다. 부디 그 여자의 목을 저에게 주십시오."

"알았다."

하고 평원군은 대답했으나 장애자가 가고 나자 옆사람을 돌아보며 말했다.

"병신이 육갑한다고, 지금 말을 들었겠지? 한번 비웃었다는 이유로 내 소실을 죽이라는 거야. 핫핫핫."

하며 여자를 죽이지 않았다.

그러자 그로부터 1년도 지나기 전에 하나 둘 평원군에게서 떠나는 자가 생겼고 식객은 반으로 줄었다. 평원군은 이것을 수상하게 여기고 말했다.

"내가 여러분을 누구 못지않게 잘 대접하고 예의에서 벗어난 적이 없는데 나를 떠나는 자가 많은 까닭은 무엇이냐?"

그러자 한 사람이 대답했다.

"공자께서 장애자를 비웃은 여자를 죽이지 않았기 때문에, 공자는 여색을 좋아하고 사인(士人)을 얕보는 인물로 알고 떠나는 것입니다."

평원군은 곧 장애자를 비웃은 여자를 죽이고 그 목을 잘라 직접 장애자에게 찾아가서 사과했다. 이 소문이 알려지자 식객들이 다시 모여들고 3천 명이나 되었다.

평원군의 이야기로 볼 때 주인과 식객의 사이는 신의(信義)로 뭉쳐 있음을 알 수 있다. 인의의 변형으로, 사실 한족에게 있어선 신의가 왕에 대한 충성보다 더 가치가 있는 것이었다.

춘신군은 신분이 평민으로 초나라 사람이고 황헐(黃歇)이 그 이름이었다. 춘신은 지금의 상해(上海) 일대를 말하며 순자도 말년에는 춘신군의 보호를 받으며 일생을 마쳤다.

초나라도 대국이었으나 진은 소왕 때 그 세력이 강성해져 동방의 각국을 압박했다. 즉 기원전 260년, 진의 백기(白起)는 장평(長平)이란 곳에서 포로가 된 조나라 병사 40여 만을 단지 어린이 2백여 명만 살려보내고 모조리 갱(坑 : 산 채로 매장함)했다. 당시의 군대는 처자 동반으로 전장에 나가고, 아침에 전투를 시작하면 저녁무렵 전투를 중지하며, 각자 돌을 모아 부뚜막을 만들고서 저녁을 지어먹고 쓰러져 자는 일이 원칙이었다. 또 장평은 지금의 하북성에 있으므로 한족의 나라 조·위·한은 진족(秦族)에 밀려 화산 이서의 땅을 모두 빼앗기고 있었음을 알 수 있다.

그 무렵 황헐은 진의 도읍 함양(咸陽)에 있었는데, 그 까닭은 초나라 태자가 볼모로 진에 잡혀 있어 그를 모시고 있었다. 그러던 어느 날 초의 경양왕(頃襄王)이 중병에 걸려 볼모인 태자 완(完)을 몹시 보고 싶어한다는 연락이 있었다. 그러나 진소왕은 거짓일 수도 있다는 생각으로 사실 여부를 알고서 귀국시켜 준다고 했다.

거리상 오고가는 데 한 달은 걸리고, 그러다가는 경양왕은 죽고 만다.

이때 황헐은 결단을 내려 태자 완을 평민으로 가장시켜 진나라에서 탈출케 한다. 그리고서 자기가 태자 행세를 했다. 물론 죽음을 각오한 행동이었다.

진소왕은 나중에서야 이를 알고 황헐을 죽이려 했지만, 진의 재상 응후(應侯)가 간했다.

"황헐을 죽이면 대왕의 이름만 더럽혀집니다. 차라리 황헐마저 귀국시키면 대왕은 인덕 있는 분으로 알려집니다."

이래서 황헐은 초나라에 돌아왔고 이때 고열왕(考烈王)이 된 완은 그를 재상으로 등용함과 동시에 춘신군에 봉했다.

춘신군의 행동 또한 인의로서 평가되고 사방에서 인재들이 모여 들었다.

진시황(기원전 259~210)은 볼모의 아들로 조의 도읍 한단(邯鄲)에서 태어났다. 양적(陽翟) 사람인 여불위(呂不韋)는 상술이 뛰어나 천금(千金)의 재산을 모았다.

진소왕의 아들로 안국군(安國君)이 있었는데 그에게는 20여 명의 아들이 있고 그 중의 하나 자초(子楚)는 조나라에 볼모로 보내졌다. 여불위는 한단에서 이 자초를 만나자 곧 가진 재산 전부인 천금을 투자한다.

말하자면 여불위는 넓은 시야를 가진, 이를테면 국제상인으로서 자초의 장래성에 투자 가치가 있다 생각하여 투자했다. 뿐더러 그는 자기의 애첩이던 여자마저 자초에게 주고 출세 방법까지도 일러준다. 그때 여불위의 첩은 임신중이었는데 자초에게 가서 정(政 : 시황의 이름)을 낳았다. 이것은 최초의 시황을 한족으로 둔갑시키기 위해 후세 사람이 만든 이야기라고 생각된다.

어쨌든 자초는 여불위가 준 돈으로 안국군의 총애를 받는 화양부인(華陽夫人)에게 공작하여 자기를 그 후계자로 만드는 데 성공한다.

매우 장수한 진소왕은 기원전 251년에 죽었는데 안국군이 뒤를

이었지만 겨우 1년만에 죽었기 때문에 자초는 왕이 되었다. 이 사람이 바로 장양왕(莊襄王)이며 여불위는 재상이 되고 시황의 어머니 하희(夏姬)는 태후가 되었다. 하희는 몹시 음탕한 여자로 여불위와 간통을 한다. 장양왕은 즉위 3년만에 죽고(기원전 247) 정은 왕이 되는데 이때 만 12세였다.

진은 그 동안에 한을 공격하여 멸하고 그 땅에 삼천군(三川郡)을 두었으며 초도 노나라를 멸하고 있다. 그리고 진은 다시 조를 공격했지만 신릉군이 5국의 연합군을 이끌고 와서 진군을 격퇴한다. 신릉군은 가장 나이가 젊고 한고조 유방도 숭배한 인물이었다.

신릉군은 위(魏)나라 안리왕(安釐王)의 배다른 동생으로 평원군의 처남이었다. 안리왕은 신릉군을 늘 경계하고 국정에 참여시키지 않았다.

위나라 도읍은 대량(大梁 : 하남성 개봉)이었는데 이곳에 후영(侯嬴)이란 노인이 있었다. 나이 70세로 대량의 이문(夷門 : 동문) 문지기로 있었다.

신릉군이 이런 후영을 최고의 빈객으로 초대했다(《사기》에는 설명이 없지만 후노인은 대협객 곧 암흑가의 보스였던 것이다). 신릉군은 후영을 잔치에 초대했을 뿐 아니라 돌아갈 때 후한 예물(禮物 : 금품)을 주려고 했지만 그는 사양하며 받지 않았다.

"저는 수십 년에 걸쳐 몸과 행동을 깨끗이 하는 데 힘써 왔습니다. 지금 문지기로서 생활이 좀 어렵다고는 하나 공자(公子)님의 재물은 받을 수 없습니다."

"그렇다면 믿을 만한 인물을 하나 추천해 주십시오."

"알겠습니다."

며칠 뒤 신릉군은 다시 후노인을 초대하고자 몇몇 종자만 데리

고서 그의 집까지 직접 마중하러 갔다. 후노인의 집은 빈민촌이었
다. 종자를 시켜 후노인을 부르는 동안 사람들이 나와서 공자를 마
치 별세계의 인간처럼 손가락질하며 지껄인다. 공자는 이런 일이
처음이라 창피하기도 했지만 참았다.

　이윽고 후노인이 누더기 같은 옷을 입고 나왔는데 공자에게 인
사도 않으며 공자가 일부러 비워 둔 수레의 상석(上席 : 좌측이 상
석)에 턱 올라타고 사양하는 빛도 없었다.

　그래도 신릉군은 참았다.

　공자가 직접 쌍두마차를 어(御 : 조종·통제, 다룬다는 것)했는데
이윽고 노인은 말했다.

　"제 친구가 시장에서 돼지를 잡고 있습니다. 그곳에 들렀다 갑
시다."

　신릉군으로선 더욱 불쾌한 일이다. 이미 시간은 많이 경과되어
집에는 초대된 대량의 명사들도 와 있을 터이다. 그런데 백정한테
가자니…… 하고 감정이 치밀었으나 그는 참았다.

　이윽고 시장에 도착했는데 그곳에는 더 많은 사람들이 공자를
구경하느라 야단이다. 후노인은 백정의 가게 앞에서 내리자 주해
(朱亥)라는 백정과 무슨 이야기를 하는지 서로 웃고 지껄이고 있
다. 그리고 한 시각(두 시간) 이상이나 이야기했다.

　신릉군은 후노인 따위는 내버려 두고 마차를 돌려 돌아갈까 생
각했지만 그때마다 꾹 참았다. 그러나 얼굴은 감정을 억제하느라
고 붉으락 푸르락 했으리라. 사실 후노인과 주해는 신릉군의 참을
성을 시험했던 것이다.

　한족의 특징으로 인내심을 들었었다. 참을성 또한 덕목인 것이
다. 진정한 군자는 좀처럼 화를 내지 않는다. 그러나 한번 화를 내

었다면 무서운 것이다. 이윽고 후노인은 미안하다는 말도 없이 돌아와서 마차에 탔다. 이미 시간은 늦어 전속력으로 저택에 돌아왔지만 많은 사람들이 기다리다 화를 내며 돌아갔고 남은 사람은 몇 명 되지 않았다.

그래도 신릉군은 정중히 노인을 대접했고 주연이 끝나자 문밖까지 배웅했다. 후영은 트림까지 하면서 교만을 떨었는데 문득 생각난 듯이 말했다.

"이거, 실례했습니다. 사실은 제가 시장에서 만난 주해는 믿을 만한 인물로서 공자님께 천거하고 싶습니다."

신릉군도 현명한 사람이다. 그제서야 후노인의 참뜻을 알아차리고는,

"오히려 제가 실례했습니다. 제가 부탁하고서 오히려 화마저 냈다니 부끄럽습니다. 대체 주해란 사람은 어떤 인물입니까?"
하고 정중히 물었다.

인물의 천거라는 것도 가벼운 문제가 아니다. 한족은 수천 년을 두고 너무 많이 외적의 침략을 받아서인지 친구도 간단히 정하거나 하지 않는다. 다만 친구라고 한 번 결정하면 자기의 목숨까지도 던질만큼 신의를 지킨다.

"그것은 묻지 마십시오. 다만 참된 용기를 가졌다는 것만은 보증하겠습니다."

어떤 일이 있어도 배신하지 않는 게 신의이고, 그 신의를 지키는 게 용기였다. 따라서 한족은 배신자나 밀고자를 가장 경멸한다.

"알았습니다."

이때부터 신릉군은 주해와도 사귀었고 함께 술도 마셨다.

드디어 진나라가 위나라를 공격했다. 한·위·조는 같은 한족이

지만, 서로 싸웠고 돕지 않았다. 이것은 맹자가 늘 공격했던 욕심, 바로 이기주의였다. 조왕도 위가 존망(存亡)의 위기에 몰리자 진비(晉鄙)라는 장군에게 10만 대군을 주며 출동시켰으나, 왕의 밀명을 받은 진비는 국경인 업(하남성. 뒷날 조조가 도읍한 곳)까지 진군하자 움직이지 않았다.

조왕은 이웃 나라에 구원군을 보냈지만, 이는 체면을 지키는 행동에 불과했다. 체면 또한 한족의 특징이고 조선조의 선비들이 중하게 여긴 것이다. 맹자가 측은지정을 설명하면서 인간이 우물에 빠지려는 아이를 구하는 것은,

'구하지 않으면 욕을 먹기 때문도 아니다.'

고 말한 바로 그 욕을 먹지 않는 게 체면이었다.

신릉군은 이것을 알자 분개했다. 분노했지만 그에게는 힘이 없었다. 그러자 후영과 주해가 신릉군을 찾아왔고, 그 자리에서 후영이 말했다.

"방법이 한 가지 있습니다. 지금 꼼짝 않는 진비를 움직이게 하자면 호부(虎符)가 필요합니다. 호부만 있다면……."

옛날엔 부절(符節)이란 게 있었는데, 이것은 두 쪽을 서로 맞추면 들어맞도록 제작된 것이다. 호부는 군사용이라 그런 이름이 붙었다.

그런데 호부는 왕이 반쪽을 가졌고 나머지 반쪽은 진비가 가지고 있었다. 만일 왕명을 사칭하는 공자가 나타나 작전을 변경시키려 한다면, 그 증거로서 호부가 필요한 것이다.

그러자 신릉군은 말했다.

"호부라면 구할 가능성이 있습니다."

안리왕의 총애를 받는 후궁으로 여희(如姬)라는 여자가 있었다.

수년 전에 그녀는 아버지의 원수를 갚아달라고 신릉군에게 부탁한 일이 있었다. 신릉군은 그녀의 이야기를 듣고 그녀의 아버지 원수를 갚아 주었다.

즉, 신릉군도 협객이었던 것이다. 협객이란 예를 들어 권력자가 불의를 행할 때, 약한 서민의 편을 들고 정의를 위해 그 권력자를 응징하는 사람을 말한다. 저 제나라의 왕손가(王孫賈) 이래 이런 기풍이 한족들 사이에 생겼던 것이다.

신릉군은 여희의 아버지 원수를 갚아 주었을 뿐 아니라 후궁으로 추천했다. 이 여희가 지금은 안리왕의 총애를 독차지하고 있는 것이다.

신릉군은 곧 여희를 비밀히 만났다. 여희는 신릉군의 설명을 듣자 대답했다.

"알겠습니다. 호부를 훔치겠습니다."

"고맙소."

사족(蛇足)이 되지만, 여희는 호부를 훔치겠다고 결심했을 때 이미 죽을 결심을 했다. 왕이 항상 몸에 지니는 호부가 없어졌다면 혐의는 당연히 왕과 가까운 자에게 돌아간다.

여희는 신릉군의 부탁을 거절할 수도 있었다. 그러나 그렇게 하면 은혜, 은의를 모르는 사람으로서 인간이 아니다.

이것은 어떠한 행동이든 대상(代償)은 있다는 한족의 사고방식이다. 알기쉽게 말해서 공짜는 없는 것이다.

공짜로 남에게 부탁할 수 있는가?

어떤 보수를 바라지 않는 게 협도라고 할지도 모르지만, 그것은 거짓말이다. 그것도 인의가 없는 사람은 인간이 아니라는 원점에서 출발하고 있다.

우리로선 잘 이해되지 않을런지 모르지만, 어쨌든 그런 것이다.

그러기에 신릉군도 호부를 훔치라는 요구를 한 것이고, 여희도 죽음을 전제로 승낙했다.

이리하여 호부는 신릉군 손에 들어왔다. 후영은 또 말했다.

"주해를 데리고 가십시오. 쓸 데가 있습니다."

이리하여 신릉군과 주해는 업으로 갔다. 진비를 만나고서 호부를 보이며 지휘권을 넘기라고 요구했다.

진비는 당황했다.

"호부는 틀림없습니다만 워낙 중대한 일이므로 사흘만 말미를 주십시오. 급사를 보내어 확인할 의무가 저에게는 있습니다."

진비의 말은 일리가 있었으나, 만일 그것을 허용한다면 신릉군의 계획은 물거품이 된다. 신릉군은 옆에 있는 주해에게 눈짓을 했다. 주해의 임무는 이때 소맷자락 속에 숨긴 철퇴로 진비의 머리를 내리치는 일이었다. 이리하여 신릉군은 지휘권을 손에 넣자 곧 진격을 개시하여 진군을 공격했고 조나라를 위기에서 구했다.

신릉군의 이름은 이때 널리 알려졌다. 그는 전투가 끝난 뒤 위나라 군사 10만 장병을 모두 귀국시켰으나 자기는 돌아가지 않았다. 그때는 이미 안리왕이 후영과 여희는 물론이고 신릉군의 일족을 모두 죽였던 것이다.

기록을 보면 시황은 기원전 242년 위나라의 성 스무 개를 빼앗고 그곳에 동군(東郡 : 낙양 동쪽 황하 남쪽)을 두었다. 여불위는 시황이 자라면서 그가 두렵기만 했다. 그래서 노애(嫪毒)라는 남성기(男性器)가 거대한 자를 내시로 가장시켜 하태후에게 접근시키고 자기는 뒤로 슬쩍 빠졌다.

노애에 대해선 설명이 나온다. 그의 음경(陰莖)이 얼마나 거대하

고 힘이 세었는지 한 말들이 곡식 자루를 매달아도 끄떡도 하지 않
았다며, 후세에 노애라면 남근이 큰 자를 가리켰다. 그런데 하태
후는 노애에게 미쳐버렸고 그의 자식을 둘 씩이나 낳는다.

순자의 제자 이사(李斯)는 초나라 상제(上祭) 사람인데 젊어서
고향의 아전으로 있었다. 어느 날 문득 그는 깨달았다.

'관청 변소에서 사는 쥐는 똥만 먹고 살아 비쩍 마르고 사람이나
개만 얼씬거려도 무서워하며 달아난다. 그런데 큰 치붕 아래 창
고에서 사는 쥐는 어떤가? 이놈은 쌓여 있는 곡식 자루의 것을
멋대로 파먹고 살도 쪄서 강아지만한데 사람을 보아도 달아나지
않는다. 사람의 현불초(賢不肖 : 잘나고 못난 것)도 쥐나 마찬가지
로 몸을 어떤 곳에 두느냐에 달린 것이다.'

시골의 청년이 서울로 가겠다는 생각과 비슷하다고 할까? 그러
나 이사는 당시의 정세를 널리 살펴보고 가능성이 있는 곳을 찾아
간 것이다.

이사가 찾아간 곳은 함양이었고, 그는 여불위의 식객이 되었다.
여불위도 식객이 수천 명이고 그 식객을 시켜 만든 《여씨춘추》는
고스란히 남아 당시 제자백가의 사상을 알 수 있다고 한다. 그러나
유교 관계는 빠져 있고 포함되지 않은 듯싶다.

이사는 세객으로서의 소질이 있고 총횡술(縱橫術)을 권모술수라
고 해석하는 학자도 있으므로, 시황의 눈에도 들어 장사(長史)가
된다. 그가 건의한 계책이란 각국의 대부로서 영향력 있는 자를 금
품으로 매수하고 내부로부터 붕괴시키려는 것이었다. 그런 공작
대상은 한나라와 위나라에 대해 심했었다.

전한 말의 유향(劉向)은 《전국책(戰國策)》을 저술했는데 그 중의
《한책(韓策)》에 이런 이야기가 들어 있다.

당시 멸망 직전에 있던 각국은 앞을 다투어 진에게 금을 바쳤다. 한은 직접 진과 국경을 접하여 가장 피해가 컸으며 국토와 수십 만의 장정을 잃었으며 국내에 과부와 고아들이 많았다. 그럼에도 남은 땅이나마 지키려고 과부 중에서 미녀를 골라 상품(商品)으로써 시장에 내놓았다. 당시 한의 여자들은 미인이 많았고 교양도 있어 3천 금이라는 값이 나갔다. 이런 고가의 여인을 살 수 있는 것은 진밖에 없었고, 진은 이런 여자들을 사들여 각국의 대부에게 뇌물용으로 선물했다.

여기서 계산이 좀 헷갈린다.

즉 한은 미녀를 팔아 진으로부터 3천 금을 받고, 그 3천 금은 침략을 말라고 진에게 바쳤다.

그렇다면 진은 애당초 공짜로 한의 미녀를 얻은 셈이다.

그런데 진은 그런 미녀를 각국의 대부들한테 뇌물로 보냈다. 각국 역시 금을 마련하기 위해 선물받은 한의 미녀를 시장에 내놓아 3천 금을 받고서 진나라에 팔았고 받은 3천 금은 진나라에 바쳐졌다. 수지·계산을 한다면 미녀와 돈을 꿩먹고 알먹는 식으로 진이 차지했다는 것일까?

유향은 그런 것을 말하기 위해서가 아니고 한을 비롯한 각국은 꿩도 알도 모두 바쳤으면서도 나라를 잃었다는 어리석음을 지적한 것이다.

실력이 없는 국민이나 국가는 멸망한다. 말로만 앞세우고 집안끼리 싸우다가 멸망한 국가는 20세기에도 있었다. 월남이 그랬고 조선조도 그랬었다.

이사는 약게 굴었는데 하태후의 사건이 들통나자 마침내 위기를 맞는다.

기원전 238년, 하태후가 노애와의 사이에서 난 자식을 왕위에 앉히려 한다는 고발이 있었다. 시황은 노애와 그 일족까지 삼족을 멸했지만, 여불위와 하태후의 처리라는 어려운 문제가 생겼다.

여불위는 따지고 본다면 친아버지인 것이다(기록대로라면). 실제로도 상보(尙父)라고 하며 아버지 이상으로 존경했고 재상까지 시켰던 인물이다.

시황은 여불위의 관작을 박탈하고 시골로 보내어 감금했는데, 그는 3년 뒤(기원전 235) 스스로 자살한다.

남은 것은 어머니인 태후였다. 그러나 시황도 어머니는 죽이지 못했다. 그녀는 노애가 죽은 뒤에도 10년은 더 살았다. 《관무량수경(觀無量壽經)》을 보면 아자세 왕이 그의 아버지 빈비사라 왕을 죽였는데, 그 어머니마저 죽이려고 하자 기바(耆婆 : 고대 인도의 명의. 아자세의 사촌)가 이런 말을 한다.

"대왕이시여, 옛날부터 부왕을 죽이고 왕위에 오른 자는 1만 8천 명이나 있다고 베다(힌두교의 성전)에 나와있지만, 어머니를 죽인 자는 하나도 없습니다."

고 간한다.

시황은 폭군으로 전하지만, 그뒤의 중국 역사에는 그보다 더한 자가 얼마든지 있다.

여불위가 실각함으로써 이사도 곤경에 몰렸다. 진의 보수파들이 외국인은 지위 여하를 막론하고 추방하라고 주장했기 때문이다. 진의 역사를 보면 후진국이었던 진나라가 강해진 것은 동쪽에서 온 인물들이 법과 제도를 가르쳐 주고 부국강병(富國强兵)책을 썼기 때문이었다.

시황도 보수파의 주장은 꺾을 수가 없어 한때 축객령(逐客令)을 내린다. 이사는 진족이 아니므로 당연히 추방될 운명이었으나, 다행히도 축객령은 철회되어 무사했다.

한비가 진에 온 것은 기원전 233년이었다. 한비는 한의 공자로서 그의 저술 《한비자》는 유명한 책이다.

《한비자》에 대해 여기서 상세히 설명할 지면은 없지만, 한마디로 법치(法治)주의를 강조하며 권모술수에 대해 상술한다.

《한비자》는 전 55편이나 되며 그것이 전부 한비의 저작은 아니라는 설도 있지만 〈세난(說難)〉·〈세림(說林)〉·〈내외저(內外儲)〉는 그의 정치 철학으로서 마키아벨리의 《군주론》과도 필적할 만하다. 또 그는 유교와 묵가를 비판했고(〈현학편〉), 〈해로(解老)〉·〈유로(喩老)〉편에서 노자 사상을 독특한 견해로 풀이한다. 요컨대 그는 순자의 '성악설'을 바탕으로 하여 인간 심리를 철저히 분석했다. 시황은 특히 〈오두편(五蠹篇)〉을 읽고 감탄했다고 전한다.

두는 좀벌레를 말한다. 한비의 주장으로선 유가의 인애나 묵가의 겸애라도 결국 공리(空理)·공론(空論)이고 정치를 하려면 법에 따른 형벌로 다스릴 수밖에 없다. 인에 의한 정치가 아닌 법에 의한 정치야말로 최종적이라고 결론짓는다.

그런데 이런 법치주의를 좀먹는 벌레가 다섯 가지 있다.

첫째로 학자이다. 선왕의 도를 핑계삼아 인의를 주장하고 의관을 갖추고서 자못 당당히 변설을 늘어놓으며 군주의 마음을 현혹하기 때문이다.

둘째는 세객(說客)이다. 말은 훌륭하지만 실제로는 엉터리가 많고 외국의 힘을 빌려 자기의 이익을 챙기고 나라의 이익은 2차적으로 보는 무리이다.

셋째는 검을 차고 부하를 모으며 멋으로서 이름을 내며 국가의 법을 무시하는 자들이다(이것은 주로 협객을 지칭한 말).

넷째는 군주의 측근이다. 군주와 가깝다는 지위를 이용하여 유력자와 결탁하여 뇌물을 탐내고 병역의 면제 등을 편의 보아 주기 때문이다.

다섯째는 상공업자이다. 규격에 맞지 않는 기구를 제작하며 사치품을 여축하거나 생활 필수품을 매점 매석하여 물가를 끌어올려 농민을 괴롭히기 때문이다. 그리하여 이런 다섯 가지 좀벌레를 없애자면 군주 독재만이 그 방법이라고 한다.

시황은 이런 〈오두편〉을 읽고서,

"누가 썼는지 저자를 만나보면 한이 없겠다."

고 하자 이사는 말했다.

"그것은 어렵지 않습니다. 한비는 바로 저와는 동문입니다."

그런 한비가 함양에 왔다. 한비는 한왕의 부탁으로 시황을 마지막으로 설득하고자 보내졌던 것이다. 그런데 한비는 문장력은 뛰어났지만 말을 더듬는 버릇이 있어 시황이 실망했다는 설과 혹은 이사가 시기하여 그를 옥에 가두고 중상했다는 설이 전한다.

아무튼 한비는 옥중에서 절망하여 독을 마시고 자살했다(기원전 233). 한비의 사상은 이사가 고스란히 도용(盜用)하여 진의 국책이 되었다.

기원전 230년, 한은 마침내 나머지 땅마저 공격당한 끝에 멸망하고 그 땅은 영천군(潁川郡 : 낙양 동쪽 회하 상류)이 되었으며 다시 기원전 228년에는 조나라도 멸망했다. 이때 조의 공자 가(嘉)는 북쪽으로 달아나 국호를 대(代)라고 한다. 연의 태자 단(丹)은 창사 형가(荊軻)를 시황 암살의 자객으로 보냈지만 실패했으며 진의 공격을 받아 연·대의 연합군이 맞아 싸웠지만 패하여 요서로 달아난다(기원전 227). 우리말로 장사는 힘이 센 역사(力士)를 말하지만, 중국에선 장한 사나이·맹자가 말하는 호연지기를 가진 인물이었다.

다시 기원전 225년부터 224년에 걸쳐 위도 멸망했고 초도 멸망하여 그 장군 항연(項燕)은 자결한다.

진시황은 군대를 요동에도 보냈다. 단과 대왕도 잡아 죽였는데 연은 이로써 멸망했고, 돌아오는 길에 마지막으로 제도 멸망시켰다. 이리하여 진왕 정은 최초로 중국을 통일하여 스스로 시황이라고 했다(기원전 221).

정희가 초정 박제가 선생의 집을 처음으로 찾아간 것은 계축년(정조 23 : 1793) 봄이었다.

아직도 바람이 쌀쌀했으나 정희는 세배 겸 처음으로 배움을 청하는 날이라서 긴장하고 있었다.

초정은 이때 44세, 이미 연행(燕行)을 두 번씩이나 한 당대의 대학자였다.

사람의 교양은 그 얼굴에 나타난다던가. 온화한 얼굴로 나직한 목소리로 말하는 게 선생의 특징이었다. 그리고 눈도 맑았고 반짝였다.

정희가 절을 하고 나자 초정이 말했다.

"정말 잘 왔어. 전번에 예산에서 만났을 적보다는 훨씬 어른스러워졌군."

그리고서 묻는다.

"요즘은 무슨 공부를 하지?"

"《통감》입니다. 둘째 권까지 나갔는데 모르는 것이 많습니다."

초정은 고개를 끄덕인다.

"모르는 게 당연하지. 학문은 의문부터 시작되는 게야. 왜냐, 왜냐, 왜냐? 죽을 때까지 파고들어도 의문을 가져야 하는 게 학문이니까."

"네."

"그러나 의문만 가지고선 안돼. 먼저 내 것을 알고 그런 다음에 남의 것을 알아야 하거든."

"……"

"우리 것을 어떻게 아느냐? 불행히도 우리는 옛날에 우리 글이라는 게 없었어. 그래서 설총(薛聰)이란 분이 한자를 빌려 이두라는 것을 만들었지. 이두는 찾아보면 지금껏 남아있네."

"……"

"우리 것을 어떻게 배우느냐? 좋은 방법이 있지. 지금, 아직은 시간이 있을 테니 언문(諺文)을 배우도록……"

초정의 말에 정희는 깜짝 놀랐다. 이제까지 주위의 누구도 그에게 언문을 배우란 사람은 없었던 것이다.

세종대왕이 창제한 '한글'은 훈민정음(訓民正音)이다. 이런 훈민정음을 제정하기까지는 얼마나 많은 노력과 고심(苦心)이 있었는지 모른다.

세종 28년(1446) 훈민정음을 반포할 제 유신들의 많은 반대가 있었다. 더구나 세종께서 만년에 돌아가신 왕후를 그리워하며 궁중에 불당을 건립하고《석보상절(釋譜詳節)》과 같은 석가모니 전기를 펴낼 때에는 유생들의 데모도 있었다. 특히 눌재(訥齋) 양성지는 당시의 실학적 학자로《해동성씨록》《동국도경(東國圖經)》《팔도지리지(八道地理誌)》를 지은 학자인데, 훈민정음을 '언문(거짓글)'이라면서 반대의 상소를 올렸던 것이다.

세조(수양대군)는 왕자 시절 부왕의 훈민정음 제정에 협력했으며 조카 단종의 비극도 있어 간경도감(刊經都監)을 두고 《능엄경》《금강경》《원각경》《대명강해율(大明講解律)》 등을 언해(諺解)하여 간행했다.

이리하여 어느덧 언문이라면 부녀자나 사용하는 것이고 선비는 무시하여 배울 생각을 하지 않았었다.

"왜, 놀랐는가?"

"아닙니다. 처음 듣는 말씀이라서."

이 대답에는 초정도 빙그레 웃었다. 정희의 대답이 솔직했기 때문이다.

"물론 그렇다고 사대부 가문의 자제로서 한문을 배우지 말라는 것은 아니다. 언문은 글자가 많지 않아 만들어져 있는 방식만 알면 쉽지. 더욱이 우리가 쓰는 말과 같으므로 금방 배울 수가 있어. 그리하여 배워두는 편이 안 배우는 것보다는 좋을 수가 있다."

당시의 언문은 지금의 한글과는 좀 달랐다. 따라서 그만큼 훈민정음 제정 당시의 것과 가깝고 당시의 사람들로서 이해되던 글자였다.

초정은 다시 말했다.

"월정 윤근수(尹根壽 : 1537~1616)라는 분이 있지. 본관은 해평인데, 4형제분이 모두 문장과 글씨에 뛰어나셨네. 이분은 대제학(大提學)을 지냈고…… 대제학은 예문관과 홍문관의 으뜸 벼슬이고 문형(文衡)이라고도 하는데, 이는 학문하는 사람으로선 정승보다도 명예롭다고 생각해. 더욱이 문형록은 대제학이 되었다고 해서 모두 오르는 게 아니며, 정말로 당대의 문장이나 덕행으로 존경되는 분만 올리는 거지."

"월정 어른은 문형록에 올랐습니까?"

초정 박제가는 고개를 끄덕였다.

"월정께서는 왜란이 일어나자 광녕(廣寧)에 세 번, 요동엔 여섯 번씩 왕래하며 꾸물거리는 원병을 빨리 보내달라고 애걸하다시 피 사정했어. 나라가 그야말로 위급한 때니까."

정희는 눈을 초롱초롱 빛내가면서 초정의 말을 한마디도 놓치지 않으려고 했다.

"월정은 심지어 명나라 장수에게 술까지 사주며 사정을 하셨지. 그런데 한 사람이 술을 잔뜩 얻어먹고서 우리를 비꼬는 게 아니 겠어."

"뭐라고요?"

"너희 나라엔 옛날 당태종의 포위를 끝까지 버텨내고 마침내는 이세민(李世民)의 눈을 화살로 맞춘 안시성의 양만춘(楊萬春)과 같은 명장이 있었지 않느냐! 그런 명장이 있는 나라에서 무엇 때문에 원조를 청하지?"

"안시성의 양만춘? 그런 이름은 처음 들어요."

정희는 그 말에 몹시 충격적이었다.

"우리도 몰랐던 거란다. 그 당시 아무도 몰랐어."

"설마요?"

"우리나라에 김부식의 《삼국사기》라는 게 있었지만 성주의 이름 이 빠져 있었지. 월정은 너무도 부끄럽고 창피해서 자세히 물어 보지도 못했다고 한다. 물론 나중에 돌아와서 글로 써서 기록하 기는 했지만."

정희는 이때의 충격이 언제까지나 남았었다. 그는 연경에 갈 때 달빛 속에 떠오르는 안시성의 옛터를 바라보며 시를 지었다.

안시성

봉우리는 묶어 세운 듯 들에 펼쳐졌고/수레의 방울소린 이어 지는데 황량한 모습만 커보이네./성 위에 비추는 건 당나라 때 달이냐/반쯤 이지러졌지만 남은 빛이 있어라(群峯束立野鋪張 車鐸連齊度大荒 城上至今唐代月 半分虧得照餘光).

"학문의 자세는 뼈를 깎듯이 해야 한다. 마음이 그렇다는 것이지. 글씨도 마찬가지. 자세만 똑바로 되었다 해서 옳은 게 아니다. 그때만은 모든 것이 조용하고 마음이 똑바라야 한다. 그리하여 획 하나, 점 하나라도 정성껏 쓰도록 해라. 글씨는 마음이 가장 잘 나타나는 것이니까."

정희는 글씨에 대해서 말한다 싶어 긴장했지만 초정은 빙그레 웃으며 말머리를 돌렸다.

"나는 지금까지 우리 것을 알라고 말했지. 우리 것은 너무도 소중한 것이고 그것을 모른다면 조선 사람이 조선의 것을 버리는 것이나 같다. 그러나 내 것이 소중하다면 남의 것도 귀중한 법. 내 것만 내세우고 남의 것을 배척한다면 이는 우물 안 개구리가 되고 말지. 내가 연경에 갔던 것도 그 때문이었지."

"연경에는 여러 차례 가셨어요?"

정희의 천진스런 질문에 초정은 미소를 머금었으나, 곧 친절하니 대답한다.

"그리 쉽게는 갈 수 없지. 나는 다행히도 지금까지 두 번을 갔다

왔지만, 한 번을 가더라도 청신을 가지고 가야 한다."

초정은 말 속에 이상한 말을 섞는다. 정희는 궁금하면 곧 묻는 성질이기 때문에 되물었다.

"정신을 가지고 가야 한다면, 청국엔 도둑이 많은가요?"

정희는 묻고서도 좀 이상했는지 생긋 웃었다. 초정도 수염을 쓰다듬으면서 '핫핫'하고 웃었다.

긴장이 훨씬 풀린다.

"그게 아니고 우리 것을 알라고 했지. 우리 것을 알고서 남의 것을 대하며, 우리에게 모자라는 게 있다면 배워야 한다."

"……"

"차츰 알게 되겠지만 사람에게 가장 중요한 것은 마음이다. 젊었을 때에는 마음만 확고히 섰다면 뭣이든 얼마든지 받아들일 수가 있다."

초정이 처음으로 연경에 갔던 것은 무술년(정조 2 : 1778) 3월이었다. 아정 이덕무, 강산(薑山) 이서구(李書九 : 1754~1825)도 함께 갔었다.

강산의 자는 낙서(洛瑞)이고 덕흥대원군(德興大院君)의 후손이다. 대원군은 왕의 살아있는 아버지인데, 왕계가 끊겼을 때 가까운 종실 중에서 왕손을 모셔와 왕계를 잇게 했으므로 이런 일이 생겼다.

기록을 통해 보면 명종은 춘추 34세로 붕어했고 세자가 있었지만 후손을 남기지 않고 먼저 돌아가서, 중종의 제7남이던 덕흥군의 셋째아드님 하성군(河城君 : 뒤의 선조, 1552~1608)을 명종의 계자로 삼아 승통했다. 하성군은 당시 15세.

대원군은 조선조 말기에 이르러 흥선군(興宣君) 이하응(李昰

應 : 1820~1898)이 또 등장하고 안김이 홍선군을 살아있는 생부라며 반대했지만, 대궐의 어른인 익종비(翼宗妃) 조대비의 한마디로 고종이 승통하게 된다. 그러나 안김이 침묵했던 최대의 이유는 이미 전례(前例)가 있었다는 사실이다.

유교는 형식이 생명이다.

덕홍군과 홍선군은 조건이 비슷했지만 성격과 주위 환경이 달랐다. 《연려실기술》을 참고로 당시의 일을 재구성해 보면 이때의 일도 정말 아슬아슬했다.

명종은 34세라는 나이이고, 죽을 때까지 설마 내가 죽으랴 하는 생각을 가지고서 미리 결정을 하지 않았다고 생각된다. 정묘년(명종 22 : 1567) 5월에 명종은 중태였다. 당시의 영상 동고(東皐) 이준경(李浚慶 : 1499~1572)은 68세라는 고령이고 몸에 병마저 있었다. 영상은 애간장이 바작바작 타는 것만 같았다. 그때 침전에서 인순왕후 심씨(沈氏 : 1532~1575)가 밀봉서를 가지고 나와 그것을 영상에게 주면서 말했다.

"대신만 보시라는 어명입니다."

동고가 보니까 덕홍군 제3자 하성군이라 쓰여 있었고, 보고 나자 그는 좌상 이명(李蓂 : 1496~1572, 예안 이씨, 동고)에게 보였다. 두 사람의 호가 같았는데, 좌상은 성격이 보다 심중(深重)했던 것 같다. 좌상은 아무런 말이 없었다. 그런데 명종은 기적적으로 병세가 호전되었다. 이때 우상 쌍취헌(雙翠軒) 권철(權轍 : 1503~1572)은 명나라에 사신으로 가서 부재중이었다.

두 사람의 성격을 말한 것은 다음의 기사가 있기 때문이다.

병세가 호전되자 어의가 영상에게 물었다.

"야건수(野乾水 : 논 같은 곳의 말라붙은 물)를 썼으면 합니다만."

그러자 영상이 말했다.

"병환에 쓰는 약이라면 알아서 할 것이지 문의할 게 뭐 있소?"

그러자 좌상은 이렇게 말하며 반대했다.

"아무리 약이라도 그런 불결한 물을 어찌 쓴단 말이오."

병세가 호전되었으므로 왕의 후사 문제는 흐지부지되고 말았다. 그런데 6월 27일에 명종의 병세가 돌연 악화되었다. 영상 이준경과 좌상 이명이 들어가서 큰 목소리로,

"전하, 저희들이 왔습니다."

라고 외쳤지만 대답도 못한다. 이미 임종의 순간을 맞고 있는 것이다. 옆에 있던 중전이 예의 밀봉서를 영상에게 주었다. 영상은 너무도 다급하여 그 어필을 죽어가는 임금 눈앞에 펼쳐보이며 큰 목소리로 물었다.

"전하, 하성군을 모십니까?"

그러자 명종은 눈에 눈물이 맺히며 고개를 희미하게 끄덕였다——끄덕였다고 그곳에 있던 사람들은 믿었으리라. 아무튼 명종은 곧 승하했다.

이준경 이하 모든 사람이 일제히 곡을 했다. 곡하고 난 뒤 영상과 좌상은 빈청으로 나왔다. 때는 새벽이었는데 도승지 이양원(李陽元 : 1526~1596, 왜란 때 유도대장. 왜군이 오자 싸우지도 않고 달아남)과 주서(注書) 황대수(黃大受)가 와 있었다.

좌상이 나와서 알린다.

"덕흥군의 아드님을 모셔 오랍신다."

그러자 이양원은 허둥지둥 달려나갔다. 황대수가 그 띠를 붙잡고 말했다.

"몇째 아드님을 모셔오라는 말도 듣지 않고 가시렵니까?"

"다 아는 일인데 뭘 물어?"

덕흥군의 집은 사직동에 있어 걸어서도 갈 수 있었지만, 황대수
가 붙드는 바람에 마침 국상이 났다는 소식을 듣고 모여든 벼슬아
치의 말과 구종(하인)을 빌려 타고서 사직동으로 향했다.

이양원이 달려가 보니 그집 안에서 곡성이 들렸다. 이상히 여기
고 알아보니까 마침 하성군의 어머니 정씨 부인이 운명하고 장례
준비가 한창이었다. 하성군은 결국 어머니의 장례도 못 치르고 급
하게 재촉하는 바람에 영문도 잘 모르고서 대궐로 모셔졌던 셈이
다. 도승지도 흥분하고 있어 데리고 간 하인들이 어명이니 어떠니
떠들며 초상집에 마구 들어갔다. 왕으로 모셔진 왕자는 예의를 갖
추고 무슨 일이 생길지도 모르므로 정식으로 관병(官兵)을 출동시
키고 예법으로 맞아야 한다. 당시 유교가 크게 일어났다고 하나 이
런 것을 보면 엉망이었다.

선조가 된 하성군의 아름다운 이야기가 전해지고 있는데, 그는
처음에 왕위에 오르는 것을 사양했다는 한 가지로 요약된다.

강산 이서구는 이런 선조의 후손으로 무술년엔 25세로 시문(詩
文)을 잘했다.

"연암 선생은 우리가 연경에 간다고 하자 몹시 기뻐하면서도 한
편 못내 아쉬워하셨지. 어째서냐? 당시 청국은 우리보다 학문
이 앞섰기 때문에 배울 것이 있다면 뭣이든 배우자는 생각이었
어. 우리 세 사람도 그런 각오로 갔지."

그제야 정신을 가지고 가야 한다는 말이 정희는 이해되었다.

영조 때의 특징은 사회가 일반적으로 사치에 흘렀다는 점도 들
수 있으리라. 병자년(영조 32 : 1756)에 임금은,

'사대부 부녀에게 가체(加髢)를 금하고 촉두리를 쓰게 하라.'
는 명을 내리고 있다. 가체는 지금의 가발이었다.

고려 말에도 여인들이 사치에 흘렀다고 하지만, 임신년(선조 5 :
1572)조에 이런 기사가 보인다.

'우리나라의 남녀로서 어른 아이 할 것 없이 반드시 귀에 구
멍을 뚫고 고리를 만들어 꿰고 있지만, 이를 중국에서도 비웃
고 있으니 매우 수치스런 일이다. 앞으로는 일체 오랑캐 풍습
을 고치도록 하라.'

이런 풍습이 어디서 왔는지? 그것은 왜란이 일어나기 20년
전이다. 이것은 아무래도 중국 쪽에서 들어온 것 같다.

《문헌비고》의 교빙고(交聘考)를 보면 계사년(중종 28 : 1533)에 임
추(任樞)라는 이에게 그때까지의 진하사(進賀使)를 고쳐 동지정사
라고 했는데, 그 아들 호신(虎臣)으로 설서(說書)를 명하고 수행토
록 하자 선비들이 시를 지어 봉황의 새끼 어쩌구 하며 축하했다.
'자제군관(子弟軍官)'과는 성질이 다르지만 어쨌든 사신에게 그 자
제가 따라가는 관례가 생긴 셈이고, 외국 유람처럼 부러움의 대상
이었음을 알 수 있다. 《문헌비고》에 생략된 것이라 단언할 수는 없
지만, 그 전에는 명나라에서 수시로 태감(太監 : 내시의 관직)이라
는 자가 조선에 나와 금품 따위를 거두어 갔었다. 이를테면 태감
황엄(黃儼)이라는 이름이 자주 보인다.

유람삼아 간 자들이 있다면, 당시 명나라의 사치스런 유행을 가
져옴직도 하다. 허균(許筠 : 1569~1618)은 그의 《식소록(識小錄)》
에서 말했다.

'사족 부녀로서 천으로 이마를 가렸다고 했음은 옛날의 이른바
모자이고, 신부로서 혼례할 제 쪽을 찌는 것은 《시경》에서 말하

는 부계육가(副笄六珈)이다.'

쪽에 비녀를 꽂는 것인데 그것도 종류가 다양하여 여섯 종류나 되었던 모양이다.

어느 시대를 막론하고 아름답게 보이려는 것은 여인들의 풍속이다. 엄격한 유교 사회에서도 그런 풍조가 전혀 없었던 것은 아니었다. 광해주 이전에 검정이나 자주색 깁을 포개어 접고 안에는 두꺼운 종이를 붙이며 이마를 가릴 정도로 하여 머리에 썼다.

그것이 광해주 이후부터 현금(玄錦 : 검게 물드린 깁)을 거죽으로 하고 안에는 솜을 두되 공간이 있도록 한 것을 족두리라 불렀으며 한때 유행되었다. 족두리는 몽골 풍속이라는 설도 있지만, 동이계 민족이 모두 상고시대부터 남녀를 막론하고 모자를 쓰는 풍습이 있었던 것이다.

한족은 장발이라 그런 풍속이 없었으며 갓(관)도 동국 전래의 것이었다고 한다면 지나치다고 할까? 이것은 공자 이후 유가들의 발상지인 노·제나라에서 썼다는 말로 이미 설명되고 한족은 훨씬 후대, 적어도 한무제 이전에는 쓰지 않았다고 유추된다.

여기서, 가체는 부녀자로선 모자의 변형이었다. 순암 안정복·아정 이덕무·초정 박제가·《오주연문》의 저자 이규경 등 학자들이 모두,

'우리나라 의관(衣冠)은 곧 호속(胡俗)에서 비롯되었다.'

고 했음도 뒤집어본다면 본디 동이의 것이었음을 반증한다.

영조의 가체 금지는 사족(양반)의 부녀 대상으로, 이른바 무수리·의녀·침선비·기생은 대상이 아니었다. 이들에겐 가체 또는 가리아(加里丫 : 쌍갈래로 땋아늘인 댕기머리)를 허용했으며 양반집 부녀자처럼 외출시 쓰개치마로 가리거나 하지 않고 맨얼굴을 그대

로 드러나게 했다.

문제는 허영과 사치였다.

비록 서민이라도 모범은 사대부가 보여야 하는 것이다.

번암 채제공은 혼인에 따른 막대한 비용에 대해 비판적이었다. 그는 맏아들 홍원(弘遠)의 납폐(納幣)로서 이른바 사추(여기엔 금품이 따른다)를 신부집에 보내지 않고 편지로 대신했다.

번암은 일생을 두고 청렴했는데, 이것은 사소한 일처럼 생각될지 모른다. 영단(英斷)이었다. 그는 한 걸음 더 나아가 임금께 상소하기도 했다.

'신은 체계(가발이나 쪽찌는 일)에 대해 평소 느낀 바를 말씀드리겠습니다. 요즘 신이 듣건대 벼슬아치면 벼슬아치로서의 가진 바 무거운 체면이란 게 있고, 때문에 함부로 덮어놓고 간략하게 할 수만도 없어 마음이 전전긍긍한다 하옵니다.

지금에 있어 엄청난 비용이 드는 폐단은 머리에 체하고 계(쪽을 찌고 갖가지 비녀를 꽂는 일)하는 것으로서 비록 유생으로 가난한 집이라도 육칠십 냥이 아니면 살 수가 없는 상태이며, 거기에 욕심을 부린다면 수백 금이 들기 때문에 집이나 논밭을 팔아야 하는데 그런 재산을 가진 사람이 얼마나 있겠습니까?'

이것은 당시의 딸 가진 부모의 고충을 말한 것이지만, 이런 백성의 실정을 사실 그대로 알리려고 한 점에서도 번암은 훌륭하다. 앞으로 차츰 드러나겠지만 실학이라고 해서 어렵게 생각할 필요가 없다. 학자나 지식인이 독점하는 무슨 전문 지식은 아니고 생활 개혁을 국민 복리와 연결하려 했다는 데 우리나라 실학파의 목적이 있었던 것이다.

하지만 유행이란 무섭다.

후한 때 유행된 타마계(墮馬髻)라는 게 우리도 유행되었다. 글자 그대로 말에서 떨어지면 머리의 쪽이 삐딱해진다. 그것을 인위적으로 만들어 멋을 내려던 유행이었다.

당시의 체는 클수록 값도 비싸고 고급으로 여겼던 모양이다. 그리하여 체는 지금처럼 정교한 것도 아니고 어쩌면 가느다란 쇠띠(철사는 없었다) 같은 것으로 윤곽을 만들고 거기에 머리털을 심거나 붙이거나 했으므로 무게가 있었다.

그리하여 실화로, 어떤 정승집 며느리의 가체가 너무나 무거워 목뼈가 부러져 죽었다는 것이다. 가체는 가발에 다시 금비녀·옥비녀·은비녀 따위를 여러 개 꽂고 색시뵘을 장시간 해야 하므로 어린 신부로서 고통도 호소하지 못하고 마침내는 졸도했으리라.

영조는 정축년과 기묘년(영조 35 : 1759)에도 주금(酒禁)을 거듭 명했다. 주금은 금주법이고 그것이 잘 지켜지지 않아 이런 명을 내렸으리라. 추측컨대 영조는 약주를 하지 않았던 것 같다. 그래서 장헌세자가 술집 같은 데 드나들며 불량배들과 어울려 빗나가게 되었다고 믿었을지도 모른다. 그러나 가체나 음주는 깊은 방안에서 벌어지는 일이므로 왕명이 지엄해도 오래 가지 못했다.

이윽고 정희는 물었다.

"선생님, 담헌 선생님과는 언제 만나셨어요?"

"내가 연암 선생댁에서 처음으로 뵈었는데 그때 스물다섯쯤 되었으니까…… 아마도 영묘의 갑오년(1774)쯤이었을 걸세."

정희도 담헌 홍대용에 대해서는 관희 형님한테 들어 알고 있었지만 다시 확인한 셈이었다.

"어떤 분이셨어요?"

"성격이 활달하면서도 섬세한 일면이 있는 분이었지. 그분에겐 《담헌서》라는 문집이 있는데 월성위 궁에도 아마 찾아보면 있을 거다."

"어떤 생각을 가지셨어요?"

"한마디로 말하기는 어렵지만 임하경륜(林下經倫)이란 대목에서는 일종의 의무 교육(義務敎育), 그러니까 양반 자제만이 아닌 모든 아이들에게도 글을 배우게 해야 한다는 것이었어."

"……"

"또 일찍이 율곡 선생은 십만 양병을 주장하셨지만, 지금은 인구도 많아져 '백만 양병'을 해야 한다고 하셨지. 그리고 또 국민개락(國民皆樂)을 말씀하셨는데, 그러자면 첫째로 놀고 먹는 사람이 없어야 하고 비록 절름발이라도 생업을 가져야 한다는 것이었지. 그러자면 또 서자다 적자다 하는 차별도 없어져야 한다는 것이었지. 그것에 비한다면 나의 《북학의》 같은 것은 너무 범위가 좁아 부끄럽다는 생각마저 든다."

하고 초정은 어딘지 쓸쓸해 보였다. 정희는 첫날로선 너무 오래 머물러 있었던 것 같아 일어나 절하고 하직하려고 했다. 그러자 초정은 또 새로운 이야기를 꺼냈다.

"그래, 글씨 공부는 매일 하느냐?"

"네, 아침에 일어나면 맑은 정신으로 한 시각쯤 써봅니다."

초정은 고개를 끄덕였다.

타고난 천분은 보석의 원석(原石)이나 같다. 다이아몬드 역시 깎아내고 연마를 함으로써 비로소 가치를 나타낸다.

"글씨 연습에 싫증이 나는 일은 없느냐?"

초정은 또 묻는다. 정희는 대답을 쉽게 하지 못했다.

사실 싫증이 나는 일도 있다. 어려서는 글이나 글씨 공부보다 밖에 나가 뛰어놀고 싶은 게 자연스러운 일이다.

"더러는 싫증이 나는 게 당연하겠지. 그러나 그런 것을 이겨내고 꾸준히 계속하는 사람이 대성한다. 현묘(현종) 때 안김으로 김득신(金得臣)이란 분이 있었다. 이분은 백이·숙제전을 1억 1만 3천 번이나 읽었다고 한다. 그래서 별호도 억만재(億萬齋)라고 했었지. 오늘은 내가 글씨 연습에 도움이 될 글귀를 하나 적어 주겠다."

초정은 문갑 속에서 분홍색 종이를 꺼내자 붓을 달린다. 정희의 눈이 휘둥그레졌다. 그로선 채천(彩箋)은 처음이기 때문이었다.

초정의 글씨는 네모진 것이 또박또박한 해서(楷書)라서 알기 쉬웠다.

'好古有時搜斷碑 硏經婁日罷吟詩'

"뜻은 일부러 풀이해 주지 않겠다. 지금 뜻을 안다는 것도 무의미하니까. 적어도 백 번 천 번 쓰고 읽게 되면 알게 되겠지."

"고맙습니다."

정희는 절을 하고 일어섰다. 그리고 열흘에 한 번 꼴로 초정 선생을 찾기로 약속했다.

정조의 무술년 3월 17일에 한양을 출발한 아정·초정·강산은 4월 12일 압록강을 건넜다. 이들은 동지사가 아닌 사은사(謝恩使)를 따라갔었고 그 전년의 동지정사는 바로 금성위 박명원이었다.

또 영조의 부마로선 영성위(永城尉:화협옹주), 일성위(日城尉:화수옹주) 정치달(鄭致達:화완옹주)이 있었다. 신묘년(영조 47:1771)에 홍계희가 죽자 왕은 당파의 발호를 더욱 경계하고 같은 당파끼리의 혼인도 금하는 금혼패(禁婚牌)를 각 사대부 집 문에 걸도록 하였다.

신묘년에 연암은 덕수(德水)의 이현모(李顯模)에게 출가한 가장 따르던 누님을 잃었다. 향년 43세로 1남 2녀의 조카를 남겼다. 다음해는 임진년이다. 연암은 6월에 홍대용의 집에서 처음으로 철현금 연주를 들었다. 이때 친구들에게 보내는 편지 50여 통을 정리하고 깨끗이 정서하여 《영대정등묵(映帶亭縢墨)》이라는 서한집을 만들었다. 또 제자인 박제가의 《초정집》 서문을 쓴다.

계사년(영조 49 : 1773)에 인평대군의 문집 《연행록(燕行錄)》이 발간된다. 왜 하필이면 이 시기에 연행록이 발간되었는지 설명은 없지만 청나라 건륭제(乾隆帝)의 활발한 문화사업 추진과도 관계가 있으리라.

영조도 이미 80세라는 고령이었다. 영조는 정순왕후 이전이겠지만 정빈·영빈의 두 이씨말고도 조귀인(趙貴人)·문숙의(文叔儀)라는 후궁이 있었다. 연고궁(정빈)도, 선희궁(宣禧宮 : 영빈)도 일찍 세상을 떠났지만, 선희궁 소생의 화완옹주가 문숙의와 어울려 죽은 장헌세자를 음해하는 데 한몫을 담당했던 것이다.

괴팍한 세자의 적으로선 김상로(金尙魯)·홍계희(洪啓禧) 등이 증오의 대상이었지만 그들도 이미 세월의 흐름은 이기지 못하여 모두 유명을 달리했다. 그러나 그 자손들은 남아 조정의 요직을 차지하고 있었다.

청풍 김씨인 김재로·약로·상로 3형제는 모두 황각(黃閣 : 삼정승)에 들었고, 특히 하계(霞溪) 상로의 아들 치양(致讓)은 전라 감사였고, 남흥 홍계희의 아들 지해(趾海)는 형조판서이고, 찬해(纘海)는 승지였으며 그밖의 손자들도 벼슬을 하고 있었다.

화완옹주는 후겸(厚謙)이란 아들이 있었고, 조귀인은 세자와 은원이 없었는데, 영조의 제10녀 화유옹주를 낳았고, 창성위(昌城尉) 황인점(黃仁點)이 상주였다. 또 문숙의는 영조의 제11녀 화녕(和寧), 제12녀 화길(和吉)옹주가 있고 각각 청성위(靑城尉) 심능건(沈能建), 능성위 구민화(具敏和)가 부마였다.

화완옹주와 문숙의는 한때 대궐에서 치맛바람을 날리며 내 세상인 듯 행동했지만 임금이 연로하고 자주 병석에 눕자 불안에 휩싸였다.

세자의 원수로선 외조부인 풍홍의 홍봉한·인한 형제도 마찬가지였다. 화완과 문숙의는 이 홍봉한 형제만이 믿는 존재였다. 이런 풍홍을 당시의 사람들이 시파(時派)라고 불렀다.

이때쯤 정순왕후의 경김도 세력이 구축되어 그 중심은 김귀주인데, 이들은 시파와 대립되며 벽파(僻派)라고 불린다. 정희의 조부 옥포 김이주도 벽파에 속했지만 그는 노영(魯永: 1747~1797)·노성(魯成: 1754~1774)·노명(魯明)·노경(魯敬: 1766~1834)을 두고 있다. 갑자년에 노영은 27세로 문과에 장원급제했다. 역시 두뇌와 노력을 겸비한 가문이라고 하겠다. 노영의 부인은 남홍 홍대현(洪大顯)의 따님이다. 관희 형의 말처럼 담헌의 종조부 귀조(龜祚)의 아드님이 참판을 지낸 홍자(洪梓)이고, 그 아들이 군수를 지낸 대현이므로 정희의 양모는 담헌의 당질녀인 셈이었다.

을미년(영조 51 : 1775)이 되었다. 왕은 봄에 금주법을 더 강화하라는 교지를 내렸고 12월에는 왕세손에게 대리청정을 윤허했다. 시파의 패배이다. 화완옹주와 문숙의 등은 필사적으로 방해공작을 폈으나 정순왕후의 존재가 아무래도 벽이 되어 효과를 보지 못한 것이다.

그리하여 병신년 3월 5일, 재위 52년에 춘추 83세로 영조께서 승하했다. 영조는 호가 양성헌(養性軒)으로 〈선인도〉를 몸소 그린 적이 있었다. 그리고 스스로 말했었다.

"눈썹은 어째서 사이가 뜨다 말인가. 칼끝이 칼집보다도 등 위로 나왔다. 첫솜씨라 스스로는 좋아하리. 평소에 거듭 가르침을 받지 않았지만."

이밖에 산수 인물화를 모사했다고 전한다.

정조는 이때 25세였던 셈이다. 무한히 기다려졌던 시간이고 억눌려 온 세월이었을 것이다. 세상의 모든 게 원망스럽고 복수의 일념으로 불탔다. 그것이 인간이라고는 하지만, 그렇다면 똑같은 예사 인간일 수밖에 없다.

실록을 보면 병신년 7월에 정조는 홍인한, 정후겸을 죽인다. 외조부도 죽이려 했지만 어머니 혜경궁이 만류하여 참았다고 한다. 7월이라면 영조대왕의 국장을 겨우 마쳤을 시기이다.

10월엔 문숙의에게도 역시 약사발이 내려진다. 화완옹주도 위험했지만 왕실의 고모뻘이라 죽일 수가 없었다. 그러나 죽음보다 더한 운명이 기다리고 있었으리라.

같은 무렵 금성위는 동지정사로서 연경으로 떠났다. 서장관 신사운(申思運)의 벗으로 나걸(羅杰)이 따라갔다.

영조 때 사람 성대중(成大中)의 《청성집(靑城集)》에 의하면 그는 당대의 기인이었다. 자를 중흥(仲興)이라 했으며 안정(安定) 사람인데 〈필경(筆經)〉이란 427어로 된 글이 있다. 그는 이렇게 썼다.

'우리 동방의 필가는 그리 많지 않지만 오직 김생(金生)·한호(석봉)가 가장 으뜸이다. 그러나 그들도 기술로선 뛰어났지만 이론적으로 완성된 것은 아니다. 이론(이치)으로 말하자면 옥동(玉洞) 이서(李溆)로부터 시작된다. 글씨를 아는 이의 말로서 공력(工力：기능)으로선 한호만은 못하지만 학리(學理)로선 이를 능가한다고. 지금 글씨로 저명한 자는 모두 그 파이다. 하지만 비결로선 안정의 나중흥만 못하므로, 서심(書心)을 터득하고 모두 4백27자로 글씨의 경을 만들까 한다.

체세(體勢)의 요점(비결)은 자획의 묘와 붙잡은 손가락의 쓰임에 있고 끝마무리에 있지 않다. 그리하여 우군(왕희지)에게 돌아가게 되고, 마땅히 간결하면서도 신운(神韻)이 깃들고 김생·한호 이래로 아직 없던 것이 있게 된다. 중흥의 필학은 이로써 깊다고 할 수가 있으리라. 하지만 특히 이 말은 그 법도이므로 덕으로 살아 그만두는 일이 없어야 할 터이다.

반드시 뜻하는 바 마음이 바르고, 굳센 기력과 남다른 기량(器量)과 높은 품격이 있은 연후에야 그 재능을 능히 거느릴 수가 있고 후세에서의 모범이 될 수가 있으리라(중략).

또한 중흥은 낙(犖：《좌전》의 인물)처럼 뛰어나고 영특하여 키는 다섯 자에 불과하나 기력으로선 만 사람과도 맞설 수 있고 문장과 초예(草隷：초서와 예서)로선 옛사람 못지않다. 글로선 사마천과 견주고 시로선 두보와 견주며 글씨로선 왕우군과 견준다. 말과 행동이 보통의 자로서 재거나 붙들어 맬 수가 없지만, 한 번 말하게 되면 평정(平正)하고도 아름답게 다듬어지고, 글씨 또한 절세(絶世)로서 전후(典厚)하니 째째한 신경 따위 쓰지 않는 것이다. 그 글씨를 보면 또한 족히 그 사람을 안다고 하잖는가. 하지만 중흥은 초오(超悟)하여 무리에 끼지 않고 이 세계에 내 뜻을 아는 자 없다고 본다. 일찍이 중원을 북주(北走)하며 생각과 앎에 있어 호걸과 문헌을 찾았으나 역시 만나지 못하여, 무주 산 속에 들어가서 이렇듯 사슴 멧돼지를 벗삼아 살고 있노라.(후략)'

호언장담하는 이 말 속에도 주장은 담겨져 있다. 그는 이때 청국에서 태평거(太平車 : 바퀴 하나의 손수레) 하나를 가지고 나와 그것에 처자와 살림살이를 싣고서 무주 적상산(赤裳山)에 들어갔다고 한다.

나걸은 구포(鷗浦) 나만갑(羅萬甲 : 1592~1642)의 5대손으로 그의 형님 주계(朱溪) 나열(羅烈 : 1731~1803) 역시 시와 글씨가 뛰어났다고 한다. 또 나걸이 말한 옥동 이서(1662~1723)는 본관이 여주로 찰방을 지냈다.

허전(許傳)의 《성재집(性齋集)》에 의하면 '필법이 또한 깊고 조화가 있었다. 악의론(樂毅論)에서 힘을 얻었고 동국 진체(眞體)는 옥동부터 시작되었으며 윤두서·윤순·이광사가 모두 그 계통'이라고 했다.

또 《서정(書鯖)》에서 말하기를 그 초서체는 진체(晉體)를 답습하지 않고 스스로 창작된 것이며 신축성과 완창(婉暢)이 용이하나 기백이 좀 모자란다고 한다. 그러나 청선(聽蟬) 이지정(李志定)과는 어깨를 겨룰 만했다고 하였다.

정유년에도 정조의 보복은 계속되었다. 홍계희·김상로의 일족을 전멸시킨다. 그러는 한편 교서관(校書館)을 규장각의 일부로 만든다. 현군이 되려는 노력이겠지만, 어딘지 문학 청년다운 심리의 굴절이 엿보여 위태롭게 여겨진다.

풍흥의 홍국영(洪國榮 : 1749~1781) 누이로 원빈(元嬪)을 삼고 그

야말로 열애(熱愛)한다. 홍국영에게 도승지 겸 숙위대장을 시켜 정
치를 일임했으므로 노대신까지도 그의 눈치를 보았고 임금은 원빈
의 곁에서 떠날 줄을 몰랐다.

연암은 이때 41세로 형님 희원 부부가 전부터 낙향한 금천의 연
암협으로 갔다. 일설에 정치적 피신이었다고도 한다. 연암은 풍홍
으로 항재(恒齋) 홍낙성(洪樂性 : 1718~1798)과는 안면이 있고 항
재 또한 연암의 실력을 평가하고 있었다. 그러나 금성위가 원빈
책봉에 반대한 일도 있고 또한 항재는 같은 일족이라도 오만 불
손한 국영과 맞지를 않았었다. 그리고 금성위가 원빈 책봉을 반
대한 것은, 만일 홍씨에게 아이가 생기면 즉시 왕비를 갈겠다는
준비라고 보았기 때문이다.

정조비는 청풍 김씨 김시묵(金時默)의 따님 효의(孝懿)왕후로서
소생이 없었다. 정조로선 자기의 왕비 또한 김상로 형제의 입김이
서렸다고 증오했으리라.

이 시기의 연암(연암협에 들어가자 거기서 호를 땀)은 매우 불안했
던 모양으로 담헌 홍대용에게 보낸 편지에,
  '저는 지금 잡초가 우거진 산골에 스스로 들어가, 머리를 깎지
  않은 비구(승려) · 아내를 가진 두타(동냥승)라고 하겠지요.'
라고 썼다. 산에 들어간다는 것은 선비로서 두 가지 뜻이 있다. 하
나는 세상을 초월하고 유유히 자연을 벗삼는다는 풍류였고 또 하
나는 현실 도피였다.

연암협은 이른바 추가령 계곡으로 물론 깊은 산골인데, 송도에
서 30리였고 개성으로부터 금천(金川)까지는 40리였다. 근처엔 마
을도 없었고 사방엔 절벽이 있어 우물 속과 같은 지형이었다.

그곳에서 형님 내외와 조카들은 아마도 따비밭이나 일구고 몇

마리의 닭을 치면서 살았으리라. 그런 곳에서 연암은 생활 능력도 없이 아내와 더불어 얹혀 산다. 하기야 결혼 이래 무궁한 글재주와 하늘처럼 높은 포부는 갖고 있었지만 세상이 알아주지 않고 하늘도 등을 돌린 듯싶었다.

그렇게 생각한다면 절망도 느꼈으리라. 그러나 그런 시련이 천재를 도야하고 고결한 덕을 키운다.

형수 이씨는 그런 환경인데도 짜증 한 번 부리지 않고 늘 웃음으로 대해 주었다. 너무도 미안하여 연암이 괭이나 호미라도 들고 나서면,

"서방님은 글이나 열심히 읽으세요. 아무 걱정말고."

하던 형수였다. 그런 형수인데 가난과 과로 때문에 쓰러져 눈을 감았던 것이다. 연암이 어떤 심정이었는지 아는 사람은 알 수가 있으리라.

그러나 연암에게 서로를 이해하는 친구가 있었고 제자가 있었다. 형수의 묘지명은 정숙 유언호가 달려와서 지었다. 장인 이보천도 이 해에 돌아갔는데 그 만시(挽詩)는 초정이 썼다. 연암이 쓸 줄 몰라서가 아니라 객관적으로 형수의 박행한 일대기와 장인을 애도하는 추모사를 쓰게 했으리라.

그리하여 무술년(정조 2 : 1778) 3월, 아정 이덕무·초정 박제가·강산 이서구가 사은사를 따라 연경에 가게 된 것이다. 연암은 가는 도중인 금천까지 와서 하룻밤을 함께 자며 이들을 격려했다. 그러면서도 눈에 이따금 어두운 그림자가 드리워지곤 했었다.

정희가 연경에 간 일을 물었을 때 초정이 보인 어딘가 쓸쓸한 빛은 그때의 연암 심정이 생각났기 때문이었다. 측은지심이란

다른 사람의 마음을 알아주는 일이다. 좀더 나아가서 유교의 근본 정신을 공자도 누누이 강조했던 것처럼 나 아닌 다른 사람의 입장에 나를 두고서 행동하는 것이었다. 삼강이니 오륜이니 하는 것도 그런 정신에서 비롯된다. 그런데 지금은 어떤가? 아이들이 삼강 오륜을 앵무새처럼 외우듯, 그것은 알더라도 언행(言行)이 일치되지 않는 선비가 얼마나 많은가.

압록강을 건너고 낯설은 풍경을 보면서도 초정은 연암을 떠올렸다.

'선생님은 얼마나 오고 싶으셨을까?'

그들은 3월 17일 한양을 출발하고 4월 12일 압록강을 건넜으며, 5월 25일 연경에 도착하고 6월 16일 연경을 떠나고 있다. 겨우 20일이다. 그 동안에 관찰하고 확인하며 배웠다. 결코 유람은 아니다. 셋이 모두 같았다.

초정의 유명한 《북학의(北學議)》는 이때의 산물이다.

돌아와보니 세상은 바뀌었다.

6월에 원빈 홍씨가 죽었다.

병명이야 알 수 없지만 옛날에 많았던 폐결핵이었으리라. 젊은 왕과 미녀는 그 사랑을 한껏 불태우고 촛불이 꺼지듯 마지막 정열을 불살랐으리라.

나는 새도 떨어뜨린다던 홍국영의 세도도 하루 아침에 떨어졌다. 그는 삼사의 공격을 받고 강릉으로 유배된 것이다.

벽파는 다시금 승리했고 경김의 세도는 이때가 절정에 이르렀으리라.

연암을 덮었던 검은 그림자도 사라졌다. 연암은 다시 한양에 올라왔고 제자들에 둘러싸여 담론을 했다. 서로의 담론은 지식이 계발된다. 같은 지향(志向)을 가진 사람들이 서로 모여 비판하고 배우면 그 결과는 비록 사람에 따라 빠르고 더딘 차이는 있더라도 반드시 빛을 보게 된다.

"강산은 제일 어린데 술도 잘 마시고 호탕하니 어째서인가?"

라고 말한 것은 혜풍(惠風) 류득공(柳得恭)이었다. 그는 본관이 문화(文化)이고 자는 혜보(惠甫)인데 시인이었다. 넉넉한 가문의 선비였고 연암을 흠모하여 그 제자가 된 것이다.

"그야 왕손이기 때문이겠지."

누군가 대꾸했다.

"왕손은 모두 활달하신가?"

하고, 술이 좀 취하기도 했지만 깐깐한 성품인 혜풍은 비아냥거렸다. 혜풍은 박식하여 《고운당필기(古芸堂筆記)》를 남겼다. 여행을 좋아했고 그 문장에 가시가 있었는데, 〈회고시(懷古詩)〉 또한 유명하다.

좌중이 좀 어색해졌다. 혜풍은 말했다.

"효종 때의 이완은 훈련대장과 병조판서의 중직을 맡자 그때까지 한 동네에 살고 있던 인평대군을 피하여 집을 팔고 안국방으로 이사를 갔다네. 그런 뒤 인평이 몇번 만나자고 했지만 거절했고 길에서 어쩌다가 만나도 가볍게 허리를 굽힐 뿐 피했네. 이것은 미담으로 전하지만 인평이 너무 비참하지 않는가? 왕손이란 너무 대접을 받지 못했어."

혜풍의 이 말은 앞서의 발언과 모순되는 것 같지만, 그런 비참한 왕손들인데 활달한 성품을 계속 지니고 있다니 아주 드문 일이 아닌가 하는 기지(機智)가 담겨져 있다.

초정 박제가는 조용해진 틈을 타서 연암에게 말했다.

"선생님, 시골에 가서 이번 연행의 인상기를 쓸까 합니다. 서문은 선생님께 부탁드리겠습니다."

"제목은 무엇인가? 제목도 모르고 서문을 써준다고 약속할 수는 없지."

"북에서 배운다, 북학의라고 하고 싶습니다."

"좋아! 내 꼭 써주겠네. 제목에는 모든 것이 압축되어야 하네. 제목만 들어도 내 뜻과 맞네."

오랑캐라고 멸시하는 청국. 오랑캐든 뭣이든 우리보다 나은 게 있다면 배워야 한다. 이것이 연암의 신념이었다.

이리하여 박제가는 통진(通津 : 지금의 김포군)에 가서 《북학의》를 쓰기 시작했다.

초정은 《북학의》에서 첫째, 교통 기관으로서 주거(舟車)의 이용을 강조했다. 앞서 나걸도 태평거를 끌고 왔지만 교통의 발달, 즉 길의 정비와 더불어 수레가 있다면 지게가 아니라도 무거운 물품을 쉽게 운반할 수 있다. 우리나라가 지게 문화를 고집했음은 여기서 말할 필요도 없다. 지게로선 지방과의 물산 교류가 되지 않으며 따라서 산업 발전은 기대하기 어렵다. 산업 발전이 없다면 가난에서 벗어나지 못한다.

두 번째는 잠목(蠶牧)과 공예의 진흥이었다. 잠목이란 누에 농사와 목축을 말한다. 우리나라는 산이 많아 목축을 할 만한 곳이 없다고 말하는 인사가 있다.

천만의 말씀이다.

고려 시대 전국 곳곳에 목장이 있고 주원장이 해마다 요구하는 엄청난 양의 말을 바칠 수 있었던 것도 이런 목장이 있었기 때문이다. 저 평안도와 함경도 사이의 개마고원(蓋馬高原)이며 제주도의 목초지도 있었다. 그런 특정 지역이 아니라도 당시 우리나라엔 유휴지(遊休地)가 많았던 것이다.

'밭을 갈아 하늘에 이른다'는 말이 중국에는 있다. 중국에 가보면 불모 지대일수록 산 꼭대기까지 계단식 밭을 만들고 수확을 올리고 있다. 감자·옥수수 같은 것은 척박한 땅이라도 자란다. 왜국도 그렇다. 왜국은 세종대왕 때까지, 아니 그뒤에도 식량이 자급되지 않아 왜구(倭寇)라는 이름으로 해적들이 날뛰며 고려는 물론이고 조선과 명나라를 얼마나 괴롭혔는지 모른다. 고려의 멸망도, 명의 멸망도 그 이유를 왜구에서 찾는 학자도 있다.

왜국은 산마다 계단식 밭을 만들고 그곳에 작물을 심고도 모자라 해적질을 한 것이다. 그들의 외국 침략은 이런 굶주림에서 출발했다고 하면 비약일까?

그러나 우리는 어떤가? 최근에도 볼 수 있는 일이지만 야산이 그대로 방치되어 있었다. 화전민이 있어 산림을 황폐화시켰으나 이것은 식량 증산에 도움이 되지 않는다. 우리 민족은 벼농사에만 얽매인 나머지 야산 개발은 꿈도 꾸지 않았다. 그뿐 아니라 평안도나 함경도는 인구도 적었고 전략상의 문제가 있었겠지만 거의 방치되고 있었다.

이런 곳이라도 누에 농사는 가능하다. 동이계로 알려진 제나라는 산누에를 채집하고 거기서 실을 뽑아 깁을 만들었다는 기록이 보인다. 누에도 단연 동쪽에 기원(起源)이 있다. 현재 일본은 우리보다 몇십 년 앞섰다는 게 중평인데, 그들은 유신을 하면서 먼저 생사(生絲) 수출부터 시도했다. 그렇게 번 돈으로 외국 학자를 부르고 젊은이를 가르쳤다. 일본을 배우라는 것은 아니며 타산지석(他山之石)은 삼을 수가 있는 거다.

초정이 주장한 공예의 진흥이란 특산품의 부흥이다. 우리에겐 목기(木器) 문화가 있었고 거기에 따르는 칠기(漆器) 문화가 있었다. 도자기도 마찬가지다. 도자기에 따른 다도(茶道). 이것은 불도에서 비롯된 것이지만 청자·백자는 세계적인 것이었다. 저 풍신수길은 다도라는 것을 늦게서야 배우고 거기에 사용되는 솥·다기(茶器)를 성 하나와도 맞바꿀만큼 아꼈다. 그의 조선 침략은 이런 데서도 이유를 찾을 수가 있다.

그밖에 또 있지만 요컨대 우리는 하찮은 것으로 보고 버리고 있을 때, 왜국은 자기의 문화처럼 아끼고 보존하여 서양인은 그것을 일본의 것으로 알았다.

《북학의》의 세 번째 주장은 통강남절강상선의(通江南浙江商船議)라는 것인데, 요컨대 외국과의 무역이다.

'조선은 나라가 작고 백성이 가난하므로 경전질작(耕田疾作 : 속성 재배)하며 통상혜공(通商惠工 : 외국과의 통상과 공인·기술자의 우대)하여 나라 안의 이익을 다하여도 오히려 부족할 것이며, 반드시 먼 지방의 물자를 통한(교류) 연후에야 재화(자본)가 붙고 백용(百用 : 백 가지의 수요)이 생길 것인 바, 이것을 하는 데는 백 대의 수레보다 한 척의 배가 편리하고 뭍길보다 물길이 필요하다.'

더 설명할 필요도 없으리라. 다만 이익이란 것을 가장 경멸한 게 선비 정신이고 장사를 할 줄 모르는 게 우리 민족이었다고 덧붙일 필요는 있다.

초정은 계속하여 그 당위성을 고증했다. 이 고증이라는 것도 실학의 특징이었다. 어떠한 것이라도 근거가 없거나 두 가지 이상의 것(많을수록 좋다)이 들어맞지 않는다면 성인의 말씀이라도 의문시

한다. 이것이 학문의 기본이며 합리적 생각이었다.

'조선은 삼면이 바다로 둘러싸여 서쪽으로 등래(登萊 : 산동 반도)가 직선으로 6백여 리요 남해(서해의 아래쪽은 동남해라고 함)의 강남은 곧 오두초미(吳頭楚尾 : 옛날의 오나라와 초나라가 서로 잇닿고 있다는 뜻이며 중국의 장강 이남임)와 서로 굽어보고 있어 송선(宋船)이 고려에 올 때 7일이면 예성강에 닿았으니 가깝다 할 것이나 국조(國朝 : 곧 조선조)는 거의 4백 년이 되도록 다른 나라와 배 한 척을 통하지 않았다.'

즉 역사 인식이다. 조선조는 유교는 알았지만 고려와는 역사를 단절했다 하여도 지나친 말은 아니다. 최근 신안(新安) 앞바다에서 대량의 백자가 발견되고 과거의 통설을 뒤엎고 있지만 송나라 배가 벽란도에 드나들고 회회(回回 : 아랍) 상인도 왔다는 것은 토막 기사로서 이미 알려진 일이었다. 그러나 실체(實體)는 불명이다. 사실만 간단히 적혀 있을 뿐 그것을 뒷받침할 기록이 없는 것이다. 단재 신채호는 역사상 1천 년의 대사건 다음으로 태종 이방원(李芳遠)이 1417년 궁중의 서운관(書雲觀)에 비장되어 있던 서적이나 기록 등을 요사스런 미신을 적은 것이라 하며 모두 불태워 버린 것을 통탄했다. 고려의 것도 모르는데 하물며 삼국시대, 또 그 이전의 고조선에 대해 어찌 알겠는가?

필자의 사견이지만 우리의 고려 청자에 대해서도 의문이 제기된다. 외국의 학자는 도자기의 원조로 원나라 때의 용천(龍泉)·경덕진(景德鎭)을 말하고 있지만 이것은 납득이 되지 않으며, 용천 등이 월주요(越州窯 : 월주는 상해 북쪽 지방)의 유풍이라는 기록도 있는만큼 도자기의 수요는 다도의 융성과도 관계가 있다. 그러면 당나라 때까지 거슬러올라가야 하며 월주라는 해안 지방에 옹기 가마가 있었다면 고려와 필수적인 관계가 있다.

즉 청자와 같은 고급 잿물과 소성(燒成) 기술은 하루 아침에 이루어지는 것이 아니며 반드시 수백 년의 기술 집적이 있어야 한다. 그렇다면 청자의 비밀은 신라 시대까지로 거슬러올라갈 수 있으며 신라의 금동(金銅 : 금관·금동불 등) 기술과 함께 현재로선 아무도 모르는 수수께끼이다.

그렇지 않고선 송나라 상인들이 몰려들 까닭이 없으며 백자는 청자보다 조금 질을 낮춘 일상의 기명(器皿)으로 발달된 것이라고 추정된다.

비누가 없던 시대 우리의 선인은 잿물로 옷을 깨끗이 빨아 입었다. 잿물은 곧 볏짚을 태우고 생기는 재를 시루 같은 것으로 내린(여과) 물이며, 알칼리성이 있어 때가 빠진다. 잿물의 사용은 이미 수천 년 전부터 있었던 것이며 아마도 우리만이 가졌던 기술인 듯싶은데 자기에 바르는 잿물도 관련이 있어 보인다.

초정은 《북학의》에서 결론지었다.

'이렇듯 통상을 하게 되면 저절로 문화의 교환이 생겨 우물 안 개구리의 낡고 썩은 폐습도 없어질 터이다.'

연암은 이 《북학의》 원고를 받아 읽고 몇번이고 고개를 끄덕였다. 그리고 그 서문을 썼다.

'학문의 길은 달리 없다. 모르는 일은 길가의 사람이라도 그 사람을 붙들어 세우고 물어도 좋다. 하인이 자기보다 글자 하나를 더 알고 있다면 배워 보라. 자기가 남만 못하다는 것을 부끄러워 하면서, 자기보다 앞섰는데 묻지 않는다는 것은 평생 스스로를 무식하고 낡은 우리 속에 가두는 것이나 같다.

순임금은 스스로 경작하고 수확했으며 흙그릇을 만들거나 고기를 잡았지만 천자까지 되었다.

모든 게 사람들로부터 배우고 얻었던 것이다. 공자는 이렇게 말했다. 나는 젊었을 때는 신분이 천하여 궂은 일이라도 할 수 있었다고. 역시 밭갈이·추수·흙그릇 굽기·고기잡이 따위의 일을 가리켰던 것이다. 순·공자가 성인일 수 있었던 것은 재능을 갖춘 인물인데도 불구하고 사물을 대함에 있어 궁리(이를 공부라고 했음)를 다하고 필요에 따라 기구를 만들었으며, 날은 모자라는데(시간이 없다는 뜻) 지혜는 막히는 일이 있었다.

그러므로 순과 공자가 성인일 수 있었던 것은 다만 남에게 묻기를 좋아하고 남으로부터 잘 배운 인물이었기 때문이다. 우리 조선의 사람들은 한쪽 구석에서 치우친 성질을 키우고 중국이라는 곳에 실제로 간 일이 없으며, 중국 사람들을 실제로 본 일도 없이 생로병사(生老病死) 그 강토를 떠나지 않으므로 두루미나 까마귀가 그 모습이나 색깔을 늘 바꾸지 않는 것처럼 또한 우물 안의 개구리나 밭의 두더지가 그 시야를 고집하듯이 예의보다 오히려 야(野 : 미개)를 택하고 고루함을 검소라고 잘못 알고 있다. 이른바 사민(四民 : 선비·농부·공인·상인)은 겨우 이름만이 있을 정도이고 생산에 도움되고 사회 생활을 풍요롭게 하는 연장(도구 수단)은 날로 오그라들고 있다.

이것은 다름이 아니다. 학문을 모르는 허물이다. 만일 학문을 한다면 중국을 놔두고서 어쩌겠다는 것인가.

그렇지만 그 주장은 이러하다.

지금 중국을 지배하는 건 오랑캐이다. 이들로부터 배우는 건 수치라고. 그것과 더불어 예로부터인 중국의 전통적인 것에 찬성하고 현재를 얕보는 일이다. 그쪽은 확실히 머리털을 밀고 의

복의 양상도 일변되고 말았다. 그렇지만 그 근거로 삼는 대지는 하·은·주의 3대 이래 한·당·송·명으로 이어져 온 중국이 아닐까? 이런 대지에서 살고 있는 사람들이야말로 하·은·주 이래 한·당·송·명을 거쳐 온 백성이 아니겠는가. 만일 그 정책이 좋고 제도가 훌륭하다면 오랑캐에 들어가 있더라도 물론 스승으로 삼아야만 하리라. 하물며 그 나라가 넓고 지식이 정밀하며 미세하다는 점, 법제(法制)·전례(典禮)의 굉원(宏遠)함·현란한 학문 등을 보면 하·은·주 3대 이래 한·당·송·명을 거쳐 온 고유의 전통이란 역시 있는 게 아닐까? 우리쪽은 저쪽에 비해 한 치도 앞선 데가 없건만 머리의 모양(상투) 하나를 보존하고 있는 일로서 천하에 자기만이 옳다 믿고 지금의 중국은 옛날의 중국은 아니라고 한다. 그 풍토를 역겨운 냄새가 난다며 비난하고 그 백성을 개나 양처럼 취급하고 모욕하고 그 언어는 도무지 쏘알라라 하면서 욕한다(중국어는 국토가 광대하여 수많은 방언이 있어 경극이 유행되면서 관화(표준말) 보급에 도움이 됨). 중국 고유의 정치 이념이나 제도마저 통틀어 배척한다면 이제부터 무엇을 본보기로 삼겠다는 것인가?

내가 연경에서 돌아왔을 때(연암은 경자년(1780)에 연행함. 후술) 재선(在先 : 박제가의 아명)은 그《북학의》내외 2편을 보여 주었다. 왜냐하면 재선은 나보다 앞서 연경에 갔다 온 인물이기 때문이다. 농잠·목축·궁전·가옥·배·수레부터 기와·대나무 자리·붓·척(尺 : 자·길이 등)의 제도에 이르기까지 남김없이 눈으로 보고서 마음으로 비교하고 있다. 관찰이 모자라는 점이 있다면 반드시 묻고 있다. 마음으로 차지 않는 게 있다면 반드시 배우고 있다. 시험삼아 이 책을 펼쳐보니까 나의 일기와

어긋나는 데가 없고 같은 사람의 손에서 비롯된 것 같았다. 이
것이 물론 기꺼이 나에게 보여준 까닭이고 내가 기뻐하며 읽고
사흘 걸려 싫증이 나지 않았던 이유이다.

　아아, 이것은 우리들 두 사람의 견문(見聞)만으로서 얻어 비로
소 그렇게 된 것은 아니다. 애당초 일찍이 비가 내리는 지붕 아
래, 눈이 쌓이는 추녀 아래서 연구하고 술기운이 돌며 등잔 심
지도 얼마 남지 않았다고 할 때에 손뼉을 쳐가면서 이야기하고
실제의 견문으로 확인한 것이다. 요컨대 이러하다.──남에게
이야기하는 건 좋지 않다. 사람들은 물론 불신(不信)하리라. 불
신할 때는 물론 나에게 화를 내리라. 화내고 성낸다는 성미는
편중된 성격에서 비롯된다. 불신의 원인은 풍토를 비난하는 데
있다.'

연암의 이 서문은 지금에도 읽고서 동의하지 않는 사람도 있으
리라. 그러나 시대와 환경을 생각하면, 얼마나 시사되는 게 있는
지 모른다.

맨 끝의 말은 좀 이해가 어렵지만 요컨대 비판을 싫어하는 우리
의 결점을 찌른 말처럼 들린다.

비판이 없는 학문이란 있을 수 없는데, 우리는 매사 그런 것에
금방 발끈하고 핏대를 올리며 자기 혼자만도 부족하여 떼로 덤벼
든다.

연암은 이 서문을 볼 때 같은 그룹의 사람들과는 달리 보다 정치
적 색채가 짙었던 것 같다. 사실 그의 《열하일기》는 생전에 간행되
는 일은 없었다. 그러나 필사본은 있었고 이것이 임금의 손에도 들
어가 감동을 주었으며 그의 관운(官運)도 열린다.

끝으로 덧붙이고 싶은 말은 유교인데, 유교에서 말하는 성인은

지금도 성인일 수 있다는 점을 강조하고 싶다.

과거처럼 무조건 교주(敎主)처럼 받드는 성인이 아닌, 완전한 인격을 갖춘 인물로서의 성인이다. 그것을 전제하지 않고선 다음의 이야기를 쓸 수가 없다.

홍국영이 퇴장함으로써 세상이 금방 바뀐 것은 아니다.

《실록》을 보면 기해년(정조 3 : 1779) 3월 처음으로 내각검서관을 두었다. 내각은 규장각을 의미하는데 젊은 왕은 청국의 서적을 수입할 필요성을 느꼈고, 그러자면 무분별하게 들여올 수는 없고 일종의 검열을 통해 청 문화를 받아들이기로 했던 것이다. 이리하여 이덕무·류득공·이서구, 그리고 박제가 네 사람이 검서관이 된다. 옛날 같으면 초정의 신분으로 보아 여기에 끼일 수는 없었다. 그가 서자 신분이기 때문이다. 하지만 북학(실학파)의 대표자인 그가 빠진다면 의미가 없고 사실 영조의 중기 이후 서얼(庶孼 : 서자) 문제도 많은 개선이 있어 큰 문제는 없었다. 이들을 임금이 직접 지명했는지 알 수는 없어도 번암 채제공, 그리고 왕의 신임을 받는 정숙 유언호의 천거도 있었다고 믿어진다.

번암은 남인이라 직접 관계는 없었고 남인 계열의 실학자는 연암계의 이들과는 계통이 다르다. 순암 안정복은 이 당시 아직도 건재했고 다산(茶山) 정약용(丁若鏞 : 1762~1836)의 등장은 10년이 더 있어야 했다.

경자년(정조 4 : 1780) 3월, 윤씨(尹氏)를 화빈(和嬪)으로 봉한다. 이것은 원자가 없는 임금으로선 당연한 희빈 간택이고 홍국영과 같은 총신이 나타나지만 않는다면 아무런 풍파도 생기지 않는 것이다.

이 해 5월 건륭제의 천수연(千叟宴 : 70회 탄생) 축하를 위해 금성위 박명원이 정사로서 두 번째로 연경에 가게 되었다. 그리하여 연암은 이때 비로소 고대하던 연경을 가게 된다. 이들은 5월 25일 한양을 출발하여 6월 24일 압록강을 건넜고 8월 1일 연경에 도착한다. 그리고 황제가 열하(熱河)에 있는 별장으로 갔기 때문에 비교적 오래(약 50일) 머무를 수 있었다.

정희로선 계축년(정조 17 : 1793) 정월은 더없이 우울했었다. 전년 섣달에 광주 유수로 나갔었던 양부 김노영이 선파(旋罷 : 면직)되어 돌아온 것이다.

"이게 무슨 날벼락이여. 남한에로 나갔으니 이젠 우리집도 판서 하나는 따놓았다고 기뻐했는데."

조부님은 큰 사랑의 툇마루에 우뚝 선 채 몸을 부르르 떨었고 연신 수염만 쓰다듬었다.

"역시 상감의 눈밖에 난 거여. 그렇지가 않고서는……."

경김의 번영도 어느덧 그늘이 지기 시작했던 것일까? 경김의 대들보라고 할 김귀주는 이때 유배되고 있었다.

정희로선 그 전말은 물론 알지 못했지만, 그래도 정순대비가 아직도 건재하고 있었다. 더구나 옥포로선 월성위 자손이라는 특수한 위치에 있었기 때문에 이번의 일이 더욱 납득되지 않고 당황했던 것이다.

정희는 모처럼 좋은 스승을 만났다고 기뻐했는데 정월 한 달은 양부의 선파로 집안도 어수선하여 초정도 찾지 못했다. 그래서 그는 그 동안 책도 읽었지만 주로 글씨를 쓰면서 시간을 보냈다.

글씨를 쓰고 있노라면 마음이 안정된다. 글자 하나하나에 정성

을 쏟고 점 하나 삐침 하나에 이르기까지 전념하다 보면 다른 잡념
이 끼어들 여지가 없다.

정희는 초정이 써준 예의 종이를 보았다.

'好古有時搜斷碑 研經暴日罷吟詩(옛것을 좋아하여 시간나면 비석
조각을 찾고, 공부로 하루의 고달픔이 끝나면 시를 읊네).'

그런 뜻인 듯싶었지만 아직은 잘 이해되지 않았다.

다행히도 양부는 2월이 되면서 개성 유수로 발령이 났다. 양부
가 간 뒤 양모 홍씨도 마음에 든 간난이를 데리고 개성으로 갔으므
로 집안이 텅 빈 것만 같았다.

그러던 2월 어느 날, 관희 형이 찾아왔다.

"잘 있었니?"

"예."

정희는 기쁨을 얼굴에 나타냈다. 정희는 이 사촌 형님이 왜 그런
지 너무도 좋았다. 주위에서 자기를 참으로 알아주는 사람은 관희
형밖에 없다고 생각될 정도였다.

관희는 조금 있다가 정색하며 말한다.

"초정 선생께서 부여 현감으로 나가셨어."

"네에, 갑자기 현감이라니요?"

"백부님처럼 좌천된 거야."

관희 형은 씹어뱉듯이 말했다. 정희로선 도무지 영문을 몰랐다.

"좌천? 어째서이죠?"

"백부님이 남한 유수에서 개성 유수로 가셨으니 좌천이 아니고
무엇인가? 또 초정이 상감을 늘 모시는 곳에 있다가 시골로 갔
으니 좌천일 테고."

관희 형의 설명으로선 지난 정월 스무닷새에 형암 이덕무가 별

세했다. 관희는 조상을 갔었고 이야기를 들었다.

"거기서 홍국영 얘기가 나왔었지……."

"홍국영이 누구예요?"

"말하자면 이야기가 길어지지만……."

홍국영은 이미 설명되었지만 재주가 많았고 지나치게 똑똑했다. 원래 풍홍은 임금의 외척이기도 했었지만 인물이 많았었다.

항재 홍낙성은 당시의 대학자 기원(杞園) 어유봉(魚有鳳 : 1672~1744)의 문하였다. 기원 또한 김창협(金昌恊 : 안김, 농암. 1651~1708)의 제자이다. 저술로 《기원집》《기류요략(記類要略)》이 있지만 필가로서 광주 어효첨(魚孝瞻)의 비문은 그의 글씨였다.

스승을 잘 만나야 그 제자도 빛나게 된다. 항재는 아우 홍낙명(洪樂明)과 더불어 기원에게 배웠지만 집안 조카뻘인 국영을 걱정했다. 그리하여 국영의 누이로 원빈을 삼자 홍낙명은 예문관 제학을 사임했을 정도였다.

여기서 기억할 사람으로 국영의 당숙인 이계(耳溪) 홍양호(洪良浩 : 1724~1802)가 있다. 이계는 당시의 뛰어난 학자로 금석(金石)에 흥미를 가졌다. 저서로 《동국명장전》《북새풍토기(北塞風土記)》는 주목된다.

"국영 누이의 원빈 책봉에는 금성위의 문중은 물론이고 우리 경김도 반대였었지. 재종조부이신 가암 김귀주께서 유배된 것도 이때의 일이었어. 그러나 원빈 책봉은 감행되었지만, 사람의 일이란 억지로 되는 게 아니며 1년도 못 되어 원빈이 돌아가자 국영도 낙동강 오리알처럼 떨어져 쫓겨나고 이윽고 33세란 나이로 세상을 떠났지."

관희 형은 홍국영을 미워했으나 이미 유명을 달리 한 사람에게는 존대했다. 정조의 풍흥에 대한 신임은 여전했고 임인년(정조 6 : 1782)엔 항재로 하여금 우의정을 시킨다.

"국영이 쫓겨나던 해 금성위는 부경사(赴京使)로 연경에 갔고, 연암 선생도 따라가셨으며 견문을 넓혔는데……"

《열하일기》는 전 26권이나 되며 단숨에 씌어졌던 것은 아니다. 일기의 첫부분 도강록(渡江錄)은 열상외사(洌上外史)라는 이름으로 계묘년(정조 7 : 1783)에 집필되고 있다. 열수는 한강의 옛 이름으로 열상은 열수의 위쪽이란 뜻인데, 이계의 손자로 관암(冠巖) 홍경모(洪景謨)도 《남한지》의 서명으로 열상을 쓰고 있는 것을 보면, 이는 호라고 하기보다 '한양 사람'이란 뜻을 함축함직하다.

이 계묘년은 또한 담헌 홍대용이 졸한 해이다. 도강록은 몇 가지 귀중한 자료를 남기고 있다. 흥미로운 부분을 초역한 이런 내용이 있다.

'……비가 좀처럼 그치지 않아 강물이 불었다. 그러나 비가 개고서 나흘이나 지났거만 물살은 더 더욱 심하고 나무나 돌이 떠내려갔으며 탁류는 하늘을 찌를 듯이 솟구쳤다.

물이 불어나자 걸어서 건너는 모래톱도 정박의 장소도 모두 본래의 위치를 알 수가 없게 되어버려, 강 중앙의 얕은 여울도 식별하기가 어려워졌다. 사공이 조금이라도 키를 잘못 놀리게 되면 사람의 힘으로선 배를 되돌릴 수가 없다. 수행한 통사(통역)들은 잇따라 전례를 들며 출발 날짜의 연기를 간청했다. 용만윤(龍灣尹 : 의주의 관장)도 종자를 보내어 며칠 드리도록 만류했다. 하지만 정사는 뜻을 굽히지 않고 이날을 도강의 기일로 정했다.

아침에 의주관(義州館)에 갔더니, 군졸은 이미 군복이며 전립을 쓰고 있었다. 그 모습은 전립에 은세공의 운월(雲月)을 달고 공작의 깃을 걸었으며, 허리엔 쪽빛 각(角)의 깁띠를 매었고 환도(環刀)를 차고 손에 짧은 채찍을 잡았으며 서로 얼굴을 보면서 싱긋 웃었다.

정사의 전배(前排 : 깃발, 곤봉을 가진 선도대)가 위풍도 당당히 성안에서 나왔다. 이윽고 구룡정(九龍亭), 곧 배를 내는 장소에 이르렀다. 만윤(灣尹)이 차일을 치고서 나와 접대하고 있었다. 서장관은 이른 아침에 선발(先發)하여 만윤과 함께 눈을 번뜩이며 검열하는 게 상례이다.

그때는 인마(人馬)를 점검하고 있었다. 사람은 성명을 확인하고, 주소·나이를 맞추어보고 수염이나 점의 유무·신장과 체격을 기록한다. 말은 그 털빛을 기재했다.

기를 세 곳에 세워 문으로 하며 금제품을 검사한다. 크게는 황금·인삼·진주·족제비 가죽 및 규정 외의 여분인 은이었고 작게는 신구(新舊)의 물품을 합쳐 수십 가지나 되어 잡다하고 자질구레해서 열거하기 힘들다. 하인과 노예는 저고리를 풀고 바지를 조사한다. 군사나 통사는 여행용 봇짐을 풀고서 검사된다. 돗자리나 옷가지가 강가에 난잡하게 풀섶에 흩어져 있어 서둘러 치우고 원망스럽다는 듯이 서로 쳐다보고 있었다. 대개 검사를 하지 않으면 불법 행위를 막을 도리가 없다. 수색하면 체면을 상한다. 그러나 실제는 서류상의 형식을 갖출 뿐이었다. 용만의 장사꾼이 도강 기일에 앞서 몰래 건너가는 것은 누가 금지하는 것일까?(문면으로 보아 양반은 검사가 형식적인 듯싶다).

금제품의 물건이 첫번째 기의 곳일 경우 곤장을 맞고 물건은 관의 것이 된다. 두 번째 기가 있는 곳이라면 유배이다. 세 번째

기가 있는 곳에선 참수되어 효시된다. 그 처벌이란 엄격하다. 현재 우리들의 경우 짐은 아직 규정의 반에도 차지 않고 속 내용이 비어있는 것도 많았다. 규정을 초과한 여분의 은 따위는 문제도 되지 않았다(이 부분은 양반에게 규정 외의 은 반출을 묵인한 의미인 듯).

배는 다섯 척뿐으로 서울의 나룻배 비슷하지만 구조는 얼마쯤 컸다. 먼저 진공(進貢)의 물건과 인마를 건넸다. 정사가 탄 배에는 공문서를 싣고 수석 통사와 상방(上房)의 수행자가 동승했다. 용만의 아전·사령·방기(房妓)·통인 및 평양에서 호위해 온 이속(吏屬) 등이 모두 뱃머리 쪽에서 차례로 작별의 절을 했다…….

사공이 상앗대로 한 번 들어 찌르자 물살이 빠르고 노젓는 수공(水工)이 제창하며 버틴 보람이 있어 별똥별이나 번개처럼 꿈결과도 같이 멀어졌다. 통군정(統軍亭)의 기둥이나 난간은 어느 것이고 모두 옮겨 갔다. 송별의 인사를 한 자는 아직도 모래밭에 서있는데 콩알처럼 작아졌다.

배는 기슭에 정박했다. 갈대가 군데군데 우거지고 지면은 보이지 않는다. 하인이나 노예들은 서둘러 강가에 내리고 갈대를 꺾어 배 위에서 급히 거적을 만들어 치려고 했다. 그런데 갈대 뿌리는 창끝 같고 검은 흙이 찰떡처럼 붙어 있었다. 정사를 비롯한 아랫사람에 이르기까지 갈대밭 속에서 망연(茫然)하니 한데에 서있었다.

"먼저 건넌 인마는 어디로 갔지?"

좌우의 자가 대답했다.

"모릅니다."

"토산물은 어디에 두었느냐?"

"모릅니다."

대답하고서 아득한 구룡정의 강가를 가리키며 말했다.

"일행의 인마는 태반이 아직 건너지 못했습니다. 저 떼지어 있는 게 그것입니다."

이때 양강(兩江)이 합류되어 증수하고 중간은 고도가 되어 있었다. 먼저 건넌 인마는 그곳에서 잘못 하선했던 거다. 5리나 떨어져 있어 수송하자니 배가 없었다……. 두 척의 사공·수공이 모두 내리고 강물 속에 들어가 배를 끌어오게 했다.

10리를 가고서 삼강(三江)에 도착했다. 강은 명주처럼 맑은 것이 애자하(愛刺河)라고 한다. 하지만 수원(水源)이 어딘지는 모른다. 압록강과는 고작 10리밖에 떨어져 있지 않은데 이 강만이 홍수를 일으켜 불어날 낌새를 보이지 않는다. 각각 수원이 다름을 알겠다. 배가 두 척 있었다. 우리나라의 상 놀잇배 비슷한데 선체의 길이와 폭은 미치지 못한다. 구조는 매우 견고하다. 배를 젓는 사람은 모두 봉성(鳳城)의 주민이었다. 이곳에서 사흘 기다렸고 식량이 떨어져 허기져 있다고 한다.

왜냐하면 이 내는 피아(조선과 청국)의 왕래할 수 없는 지역이었다. 그런데 우리나라의 역학(譯學 : 통역 선생, 통역관)과 청국의 이자(移咨 : 문서 전달관)만이 임시로 왕래하는 일이 있다. 배가 정박한 곳은 아주 낮은 습지대였다.

나는 한 사람의 호인에게 통사에게서 배운 한어로 수작을 붙였다. 잘 통하지를 않는다. 조군(趙君)이 옆에서 말했다.

"낫 놓고 기역 자도 모른다는 것은 바로 저 녀석들입니다. 애기책이나 경극은 늘 그들이 지껄이고 있는 말입니다. 그것이

　　이른바 관화(官話)지요.”

　　강폭은 우리의 임진강만큼의 넓이였다. 구련성(九連城) 쪽을 향해 푸름이 뚝뚝 떨어질 것만 같은 초목이 이어졌고 빙 둘러 호랑이 그물을 쳤다. 의주의 창군(鎗軍 : 군사들)은 곳곳에서 나무를 베고 그 소리는 원야(原野)에 울려퍼졌다. 혼자 높은 둔덕에 올라 사방을 굽어보니까 산은 또렷하니 보였으며 강물은 맑은데 멀리 들판이 펼쳐지고 수목은 하늘까지 닿은 듯 울창했고 큰 촌락이 있는 모양으로 닭이나 개 짖는 소리가 들려오는 것만 같았다. 땅은 기름지고 경작·개간에 알맞다. 패강(여기선 대동강) 이서·압록 이동에는 이것과 비견할 광경이란 없고 중요한 강토로 삼아야 할 텐데 피아 양국이 모두 방치한 채 마침내 인적이 없는 지역이 되어버렸다. 일설에 의하면 고구려 때 또한 이곳을 도읍으로 한 적이 있었다. 국내성이었다.’

　　관희 형은 이 도강록 앞부터를 낭랑한 목소리로 외워 보였다. 정희는 사촌 형님의 글 읽는 소리를 처음 들었지만, 형님의 기억이 비상한 데도 놀랐다. 당시에는 이런 일쯤은 허다했던 것이다.

　　“연암 선생은 정말로 머리가 숙여지는 분이셔. 그러나 몹시 불우하셨지.”

　　“재주를 갖고서도 말이에요?”

　　“그렇지. 세상은 재주나 학문과는 달리 관운(官運)이라는 게 또 있어.”

　　을사년(정조 9 : 1785), 연암은 49세였다. 이 해에 벌써 서학(천주교)의 옥사가 일어나고 있다. 유신들은 서학뿐 아니라 청나라 고증학파의 저술도 막아야 한다고 주장하는 참이었다.

그 해 여름 연암의 친척 박남수(朴南壽:1758~1787)의 별장 벽오동정장(碧梧洞亭莊)에서 시문의 모임이 있었다.

지향을 함께 하는 사람들의 이런 모임은 당시 유행이었다.

학문의 자유는 어느 정도 있었던 셈이다. 물론 지금의 그것과는 달랐지만, 벽오동정장에 유언호, 이덕무, 박제가, 그리고 젊은이로선 금계(金溪) 남공철(南公轍:1760~1840)이 끼어 있었다. 금계는 자를 원평(元平)이라 하고 본관은 의령인데 아버지 유용(有容)은 대제학을 지낸 학자 가문이다. 사실 금계는 뒷날 영상까지 되고 정희의 일생과도 관계가 깊지만 특히 서화의 감상과 비평에 일가견이 있었다.

정희로서는 아직 미지의 세계였다.

"학문과 재주가 있고서도?"

"세상이란 험한 바다와 같은 거야. 연암 선생은 일찍이 서얼(서자) 차별을 철폐하라는 상소를 올린 적이 있지. 그래서 당시 영묘께선 감동하시고 벼슬길을 열어주라는 교지까지 내리신 적이 있었지. 하지만 세상엔 똥구멍이 좁은 자들도 많아 흐지부지되고 더욱이 한낱 유생의 건의쯤 무시되었어."

벽오동정장에서 이날의 모임은 연암의 《열하일기》 일부를 낭독하는 모임이었다. 그때는 거체(車制) 부분에 대한 낭독이 있었다. 젊은 남공철이 그것을 읽었다.

'승용의 수레를 태평거라고 한다. 수레의 높이는 팔꿈치쯤이고 바퀴통 하나는 바퀴살이 30개이다. 짐수레는 대거(大車)라고 한다. 수레의 높이는 태평거보다 조금 낮다. 팔백 근을 실을 수 있고 바퀴통이 회전한다……

그리고 두 바퀴의 간격이 동일하기 때문에 전국 어디고 불편

없이 통행한다.

　우리 조선은 수레가 있기는 하나 바퀴가 둥글지 않고 바퀴의 간격이 일정치 않아 궤(軌 : 바퀴 자국)가 맞지 않으며, 이렇다면 수레가 없는 것이나 같다.

　중국의 재화(물자)가 한 곳에 정체되지 않고 널리 유통되며 거래되는 까닭은 모두 수레가 가져다 주는 이익이다.

　그런데 우리는 영남의 아이가 새우와 소금이 무엇인지 모르고, 관동(강릉 일대)의 주민은 노나무 열매를 담그어 간장 대용을 하며 서북인(평안도)은 감과 귤감을 구별하지 못한다. 또 서해변에선 미꾸라지를 밭의 거름으로 사용하지만 서울에선 한 사발에 한 푼씩 받고 매매되니 값비싼 것이 아니겠는가?

　이제 저 육진(六鎭 : 윤관·김종서 등이 개척한 것)의 삼베, 관서(평안도)의 명주(깁), 해서(황해도)의 목화·철, 내포(예산·당진 등 지금의 예당 저수지)의 생선과 소금은 어느 것이나 백성의 일용품이고 없어선 안되는 것들이다. 청산(靑山 : 충북)과 보은(報恩) 간의 대추, 황주(黃州 : 평안 남쪽)와 봉산(鳳山) 간의 배, 홍양(興陽 : 전남 고흥)과 남해 간의 귤과 유자, 임천(林川 : 충남)과 한산(韓山) 간의 모시, 관동의 벌꿀 등이 풍부하며 어느 것이나 사람들의 일용으로써 서로 돕고 융통되어야 할 물자이다. 그런데 한 곳에선 싸고 한 곳에선 귀하여 비싸다. 이름만 알 뿐 실제로 볼 수 없는 것은 어째서인가. 한마디로 수레가 사용되고 있지 않기 때문이다.'

낭독회는 무르익었다. 모두들 열심히 경청한다. 쉬어가면서 비평의 말도 오가고 술잔도 기울여졌다. 그런데 사람의 의견은 각각 다른 것이 아니라, 편중이나 선입견 때문에 비아냥하는 사람도 있었다.

"연암 선생은 병오년(정조 10 : 1789)에 이르러서야 친구분들의
주선으로 선공감(繕工監)의 참봉이 되셨어. 선공감은 개천이나
치고 궁전의 건물이나 수선하는 관청으로 그 말단직이지. 이나
마도 친구분들이 연암의 어려운 살림을 돕게 하려고 나가게 하
신 거지."

"그래서요?"

"참, 청장관(이덕무의 호)의 초상집에 갔던 이야기를 했었
지……. 얘기란 작년에 상감께서 직각(直閣)인 남공철에게 엄한
분부를 내리셨던 거야. 앞으로는 연경에 드나드는 자들로, 관학
(官學)이 아닌 패관(稗官)의 서적 따위는 일체 가져오지 못하도
록 하라는. 그래서 남공철은 그 대책을 마련하고 그러한 패관
서적을 골동서화(骨董書畵)라는 네 글자로 표현했던 거지. 상감
께서는 이것을 못마땅하게 여기시고 초정이나 아정에게도 자송
문(自訟文 : 해명서)을 쓰라 하셨단다. 초정은 자송문을 써 냈지
만 아정은 미처 쓰시기 전에 병이 위중하여 돌아가신 거지."

"골동서화?"

정희는 관희 형이 돌아간 뒤에도 그 네 글자를 중얼거렸다.

골동이란 오늘날 고미술을 말하며 귀중한 물건으로 해석된다.
그러나 당시는 오히려, 골동이란 낡고 헌 것이라는 관념이 있었
다. 우리 선인들이 우리의 것을 소중히 알지 않은 것도 이런 면에
서 엿볼 수 있다.

정희는 그런 낡았다는 의미로서 서화, 곧 글씨와 그림을 덧붙였
다는 데 고개를 갸우뚱했다.

임자년(정조 16 : 1792)에 패관 소품의 들여옴을 금하라는 교지

가 내려진 까닭은 당시 심해지기 시작한 서교에 대한 대책이었
다. 서교는 이미 그 이전에 들어와 남인파들 사이에서 연구되고
있었지만, 이 해 11월 금산에서 윤지충(尹持忠)이라는 사람이 신
주를 불태우고 제사를 지내지 않자 처형된다. 제사의 부정은 유학
과 정면으로 부딪치는 중대한 일이었다.

계축년 11월, 개성 유수이던 김노영이 파직되어 집으로 돌아왔
다. 이때부터 어두운 구름이 월성위 궁을 다시 덮기 시작했다.

정희로선 자세한 것을 모른다. 또 어른 세계의 일이므로 깊이 알
려고도 하지 않았다.

김노영 파직의 표면적 이유는 옥사를 잘못 처리했다는 것이다.
그 사건은 서방질을 한 아내를 때려죽인 남편을 심리하다가 그만
장살했다는 것이었다.

그러나 이것은 당시로서는 큰 문제가 될 것은 없었다. 하지만 이
미 경김 제거를 결심한 정조는 손쉬운 상대로 그 방계(傍系)인 김
이주·김노영 부자를 쳤다고 하겠다.

왜냐하면 갑인년(정조 18 : 1794) 정월, 김노영은 다시 공금을 유
용했다는 죄로 금부에 붙잡혀 가고 함경도 경원(慶源)에 유배된
다. 공금 유용은 지금의 이미지와 조금 다르다. 개성부 관리의 곡
물을 주민에게 대여하는 제도가 있다. 이를 장리벼라고 한다. 보
통 장리벼의 관리는 아전인 이방(吏房)의 소관인데 사고가 있었다
면 관장의 책임이었다.

주인이 유배되면 가족이나 하인들이 따라간다. 정희는 어렸기
때문에 따라가지 않았었다. 그 대신 관희 형이 따라갔다.

그런데 불행은 겹친다. 그 한 달 뒤, 2월엔 중부 김노성이 병사

한다. 향년 41세. 이것도 예사 죽음은 아니었다. 김노성은 곡산(谷山) 부사였는데 유민안집(流民安集), 곧 난민 정착에 잘못이 있다는 죄로 곡산부 소속의 한낱 군사로 강등되어 병사한 것이었다.

정희는 어린 마음에도 이때 보인 할머니 해평 윤씨의 꿋꿋한 모습이 눈에 선하다. 그것은 집안이 아직 평온하던 계축년 여름 6월의 어느 날이었다. 저녁 문안을 드리고 물러나려 하자 그날따라 할머니가 말한다.

"거기 좀 앉아라."

정희는 솔직히 말해서 이 할머니가 무섭다. 엄격한 것이다.

평소 문안을 드릴 땐 별로 말씀이 없었다. 그래서 더욱 어렵게 느껴졌는지 모른다.

이때의 양반 가문은 정도의 차이는 있지만, 집안에서의 실권자는 조부보다도 오히려 조모였었다. 어린이의 버릇 가르치기는 어머니의 책임이지만, 시어머님이 있을 때엔 양모 남양 홍씨도 조심했다. 본디 윤씨는 파평(坡平)이 대성(大姓)이지만 해평·해남 등이 있다. 그런데 파평·해남은 지명을 찾기 쉽지만 해평은 소재를 찾기가 힘들지 않을까? 경북 성주(星州)군에 그 이름이 보인다. 정인지(鄭麟趾:1396~1476)의 기록에 의하면 해평은 생활이 풍족한데 부형(父兄)들이 자제 교육에 힘쓰지 않아 신라 때부터의 전통이 있었지만 아예 현을 없애버렸다. 그리고 고을 앞에 큰 내가 있어 아이들이 다른 곳에 가서 수학하기도 힘들었다. 이리하여 주민의 진정이 있어 향교가 설치되었지만 현은 다시 설치되지 않았다는 것이다.

그러나 인물은 배출한다. 윤두수·윤근수 형제가 해평이고 두수의 아드님 윤방은 인조 때의 영의정이었다. 그 아우 백사(白沙) 윤선(尹暄)은 심의겸(沈義謙)의 사위이고 우계 성혼(成渾)의 제자였었다.

백사의 조카 윤신지 이야기는 이미 했지만, 정유재란 때 백사는 상황 판단을 잘못하여 그가 지키던 성천(成川)을 비웠다가 전후 이것이 문제가 되어 형사(刑死)한다. 정혜옹주는 백사를 살리고자 인조를 찾아가서 애원했지만 소용이 없었다.

이런 백사의 아들이 곧 윤순지인데 명필로서, 정희의 글씨는 아버지 외가 쪽의 재주를 이어받았다고도 일컫는다.

"네가 여기 온 지도 1년이 넘었구나. 예산집의 부모님이 보고 싶겠지?"

"네."

"가고 싶겠지?"

"네, 하지만 참겠습니다."

"어째서?"

"지금 부모님이 집에 안계시기 때문입니다."

그제야 조모님은 입가에 미소를 새겼다.

"암, 그래야지. 이 할미가 너를 예산에 내려가게 해준다 하여도 지금 부모님이 개성에 가 있으니 안될 일이다."

"네에."

"그 대신 문안 편지를 쓰도록 하라."

순간 정희는 새삼 예산집의 부모님 얼굴과 동생의 얼굴이 떠올랐다.

"네에. 할머니 고맙습니다."

"고맙긴……. 그 대신 편지를 쓴 후 이 할미에게 보여 줄 테지? 네 글이 그 동안 얼마나 늘었는지 알고 싶구나."

완당의 편지인 척독(尺牘) 혹은 서독(書牘)은 그 글씨 까닭에 비교적 많이 전해지고 있다.

이튿날 조모님은 정희의 편지를 보더니 흐뭇하게 여겼다. 특히 정희의 '상친정(上親庭)'이라는 편지 첫머리에 고개를 끄덕였다. '친정'이란 시집간 딸이 자기의 본집을 일컫는 말로 인식되지만, 원래는 글자 그대로 부모님이 계신 곳을 가리키는 말이었다.

그런 조모님이 병진년(정조 20 : 1796) 8월 8일에 돌아가셨다. 향년 68세이다.

이때 양부 김노영은 귀양에서 아직 풀리지 않았었다.

할머님의 장례가 끝났을 때 조부는 예산에서 올라와 있던 생부 김노경과 정희를 함께 큰 사랑으로 불렀다.

조부님은 한 집에서 늘 문안드리며 조석으로 뵙고 있었지만, 몰라볼만큼 수척해지고 있었다. 하기야 집안이 기울어졌고 조모님마저 돌아가셨으니 무리도 아니었으리라.

조부는 말했다.

"너희들을 부른 것은 다름이 아니다. 돌아오는 정사년 정월에 정희의 관례를 올릴 생각이다. 열두 살이면 관례를 올리는 데 결코 빠르지는 않으리라."

"예예."

대답은 아버지 노경이 했다.

그 동안에도 조부님은 기침을 콜록거렸다. 머리도 수염도 눈썹도 새하얀 것이 뼈만 앙상한 몸이었다. 1년 전만 하여도 부대하셨던 몸은 어디로 가버렸을까?

"하고 싶은 말은 그것뿐이다. 너는 하고 싶은 말은 없느냐?"

"예. 하지만 관례를 올리고 곧 혼인은 않는 게 좋을 듯싶습니다. 월성위 궁의 종손으로서 관례는 부득이하나 아직은 학문하는 몸이라 이삼 년 사이를 두는 게 좋겠습니다."

"그렇다면 혼인은 나중에 하기로 하고 관례에 대해서는 결정했다."

"네에."

그래서 정희는 먼저 나오려고 조부님께 절을 했는데, 뜻밖에도 불러앉히는 것이었다.

"거기 그대로 앉아 있어라."

"네에."

"너도 방금 들었겠지만, 네 관례를 내년 봄에 하기로 했다. 그러니 그 소식을 먼 곳에서 고생하는 네 아비한테 알려야 하지 않겠느냐?"

정희는 그제야 조부님의 말뜻을 알아듣고 긴장했다. 할아버지와는 몇마디 일상의 말을 주고받기는 했지만 이런 일은 처음이었다.

"네, 마땅히."

"그럼 네가 편지를 아비한테 쓰겠다는 것이냐?"

"네에. 자초지종을 잘 말씀드리고 조부님이 승낙하셨지만, 아버님의 승낙도 받고 싶습니다."

그 말에 조부 김이주는 눈시울을 붉혔다. 그리고 얼른 눈을 깜박이며 마음을 진정시키자, 말했다.

"예산아!"

"너는 참으로 훌륭한 손자를 나에게 주었다. 이만하면 월성위 궁의 종손으로서 어디에 내놔도 부끄러울 것이 없다."

"아버님, 과분하신 말씀을……."

"아니다. 좋은 것은 좋다고 해야 한다. 그리고 정희야."

"네에."

"이왕 아비한테 편지를 쓰는 김에 네 자(字)도 지어서 보내달라고 써라. 그래야만 네 아비도 기뻐할 것이 아니냐?"

정희는 조부의 분부대로 꽤나 긴 편지를 썼다. 김노영으로부터도 답장이 왔다. 편지 왕복은 억만이가 직접 정희의 편지를 가지고 갔다가 돌아왔기 때문에 한 달 이상이나 걸렸다. 〔2권 고문근문(古文近文)편으로 계속〕

소설 **추사 김정희** 1

初版 印刷 ●	1996年 11月 15日
初版 發行 ●	1996年 11月 20日

著　者 ● 權 五 雄

發行者 ● 金 東 求

發行處 ● 明 文 堂

서울特別市 鍾路區 安國洞 17~8

對替　010041-31-0516013

電話　(營) 733-3039, 734-4798
　　　(編) 733-4748

FAX　734-9209

登錄　1977. 11. 19. 第 1~148號

값 7,000원
ISBN 89-7270-522-5 04810
ISBN 89-7270-038-X(전10권)